Catherine Bybee
Eine widerspenstige Braut

Das Buch

Gerade war Tara McAllister noch auf einem Mittelaltermarkt in Kalifornien. Doch plötzlich findet sich die junge Frau an der Seite eines verdammt attraktiven Highlanders im Schottland des 16. Jahrhunderts wieder. Auch wenn sie sich zu dem mysteriösen Fremden mehr als hingezogen fühlt, will Tara zurück in ihre eigene Zeit.

Duncan MacCoinnich ist ein Highland-Krieger, wie er im Buche steht: stark, mutig und zu allem bereit, um jene, die er liebt, zu beschützen. Gemeinsam mit seinem Bruder reist Duncan durch die Zeit, um die verschlagene Druidin Grainna zu vernichten, die seine Familie bedroht. Als Duncan Tara begegnet, ist er hingerissen von der toughen Schönheit. Doch ihre junge Liebe steht unter keinem guten Stern, denn Grainna will Tara töten. Haben die beiden eine Chance auf eine gemeinsame Zukunft?

Die Autorin

New-York-Times-Bestsellerautorin Catherine Bybee wuchs im Bundesstaat Washington auf. Nach der Highschool zog sie nach Südkalifornien, um dort Schauspielerin zu werden. Bald aber hatte sie genug davon, sich den Lebensunterhalt als Kellnerin zu verdienen, und absolvierte eine Ausbildung zur Krankenschwester. Die meiste Zeit ihrer Karriere verbrachte sie in der Notaufnahme. Jetzt arbeitet sie hauptberuflich als Autorin. Zu ihren bekanntesten Werken zählen die Bücher aus der Brautserie »Bis Mittwoch unter der Haube«, »Ab Montag verheiratet«, »Jawort am Freitag«, »Single ab Samstag«, »Am Dienstag getraut« und »Bis Sonntag verführt« sowie die Bücher der Not-Quite-Serie »Fast ein Date«, »Fast mein Baby«, »Fast im Himmel«, »Fast für die Ewigkeit« und »Fast mein Traummann«. Catherine Bybee lebt mit ihren zwei Söhnen in Südkalifornien.

Catherine Bybee

EINE WIDERSPENSTIGE BRAUT

Unsterbliche Highlands

ROMAN

Aus dem Amerikanischen
von Lotta Fabian

Montlake
Romance

Die amerikanische Ausgabe erschien 2013 unter dem Titel »Binding Vows«
im Selbstverlag.

Deutsche Erstveröffentlichung bei
Montlake Romance, Amazon Media EU S.à r.l.
38, avenue John F. Kennedy, L-1855 Luxembourg
Juni 2019
Copyright © der Originalausgabe 2009
By Catherine Bybee
All rights reserved.
Copyright © der deutschsprachigen Ausgabe 2019
By Lotta Fabian

Die Übersetzung dieses Buches wurde durch Amazon Crossing ermöglicht.

Umschlaggestaltung: bürosüd⁰ München, www.buerosued.de
Umschlagmotiv: © Tereshchenko Dmitry / Shutterstock,
© stockfour / Shutterstock;
© Marc Roura / Shutterstock; © tratong / Shutterstock;
© brem stocker / Shutterstock;
© CKA / Shutterstock; © Terra Adentro / Shutterstock
Lektorat: Ute-Christine Geiler, Birte Lilienthal, Agentur Libelli GmbH
Gedruckt durch:
Amazon Distribution GmbH, Amazonstraße 1, 04347 Leipzig /
Canon Deutschland Business Services GmbH, Ferdinand-Jühlke-Str. 7,
99095 Erfurt /
CPI Books GmbH, Birkstraße 10, 25917 Leck

ISBN: 978-2-91980-842-7

www.montlake-romance.de

Für David, meinen Ritter in schimmernder Rüstung
Für Sharon, die dieses Buch zuerst gelesen hat und mich
ermutigt hat, meine Träume zu verwirklichen
Für Aithne, deren kluger Rat und deren Begeisterung mir auf
dem Weg zur Veröffentlichung geholfen haben

KAPITEL 1

Sie hatten noch nicht mal die Grenze des Countys erreicht, aber Tara McAllister bereute es bereits, überhaupt ins Auto eingestiegen zu sein. Sie gab sich der wunderschönen, wenn auch bedauerlicherweise flüchtigen Vorstellung hin, den alten Honda Accord einfach zu wenden und wieder nach Hause zu fahren.

Das Pochen in ihren Schläfen hatte vor ungefähr fünfzehn Kilometern begonnen, als ihre beste Freundin Cassy angefangen hatte, die Informationen vorzulesen, die sie aus dem Internet runtergeladen hatte.

Während sie mitten im heißesten Sommer ein Auto, dessen Klimaanlage kaputt war, über einen staubigen Highway steuerte, wiederholte Tara im Geiste die Worte, die Cassy zu ihrem Lebensmotto erhoben hatte: »Man ist nur einmal jung.« Das bekam Tara jedes Mal zu hören, wenn sie Einspruch erhob, als ob das der Geheimcode für das Leben selbst sei.

Tara ärgerte sich, dass sie so unvorsichtig gewesen war, wieder in der schrecklichen Welt ihrer besten Freundin zu landen, die sich durch erbärmliche Planung und lausige Unterkünfte auszeichnete.

»Erinnere dich, das hier war deine Idee«, erklärte Cassy und blickte von den Seiten hoch, von denen sie vorlas.

»Nein. Ich hatte vorgeschlagen, bei ›Die Zeit des Mittelalters‹ zu essen und uns die Show anzusehen. Der Mittelaltermarkt war allein deine Idee. Man sollte meinen, nach dem letzten Mal hätte ich meine Lektion gelernt«, erwiderte Tara.

»Wer hätte wissen können, dass es in Wyoming im Februar so kalt sein kann?«

»Es war Winter! Und ›kalt‹ beschreibt nicht angemessen, wie sich dreißig Grad unter null anfühlen. Und ich hab es nicht mal auf den Rücken eines Pferdes geschafft. Wer besucht auch schon im Winter eine Ferienranch?«

Sie hatten das getan, und Tara würde niemals vergessen, wie krank sie geworden war. Die gesamte Zeit über, in der sie dort gewesen waren, hatte sie nicht ein Mal ihr Bett verlassen.

»Das hier wird viel besser, warte nur ab.«

»Genau.« Tara konnte nicht glauben, dass sie sich dazu hatte breitschlagen lassen, bei einem weiteren von Cassys Abenteuern mitzumachen. Dieses Mal waren es ein Mittelaltermarkt und ein verlängertes Wochenende in irgendeiner weitab vom Schuss gelegenen Hinterwäldlerstadt auf einem Gelände voller merkwürdiger Spinner.

Sie würden noch nicht mal ein Bad haben, um Himmels willen. Sie würden in Zelten schlafen, auf irgendeinem staubigen Feld, zusammen mit Fremden und nur durch dünne Stoffbahnen von ihnen getrennt. Tara stellte sich schaudernd vor, welchen Geräuschen und Gerüchen sie in den nächsten paar Tagen ausgesetzt sein würde.

Als wären die alles andere als komfortablen Übernachtungsumstände nicht schon schlimm genug, war es von dem Moment, in dem sie dort eintrafen, bis zu der Minute, in der sie wieder abreisten, für Frauen vorgeschrieben, Kleider zu tragen, und zwar Kleider mit viel zu viel Unterwäsche. Abgesehen von der Bekleidungsvorschrift würde es ausschließlich Nahrungsmittel zu essen geben, die es auch schon im vierzehnten und fünfzehnten Jahrhundert gegeben hatte.

»Aha!«, schrie Cassy und fuchtelte mit dem Blatt Papier vor Taras Gesicht herum, was beinahe dazu geführt hätte, dass sie von der Fahrbahn abgekommen wären.

»Pass doch auf. Ich versuche hier zu fahren.«

»Hör dir das an!« Cassy ignorierte sie und las laut vor. »Nach ihrer Ankunft werden alle Frauenzimmer aufgefordert, das Kostüm zu tragen, von dem sie denken, es würde am besten zu ihrer Stellung im Leben passen. Für eine Marktfrau oder Gauklerin ist es angemessen, sich schlichter zu gewanden, während Ehrengäste und reiche Leute ermutigt werden, ihre buntesten und schönsten Kleider mitzubringen. Ebenso sollten die Frisuren ihrem Status zu der betreffenden Zeit entsprechen. Und bitte nicht vergessen, nur unverheirateten Jungfern ist es gestattet, die Haare offen zu tragen und sich ohne Kopfbedeckung in der Öffentlichkeit zu zeigen. Wenn Ihr verheiratet seid, geschieden oder nicht länger Jungfrau, sollte Euer Haar die ganze Zeit hochgesteckt oder bedeckt sein, solange Ihr Euch auf dem Mittelaltermarkt-Gelände bewegt. In dem Bemühen, Anstand und Ehrlichkeit zu wahren, muss sich ein jeder der Musterung durch die Zigeunerkönigin stellen. Sie wird entscheiden, ob das Kostüm und die äußere Erscheinung für den jeweiligen Gast passend sind. Denkt ja nicht, Ihr könntet unsere Königin täuschen.«

Cassy liebte so einen Mist, und ihre Stimme schraubte sich vor Begeisterung höher. »Ihre Visionen sind höchst zutreffend. Manche Eltern junger Mädchen ziehen sie sogar extra zurate, um herauszufinden, ob ihre Tochter sich der Fleischeslust hingegeben hat.« Sie holte tief Luft und ignorierte Taras Augenverdrehen. »Das wird so klasse werden. Ich kann es gar nicht erwarten, dass wir dort sind.«

»Glaubst du diesen Quatsch wirklich? Wie kann irgendwer wissen, ob du mit jemandem geschlafen hast, einfach indem er dich ansieht?«

»Ich bin mir nicht sicher. Aber hier steht schwarz auf weiß, dass sie es kann.«

»Ich wette, da steckt mehr dahinter als nur das.« Tara wechselte auf die Abbiegespur für den nächsten Highway.

»Mehr als was?«

»Mehr, als dich bloß anzuschauen. Vielleicht hat sie nackte Männer neben sich stehen.« Tara stellte sich vor, wie eine Jungfrau wohl reagieren würde, wenn sie zum ersten Mal einem nackten Mann gegenüberstand. Manche würden wahrscheinlich kichern und sich die Augen zuhalten, während andere sie mit offenem Mund und völlig verblüfft anstarren würden. Sie lachte bei dem Gedanken.

»Ich finde, das klingt gut.«

»Das glaub ich sofort!«, entgegnete Tara. »Oder vielleicht hat die Zigeunerkönigin irgendwo einen total heißen Typen, der versucht, die Frauen zu verführen, wenn sie reinkommen, während die Königin alles über eine versteckte Kamera beobachtet.«

»Tara, du bist so zynisch. Ich dachte, du magst so was oder glaubst wenigstens auch, dass sich hinter Magie mehr verbirgt als das, was man aus Büchern lernen kann.«

Tara glaubte in der Tat, dass Magie mehr war als das, was in Büchern stand. Andererseits war sie Realistin. Die Zigeunerkönigin würde sich beweisen müssen, bevor Tara ihr irgendwas von ihrem hart verdienten Geld überlassen würde, für das sie viele Stunden als Kellnerin geschuftet hatte. »Das heißt aber nicht, dass ich alles glaube, was ich höre.«

»Ich glaube auch nicht alles, was ich höre, nur manches davon. Ich frage mich, ob die Zigeunerkönigin uns aus der Hand liest. Ich würde liebend gern wissen, was die Zukunft für mich bereithält«, erklärte Cassy.

Das Schild auf dem Highway verriet, dass sie bald die Abfahrt, die sie nehmen mussten, erreichen würden. »Oh, ich bin mir sicher, das tut sie. Für Geld. Und da sie nach dem Wochenende nicht mehr da sein wird, ist es ja schließlich nicht so, als könntest du es zurückverlangen, wenn sie dir irgendwelchen Mist erzählt.«

»Zynikerin!« Unbeeindruckt von der Einstellung ihrer Freundin griff Cassy in ihre Handtasche und holte ein Lipgloss heraus.

»Ich kann dir deine Zukunft voraussagen.«

Cassy schmatzte mit den Lippen und fragte: »Ach ja, wie sieht die denn aus?«

»Nachdem wir im Dezember unseren Abschluss gemacht haben, beginnst du zusammen mit mir eine steile Karriere als Krankenschwester. Dann wirst du deinen Mr Right oder besser noch deinen Dr. Right kennenlernen und in ein oder zwei Jahren irgendwo in der Vorstadt sesshaft werden, wo du dein wunderbares Leben lebst. Merkst du, ich musste sogar nicht mal auf deine Hand schauen, und es kostet dich auch keinen Cent.«

»Ha!« Cassy warf ihre Tasche zurück in den Fußraum. »Was weißt du schon? Ich werde eine leidenschaftliche Affäre mit Dr. Right anfangen, allerdings werde ich ihn nicht heiraten. Wer will schon mit einem Arzt verheiratet sein, der die ganze Zeit Rufbereitschaft hat?«

»Das ist ein guter Einwand.« Das Stoppschild am Ende der Abfahrt galt für beide Richtungen. »Wohin jetzt?«

Cassy hielt die Karte hoch. »Nach rechts. In der Broschüre steht, wir sollten in dieser Stadt hier tanken. Wie es scheint, gibt es auf den nächsten sechzig Kilometern keine Möglichkeit mehr dazu.«

»Das ist wirklich mitten im Nirgendwo.« Tara bog zur Stadt ab und hielt nach einer Tankstelle Ausschau. »Ich hoffe nur, es wird nicht so heiß. Es ist schon schlimm genug, in der Nähe von Fremden zu schlafen, aber auch noch von welchen, die schwitzen? Igitt!«

»Laut dem Bild ist das Gelände im Wald und in der Nähe von einem Fluss. Es sieht sehr schattig aus.«

Die Fotos konnten auch nach einem der seltenen Regenfälle in Kalifornien aufgenommen worden sein. Vermutlich waren sie unterwegs zu einem Staubkessel. Tara schnappte sich ihre Handtasche und tastete nach der Packung Aspirin, die dort irgendwo sein musste.

* * *

Sie verließen die Tankstelle mit ein paar eisgekühlten Getränken und einer Tüte Barbecue-Kartoffelchips.

Die Sache mit dem Verbot von Lebensmitteln aus dem einundzwanzigsten Jahrhundert war für sie beide ein großer Minuspunkt. So verlockend es war, sich mit Snacks und Chips einzudecken, Cassy beharrte darauf, dass es am tollsten wäre, eine möglichst authentische Erfahrung zu machen. Trotzdem hatte Tara bereits einen Notvorrat an Schokolade in ihrer Handtasche verstaut.

»Also, denkst du, die Zigeunerin wird es wissen?«, fragte Cassy.

»Wird was wissen?«

»Dass du noch Jungfrau bist.«

Tara lachte laut auf und hätte sich beinahe an ihrer Cola verschluckt. »Fünfundzwanzigjährige Jungfrauen sind extrem selten. Daher nein, ich glaub nicht, dass sie das tut.«

»Und was, wenn doch? Wirst du dir von ihr aus der Hand lesen lassen?«

»Das wird sie nicht. Ich bin nicht unbedingt ein Paradebeispiel für Jungfräulichkeit. Ich sehe nicht aus, als gehörte ich zu den Amish People, ich bin nicht schüchtern oder adipös, und ich denke auch nicht, dass ich hässlich bin.«

Den einzigen körperlichen Mangel, den Tara an sich entdeckte, wenn sie in den Spiegel blickte, war ihr Busen. Nach kalifornischen Standards war er definitiv zu klein.

»Und außerdem«, fuhr Tara fort, »habe ich meinen Anteil an nackten Männern zu Gesicht bekommen … Mehr als die meisten … Für eine Jungfrau jedenfalls.«

»Das stimmt. Aber wenn die Zigeunerin dich als Jungfrau erkennt, musst du mir versprechen, dass du dir von ihr aus der Hand lesen lässt, und … keine zynischen Bemerkungen mehr für den Rest des Wochenendes!«

Darauf konnte Tara sich gefahrlos einlassen. Es war vollkommen ausgeschlossen, dass irgendeine angebliche Zigeunerkönigin auf die Idee kommen würde, dass sie noch Jungfrau war. »Einverstanden.«

* * *

Es konnte nicht schlimmer werden, das war einfach nicht möglich. Der Parkplatz war drei Kilometer von dem Gelände entfernt, auf dem der Mittelaltermarkt stattfand. Cassy und Tara wurde gesagt, sie sollten das Auto dortlassen, abgeschlossen und bewacht von Leuten, die wie Henker aussahen, und den Rest der Strecke zu Fuß zurücklegen. Wenn sie Glück hätten, könnten sie auf einem der vorbeikommenden Wagen oder in einer Kutsche mitgenommen werden. Natürlich hatten sie dieses Glück nicht.

Bei den Informationen, die ihnen ausgehändigt worden waren, war zudem versäumt worden, zu erwähnen, dass sie, wenn sie unkostümiert eintreffen würden, von allen behandelt werden würden, als wären sie Aussätzige. Die Leute hielten zwar an, aber dann rümpften sie hochmütig die Nase und fuhren einfach weiter.

Die zickige Blondine im Empfangszelt warf einen Blick auf ihre modernen Shorts und T-Shirts. »Okay, ihr beide seid offensichtlich nicht imstande, zu lesen. In den Anweisungen stand ausdrücklich, dass man kostümiert einzutreffen hat.« Sie warf Tara eine Karte vom Gelände hin. »Hier, kommt zurück, wenn ihr vernünftig angezogen seid, und keinen Moment früher. Dann erst kriegt ihr von mir den genauen Veranstaltungskalender.«

Tara biss sich auf die Lippe, um der dummen Kuh nicht angemessen zu antworten.

Das Zelt, das ihnen zugeteilt worden war, war gerade mal groß genug, um darin stehen zu können, doch das war das einzig Gute, was Tara darüber sagen konnte. Auf den Strohmatten am Boden lagen zwei Decken. Ein Wasserbecken mit einem Zinnkrug stand in einer Ecke und rundete ihre luxuriöse Unterkunft ab. Sobald sie die Zeltklappe geschlossen hatten und ungestört waren, wurde es sehr schnell stickig.

Cassy, die sich dringend in den Trubel draußen stürzen wollte, begann in der Sekunde, sich auszuziehen, in der sie vor den Blicken anderer geschützt war. »Die haben wirklich nicht übertrieben, als sie ›primitiv‹ geschrieben haben. Ist das nicht cool?«

»Mhm ... Cool«, murmelte Tara und verkniff sich eine spitze Bemerkung.

»Hast du die Typen auf den Pferden gesehen? Ich frage mich, ob es so was wie einen Tjost oder wie auch immer das heißt, geben wird.«

»Ganz bestimmt.« *Nicht, dass es mich interessieren würde.*

»In der Broschüre steht, dass die Zigeunerkönigin heute Abend beim Eröffnungsbankett ihren Hofstaat zusammenstellt. Ein paar bislang ahnungslose Gäste werden deutlich bessere

Unterkünfte und prächtige Kostüme erhalten, die sie während der Dauer des Marktes tragen sollen.«

»Ich würde nicht damit rechnen, dass wir das sind, vor allem nach dem Empfang, den Blondchen uns eben bereitet hat. Es fühlt sich mehr so an, als würden wir eine Party sprengen oder wären dabei erwischt worden, wie wir Schmierseife in den Springbrunnen kippen. Ich wette, die meisten von diesen Leuten besuchen regelmäßig solche Märkte. Das ist fast so was wie eine Sekte.«

Tara zog sich ein Baumwollhemdchen über den Kopf und schlüpfte in eines der beiden Kleider, die sie besaß. Die Verschnürung im Rücken gab ein perfektes Korsett ab. Der Ausschnitt des Kleides war tief genug, um ihren zu kleinen Busen etwas größer erscheinen zu lassen, was etwas war, wonach sich Tara insgeheim sehnte.

Cassy hatte die Kleider in einem Secondhandladen in Hollywood aufgespürt, wo alte Filmkostüme verkauft wurden. Tara musste zugeben, dass die Kleider perfekt waren. Allerdings könnte es sein, dass die Frau an der Rezeption Einwände erheben würde gegen die Farben und den Stil, die sie gewählt hatten. Taras Kleid hatte einen wunderschönen Bordeauxton und eine hoch angesetzte Taille sowie weite Ärmel. Cassys Kleid war schwarz mit roten Paspeln und drückte ihren Busen so weit hoch, dass er beinahe aus dem Ausschnitt quoll. Keines der beiden Kleider war schlicht. Tara lächelte und nahm sich vor, an der Frau am Empfang vorbeizustolzieren.

»Das ist keine Sekte! Aber ich wette, du hast recht damit, dass diese Leute das die ganze Zeit tun. Was ist daran falsch?« Cassy drehte sich um, als ihr Kleid geschlossen war, und half Tara dabei, ihres im Rücken zu verschnüren.

»Nichts, denke ich.« *Wenn man gerne ein Spinner ist.*

»Manche Leute nehmen sich eben manchmal gern eine Pause von der Realität. Ich frag mich, wie viele Anwälte hier wohl sind oder Polizisten.«

»Ich wette, die meisten der Besucher sind entweder Kunststudenten oder Schauspielschüler. Die Chance, hier deinem Mr Right zu begegnen, ist minimal.«

»Ein vorübergehender Mr Right würde mir ja reichen.« Cassy tätschelte Tara die Hüfte, um ihr zu verstehen zu geben, dass sie fertig war. »Oh. Hier.« Cassy griff nach einer kleinen Leinentasche, die von einer Schnur zusammengehalten wurde.

»Was ist das?«, wollte Tara wissen.

»Eine Tasche. Du bindest sie dir um die Taille und verbirgst sie in den Falten deines Kleides, ungefähr so.« Cassy zeigte es ihr. »Auf diese Weise müssen wir unsere Wertgegenstände nicht unbewacht zurücklassen. Es ist ja nicht so, als könnte man das Zelt abschließen.«

* * *

Tara musste es den Besuchern des Mittelaltermarktes zugestehen – das Zelt im Kostüm zu verlassen war, als ob man eine Bühne beträte. Alle um sie herum waren entsprechend ihrer Rolle gekleidet. Und es hörte nicht beim Kostüm auf, sondern ging weiter mit Sprache und Gesten. Es war schwierig, sich nicht anstecken zu lassen.

Welche Frau mochte es schließlich nicht, in ein langes Kleid zu schlüpfen? Tara genoss das Gefühl des Stoffes, der über ihre Oberschenkel strich, und den Luftzug, der von Zeit zu Zeit an ihre Haut drang. In einem Kleid bewegte man sich einfach anders. Die Kostüme waren wirklich ein wichtiger Beitrag zu der ganzen Mittelalter-Erfahrung.

Tara steckte sich ein paar lose Strähnen in ihren Zopf, weil es so heiß war. Insgeheim dachte sie, dass die Zigeunerkönigin vielleicht Spione einsetzte, die die Menge beobachteten. Wenn, dann wollte Tara sie auf eine falsche Fährte locken. Bei der Vorstellung, einer Möchtegern-Wahrsagerin eins auszuwischen, verspürte sie ein leichtes Kribbeln. Dieses Wochenende würde sie sich Aufregung da holen müssen, wo sie sie bekommen konnte.

Überall gab es Händler, die ihre Waren anboten. Bei den meisten hatte Tara keine Ahnung, wozu sie gut sein sollten. Außerdem gab es Amulette, Glückskristalle und reich verzierte Kreuze, vermutlich um böse Geister abzuwehren.

Tara erkannte, dass ihr mehrere dringend benötigte mittelalterliche Alltagsgegenstände fehlten, beispielsweise ein Messer oder eine Blechtasse. Die war jedoch unverzichtbar, wenn sie irgendetwas trinken wollte. Bei den Getränken gab es drei Auswahlmöglichkeiten: Wasser, Bier und Wein. Die Verkäufer waren gern bereit, einem einzuschenken, was man wollte, aber man musste seinen eigenen Becher mitbringen. Und nirgendwo war einer aus Pappe zu finden.

Mit der Tasse in der Hand wandte sich Tara den angebotenen Messern zu. Der Händler namens Gaston lächelte. »Wenn Ihr wünscht, Euer Essen zu zerteilen, werdet Ihr eines von diesen benötigen.«

Ihr Blick blieb an einer schlanken Klinge mit einem juwelenbesetzten Griff hängen.

»Das ist eines der Besten, die ich im Angebot habe, Mylady.« Gaston war fast eins neunzig groß, und sein übertrieben englischer Akzent entlockte Tara ein Lachen und verleitete Cassy zum Flirten.

»Ich wette, es ist auch eines der Teuersten.«

»Ihr habt ein gutes Auge und einen außergewöhnlich erlesenen Geschmack. Hier seht Ihr ein reich verziertes keltisches Muster. Es sind nicht nur wunderschöne, sondern auch sehr seltene Bernsteine.« Er hob das Messer an und reichte es ihr.

»Es ist wirklich atemberaubend schön«, flüsterte Tara, während sie es drehte, um sich die Schnitzereien genauer zu betrachten.

»Das ist es, Mylady. Das ist es.«

Da sie wusste, dass sie danach nie wieder einen Mittelaltermarkt besuchen würde, feilschte sie um den Preis, ließ sich aber am Ende darauf ein, das Doppelte von dem auszugeben, was das Messer ihrer Meinung nach vermutlich wert war.

Sobald Cassy und Tara die offizielle Bekanntmachung gehört hatten, dass die Zigeunerkönigin alle Frauen sehen wolle, machten sie sich auf den Weg zum großen Zelt. Die Schlange davor konnte lässig mit denen mithalten, die man in irgendeinem beliebigen Vergnügungspark in Kalifornien auf dem Höhepunkt der Touristensaison finden konnte. Es kam ihnen vor, als hätten sie schon eine Stunde lang angestanden, als Tara zum ersten Mal auffiel, dass das hier eigentlich ganz schön sexistisch war. »Hast du gemerkt, dass in dieser Schlange bloß Mädchen stehen?«

»In der Broschüre wurde erwähnt, dass nur die Frauen das hier durchlaufen müssen.«

»Mittelalterliche Frauen hatten im Leben nicht viel zu sagen, aber das hier ist einfach albern.«

Als Tara sich umhörte, erfuhr sie, dass manche Männer aus Neugier ins Zelt der Zigeunerin gingen, weil sie wissen wollten, was hinter den geschlossenen Vorhängen des größten und am reichsten verzierten Zelts des ganzen Marktes passierte. Die Männer hatten wenigstens die Wahl. Tara, Cassy und die anderen Frauen nicht.

Während sie sich langsam dem Eingang näherten, verspürte Tara auf einmal am ganzen Körper eisige Kälte. Jemand hatte ihr mal erzählt, das Gefühl stamme daher, dass jemand in der Zukunft auf ihr Grab träte. Heute tat sie es als Anzeichen von Hunger und Erschöpfung ab. Trotzdem durchlief sie ein Schauder.

»Hey, alles in Ordnung mit dir?«, fragte Cassy, als Tara zitterte.

»Jap. Mir ist nur gerade kalt.«

»Kalt? Es ist brütend heiß! Wie kann dir kalt sein? Du wirst doch nicht etwa wieder krank?«

»Nein. Ganz bestimmt nicht.«

»Gut!« Cassy rieb ihre Hände aneinander, während sie darauf warteten, an die Reihe zu kommen. »Verdammt, ist das aufregend. Ich frage mich, wie sie wohl aussieht.«

Vor ihnen waren bloß noch zwei andere Gruppen. »Das wirst du sehr bald wissen.«

»Wirst du irgendetwas darüber sagen«, Cassy senkte die Stimme und flüsterte Tara ins Ohr, »dass du noch Du-weißt-schon bist?«

»Wenn die Zigeunerin etwas taugt, sollte sie imstande sein, das zu spüren, ohne dass ich ein Wort darüber verliere.« Höfliche Konversation mit der Zigeunerin stand nicht besonders weit oben auf Taras Wunschliste. Je eher sie fertig waren, desto früher konnte sie etwas essen.

Ein Schrank von einem Mann in einem dunkelbraunen Umhang stand am Zelteingang Wache. Von Zeit zu Zeit zog er den schweren Stoff beiseite und ließ die Nächsten eintreten.

Tara konnte von innen keinen einzigen Laut hören. Und da zudem alles mit Samt verhängt war, konnte sie auch nichts sehen. Ebenso wenig konnte sie erkennen, wie die Nächsten reingerufen wurden. Sie hatte weder kabellose Funkgeräte noch irgendwelche anderen Vorrichtungen bemerkt, die dem Hünen verrieten, dass er den Vorhang öffnen sollte. Irgendwie wusste er einfach, wann es Zeit war, die Nächsten aus der Schlange vorzulassen.

Als sie an der Reihe waren und sie über die Schwelle traten, erschauerte Tara wieder. Wenn vor ein paar Minuten jemand in der Zukunft auf ihr Grab getreten war, dann tanzte er im Moment ganz klar darauf herum. Hineinzugehen fühlte sich an, als würde sie einen Schritt in den Abgrund machen. Sie wollte die abgestandene Luft nicht einatmen und konnte in der undurchdringlichen Finsternis nichts erkennen.

Langsam gewöhnten sich ihre Augen an das flackernde Kerzenlicht. Trotzdem sah sie nur sehr wenig. Suchend schaute sie sich um, bemühte sich, die Geheimnisse der Zigeunerin aufzudecken. Wenigstens stand kein verführerischer Adonis neben der Frau in dem Raum.

Eine Stimme, schwach, aber unnachgiebig und fordernd, trug ihnen auf, vorzutreten.

»Lasst mich einen Blick auf euch werfen«, verlangte die Stimme aus den Schatten.

Furchtlos und ohne zu zögern, richtete Tara sich auf und achtete darauf, dass sie im Licht stand. Direkt hinter ihr drängelte sich Cassy gegen sie in dem Versuch, die Besitzerin der Stimme zu sehen.

Inzwischen überlief eine Gänsehaut nach der anderen Taras Arme.

Glühende Augen musterten sie, drangen tief ein und entdeckten alles. Tara fühlte sich nackt, entblößt. Mit einem Mal überwältigte sie das Verlangen, wegzulaufen. Wie erstarrt hörte sie ihre Freundin sprechen, als käme sie aus einer anderen Welt.

»Wir sind so aufgeregt, hier zu sein, Madame Zigeunerkönigin … Ah, Mist. Ich bin mir nicht sicher, ob das stimmt. Sollen wir Sie so anreden? Oder haben Sie einen Namen?«

Als die Zigeunerin darauf nur lachte, versteifte sich Tara noch mehr, falls das möglich war. Das keckernde Geräusch verursachte ihr ein Gefühl, als führe jemand mit dem Fingernagel über eine Tafel. »Ich heiße Gwen. Ihr könnt mich Madame Gwen nennen.«

Sie lügt! Der Gedanke kam so plötzlich, dass Tara völlig verblüfft war. *Ihr Name ist nicht Gwen, aber etwas Ähnliches.*

Sie musste einen besseren Blick auf diese Frau werfen. Von dieser Stelle aus konnte sie in dem schwach erleuchteten Raum nicht viel erkennen. Sie zwang sich, ein paar Schritte nach vorn zu machen.

Madame Gwen beugte sich vor, und für einen flüchtigen Moment wurde ihr Gesicht von dem flackernden Licht erhellt. Ihr Haar war grau wie der Winterhimmel und hing ihr lang über die Schultern. Mitternachtsschwarze Augen durchdrangen die Dunkelheit, wachsam wie die einer Eule. Ihr Gesicht wies so viele Falten auf, dass sie mindestens Ende achtzig sein musste.

Und sie hat offenbar nie etwas von Botox gehört.

Die Zigeunerin lachte, beinah, als könnte sie Taras Gedanken lesen. Sie deutete mit dem Finger auf sie und wollte wissen: »Du da, was bringt dich zu unserem schönen Markt? Du scheinst dich gar nicht zu amüsieren.«

»Ich habe jede Menge Spaß, danke«, erwiderte Tara mit genau der richtigen Menge Sarkasmus. Es gefiel ihr nicht, wie sich Madame Gwens Pupillen weiteten, als sie sich vorlehnte. Das sah nicht natürlich aus.

»Deine Zunge spricht nicht die Wahrheit, ebenso wenig wie dein Kleid. Sag mir, warum versuchst du, mich zu täuschen?« Madame Gwen lehnte sich zurück, sodass nur noch ihre krallenartigen alten Hände zu erkennen waren, die sie im Schoß verschränkte.

Tara hielt den Kopf hoch. »Ich weiß nicht, wovon Sie sprechen.« Kälte breitete sich trotz der Hitze draußen in ihr aus.

»O doch, ich glaube schon.« Dann entließ sie sie mit einer Bewegung aus dem Handgelenk.

Tara und Cassy begaben sich zum Ausgang, mehr als ein wenig verwirrt.

Als sie gerade das Zelt verlassen wollten, hörten sie Madame Gwens Worte: »Trag dein Haar offen, holde Jungfer. So ist es angemessen, während du bei uns weilst.«

Verwundert drehte Tara sich um.

»Komm morgen zurück«, fügte die alte Frau hinzu, ohne Taras Blick loszulassen. »Ich möchte dir aus der Hand lesen.«

Ein Lächeln stahl sich auf Taras Lippen. *Als Nächstes verlangt sie Geld dafür*, schoss es ihr durch den Sinn.

»Behalte deine Münzen. Wer weiß? Vielleicht werden die Sterne günstig für euch beide stehen und euch in einen anderen Stand heben, während ihr hier seid.«

Tara stand mit offenem Mund da. Cassy musste sie praktisch aus dem Zelt ziehen.

Gwens Gelächter folgte ihnen bis nach draußen.

Sie kamen keine zwei Schritt weit, bevor Cassy Taras Hände in ihre beiden eigenen nahm. »Ich hab dir ja gesagt, sie ist echt. Wow! Das war un-glaub-lich.«

Langsam wurde Tara wieder ein wenig wärmer. »Sie war ein bisschen surreal.«

»Das kannst du aber laut sagen.«

Ein weiterer stämmiger Mann mit Umhang hielt sie auf. Er sprach kein Wort, streckte lediglich die Hand aus.

»Was?«, fragte Tara. »Du willst Geld, nicht wahr? Ich wusste es!«, bemerkte sie an Cassy gewandt. »Das ist alles nur ein Trick, um uns Geld abzuknöpfen.«

Enttäuscht griff Cassy in ihre Tasche.

»Euer Band, Jungfer.« Er deutete auf Taras Haare.

Wieder stand Tara mit offenem Mund da. »Woher …? Woher weiß er das?« Sie fasste nach dem Lederstreifen, der ihr Haar zusammenhielt, und zog ihn ab. »Hier! Aber ich will ihn zurück, bevor ich wegfahre.«

Damit stürmte sie davon, konnte dabei die Kälte einfach nicht abschütteln, die sich in ihrem Magen sammelte. Oder das unangenehme Gefühl, beobachtet zu werden.

* * *

Gwen nahm ein Haar von Taras Lederstreifen und legte es in die Feuerschale. Die Zigeunerkönigin verzog die Lippen und entblößte gelbliche Zähne. Ihr durchdringendes keckerndes Lachen war zu hören, als sie den Kopf nach hinten warf und sich der schieren Freude über ihre Entdeckung hingab.

KAPITEL 2

Die Dunkelheit senkte sich und hielt Duncan und Finlay MacCoinnich auf. Nach Anbruch der Nacht in hohem Tempo zu reiten war niemals klug, besonders wenn der Reiter das Gelände nicht gut kannte.

Geräusche und Stimmen wurden vom Nachtwind an ihnen vorbeigetragen. Rund um das Lager spendeten Fackeln flackerndes Licht.

Sie ritten hindurch, ohne von den Leuten eines Blickes gewürdigt zu werden. Zu Hause wäre das anders. Die Menschen im Dorf würden sie erkennen und mit einem Lächeln und Segenswünschen grüßen. Sie waren Brüder, die weniger als zwei Jahre trennten, und wurden oft genug für Zwillinge gehalten.

Duncan zog an den Zügeln, als sie etwas erreichten, was wohl ein Stall sein sollte. Ein junger Bursche, in ein abgetragenes Wams und braune Beinkleider gewandet, kam heraus, um ihnen zu helfen.

Das Erste, was Duncan bemerkte, waren die merkwürdigen Schuhe des Jungen. Er starrte sie verblüfft an. Fin räusperte sich, bevor es Duncan gelang, seine Verwunderung abzuschütteln und sich daran zu erinnern, warum sie hier waren.

Beide Brüder saßen mit den geschmeidigen Bewegungen erfahrener Reiter ab. Duncan warf dem Jungen die Zügel zu, da er annahm, er wüsste, was er zu tun hatte.

»Gib ihm eine Extraportion Hafer, Bursche. Er ist heute weit gelaufen.«

Das Pferd war pechschwarz und hatte ein Stockmaß von über zwei Metern, sodass der Junge dagegen wie ein Zwerg wirkte. Sobald er die Zügel hielt, wieherte es und warf den Kopf zurück.

Der Bursche stolperte.

Duncan beruhigte sein Pferd mit ein paar Worten und einer festen Hand. »Ganz ruhig.«

Währenddessen war der Vater des Jungen herausgekommen. »Oh, lasst Euch von mir helfen.« Er eilte nach vorn und nahm seinem Sohn die Zügel ab.

»Aber Dad! Du hast gesagt, ich könnte das Nächste nehmen.« Der Junge trat mit seinen Nike-Schuhen in den Staub.

»Ja, schon … Den danach bekommst du.«

»Aber du hast gesagt …«

»Die hier sind zu groß für dich, Travis. Und jetzt lauf weiter.« Der Vater wandte seine Aufmerksamkeit Duncan und Fin zu.

»Das ist total langweilig!«, rief der Junge und stapfte wütend in den behelfsmäßigen Stall. »Ich kann einfach nicht verstehen, warum ich mein Handy zu Hause lassen musste.«

»Tut mir leid. Er ist noch nicht mit Leib und Seele dabei, fürchte ich.« Der Mann fuhr Duncans Hengst mit einer Hand über den Hals und betrachtete beide Pferde voller Ehrfurcht. »Wow! Das sind wirklich edle Tiere. Ich glaub nicht, dass ich sie hier schon mal gesehen habe. Ist es Euer erstes Mal?«

Duncan fiel es schwer, den Mann zu verstehen. Schließlich war es Fin, der antwortete. »Ja. Vielleicht könntet Ihr uns den Weg dahin weisen, wo wir etwas zu essen finden können.«

»Was für ein toller Akzent! Das ist Schottisch, oder?«

»Aye.«

Der Mann nickte anerkennend und trat zu den Pferden. »Essen gibt es hinter dem Zelt der Zigeunerkönigin, einfach immer links. Ihr könnt es gar nicht verpassen.«

»Einfach immer links?« Duncan wiederholte die Worte prüfend.

»Jap. Wow, das Zaumzeug wirkt total authentisch. Das muss Euch ein Vermögen gekostet haben.«

Duncan wechselte einen Blick mit seinem Bruder. »Ihr wisst, was Ihr zu tun habt, Sir?«

»Ja. Ich komm damit klar.«

»Sehr schön.« Fin packte seinen Bruder am Arm, zwang ihn, seinen kostbarsten Besitz zurückzulassen. »Er wird gut versorgt. Komm, wir sind spät dran.«

»Das wären wir nicht, wenn du nicht hättest anhalten müssen, um das eiserne Pferd anzustarren. Hattest du es vergessen seit dem letzten Mal, dass wir hier waren?« Sie gingen weiter und unterhielten sich dabei.

»Vergessen? Nein. Du musst doch zugeben, dass die Dinger faszinierend sind. Ich würde gerne mal mit einem fahren, nur ein Mal, solange wir hier sind.«

»Wir haben keine Zeit, und das weißt du auch.« Sie wurden langsamer, als sie an dem Zigeunerzelt vorbeikamen. Beide machten sie einen großen Bogen darum und bedachten es mit einem langen Blick. »Die Sichtung der Frauen ist bereits durchgeführt worden. Dieses Mal wird unsere Aufgabe schwieriger werden.«

Duncan schnalzte mit der Zunge. »Ich glaube nicht, dass ich von dir Beschwerden gehört habe. Wie viele waren es letztes Mal? Drei oder vier?«

»Genau genommen zwei, die anderen waren nicht echt.«
Fin grinste, und Duncan schlug ihm auf die Schulter, ehe sie
den Bereich betraten, in dem Speisen angeboten wurden.

* * *

Wer hätte gedacht, dass ein Bankett so lange dauern konnte?
Sobald der letzte Gang beendet war, verschwanden die Tische,
und die Musik spielte auf.

Die Melodie war lebhaft, und die meisten Anwesenden
waren betrunken. Das war eine ungünstige Kombination, vor
allem, wenn man berücksichtigte, dass nur wenige Leute die
richtigen Schrittfolgen kannten, die während des ausklingen-
den Mittelalters getanzt worden waren.

Cassy, die schon ein bisschen mehr als bloß angeheitert war,
gab sich große Mühe, der Mittelpunkt der Feier zu werden. Sie
wanderte von einem Schoß zum nächsten und forderte Männer
zum Tanz auf. Viele waren nur zu bereit, ihr den Gefallen zu
tun. Als ein paar von ihnen auch Tara miteinbeziehen wollten,
lehnte sie mit einem Kopfschütteln ab und bemühte sich um
Abstand zu Cassys neuen Freunden.

Etwas von dem warmen Wein zu trinken half dabei, die
Anspannung in ihr zu lindern, während sie umherwanderte und
die Leute beobachtete. Sie ließ sich nicht in Unterhaltungen
verwickeln. Die vielen verschiedenen Akzente und Dialekte
machten es schwierig, zu verstehen, was die Leute sagten. Wenn
man noch den Alkohol und seine Wirkung auf eine deutliche
Aussprache hinzunahm, wurde es nahezu unmöglich, den
Gesprächen zu folgen.

Sie erregte eine Menge Aufmerksamkeit, selbst ohne Cassy
an ihrer Seite. Einige der Blicke, die ihr zugeworfen wurden,
bewirkten, dass sie an sich hinabschaute, um sich zu vergewissern, dass sie sich nicht bekleckert hatte oder irgendwo ihr

BH-Träger hervorlugte. Erst als einer der Männer sie ansprach, begriff Tara, was eigentlich los war.

»Was haben wir denn hier?«, lallte er und hob eine Hand, um ihr Haar anzufassen. »Also ... Die Zigeunerin lässt dich dein Haar offen tragen.«

Er musterte sie von Kopf bis Fuß, ließ seinen Blick lange auf Höhe ihres Busens verweilen. Da erst dämmerte Tara, dass sie genauso gut ein T-Shirt hätte anziehen können, auf dem in Glitzerschrift stand: »Ich bin Jungfrau, komm und tu was dagegen«.

Angewidert kehrte sie dem Betrunkenen den Rücken und marschierte davon, fand einen vergessenen Stift und steckte sich die verräterischen Locken rasch zu einem Knoten auf.

Erleichtert entdeckte sie eine ruhige Ecke, die nach ihr zu rufen schien. Es war beinahe Mitternacht, also fast die Uhrzeit, zu der sie sich in ihr Zelt zurückziehen würde, wie sie Cassy erklärt hatte. Sie musste nicht mehr lange durchhalten. Bald wäre es vorbei. *Ein Abend geschafft, drei noch vor mir.*

Tara ersetzte den Wein durch Wasser, nahm Platz, schloss die Augen und zählte die Minuten, bis sie von hier verschwinden konnte.

* * *

Fin näherte sich seinem Bruder mit einem Lächeln, das nur eins heißen konnte.

»Hast du eine gefunden?«

»Aye, und sie ist auch noch eine Schönheit.« Fin trank sein Ale aus. »Warte nicht auf mich, alter Mann.«

»Du weißt, wo du mich findest. Vergewissere dich, dass sie volljährig ist, Fin. Wir möchten keinen Ärger, solange wir hier sind.«

»Ach, du machst dir zu viele Sorgen. Viel Glück, Bruder. Es scheint, als gäbe es hier dieses Mal nicht so viele. Vielleicht hält der morgige Tag mehr Gelegenheiten für uns bereit.«

Duncan sah zu, wie sein Bruder sich aus dem Festzelt zurückzog, ein Mädchen am Arm.

Müde und von dem Wunsch getrieben, etwas Ruhe zu finden, entdeckte Duncan eine stille Ecke, von wo aus er die Leute beobachten konnte, ohne befürchten zu müssen, dass ihn jemand ansprach.

Der Himmel war dunkel geworden, und die Schatten lang. Mit Stoff bedeckte Strohballen fungierten als Sitzplätze im Raum. Jahrelanges Training verhinderte, dass er der Menge den Rücken kehrte. Er ging ein paar Schritte rückwärts, ohne zu merken, dass sich dort schon jemand niedergelassen hatte.

Duncan raffte seinen Umhang und ließ sich auf dem Ballen nieder. Er rechnete damit, raues Stroh unter sich zu spüren, und war überrascht, als sich sein Sitzplatz stattdessen unter ihm bewegte.

Dann sprach er auch noch.

»Verdammter Mist.«

Duncan sprang zur Seite, fürchtete einen Moment schon, der Strohballen sei besessen. Er wirbelte herum und griff nach seinem Schwert.

Als er erkannte, dass es eine Frau war und kein Angreifer, musste er beinahe über seine Reaktion lachen. Sein Gegenüber war hingegen kein bisschen amüsiert.

Ihre Augen funkelten erzürnt und wechselten binnen Sekundenbruchteilen die Farbe. Er erkannte seinen Fehler, als ihr Blick auf seine Hand fiel, die auf dem Heft seiner Waffe lag.

»Haben Sie nicht schon genug Schaden angerichtet?« Sie fluchte erneut halblaut vor sich hin.

Duncan richtete sich zu seiner vollen Größe auf und ließ den Schwertarm sinken. *Nur ein Mädchen*, dachte er. *Feuriges rotes Haar und ein dazu passendes Temperament. Zu schade, dass sie keine Jungfer mehr ist. Ich hätte meinen Spaß mit ihr gehabt.*

»Verdammt.« Sie fand ein Loch in ihrem Kleid und hob ihre Hand. Sie war mit Blut bedeckt. »Aua.«

»Ihr seid verletzt.« Er nahm ihre Hand, konnte aber nicht viel erkennen, daher zog er sie mit sich in den Lichtschein einer Fackel.

Während das Mädchen neben ihm herhumpelte, fluchte sie die ganze Zeit vor sich hin. Sobald sie angekommen waren, hob sie ihren Rock bis übers Knie.

Duncan war sich nicht sicher, warum sie das in einem Raum voller Leute tat, bis er merkte, dass es gar nicht ihre Hand war, die blutete, sondern ihr Oberschenkel.

Ihre Haut war eingeritzt, allerdings nicht gefährlich tief. Er war erleichtert. Er würde niemals freiwillig einer Frau Schmerz zufügen und war sich auch gar nicht sicher, wie das hatte passieren können.

»Was grinsen Sie so?«, schimpfte die Frau. »Können Sie nicht sehen, dass Sie mir wehgetan haben?«

»Das ist nur ein Kratzer.«

»Können Sie mal mit diesem lächerlichen Dialekt aufhören? Sie haben mich verletzt, meinen aber immer noch, Ihre alberne Rolle spielen zu müssen.« Sie presste ihre Hand auf die Stelle, bis es nicht mehr blutete, dann ließ sie ihren Rock wieder fallen. »Der Laden hier ist echt voller Freaks.«

»Ich hab Euch nichts getan, ich hab mich nur versehentlich auf Euch gesetzt.«

»Sie haben sich auf mich gesetzt und mich dabei auf das hier gedrückt.« Sie hielt ihr Messer hoch, zeigte ihm das Blut auf der Klinge.

Er betrachtete die Waffe und bemerkte das Muster. »Keltisch«, flüsterte er.

»Ja, das hat der Betrüger auch behauptet, der es mir verkauft hat.« Ihre Augen richteten sich auf sein Gesicht, und für einen kurzen Moment verfingen sich ihre Blicke. Während sie ihn musterte, hoben sich ihre Mundwinkel ein winziges bisschen. Es war kaum wahrnehmbar, und wenn Duncan geblinzelt hätte, wäre es ihm entgangen.

Er stellte sich etwas gerader hin und drückte die Schultern nach hinten. Sie betrachtete ihn weiter, verweilte kurz bei seinem Haar, das ihm fast bis auf die Schultern fiel. Das Mädchen nahm die Unterlippe zwischen die Zähne, dann sah sie ihm wieder in die Augen. Auf ihre weicher gewordenen Züge trat erneut Verärgerung.

Eine weibliche Stimme erhob sich über die Menge, verlangte nach der Aufmerksamkeit der jungen Frau vor ihm. »Verdammt, McAllister, bist du taub?«

»Was ist denn?« Sie wandte sich mit einiger Mühe von ihm ab und starrte ihre Begleitung finster an.

»Ich hab gefragt: ›Warum hast du dir das Haar hochgesteckt?‹«

»Weil ich all die lüsternen, anzüglichen Blicke leid war, Cassy.«

»Aber die Zigeunerin hat dich angewiesen, es offen zu tragen.« Damit zog sie ihrer Freundin ohne viele Umstände den Stift aus dem Haar, sodass ihr ein wahrer Wasserfall dunkelroter Locken über den Rücken fiel. Duncan kostete es einige Mühe, der Unterhaltung zu folgen. Gleichzeitig wurde ihm der Mund trocken.

»Mir ist es völlig schnuppe, was sie gesagt hat.« Die Frau vor ihm schnappte sich den Stift wieder und steckte ihr Haar erneut auf. Verbarg damit erneut ihre Tugend. »Ich bin es leid, dass all die Betrunkenen mich vollsabbern. Das ist widerlich!«

Die andere Frau war nicht mehr ganz sicher auf den Beinen, und das rothaarige Mädchen stützte sie mit seiner blutverschmierten Hand.

»Was ist denn da passiert?«, wollte ihre Freundin wissen.

Duncan spürte das Gewicht ihres Blicks, als sie die Augen wieder auf ihn richtete. Er trat näher, um ihr zu helfen. Da erst bemerkte diese Cassy ihn. »Wer ist das?«

»Das«, die Jungfer drückte gegen seine Brust, versuchte etwas Abstand zwischen sie zu bringen, »ist irgendein echtes Genie, das sich auf mich gesetzt hat und mir dabei große Schmerzen zugefügt hat.«

»Ich bin sicher, das wollte er nicht.« Cassy klimperte mit den Wimpern in seine Richtung. Duncan hob eine Augenbraue und genoss trotz allem die Aufmerksamkeit. »Würden Sie sich gerne auf mich setzen?«

»Oh, bitte nicht … Ich denke, du hast für heute Nacht genug.« Das Mädchen legte Cassy einen Arm um die Mitte. »Da bin ich ganz sicher.«

»Ach komm schon. Die Party hat doch gerade erst begonnen.« Cassy stolperte und hätte sie beinahe beide umgerissen.

»Damit kannst du morgen weitermachen.«

Duncan wartete nur zwei Schritte ab, bevor er seine Unterstützung anbot. Auch wenn er manchmal Mühe hatte, die Sprache der beiden zu verstehen, war eins klar: Das hier war eine Jungfer, die Grainna aufgefallen war. »Ich glaube, Ihr könntet ein wenig Hilfe gebrauchen. Lasst mich.« Er zog Cassy von dem Mädchen weg.

Sie zerrte ihre Freundin zurück an ihre Seite. »Ich glaube nicht.«

»Ihr seid verletzt«, erinnerte er sie und zog noch mal. »Schon vergessen?«

»Mir geht es bestens. Ist ja nur ein Kratzer«, warf sie ihm seine eigenen Worte an den Kopf. »Schon vergessen?«

»Nein, das weiß ich noch«, erklärte er mit einem Funkeln in den Augen. »Lasst Euch von mir helfen. Wir wollen ja nicht, dass Ihr wieder zu bluten beginnt.«

Cassys Gesicht nahm einen leicht grünlichen Schimmer an. Ihre Rolle als menschliches Seil beim Tauziehen vertrug sich nicht gut mit ihrem betrunkenen Zustand.

»Hör mir mal zu, Freundchen. Mir reicht's.« Das Mädchen starrte ihn empört an. »Ich hatte einen verdammt lausigen Tag und einen noch viel lausigeren Abend. Alles, was ich will, ist, in Ruhe gelassen zu werden. Also, wenn es dir nichts ausmacht, wir kommen ganz prima ohne dich klar.«

Ausmanövriert und ratlos, was er darauf erwidern sollte, ließ er los. Cassy wäre beinahe hingefallen, aber irgendwie gelang es ihr, auf den Füßen zu bleiben.

Mit einer Hand auf Cassys Schulter und mit der anderen ihre Röcke raffend, um nicht zu stolpern, marschierte das Mädchen von ihm fort.

Und alles, was Duncan tun konnte, war, ihr hinterherzuschauen.

* * *

Fin kam weit nach zwei Uhr morgens ins Lager geschlendert, das er und Duncan gemeinsam aufgeschlagen hatten. Er pfiff fröhlich vor sich hin und grinste breit.

»Immer noch wach?«, erkundigte er sich.

»Aye.« Duncan betrachtete die Sterne.

Fin streckte sich ungerührt weiter pfeifend auf seiner Decke aus.

»Sei still, Fin, du lenkst nur unnötige Aufmerksamkeit auf uns.«

»Niemand kümmert sich darum, wenn wir hier draußen sind.« Er zog seinen Proviantsack hervor, nahm ein Stück Brot heraus und aß es. »Es ist nicht so wie zu Hause, Duncan. Hier liegen nicht überall Diebe und Räuber auf der Lauer, die auf einen Kampf aus sind. Was glaubst du, warum die Männer in dieser Zeit so dick und langsam sind?«

Duncan musste ihm recht geben. Trotzdem störte ihn die Melodie, die Fin vor sich hin summte. Aber er sagte nichts und betrachtete weiter schweigend den Sternenhimmel. Der schien wenigstens der gleiche zu sein.

Nach ein paar Augenblicken in Stille fiel Fin auf, dass seinen Bruder etwas beschäftigte: »Also, wirst du mir erzählen, was los ist? Oder willst du lieber die ganze Nacht lang schmollen?«

»Ich hab sie gefunden.« Duncans Stimme war ernst. Und er musste auch nicht erklären, was er meinte.

»Und?« Fin wartete, dass sein Bruder das näher ausführte. Als er das nicht tat, zog Fin seine eigenen Schlüsse. Sein Lachen dröhnte über die Lichtung, erhob sich über die Baumwipfel und erschreckte die Grillen, sodass sie ihr Zirpen unterbrachen. »Hat dich abblitzen lassen, was?«

»Nein. Sie hat mich überhaupt nicht abblitzen lassen. Ich hab es nicht mal versucht«, antwortete Duncan ernst.

»Warum zur Hölle nicht?«, erkundigte sich Fin. »War sie hässlich?«

»Nein.«

»Was dann?« Fin brach ein weiteres Stück Brot ab und steckte es sich in den Mund.

»Ich glaube nicht, dass es irgendetwas genützt hätte.« Duncan erduldete das Gelächter seines Bruders weiter, während er ihm rasch berichtete, wie er die Frau getroffen hatte.

Als er seiner Erheiterung Luft gemacht hatte, wischte sich Fin eine Träne aus dem Auge und erklärte: »Ich glaube nicht, dass es möglich gewesen wäre, das mehr zu vermasseln. Ich werde dir ein weiteres Mal zu Hilfe kommen müssen.«

Bei dem Gedanken daran, dass sein Bruder das Mädchen auch nur anschauen könnte, verspannte sich Duncan. Über den Grund dafür würde er später nachdenken, aber erst einmal lehnte er Fins Vorschlag ab.

»Dann hast du selbst einen Plan, wie du vorgehen willst?«

»Daran arbeite ich gerade.«

»Ich werde die Augen auf jeden Fall nach weiteren Frauen offen halten.«

»Ich glaube nicht, dass das notwendig sein wird.« Duncan strich ein welkes Blatt beiseite, das auf seinen Arm gefallen war. »Ihre Freundin hat sie McAllister genannt. Die Klinge, die sie bei sich hatte, war mit keltischen Verzierungen versehen.« Er hob sich das Beste für den Schluss auf. »Und das Heft war mit Bernstein besetzt.«

Plötzlich ernst, legte Fin sein Brot beiseite und fragte: »Denkst du, Grainna weiß von ihr?«

Er nickte. »Ihre Freundin hat das bestätigt und auch die Wahrheit über ihre Tugend.«

»Dann wird sie bewacht werden.«

»Aye, sie wird sogar streng bewacht werden.«

»Verdammt, Duncan, ich wünschte, wir wären im Besitz unserer hellseherischen Kräfte. Wie sollen wir wissen, ob Grainna uns auf die Schliche gekommen ist?«

»Wir müssen uns auf das verlassen, was Vater uns erzählt hat. Wenn wir als irgendetwas anderes als normale Sterbliche hergekommen wären, hätten wir keinen Fuß in Grainnas Dorf setzen können, ohne dass sie es erfahren hätte. Wir haben drei Tage bis zur Sommersonnenwende. Das lässt uns mehr als genug Zeit, der Jungfer den Hof zu machen und Grainna hier in dieser Zeit und an diesem Ort zu halten.«

»Ich hoffe, du hast recht.« Fin lehnte sich zurück und schloss die Augen, um etwas Schlaf zu bekommen.

Duncan blickte zu den Sternen empor und dachte über die Worte nach, die das Mädchen bei ihrer kurzen Begegnung gesagt hatte. »Fin?«

»Was?«, fragte der, schon halb im Schlaf.

»Was heißt das Wort ›Freak‹?« Duncan bedauerte es, diese Frage gestellt zu haben, als sein Bruder nur einen weiteren Lachanfall bekam.

* * *

Glocken läuteten direkt neben ihrem Ohr, sodass Tara hochfuhr, als hätte ihr Wecker geklingelt. Nein. Keine Glocken, Hörner, und nicht direkt neben ihrem Ohr, aber vor dem Zelt.

Cassy drehte sich auf die Seite, zog sich dabei die Decke über den Kopf, weil sie im Schlaf gestört worden war. Sie hatte zweifellos einen Kater, überlegte Tara, bevor sie sich aus dem Bett aufrappelte und nachsehen ging, was hinter all diesem Lärm steckte.

Ein Mann, gekleidet in ein hellgelbes und orangefarbenes Hemd und braune Beinkleider, hörte auf, in sein Horn zu blasen, als Tara den Kopf aus dem Zelt schob.

Seine Stimme dröhnte, forderte die Aufmerksamkeit von allen, die dabeistanden und zuschauten. »Hört, ihr Leut! Hört, ihr Leut!« Er holte ein zusammengerolltes Stück Papier unter seinem Arm hervor, zog es auf und begann zu lesen.

»Madame Gwen lässt kundtun, dass die schöne Jungfer Tara und ihre Anstandsdame Cassandra für die Dauer des Marktes königliche Gäste sein sollen. Hiermit werden ihnen die Privilegien verliehen, die Angehörigen eines Königshauses zustehen. Von diesem Moment an müssen sich alle ehrfürchtig vor Lady Tara verneigen und ihr als höchster Dame des Hofes den nötigen Respekt zollen.«

Der Mann rollte das Pergament wieder zusammen und reichte es Tara. Die Umstehenden begannen zu klatschen, lenkten damit noch mehr Aufmerksamkeit auf sie.

»Oh, großartig«, murmelte Tara entnervt.

Der Mann wandte sich zum Gehen, aber Tara rief: »Warten Sie! Warten Sie eine Minute.« Sie duckte sich zurück ins Zelt, stieß Cassy an und zischte: »Steh auf.«

Cassy murmelte etwas und rollte sich auf die andere Seite.

Tara bückte sich und zog ihr die Decke weg. »Steh auf.« Sie steckte den Kopf erneut zum Zelt hinaus und sah, dass der Mann weiter dort war. Die Menge der Schaulustigen wuchs mit jedem Moment. »Nur noch eine Minute.«

Rasch streifte sie sich ihr Kleid über und schaute ihrer Freundin in die blutunterlaufenen Augen. »Du hast mich hier reingeritten«, zischte sie mit zusammengebissenen Zähnen.

»In was denn?« Cassy rieb sich das Gesicht.

»Da steht irgend so ein Kerl draußen vor unserem Zelt und behauptet, dass wir zum königlichen Geblüt gehören. Steh auf, und bring das in Ordnung.«

»Was? Königliches Geblüt?« Cassys Blick klärte sich. Sie krabbelte unter ihren Decken hervor und steckte selbst den Kopf aus dem Zelt. »Wie cool!«, entfuhr es ihr erfreut. Sie schlüpfte rasch in ihr Kleid. »Das ist klasse. Das wird so super!«

»Klasse? Bist du be...« Tara ließ den Satz unbeendet und ging aus dem Zelt. Bei ihrem Erscheinen verneigten sich die Männer, und die Frauen knicksten. »Oh, toll.«

Cassy stolperte von hinten gegen sie, bemerkte die Leute und klatschte vor Begeisterung in die Hände, als wäre sie ein sechsjähriges Mädchen an seinem Geburtstag.

»Hören Sie mal«, wandte sich Tara an den albern gekleideten Mann.

»Eure Hoheit.«

»Ja, genau das …« Tara schlug Cassys Hand weg, als die sie zurückhalten wollte. »Wir wollen nicht …«

»Doch, wollen wir.«

»Nein, wollen wir nicht.«

Cassy drehte Tara um. »Doch, wollen wir. Komm schon, Tara, das ist eine einmalige Chance. Was kann es denn schaden?«

»Entschuldigen Sie uns kurz«, erklärte Tara und zerrte Cassy mit sich zurück ins Zelt.

* * *

Draußen stand die Menge und wartete. Gedämpfte Stimmen drangen aus dem Zelt, während die Frauen miteinander stritten. Hitzige Bemerkungen und gelegentlich ein Kopf, der an der Zeltklappe erschien, hielten die Zuschauer an Ort und Stelle.

Nach mehreren Minuten tauchte Cassy wieder auf und lächelte triumphierend. »Wir akzeptieren die uns zugedachte Stellung.«

»Nun gut. Nehmt Eure Habseligkeiten, und kommt vor dem Frühstück zu Madame Gwens Zelt. Dort werdet Ihr erfahren, was fürderhin von Euch erwartet wird.«

Beschwingt verschwand Cassy wieder im Zelt.

Und die Zuschauer begannen zu lachen.

KAPITEL 3

»Siehst du sie irgendwo?«, fragte Fin nach ihrem dritten Rundgang über den Markt.

»Nay.«

»Sag ›Nein‹, Duncan. Wir müssen uns so wie sie verhalten.« Fin lächelte einer Brünetten zu, die ihn interessiert musterte. »Du möchtest ja schließlich nicht, dass das Mädchen denkt, du seist ein ›Freak‹, oder?«

»Nay ... Nein. Auf keinen Fall.«

»Dann versuch doch bitte zu lächeln.« Das berüchtigte MacCoinnich-Stirnrunzeln war die Lieblingsmiene seines Bruders. Und zudem die nervigste. »Was nützen schon all der Fleiß und die Mühe, mit denen wir die Sprache dieser Zeit gelernt haben, wenn du herkommst und die ganze Zeit ›Nay‹ und ›Aye‹ sagst? Das ziemt sich einfach nicht!«

»Ich höre auch nicht viele Leute ›ziemen‹ verwenden.«

»Ach, die hübschen Mädchen hier mögen einen Hauch vom alten Schottland. Versuch einfach, nicht mehr zu vergessen, wo wir angeblich her sind.«

Fin versorgte seinen Bruder weiter mit solchen und ähnlich nützlichen Tipps, während sie nach dem rothaarigen Mädchen suchten. Er redete weiter und weiter, bis er plötzlich merkte, dass er zu sich selbst sprach.

Duncan war stehen geblieben. Ein Lächeln spielte um seinen Mund, und in seinen Augen glomm ein Licht.

Fin folgte seinem Blick und entdeckte den Grund für den Ausdruck auf dem Gesicht seines Bruders. »Bei Gott, ist sie das?«

Während er ihre Schönheit bewunderte, war Duncan der Mund ganz trocken geworden. »Aye.« *Gütiger Himmel, war sie gestern tatsächlich auch schon so bezaubernd?* Mit pochendem Herzen stand er da und erbebte. Er erinnerte sich an den verwirrten Blick und das Blut auf ihren Händen.

Jetzt wirkte sie so erhaben wie eine Königin, umgeben von ihrem Hofstaat. Ihr flammend rotes Haar reichte ihr bis zu den Hüften. Blumen, die hineingeflochten waren, ließen es noch herrlicher aussehen, als er es in Erinnerung hatte. Ein tiefsmaragdgrünes Kleid mit Stickereien in Gold und Schwarz betonte ihre Schönheit. Selbst aus der Entfernung erkannte Duncan, dass die Farbe des eleganten Kleides zu der ihrer Augen passte.

Obwohl sie einfach atemberaubend war, war das Lächeln auf ihren Lippen verkniffen und ihre Bewegungen steif und unnatürlich. Sie wurde von zwei bewaffneten Männern flankiert, zwei Beschützern oder, vielleicht treffender, Bewachern.

Cassy jedoch lächelte, lachte und flirtete mit einem ihrer vielen Bewunderer. Ihr Lächeln war aufrichtig und überhaupt nicht beunruhigend.

Duncan verfolgte, wie die beiden mit ihrem Gefolge weiterzogen. Er wünschte, er wüsste ihren Namen, und nahm sich vor, ihn so schnell wie möglich herauszufinden.

Während sie sich zu dem Bereich mit den Speisen begab, konnte Duncan erkennen, dass sie die Augen verdrehte, als die Menge sich vor ihr verneigte. *Freaks*, hörte Duncan im Geiste, beinahe als hätte sie es ihm zugeflüstert.

Einer der Beschützer fasste sie am Ellbogen, als sie über eine Schwelle schritt. Das Mädchen verzog das Gesicht, fühlte sich davon offensichtlich belästigt und entzog ihm ihren Arm.

Beim Anblick ihres Abscheus war Duncan sofort alarmiert. Er legte eine Hand auf den Griff seines Schwerts.

Fins Stimme brach den Bann. »Ganz ruhig, Bruder.« Er berührte ihn am Handgelenk. »Das sind Grainnas Männer. Wir wollen ja nicht, dass sie von unserer Anwesenheit hier erfahren. Komm, lass uns etwas essen gehen und alles beobachten. Wir werden unsere Gelegenheit erhalten.«

Fin führte Duncan zu einem Tisch, an dem bereits andere saßen. Schon bald brachte ihnen eine Magd Teller mit Essen und füllte ihre Becher mit Ale.

Duncan schaute sich im Raum um und wurde sich bewusst, wie viele Männer das Mädchen beobachteten. Bei ihren lüsternen Blicken sträubte sich alles in Duncan. Die Reaktion war nur natürlich, versicherte er sich, der Wunsch, eine Jungfer vor der Lüsternheit der Männer zu schützen. Sie wollten sie bloß entehren. Aber irgendwie wusste er, dass hinter seinem Verlangen, sie zu beschützen, mehr stand.

Zur Hölle, wenn einer der Männer hier schon früher etwas unternommen hätte, befände sie sich jetzt nicht in solcher Gefahr.

Fin unterhielt sich mit den anderen am Tisch. Es dauerte nicht lang, da hatte sich das Gespräch dem zugewandt, was mit den Frauen an der großen Tafel geschah.

»Ich hab sie nie zuvor bemerkt«, erklärte ein stämmiger Mann mittleren Alters. »Meistens erwählt Gwen Leute, die schon zuvor hier waren.«

»Wofür sind sie denn erwählt worden?«, erkundigte sich Fin.

»Das meiste davon seht Ihr vor Euch. Sie werden als Königliche Hoheiten des Mittelaltermarktes behandelt, komplett mit Kostümen, Bedienung, Essen und Unterbringung.«

»Und vergiss nicht das Turnier«, erinnerte ihn seine Ehefrau.

»O ja, das Turnier.«

»Was passiert dann?« Die Frage kam von Duncan.

»Die Ritter kämpfen um das Recht, die Erwählte zu Tisch zu führen.« Der ältere Mann nickte zu der großen Tafel hin. »Da sie das Haar offen trägt und sich als heiratsfähige Jungfer ausgibt, wird Gwen am Ende vermutlich auf einer gespielten Handfeste bestehen. Das ist alles überaus unterhaltsam. Wann war das das letzte Mal, Marge?«

»Meine Güte, John. Daran kann ich mich gar nicht mehr erinnern. Es muss mindestens zwei Jahre her sein.« Marge wedelte mit einer Hand vor ihrem Gesicht herum, verscheuchte eine Fliege.

»Eine Handfeste macht alles noch authentischer. Sie wird ein wunderschöner Preis für den Sieger sein«, sagte John zwischen zwei Bissen.

»Wer sind die Ritter?«, wollte Fin wissen und schaute sich im Raum um.

»Jeder kann sich daran beteiligen, solange der Betreffende ein Pferd besitzt. Aber Gwens Leute haben fast immer die Nase vorn. Nicht besonders viele von den Besuchern, die am Wochenende herkommen, kennen sich mit Ritterspielen aus.«

Duncan und Fin wechselten einen wissenden Blick und nickten einander zu.

* * *

»Ich möchte mit meiner Freundin unter vier Augen reden«, teilte Tara dem Neandertaler mit.

Er wich nicht zur Seite.

»Wenn ich hier mitspielen soll, muss ich wenigstens ein bisschen Raum haben.«

Er lächelte nicht einmal.

»Hör mal, als deine Königin, Prinzessin oder was auch immer verlange ich, dass du verschwindest.« Sie deutete zum Eingang des Zeltes.

Da sie wusste, Tara stand kurz davor, in die Luft zu gehen, schaltete Cassy sich ein. »Hey, Bruno.« Sie nahm ihn am Arm und zog. »Hast du schon mal was von PMS gehört?« Das sorgte dafür, dass er sich immerhin in Bewegung setzte, selbst wenn er nur vor die Zeltklappe trat.

»So.« Cassy rieb sich die Hände. »Man muss einfach wissen, was man sagen muss.«

»Ich dachte echt, er würde nie von meiner Seite weichen.«

»Es ist doch nicht so schlecht.« Cassy nahm eine Bürste und fuhr sich damit durchs Haar.

»Für dich vielleicht nicht, du kannst ja auch aus dem Zelt rausgehen, ohne auf Schritt und Tritt verfolgt zu werden. Bruno ist ständig bei mir.« Den Namen hatten sie sich ausgedacht. Er hatte ihnen keinen genannt und sprach nur, wenn er musste, was nicht oft der Fall war.

»Du musst zugeben, die Unterbringung ist klasse, und die Kleider sind fantastisch.«

Tara betrachtete ihr geräumiges Zelt. Es war so riesig, dass locker sieben andere wie das, das ihnen zuerst zugeteilt worden war, darin Platz gefunden hätten. Die Betten waren federweich und hatten Vorhänge aus goldfarbener Seide. Sie starrte in den reich verzierten Ganzkörperspiegel und bewunderte ihre Erscheinung.

»Wir sind ins Mittelalter versetzt worden, so weit, wie das nur möglich ist.« Tara hob ihren Rock an und ließ ihn zu Boden fallen.

»Gwen hat sich um all unsere Bedürfnisse gekümmert.« Cassy steckte sich eine Traube in den Mund. »Ich frage mich nur, wo sie eigentlich ist.«

»Vermutlich schläft sie. Sie wird schon früh genug auftauchen.« Nicht dass Tara sich darauf freute, sie erneut zu treffen. Etwas an der Frau wollte ihr einfach nicht gefallen. Was dumm war, dachte sie. Die Dame war bisher ausnahmslos nett zu ihnen gewesen.

Ich sollte mir vielleicht wirklich mehr Mühe geben, die richtige Geisteshaltung zu entwickeln.

Cassy hatte das jedenfalls getan. Genau genommen hatte Cassy gar nicht aufgehört, Madame Gwens Loblied zu singen, seit sie die alte Hexe getroffen hatten.

Egal, wie unbehaglich sich Tara im Moment fühlte, am Ende würde dieser Urlaub als eine von Cassys besseren Ideen verbucht werden.

Sie waren damit beschäftigt, Bilder vom Zimmer zu machen, als Madame Gwen mit zwei weiteren der austauschbaren Brunos erschien.

Sofort beherrschte sie mit ihrer Präsenz den gesamten Raum. Ihre Kleidung erinnerte heute weniger an eine Zigeunerin und mehr an eine Königin. Ihre Arme hingen voller Armbänder, an jedem Finger steckte ein Ring. Im Tageslicht sah sie sogar noch älter aus. *Ihr Lächeln ist irgendwie verwirrend und passt auch nicht zu ihr.*

»Ich sehe, ihr habt euch eingelebt«, bemerkte Gwen zu Cassy.

»Ja, haben wir. Danke für alles. Diese Kleider sind einfach wunderbar, und dieses Zelt ist so viel netter als das, in dem wir zuvor waren. Ich bin nicht sicher, warum Sie uns erwählt haben, trotzdem sind wir froh, dass Sie es getan haben.«

»Und du?« Gwen wandte sich an Tara. »Sagt dir all dies zu?«

»Die Kleider passen mir, als wären sie eigens für mich ange-fertigt«, räumte Tara ein. »Und die Unterkunft ist wunderschön.«

»Aber …?«

»Ich bin so viel Aufmerksamkeit nicht gewohnt.« Tara brachte ein bisschen Abstand zwischen sich und Gwen, die ihr für ihren Geschmack zu nah auf die Pelle gerückt war.

»Nun ja, da … Also, da kann man nichts machen.« Gwen spielte mit einem der vielen funkelnden Edelsteine, die an ihrem Hals hingen.

Das Geglitzer faszinierte Tara, und sie konnte einfach nicht wegschauen. »Nein, vermutlich nicht.« Ihr wurden die Knie weich, und sie hatte plötzlich das Bedürfnis, sich hinzusetzen.

»Die anderen Besucher freuen sich auf die anstehenden Spiele und Festlichkeiten, und ihr wollt sie ja nicht enttäuschen, oder?«

»Nein. Ich möchte sie nicht enttäuschen. Ich möchte nur …« Tara schloss die Augen einen Moment lang und ver-lor den Gedankengang. Worüber sprachen sie gerade? Sie schüttelte den Kopf, wie um ihn zu klären, und setzte sich.

»Das klingt nach Spaß. Das Turnier, meine ich.« Cassy trat zu Tara und versuchte, ihr ein Lächeln zu entlocken, indem sie ihr einen gespielt finsteren Blick zuwarf.

Aber Cassys Gesicht verschwamm, und alles, was Tara tun konnte, war, die Augen zu schließen.

Nervös geworden tat Cassy, was sie in so einem Fall immer tat: Sie redete drauflos. »Wird es Ritter in Rüstungen geben? Was sollen wir tun? Müssen wir irgendetwas auswendig lernen?«

Gwen starrte Tara an. Ihr Lächeln wankte, doch nur für den Bruchteil einer Sekunde.

Wieder lief Tara ein kalter Schauer über den Rücken. Immer dies Getanze auf ihrem Grab. Sie richtete ihre Augen wieder auf Gwen, deren Gesichtszüge weicher wurden.

Tara stand auf und stellte sich neben Cassy. »Wir haben jede Menge Zeit bis zum Tjost, um über unsere Rolle zu reden. Stimmt das nicht, Madame Gwen?« Tara wollte aus dem Zelt raus. Sie brauchte frische Luft. Und das sofort.

»Jede Menge Zeit, meine Liebe. Jede Menge Zeit«, stimmte Gwen ihr zu. »Warum geht ihr beide nicht ein wenig raus? Es ist ein viel zu schöner Tag, um hier drin zu bleiben. Eure Diener warten auf euch.« Gwen wandte sich direkt an Tara. »Falls du irgendetwas benötigst, musst du es bloß sagen.«

* * *

Duncan blieb im Hintergrund der Menge, wartete und passte auf. Er suchte nach einer Schwachstelle bei der Wache, irgendetwas, das er ausnutzen könnte, um mit dem Mädchen allein zu sein.

»Tara.« Er testete den Namen auf seiner Zunge, genoss den Klang. Er hatte ihn von anderen erfahren, die sie gefragt hatten, wer sie war.

Tara sorgte für eine Menge Unruhe unter den Leuten hier. Sie war keine von ihnen. Manche betrachteten sie als Außenseiterin und der Rolle unwürdig, die ihr gegeben worden war. Andere, vor allem Männer, fanden sie sehr hübsch und freuten sich auf die bevorstehenden Spiele, Spiele, bei denen sie um die Gelegenheit wetteifern würden, neben ihr zu stehen und mit ihr in der Handfeste verbunden zu werden.

Es wurde erwartet, dass Tara dem Gewinner einen Kuss gewährte. Aber nach dem, was Duncan beobachtet hatte, wusste sie nicht, dass das dazugehörte.

Keiner von diesen Leuten glaubte an so was wie eine Handfeste. Sie dachten, es sei nur zur Unterhaltung. Duncan jedoch war sich darüber im Klaren, dass es viel mehr war. Grainna war deutlich gerissener, als man ihr zutraute. Sie hatte es geschafft, die Jungfrau abzusondern, ohne dass irgendjemand sich gewundert hatte.

Grainna kannte diese Leute und wusste, was sie antrieb. Das war einer der Vorteile, die sie hatte. Er und sein Bruder waren zuvor erst zweimal in diese Zeit gereist. Beide Male waren sie auf dem Markt gewesen, den Grainna organisiert hatte, aber niemals zuvor hatte Grainna sich die Mühe gemacht, eine Jungfer von der Gruppe zu trennen.

Andererseits sorgten Duncan und Fin auch dafür, dass es keine gab. Grainna ahnte nichts von ihrer Anwesenheit oder davon, dass sie gezielt ihre Pläne durchkreuzten.

Duncan hörte im Geiste die Worte seines Vaters. *Unterschätzt Grainna nicht. Sie hat fünfhundert Jahre gelebt, bevor sie verbannt wurde. Sie wird sich nach Jugend verzehren wie ein Liebender nach der Erfüllung. Und sie wird nichts unversucht lassen, um sie zu bekommen. Wenn ihre Macht durch die Jungfrau wiederhergestellt ist, wird sie euch, ohne zu zögern, vernichten. Und mit der Kraft, die euer Tod ihr verleiht, wird sie hierher zurückkehren und uns alle auslöschen.* Dieses Mal wusste Duncan, dass sie mit Grainna Schach spielten, bloß hatte sie anders als zuvor bereits ihren Läufer in ihrem Besitz.

Während Fin tief in den Wald ritt, um ihre Rüstungen zu holen, verbrachte Duncan Zeit damit, mit den Leuten auf dem Markt zu reden. Die Frauen schmolzen bei seinem Dialekt förmlich dahin. Sein Lächeln führte dazu, dass sie sich ihm an den Hals werfen wollten.

Sobald er erfahren hatte, wo Taras Zelt stand, wandte er viel Zeit auf, um die Schwachstellen zu finden. Er benötigte einen Zugang oder, besser noch, einen Fluchtweg. Und dann musste er die Jungfer erneut aufspüren.

Das gelang ihm schließlich. Sie war im Essbereich und schob die Bissen auf ihrem Teller hin und her. Sie hatte bisher nichts davon zu sich genommen. Ab und zu schaute sie hoch, als wüsste sie, dass ein weiteres Paar Augen auf sie gerichtet war. Sie erblickte ihn von der anderen Seite der Freifläche aus. Wiedererkennen trat in ihre Augen, bevor sie sich abwandte.

Sie wirkte irgendwie müde und verärgert über all die Aufmerksamkeit. Die Männer, die sich ihr näherten, wurden verächtlich gemustert. Duncan brauchte keine besonderen Kräfte, um zu erkennen, dass ihre Laune sich dramatisch verschlechterte.

Er musste nicht lange warten, bevor Tara ihre Freundin verließ und sich in ihr Zelt zurückbegab. Sie marschierte davon, lief förmlich in ihr Quartier.

Sobald sie darin verschwunden war, hörte Duncan sie einen von Grainnas Männern anschreien. »Hau ab!«

Duncan wartete.

»Dem hier habe ich nie zugestimmt, Bruno. Wenn du jetzt nicht gehst, dann verschwinde ich, und zur Hölle mit dem Hofstaat, den schicken Kleidern, dem Zelt und allem anderen!«

Der Mann gehorchte und bezog vor dem Eingang Stellung.

Duncan begab sich auf die Rückseite des Zeltes, achtete darauf, sich natürlich zu bewegen. Er fuhr mit den Fingern über den Stoff und fand die Schnallen, die er zuvor gelockert hatte. Binnen Sekunden schlüpfte er hinein, ohne dass irgendjemand es bemerkte.

* * *

Tara saß an einem Frisiertisch, den Kopf auf die verschränkten Arme gelegt. Ihr langes Haar war nach vorn gerutscht und schirmte ihr Gesicht ab. Sie ballte die Hände mehrere Male zu Fäusten, doch das half nicht gegen ihren Frust.

»Was zur Hölle tue ich hier eigentlich noch?«, fragte sie sich selbst laut. »Cassy ist damit beschäftigt, Hofdame zu spielen oder was auch immer sonst. Was könnte es ihr schon ausmachen, wenn ich einfach gehe?«

Eine Bewegung und das Rascheln von Stoff erregten ihre Aufmerksamkeit. Sie riss die Augen auf, und ihr stockte der Atem beim Anblick einer großen Gestalt in dunklem Umhang, die plötzlich in ihrem Zelt stand. Sie öffnete die Lippen, um zu schreien. Bevor sie das tun konnte, verschloss ihr eine große Hand den Mund.

Er hatte sich so rasch bewegt, dass sie nicht einmal den kleinsten Mucks von sich geben konnte. »Still, Mädchen, ich werde Euch nichts tun.«

Die Stimme war ihr vertraut, aber Tara konnte sein Gesicht nicht sehen. Sie riss die Augen weiter auf und begann, sich gegen seinen Griff zu wehren.

»Hört auf, sonst ruft Ihr nur ihren Mann rein.« Der Typ zog sich mit der freien Hand die Kapuze vom Kopf. Sie entspannte sich leicht, sobald sie ihn erkannte, doch der Ausdruck in ihren Augen blieb wachsam. »Ihr werdet nicht schreien, wenn ich Euch loslasse?«

Sie schüttelte den Kopf. Er lockerte den Griff, und sie trat einige Schritte von ihm weg. Hastig überschlug sie im Geiste, wie schnell sie am Zelteingang sein könnte. »Was tust du hier?«, zischte sie, bemühte sich allerdings, leise zu sprechen.

Der Mann öffnete den Mund, um es ihr zu erklären, schloss ihn aber direkt wieder. Schließlich sagte er: »Ich hatte nie die Gelegenheit, mich wegen Eurer Verletzungen bei Euch zu entschuldigen. Heute kann ich nicht in Eure Nähe kommen, ohne dass mir eine der Wachen den Weg versperrt.«

Argwöhnisch runzelte sie die Stirn. Ihre Augen durchbohrten ihn förmlich bei ihrem Versuch, zu entscheiden, ob er die Wahrheit sprach. »In dem Fall, Entschuldigung akzeptiert.«

Er lächelte. »Es tut mir leid, dass ich mich so angeschlichen hab. Ich hoffe, ich habe Euch nicht zu sehr erschreckt.«

»Du hast mir eine Heidenangst eingejagt.«

»Dann muss ich mich ein weiteres Mal entschuldigen.« Er verneigte sich. »Es tut mir sehr leid.«

»Tu es einfach nicht noch einmal.«

»Wie Ihr wollt.«

Langsam wich die Gänsehaut von Taras Armen. Der große Mann, der vor ihr stand, wirkte auf sie weniger bedrohlich als die Wache vor ihrem Zelt. »Was ich will, scheint nicht das zu sein, worauf irgendjemand hier Rücksicht nimmt.«

»Vielleicht sollte ich auf dem gleichen Weg wieder gehen, auf dem ich gekommen bin. Niemand wird wissen, dass ich hier war.« Er wandte sich ab.

»Warte.« Tara schaute sich um. »Wie bist du denn hier reingekommen?«

»Da ist ein Spalt im Stoff.« Er trat zu der Öffnung und hob die Stofffalten hoch. »Seht selbst.«

Die Hoffnung stirbt zuletzt. Ich habe eine Fluchtmöglichkeit gefunden. Ich kann ein bisschen Sommerluft schnappen, ohne dass Bruno mir am Rücken klebt. Endlich Ruhe und Frieden.

Bei der Aussicht, zu entkommen, überwältigte sie eine schwindelig machende Freude. »He, würde es dich stören, mir zu helfen, eine Weile von hier zu verschwinden? Dieser ganze Mist mit dem Königinnenzeug treibt mich noch in den Wahnsinn.«

Er musterte sie verwundert, dann grinste er. »Aye, ich helfe Euch dabei.«

Sie seufzte dankbar. »Klasse. Lass mich nur Cassy rasch eine Nachricht schreiben.« Sie kritzelte etwas auf einen Zettel und lehnte ihn an den Spiegel, wo Cassy ihn finden würde.

»Hier, Ihr werdet das hier brauchen.« Er nahm den Umhang von seinen Schultern und hüllte sie darin ein. Es war schrecklich heiß, aber Tara wusste genau, sie würde in dem Moment auffliegen, in dem jemand ihr Gesicht sah. Sie schob sich das Haar über die Schultern und zog sich die Kapuze über den Kopf.

»Wie ist das?«, erkundigte sie sich.

»Gut, und jetzt folgt mir.« Er nahm ihre Hand und führte sie in die Freiheit.

Niemand bemerkte sie. Sie bewegten sich schnell, begaben sich an den Rand des Marktgeländes. Tara war sich nicht sicher, wohin sie unterwegs waren, und ehrlich gesagt, interessierte es sie auch nicht. Sie war einfach froh, von all den Leuten wegzukommen.

Sein Pferd war gesattelt und graste jenseits des behelfsmäßigen Dorfes. Er schwang sich mit einer geschmeidigen Bewegung in den Sattel, wobei er so elegant wirkte wie ein Tänzer. Sie zögerte, als ihr klar wurde, wie riesig der Hengst war, und blieb vor ihm stehen.

»Kommt Ihr?« Er streckte ihr eine Hand hin.

Sie starrte darauf und dann auf das Pferd. »Das hier ist total verrückt!« Sie nahm seine Hand und spürte, wie mühelos er sie zu sich hochzog.

Er wartete nicht, bis sie sich bequem hingesetzt hatte, sondern rief ihr zu: »Gut festhalten.«

Das Pferd galoppierte los. Sie klammerte sich an den Mann, damit sie nicht runterfiel.

Sobald von dem Lager nichts mehr zu sehen war, stieß sich Tara die Kapuze vom Kopf und ließ ihr Haar im Wind wehen. »Juhu!«, rief sie aus voller Kehle. »Endlich ... frei!«

* * *

Als sie an einen Bach kamen, hielten sie an. Es floss genug Wasser, dass es leise plätscherte. Bäume schützten sie vor der Nachmittagssonne, und am Ufer blühten wilde Blumen.

Er saß ab und hob sie vom Pferd.

»Gott sei Dank sind wir da weg.« Sie tanzte umher. »Das war klasse.«

»Es freut mich, Euch zu Diensten zu sein, Mylady.« Nachdem er ein Bündel vom Sattel seines Pferdes genommen hatte, führte er das Tier zu einer Stelle, wo grünes Gras wuchs.

»Du kannst die Rolle sein lassen. Ich heiße Tara. Nicht Mylady.« Tara streifte sich den Umhang ab und reichte ihn seinem Besitzer.

»Aye. Ich meine ja. Ich kenne Euren Namen.«

»Warum sagst du dann ›Mylady‹?« Sie schaute zu, während er den Umhang auf dem Boden ausbreitete, damit sie sich hinsetzen konnten.

»Es ist schwierig, anders mit Euch zu sprechen, solange Ihr so gekleidet seid.«

»Der Dialekt … Der ist gar nicht gespielt, oder?«

»Nay.«

»Du kommst aus Schottland?« Tara setzte sich im Schneidersitz hin.

»Aye.«

»Und ich nehme an, alle Frauen in Schottland kleiden sich so. Und du redest sie auch alle mit ›Mylady‹ an?«

»Nicht alle. Nur die, die es sind. Denen zolle ich den angemessenen Respekt und benutze ihren Titel.«

Er ist schon irgendwie seltsam. Sieht klasse aus, ist aber seltsam. Wer kommt denn bitte aus einem anderen Land her, um einen Mittelaltermarkt zu besuchen?

Bei seinem Akzent wurden ihr allerdings die Knie weich. Es fiel ihr zunehmend schwer, sich auf seine Worte zu konzentrieren und nicht auf das Prickeln zwischen ihren Beinen, wenn er redete. Wenn sie es nicht besser wüsste, würde sie glauben, dass er tatsächlich ein Ritter war.

»Aha. Und du reist also um die halbe Welt und besuchst überall Mittelaltermärkte?«

Er schüttelte den Kopf und lachte, ein tiefer, schöner Laut, bei dem sich erneut dieses merkwürdige Gefühl in ihrem Schritt rührte. »Nay. Mein Bruder und ich machen hier …«

»Urlaub?«, fragte Tara.

»Aye, wir machen hier Urlaub.«

»Also von den Klamotten her kriegt ihr das super hin.«

Sie streckte sich auf dem Umhang aus. *Woran denkt er gerade?* Ihr Blick suchte seinen, und mit einem Mal war sie sich bewusst, was für ein verführerisches Bild sie abgeben musste, wenn sie hier so lag. Sie begann unter seiner Musterung unruhig zu werden.

Er schüttelte den Kopf, setzte sich neben sie und holte einen ledernen Weinbeutel hervor.

Tara schloss die Augen und entspannte sich, genoss die Sonne auf ihrem Gesicht.

»Möchtest du welchen?« Er hielt ihr einen Becher hin.

Sie öffnete ein Auge und schaute ihn an. »Mir ist gerade aufgefallen, ich kenne nicht mal deinen Namen.«

»Du hast bisher nicht danach gefragt.«

Sie drehte sich auf die Seite und nahm das Trinkgefäß. »Okay. Wie heißt du?«

»Duncan.«

Sie nickte. »Du siehst aus wie ein Duncan. Erzähl mir, Duncan, du hast nicht zufällig auch noch Käse oder etwas Obst dabei?«

Allmählich fing das an, Spaß zu machen. Als er sich umdrehte, um ein Bündel zu sich zu ziehen, und ihm dabei das Haar in die Augen fiel, verspürte Tara den Wunsch, es ihm aus dem Gesicht zu streichen. Es juckte sie förmlich in den Fingern, ihn zu berühren, und sie musste sich sehr beherrschen, um ihre Hände bei sich zu behalten.

»Nun, zufällig …« Duncan zauberte hervor, wonach sie gefragt hatte.

»Das ist perfekt. Wer will schon Wein ohne Käse und Obst?« Froh darüber, eine Beschäftigung für ihre Hände zu haben außer der, dem Drang nachzugeben, ihm damit durch die Haare zu fahren, nahm Tara sich ein paar Trauben und steckte sie sich in den Mund. »Also, warum bist du heute zu meiner Rettung herbeigeeilt?«

»Das habe ich dir doch bereits gesagt. Ich musste mich entschuldigen.« Er beobachtete, wie sie sich einen weiteren Bissen nahm. »Wie geht es deinem Bein?«

»Alles bestens.« Sie raffte ihren Rock. »Siehst du, nur ein Kratzer. Hat aber eine Weile ziemlich geblutet.«

Er hob seinen Becher an die Lippen und trank einen großen Schluck Wein, während er ihr wohlgeformtes Bein bewunderte. »Ich hoffe, es war nicht allzu schmerzhaft.«

»Nein, außer vielleicht für meinen Stolz.«

»Deinen Stolz?«

»Gewöhnlich schlafe ich in einem überfüllten Raum nicht ein.«

Er grinste. »Und ich setze mich gewöhnlich nicht anderen Leuten auf den Schoß … Zumindest nicht, ohne vorher dazu eingeladen worden zu sein.«

»Dann sind wir ja quitt. Auf einen Neuanfang.« Sie hielt ihren Weinbecher hoch, um mit ihm anzustoßen.

»Auf einen Neuanfang.« Ihre Blicke begegneten sich und verfingen sich.

Der Ausdruck in seinen Augen war so intensiv, dass Tara wegschaute. »Hast du mich hierhergebracht, um mich zu verführen?« Warum hatte sie das gesagt? Sie bereute die Frage sofort.

Als Duncan es nicht unverzüglich abstritt, sah sie wieder hoch.

Er schien über ihre Frage nachzudenken und nach der richtigen Antwort zu suchen. »Ich glaube, das war mindestens teilweise meine Absicht.«

»Also, ich muss dir auf jeden Fall Punkte für Ehrlichkeit geben.« Sie versuchte, ihre Nervosität zu überspielen, und wollte sich mit zitternden Händen ein Stück Käse abschneiden.

Duncan legte eine Hand über ihre und nahm ihr behutsam das Messer ab. Er trennte ein Eckchen ab und reichte es ihr.

Tara spürte so etwas wie einen elektrischen Schlag, als ihre Finger erneut aneinanderstießen.

»Jetzt fühlst du dich unbehaglich. Das tut mir leid.« Seine Stimme war so geschmeidig wie seine Bewegungen.

»Das ist okay. Deine Ehrlichkeit ist wirklich sehr löblich. Und es ist irgendwie erfrischend heutzutage. So viele Leute lügen, um zu bekommen, was sie wollen.«

»Aufrichtigkeit ist dir wichtig?« Duncan schaute in die Ferne.

»Ja, und ich werde auch ehrlich zu dir sein.« Tara seufzte. »Sex mit jemandem zu haben, den ich kaum kenne, steht heute nicht auf meiner Liste.« Die Luft zwischen ihnen wurde irgendwie dicker, und in ihren Schultern machte sich Spannung breit.

Ohne eine Miene zu verziehen, erkundigte er sich: »Und was ist mit morgen?«

Sie musste laut lachen.

Er lachte mit. Alle Spannung verflog.

»Danke, das habe ich wirklich gebraucht.«

»Du hast die Frage nicht beantwortet.«

»Vielleicht hast du's nicht mitbekommen«, Tara fuhr sich mit den Fingern durchs offene Haar, um zu unterstreichen, was sie sagen wollte, »aber ich bin für diesen ganzen Zirkus offiziell zur Jungfrau erklärt worden.«

»Und bist du wirklich eine?«

»Ja.« Sie empfand die Frage nicht als beleidigend und wunderte sich insgeheim darüber. »Und du?«

»Nay. Allerdings denke ich, das war dir vorher klar.«

»Ich wollte nur wissen, wie du darauf reagierst.«

»Der Punkt geht dann an dich.«

»Warum hast du mich noch gerettet, außer wegen der Entschuldigung und dem Sex?« Tara lehnte sich zurück und gestattete sich zum ersten Mal seit Tagen, sich ein wenig zu entspannen. Sie beobachtete, wie das Wasser durch das Bachbett floss.

»Du hast unglücklich gewirkt.«

»Das war ich auch«, räumte sie ein.

»Und jetzt bist du es nicht mehr?« Duncan stellte das Essen zur Seite und streckte sich neben ihr aus.

»Nein.«

»Warum gehst du dann nicht einfach? Warum bleibst du, wenn es dir nicht gefällt?«

»Erinnerst du dich noch an meine Freundin, die betrunkene junge Frau gestern Abend? Das war alles ihre Idee. Und sie hat einen Heidenspaß. Ich bring es einfach nicht übers Herz, sie zu bitten, mit mir abzureisen.«

»Loyalität. Das ist eine seltene Eigenschaft.«

»Vielleicht, aber Cassy würde für mich umgekehrt das Gleiche tun. Daher bleibe ich und halte es ein paar Tage lang aus, angestarrt zu werden und dass man mit dem Finger auf mich zeigt. Das Turnier klingt interessant – das wird ein Spaß. Warst du schon mal bei einem?«

»Aye, ein- oder zweimal.«

»Was ist mit der Zeremonie? Hast du so was schon mal erlebt?« Sie pflückte eine Blume und begann die Blütenblätter reihum abzuzupfen.

»Aye, bloß noch nicht auf die Weise, wie es bei der hier geplant ist.«

»Gwen hat uns davon erzählt. Eine Handfeste ist so was wie eine Verlobungsfeier, oder?«

Er nickte. »Für die meisten ist es eine Verlobung, aber es wird bindend, wenn die richtigen Leute die richtigen Worte verwenden. Machst du dir wegen der Zeremonie Sorgen?«

Sie zuckte die Achseln. »Wie schlimm kann es schon werden? Es ist schließlich nicht so, als ob ich meine Seele verkaufe. Ich werde einfach so tun, als spielte ich eine Rolle in einem Theaterstück.«

Duncans Lächeln verblasste.

»Gwen ist mir unheimlich.« Tara leerte ihren Weinbecher und stellte ihn hin.

»Warum?«

»Zum einen ist es ihr Name. Gwen. Sie sieht überhaupt nicht wie eine Gwen aus. Ich wette, es ist eine Art Künstlername. Zum anderen wirkt ihr Lächeln immer so aufgesetzt. Es ist beinahe, als wollte sie, dass alle sie für einen wunderbaren Menschen halten, dabei tut sie das Ganze insgeheim nur aus irgendeinem perversen Grund. Ich meine, warum sollte sie Jungfrauen raussuchen? Ich glaube, wenn ich Leute so wie sie lesen könnte, würde ich diese Gabe für etwas Gutes nutzen. Nicht, um über andere etwas so Persönliches in die Welt hinauszuposaunen, wie Jungfräulichkeit es ist.«

»Denkst du denn, sie hat eine Gabe?«

»O ja, ganz bestimmt. Wenn sie einen mustert, ist es, als würde sie geradewegs in einen hineinsehen.« Es reichte schon, über Gwen zu reden, um Taras Hände ganz kalt werden zu lassen. »Du glaubst nicht an so was, oder?«

Als er nicht antwortete, schaute Tara ihn an und merkte, dass er sie anstarrte. Der Ausdruck in seinen Augen verriet ihr, dass er ihre Einschätzung teilte.

»Ich denke, vielleicht tust du das doch. Was uns beide ein bisschen verrückt erscheinen lässt.«

»Es ist nicht verrückt, über die eigenen Gedanken hinauszusehen. Du hast es noch vor einem Moment eine Gabe genannt, warum änderst du deine Meinung jetzt?« Duncans Blick ruhte auf ihren Lippen, während sie sprach.

»Es klingt verrückt, zu glauben, dass jemand Gedanken lesen kann.«

»Meinst du denn, dass sie diese Gabe besitzt?«

Der Wind fuhr in Taras Haar, wehte es ihr ins Gesicht. Duncan streckte die Hand aus und schob es zurück, ließ seine Finger auf ihrer Wange liegen. Hitze stieg unter der zärtlichen Berührung in ihr auf und lenkte sie ab.

»Es wäre schon möglich.« Sie fuhr sich mit der Zungenspitze über die trockenen Lippen.

Er lehnte sich vor, schien restlos fasziniert von ihrem Mund, dann schaute er ihr in die Augen.

Sie sollte zurückweichen, aber wie bei einem Magneten spürte sie die Anziehung und wusste, ein Kuss war unausweichlich.

Duncan würde sie küssen. Sie war außerstande, ihn aufzuhalten, und sie wollte das auch gar nicht.

»Was denke ich, Tara?« Seine Lippen und ihre trennten bloß wenige Zentimeter. Sein Blick wanderte zwischen ihrem Mund und ihren rauchgrauen Augen hin und her.

Tara biss sich auf die zitternden Lippen. »Du willst mich küssen.« Ihre Worte waren ein Flüstern und so unruhig wie ihr Puls.

Er kam näher, bis sie nur noch ein Hauch trennte. »Lässt du mich denn?«

Ihr Atem ging hastig. *Bitte*, schrie ihr Verstand, und ihr Herz und ihr Mund sagten: »Ja.«

Kapitel 4

Duncan unterbrach ihre Antwort mit einem Kuss. Die sanfte Berührung ließ sie innerlich dahinschmelzen, mehr, als seine Worte das vermocht hatten. Sie war geschockt. Nicht weil er sie küsste – das hatte sie erwartet. Doch es erschütterte sie, dass es sich so perfekt anfühlte.

Er drehte den Kopf ein wenig, strich mit der Zunge über ihre Lippen, bat um Einlass. Sie ging darauf ein, zunächst vorsichtig, legte ihm dann jedoch die Arme um den Hals und zog ihn mit einem leisen Stöhnen näher.

Duncan drückte sie langsam zurück, bis sie unter ihrem Rücken das Gras spürte. Sein Körper hielt sie am Boden. Nicht dass sie irgendwo sonst hinwollte. Seine Lippen verführten sie auf sündhafte Weise.

Dieser Wochenendtrip entwickelte sich in eine ganz neue und unerwartete Richtung.

Seine Finger glitten zu ihrer Taille und brannten einen feurigen Pfad in ihren Magen. Kleine Blitze des Verlangens brachten ihre Entschlossenheit ins Wanken.

Ihre Welt geriet außer Kontrolle. Sie war schon vorher geküsst worden, allerdings noch nie auf diese Weise, sodass sie sich verzweifelt danach sehnte, zu wissen, was als Nächstes kam.

Sie sollte ihn aufhalten. Tara hatte viel Übung darin, Männern auszuweichen. Jede fünfundzwanzigjährige Jungfrau hätte das. Aber statt ihn zu stoppen, folgte sie seiner Führung. Ihr Kopf sank zurück, als er seinen Mund von ihrem löste und sich ihrem Hals zuwandte. Ihr Körper erbebte, eine neue Erfahrung, und sie erwartete mehr davon, wenn sie ihn weitermachen ließ.

Gott mochte ihr helfen. Sie wollte, dass er weitermachte.

»Du bist so wunderschön.«

Duncans Atem strich warm über ihr Ohrläppchen. Das Sehnen tief in ihrem Unterleib nahm zu.

Sie grub ihm die Fingernägel in den Rücken und wölbte sich ihm voller Verlangen entgegen.

»O Gott«, keuchte sie und überließ sich diesen unbekannten Empfindungen. »Das kann nicht passieren.«

»Doch, Süße, das tut es.« Sein Mund senkte sich wieder auf ihren, gab ihr keine Zeit, nachzudenken, sondern nur, zu fühlen. Seine Bewegungen wurden kühner.

Sie trieb ihn mit ihrem Stöhnen an.

Jede neue Berührung und jedes neue Erlebnis vernebelte ihr weiter die Sinne. Seine Hand umschloss ihre Brust.

Reflexhaft drückte sie ihn weg.

»Lass mich, Tara. Lass dir zeigen, wie es sein kann.«

Seine Worte waren so zärtlich und verheißungsvoll.

Genau in diesem Moment schaltete sich ihr Gehirn wieder ein. »Moment.« Was tat sie hier? Duncan hatte ihr bestätigt, dass er sie hergebracht hatte, um sie zu verführen, und sie ließ das einfach zu? »Nein.«

Auch wenn er sofort aufhörte, blieb Duncan, wo er war, direkt auf ihr. Er senkte seine Stirn auf ihre Schulter und rang um Atem.

Tara fühlte sich furchtbar, weil sie ihn erst heißgemacht hatte und nun abblitzen ließ. Sie war immer stolz darauf gewesen, dass sie Männer auf Distanz halten konnte. Schließlich konnten sie körperliches Begehren nicht nach Belieben an- und ausknipsen. »Tut mir leid.«

»Nein, Mädchen, *mir* tut es leid. Du hast mir gesagt, du wärst noch nicht bereit dafür. Und trotzdem bedränge ich dich.« Duncan sah sie an und strich ihr das Haar aus den Augen. »Ich scheine mich bei dir einfach nicht beherrschen zu können.«

»Ich vermute, das ist ein Kompliment.« Sie versuchte zu lachen, um die Stimmung etwas aufzulockern, aber es kam als leises Stöhnen heraus.

»Die beste Art von Kompliment.« Er gab ihr einen kurzen Kuss auf die Lippen, bevor er sich von ihr löste. »Wir sollten umkehren. Wir wollen ja nicht, dass Gra… Gwens Männer einen Suchtrupp losschicken.«

Nervosität löste ihre Leidenschaft ab. Duncan stand auf, hielt ihr die Hand hin und zog sie auf die Füße. »Es ist schon spät.« Tara nestelte an ihrem Kleid, strich in dem Bemühen, sich ganz unauffällig zu benehmen, unsichtbare Falten glatt.

Während er ihre Sachen zusammensuchte, bewunderte sie unter halb gesenkten Lidern seinen muskulösen Körper. Seine breiten Schultern verjüngten sich zu großartigen Hüften und einem sogar noch großartigeren Hintern. Sie verdrehte die Augen und schaute weg. Sie sollte nicht über seinen Hintern nachdenken.

Duncans Pferd schnaubte, als Tara zu ihm ging. Sie redete beruhigend auf das Tier ein und streichelte ihm das Gesicht. »Er ist wunderschön. Gehört er dir?«

Duncan befestigte seine Tasche am Sattel, bevor er um das Pferd herumging und nach den Zügeln griff. »Aye, ich habe Durk jetzt schon seit vielen Jahren.«

»Wohnst du hier in der Gegend?« Sie hoffte es.

»Das würde ich nicht sagen.«

Er wich ihr aus. Warum eigentlich? »Wo kommst du her?« Wenn man eine direkte Antwort wollte, war es am besten, eine direkte Frage zu stellen.

Er zögerte kurz. »Ich hab dir schon erzählt, dass ich aus Schottland stamme.«

»Oh, richtig. Du hast dein Pferd mit in den Urlaub genommen?« Ihr sank das Herz. Schottland. Viel zu weit weg, um irgendeine Form von Beziehung zu führen. Aber darum hatte er sie ja auch gar nicht gebeten, oder?

Er schwieg.

Enttäuscht blickte Tara hoch und bemerkte, dass er sie betrachtete. »Also, du und ich …«, sie zeigte mit einem Finger zwischen ihnen hin und her, »wären eine kleine Wochenendaffäre geworden, wenn wir nicht aufgehört hätten?«

Duncan zögerte. Bevor er etwas erwidern konnte, hob sie abwehrend die Hand. »Nein, bitte lüg mich nicht an. Ich möchte gern glauben, dass einige Männer noch über so was wie Ehrgefühl verfügen.« Sie schluckte schwer, versuchte die Trockenheit, die ihr die Kehle hochkroch, loszuwerden. »Wann fliegst du wieder nach Hause?«

Er sah ihr in die Augen. »Mein Bruder und ich werden abreisen, sobald der Markt vorbei ist.«

»Das habe ich mir schon gedacht. Da du so ehrlich zu mir bist, werde ich auch ehrlich zu dir sein.« Sie nahm einen beruhigenden Atemzug und richtete den Blick auf einen Punkt irgendwo über seiner Schulter. »Wenn ich auf Gelegenheitssex stehen würde, wäre ich nicht mit fünfundzwanzig Jahren noch Jungfrau. Ich bin mir nicht sicher, ob der Mann, den ich heiraten werde, mein erster Liebhaber sein wird, doch es muss mehr bedeuten – für mich *und* den Mann – als eine kleine Bettgeschichte. Ich hoffe, das kannst du respektieren.«

Tara rieb Durk die Nase und versuchte, selbstbewusster zu wirken, als sie sich fühlte. Ähnliche Worte hatte sie schon in der Vergangenheit zu Männern gesagt. Einige hatten in dem Versuch, sie ins Bett zu bekommen, einfach gelogen. Andere hatten behauptet, sie zu verstehen, und hatten dann nie wieder angerufen. Wie auch immer es ausgegangen war, Tara war froh, dass sie mit keinem von ihnen geschlafen hatte, selbst wenn das bedeutete, dass sie ihre Samstagabende allein verbringen musste.

Duncan nahm ihre zitternde Hand, die, mit der sie das Pferd streichelte, und hob sie an seine Lippen. »Tara. Du bist mehr Dame als jede andere Frau, die ich bisher getroffen habe.«

Sie seufzte. »Wir sollten zurückkehren.«

Tara saß vor ihm im Sattel, hielt sich allerdings ganz steif, hatte Angst, ihm zu nahe zu kommen, nachdem sie ihn hatte abblitzen lassen.

Doch das ließ Duncan nicht zu. Er zog sie an sich und erklärte leise: »Ich habe dich dort nicht genommen. Ich werde es also kaum tun, während wir auf einem Pferd sitzen.«

Tara entspannte sich und genoss die Kraft seines Körpers, während er sie hielt. Die Sonne versank in dunklem Orange und Gold am Horizont. Unwillkürlich drängte sich Tara der Gedanke auf, dass sie in den Sonnenuntergang ritten.

Reiß dich zusammen, wies sie sich energisch zurecht. *Er fliegt in ein paar Tagen zurück nach Schottland. Romantische Fantasien werden daran nichts ändern.*

* * *

Was sollte er jetzt tun? Es war ihm nicht gelungen, sie zu verführen, und er glaubte nicht, dass sich vor der Sonnenwende eine weitere Gelegenheit dazu bieten würde. Er dachte darüber nach, sie so wütend zu machen, dass sie abreiste. Doch es war nicht garantiert, dass Grainna ihr nicht folgen und sie entführen würde.

Nein, dachte er. *Ich werde ihr nicht von der Seite weichen, um ihrer eigenen Sicherheit willen. Um Grainna daran zu hindern, den Fluch zu brechen.*

Wenn er Grainna einreden könnte, dass Tara nicht mehr jungfräulich war, würde sie sich eine andere suchen müssen. Er war nicht davon überzeugt, dass das möglich war, aber welche Wahl hatte er? Er konnte Tara nicht einfach erzählen, in welcher Gefahr sie sich befand. Sie würde ihm nicht glauben.

Duncan wandte sich im Geiste Grainnas Fluch zu und dem Grund seines Hierseins. Sie war wie er und seine Familie druidischer Herkunft. Magie lag ihr im Blut. Doch mit Magie kamen Verantwortung sowie Ehre und Respekt für die Gaben, die einem gewährt worden waren.

Grainna war dem wahren Weg gefolgt, bis sie einem Mann begegnet war, dessen Schönheit ihr die Sinne verwirrt und in den sie sich verliebt hatte. Sie hatte gedacht, dass Elic der perfekte Ehemann für sie sein würde. In seinen Adern floss ebenfalls druidisches Blut, wenn auch nicht so reines wie in ihren. Nicht so machtvolles.

Aber Elics Absichten waren alles andere als ehrbar gewesen. Er hatte sie als Eroberung betrachtet, eine Unschuld, die kein Mann zuvor besessen hatte. Während eines Sommers hatte sie ihm ihre Jungfräulichkeit geschenkt. Als der Herbst kam und sein Interesse schwand, hatte er es so arrangiert, dass Grainna ihn in den Armen einer anderen fand.

Als sie ihn auf Knien gebeten hatte, mit ihr wegzugehen, hatte er sie ausgelacht und verhöhnt, weil sie geglaubt hatte, sie wäre die einzige Frau in seinem Leben.

Bitterkeit und Schmerz hatten sie schreckliche Rache an dem Mann nehmen lassen, den sie so sehr geliebt hatte, genau wie an der Frau, mit der er sie so grausam betrogen hatte.

Grainna hatte ihre Gabe benutzt, die, die sie befähigte, mit Tieren zu sprechen. Sie hatte Fledermäuse und Nagetiere aus allen Ecken der Scheune herbeigerufen und sie auf Elic und seine Geliebte gehetzt.

Hasserfüllt hatte sie zugesehen, wie sie langsam und qualvoll gestorben waren. Ihre Schreie und ihr Flehen um Gnade hatten sie kaltgelassen. Ihr Herz, das er so gedankenlos zerbrochen hatte, hatte sich komplett verhärtet.

Bei Elics Tod waren Grainna zum ersten Mal die Ausmaße ihrer druidischen Kräfte bewusst geworden. Das hatte sich als eine Droge erwiesen, die viel mächtiger war als Lust.

Doch die Druidenkräfte zur Rache zu benutzen war von den Alten verboten worden. Um der Verfolgung durch ihre eigenen Leute zu entgehen, war Grainna aus ihrem Heimatland geflohen.

Sie hatte jahrelang die dunklen Künste praktiziert und Personen mit magischen Kräften gesucht. Ob Druide oder Hexe, das war ihr egal. Jene, die sie auf ihren dunklen Pfad führen konnte, ließ sie am Leben, die, die sich ihr widersetzten, starben.

Ihr Verlangen nach Blut und Rache an jedem, der Liebe gefunden hatte, war unersättlich. Im Lauf der Jahre war ihre Macht gewachsen. In einem letzten Akt der Vergeltung hatte Grainna das Blut der Toten benutzt, um einen Trank der Unsterblichkeit zu brauen.

Die Alten, die bisher zugesehen und abgewartet hatten, waren zusammengekommen, um das Böse aufzuhalten. Sie hatten Grainna zu einer Ewigkeit in einem alternden und kraftlosen Körper verflucht. Sie hatten ihre eigenen Druidenkräfte mit einem Bann belegt, genau wie die, die sie sich unrechtmäßig angeeignet hatte, und es ihr unmöglich gemacht, zu ihrem alten Selbst zurückzukehren.

Sie hatten sie fünf Jahrhunderte in die Zukunft geschickt, in eine Zeit und ein Land, in denen sie sich nicht auskannte.

Um den Fluch zu brechen, musste sie eine Frau von druidischer Herkunft finden, eine Jungfrau. Allein das Blut einer solchen Jungfrau würde sie befreien.

Siebzig Jahre lang hatte Grainna in der neuen Welt mit all ihrer Technik und den anderen Bräuchen gelebt. Selbst ohne ihre Druidenkräfte praktizierte sie die dunklen Künste und vervollkommnete ihre seherischen Fähigkeiten genau wie die Gedankenkontrolle.

Grainnas Plan, um eine Jungfrau in ihr Netz zu locken, war brilliant. Sie gab sich als wahrsagende Zigeunerin aus und veranstaltete einen Mittelaltermarkt, was eine perfekte Möglichkeit war, ihre ahnungslosen Opfer zu sich zu locken.

Duncan und Fin waren von ihren Eltern ausgesandt worden, um zu verhindern, dass es Grainna gelang, den Fluch zu brechen. Bis jetzt hatte Duncan seine Missionen stets als angenehm empfunden. Wenn es keine Jungfrauen gab, gab es keine Bedrohung. So einfach war das.

Vor ihnen tauchte allmählich das Marktgelände wieder auf. Duncans Arm lag um Taras schmale Taille. Ihr süßer Duft drang in seine Sinne.

Nur gestaltete sich seine Aufgabe offenbar nicht so einfach, wenn die Jungfrau, um die es ging, Tara McAllister war.

* * *

Die Leute im Lager des Marktes sahen zu, wie sie vorbeiritten. Duncan lenkte Durk zum Eingang von Taras Zelt. Der Mann, der dort Wache stand, schaute sie überrascht an. Sein Blick wanderte zwischen Tara und Duncan hin und her.

Tara band Duncans Umhang mit zitternden Händen auf und gab ihn zurück. Sie ignorierte die starrenden Passanten. »Vielen Dank für heute.«

Grainnas Mann trat einen Schritt auf sie zu.

Duncan hob Taras Kinn und presste seinen Mund auf ihren. Er küsste sie so lange, bis sie sich entspannte, und löste sich dann von ihr. »Ich danke *dir*, Mädchen«, sagte er an ihren leicht geöffneten Lippen. »Ich sehe dich nachher beim Abendessen.«

»Okay«, flüsterte sie.

Duncan lachte, als ihr Körper sich unwillkürlich zu ihm lehnte, statt sich abzuwenden. Er drehte sie herum und gab ihr einen kleinen Schubs.

Sie schwebte förmlich an der Wache vorbei. »Wunderbarer Abend, findest du nicht, Bruno?«

* * *

»Sie hat *was* getan?« Grainnas Stimme war selbst außerhalb ihres Zeltes noch zu hören. Ihre Augen glitzerten wütend. Sie stürmte an der Wache vorbei, gab dem Mann kaum die Gelegenheit, aus dem Weg zu springen.

Sie eilte in Taras Zelt und fand die junge Frau dort nur mit Unterwäsche bekleidet vor. Sie saß auf dem Bett und unterhielt sich mit ihrer Freundin. Grainna konnte sich beim Anblick der unbekümmert lachenden Frauen kaum beherrschen. Sie schienen keine einzige Sorge in der Welt zu haben.

Grainna drängte sich in ihre Gedanken, doch Tara widersetzte sich dem Eindringen mit einer Kraft, nach der es Grainna verzweifelt verlangte.

Cassys Verstand war hingegen weit offen. Sie war aufgeregt und voller romantischer Gefühle, die durch Taras Abenteuer hervorgerufen worden waren.

Galle stieg Grainna die Kehle hoch.

Tara schaute auf, und ihre Blicke trafen sich. Die junge Frau versuchte, in Grainnas Geist einzudringen. Tara wusste gar nicht, dass sie das tat, aber Grainna spürte es.

Sie funkelte sie an.

Tara sprach als Erste. »Hallo, Madame Gwen. Wir bereiten uns gerade aufs Abendessen vor.«

Grainna zwang sich zu ihrem geübten falschen Lächeln. »Ich habe gehört, dass du heute einen Gast hattest. Hoffentlich hat es dir Spaß gemacht, den Männern zu entkommen, die ich hier zu deiner Sicherheit postiert habe.«

»Meine Sicherheit? Vor wem sollen sie mich denn beschützen?« Tara trat hinter den Vorhang und benutzte dieses kleine bisschen Privatsphäre, um in ein Kleid fürs Abendessen zu schlüpfen.

»Vor Männern mit unehrenhaften Absichten natürlich. Eine Jungfrau ist für viele eine unwiderstehliche Verlockung.« Grainna nickte in Cassys Richtung. »Ich bin mir sicher, deine Freundin stimmt mir da zu.«

»Ich denke, Tara kann gut auf sich selbst aufpassen.«

Grainna wandte ihren Blick zu Cassy und fing ihren auf. Sie berührte das Amulett, das sie um den Hals trug.

Sofort wurden Cassys Augen matt. »Aber man kann nie wissen«, sagte sie unter dem Einfluss des Zaubers. »Ich will nicht ausschließen, dass ein Mann sich dazu verleiten lassen könnte, jemandem von deiner Schönheit Aufmerksamkeiten aufzudrängen, Tara. Ich mache mir Sorgen um deine Sicherheit.«

Cassys Augen wurden glasig, während sie beobachtete, wie sich der Stein in Grainnas Fingern bewegte.

Überzeug sie, flüsterte Grainna ihr ein.

Cassys Lippen verzogen sich zu einem Lächeln. »Seit unserer Ankunft auf dem Markt haben dir viele Männer hinterhergeschaut. Es wäre furchtbar, wenn dir etwas passieren würde.«

»Ach Cassy, wir leben im Valley. Der Bandenhauptstadt von Kalifornien. Ich denke, ich komme gut allein klar.« Tara tauchte hinter dem Stoff auf. »Hören Sie, falls es meine Tugend ist, wegen der Sie besorgt sind, kann ich Ihnen versichern, ich hab sie noch. Und nur fürs Protokoll, wir leben immer noch in einem freien Land. Ich tue, was ich will, wann ich es will. Falls das für Sie ein Problem ist, können wir auch in unser altes Zelt zurückkehren und wieder Bauern sein«, erklärte Tara verärgert.

Grainna zwang sich zu einem freundlichen Gesichtsausdruck und versuchte erneut in Taras Verstand zu dringen. Aber der blieb für sie verschlossen, wodurch sie nur noch wütender wurde. »Wir wollen einfach, dass unsere Gäste ein paar Tage lang in einer Fantasie leben, in einer besseren Zeit«, log sie. »Dazu trägst du bei, wenn du den Anschein wahrst, von königlicher Abstammung zu sein. Wenn du deinen neuen Freund besuchen willst, sag es einfach. Dann wird Samson mit dir gehen, um das Bild von Zucht und Anständigkeit aufrechtzuerhalten. Für die Leute.«

»Bitte«, schloss Cassy sich ihr an. »Es sind bloß noch zwei Tage. Was kann es schon schaden?«

»Also gut«, lenkte Tara ein. »Ich möchte, dass fürs Abendessen mein Tisch mit zwei Tellern mehr gedeckt wird. Duncan und sein Bruder werden kommen. Ich nehme an, dass das in Ordnung ist?«

»Natürlich, Liebes.« Grainnas Stimme war wie Honig, allerdings gemischt mit Arsen. *Ich freue mich schon darauf, dir deinen hübschen Hals aufzuschlitzen.* »Aber natürlich.«

* * *

Gwen hatte sie nicht rausgeschmissen. Sie hatten weiter den höchsten Rang auf dem Markt, nur übertroffen von dem der Zigeunerin selbst.

Tara gab sich Mühe und überprüfte noch einmal ihr Aussehen, bevor sie zum Essen gingen, und legte ein wenig Make-up auf.

Cassys Spitzhut, an dem ein Schleier befestigt war, der ihr über den Rücken fiel, passte perfekt zu der rosafarbenen Seide ihres Gewandes. Sie drehte sich im Kreis, sodass die Röcke und der Schleier um sie herumwirbelten. »Schau dir das mal an.«

»›Die ganze Welt ist Bühne und alle Frauen und Männer bloße Spieler.‹ Ich muss Shakespeare zustimmen. Niemand hätte es besser sagen können«, bemerkte Tara, als sie aus dem Zelt traten.

Anders als am Vorabend warteten alle Anwesenden mit dem Essen auf Tara und Cassy.

Angekündigt und behandelt wie ein Mitglied einer königlichen Familie, kam sich Tara auch so vor. Es war schwierig, sich nicht dem Moment zu ergeben. Sie ging nur einen Schritt vor Cassy und Gwens Wache, aber es fühlte sich wie eine Meile an.

Männer und Frauen verneigten sich, Kinder kicherten, wurden jedoch sofort von ihren Eltern zurechtgewiesen. Tara konnte nicht leugnen, dass es Spaß machte.

Sobald sie bei ihrem Tisch angekommen waren, drückte ihr jemand einen Becher Wein in die Hand. »Meine Güte. Das ist verrückt. Man könnte glauben, wir bedeuten diesen Leuten tatsächlich etwas.«

»Und du hast behauptet, dass wir keinen Spaß haben würden.« Cassy nahm einen langen Schluck aus ihrem Becher. »Erzähl mir mehr von diesem geheimnisvollen Typen. Ich erinnere mich nicht besonders gut an letzte Nacht.«

»Ach wirklich?«, fragte Tara mit einem Anflug von Sarkasmus. »Vielleicht hat das was mit der Menge von dem da«, sie deutete auf Cassys Wein, »zu tun, die du letzte Nacht getrunken hast.«

Völlig unbeeindruckt von diesem Vorwurf erkundigte sich Cassy erneut nach Duncan und der Zeit, die Tara mit ihm verbracht hatte. »Erzähl mir, wie er aussieht.«

»Nun, er ist ungefähr so groß.« Tara hielt ihre Hand gute fünfzehn Zentimeter über ihren eigenen Scheitel. »Seine Schultern sind unglaublich breit. Er hat dunkles Haar, das ihm bis auf die Schultern fällt.« Sie hielt einen Moment inne und schloss die Augen. »Ich hätte nie gedacht, dass ich langes Haar bei einem Mann attraktiv finden könnte.«

Cassy lächelte, während ihre Freundin fortfuhr. »Als mir klar wurde, dass sein Akzent echt war, bin ich dahingeschmolzen.« Tara schaute sich um, um sich zu vergewissern, dass niemand sonst mithörte. »Ich bin noch nie in meinem Leben derart in Versuchung geführt gewesen.«

Ein Mann näherte sich Tara von hinten. Cassy bemerkte, dass er einen Finger an seine Lippen hielt als Aufforderung an sie, still zu sein. Sie spielte mit und fragte: »Was hat dich letztendlich zurückgehalten?«

»Ich weiß es nicht. O Mann, der Typ bringt mein Blut wirklich in Wallung.« Tara seufzte.

Cassy lachte und schaute an Tara vorbei.

»Ach, tatsächlich, Mädchen?« Die Stimme klang bekannt, allerdings doch nicht ganz richtig.

Tara drehte sich um und blickte den Mann an, der Duncans Bruder sein musste. Er sah wie er aus, ähnelte ihm in der Tat so sehr, dass sie sich fragte, ob sie vielleicht Zwillinge waren. »Netter Versuch«, sagte sie. »Du musst Duncans Bruder sein.«

»Ich bin schwer enttäuscht, Tara. Ich habe den ganzen Nachmittag mit dir verbracht, und du erkennst mich nicht mal wieder?« Er schenkte ihr ein charmantes Lächeln in dem Versuch, sie zu überzeugen, dass sie sich irrte.

»Ha! Ich vermute, dass eure Mutter euch den Hintern versohlt hat, wenn ihr das bei ihr versucht habt. Vielleicht konntet ihr eure Lehrer in die Irre führen, aber mich nicht.«

Sie sahen sich wirklich sehr ähnlich, dachte Tara. Ihre Größe stimmte bis auf wenige Zentimeter überein, doch die Nase seines Bruders war ein wenig zu gerade, sein Ausdruck sehr viel weniger ernst als der von Duncan.

Duncans Bruder lachte und griff nach Taras Hand. Wie Duncan führte er ihre Finger an seine Lippen. »Freut mich, dich kennenzulernen, Tara. Unsere Mutter würde deine Beobachtungsgabe sehr zu schätzen wissen.«

Yin und Yang, überlegte sie. Wo Duncan ernst war, war dieser Mann es definitiv nicht. »Tut mir leid, Duncan hat deinen Namen nicht erwähnt.«

»Meine Freunde nennen mich Fin.« Er verbeugte sich leicht. »Zu deinen Diensten.«

»Schön, dich kennenzulernen, Fin. Das ist meine Freundin Cassy.« Tara trat zur Seite.

Fin küsste auch Cassy die Hand. Sie verfolgte jede seiner Bewegungen mit offenem Mund.

»Duncan wird gleich hier sein. Ich wollte die Gelegenheit nutzen, um herauszufinden, wer diese Frau ist, von der er mir so viel erzählt hat. Es scheint, dass alles, was er gesagt hat, stimmt.«

»Ich hoffe doch, es war nur Gutes.«

»Aber natürlich.« Fin nahm den Wein, der ihm angeboten wurde. »Ah, da kommt mein *wesentlich älterer* Bruder.«

Bei diesen Worten lachte Tara auf. »Klar, wesentlich älter! Zwölf oder dreizehn Monate?«

Fin lächelte, beantwortete ihre Frage allerdings nicht.

* * *

Grainna beobachtete ihre Feinde von der anderen Seite des Raums aus und dachte über ihren nächsten Schachzug nach. Geduld war nie ihre Stärke gewesen. Und mit dem Sieg in greifbarer Nähe hatte sie sogar noch weniger. Sie musste jede Unze Willenskraft aufbringen, um sich Tara nicht einfach zu schnappen und sie bis zur Sonnenwende zu verstecken.

Nein, es wäre nicht gut, wenn ein Vermisstenfall für Aufsehen sorgte. Außerdem war Tara von Grainnas Wachen umgeben, und jetzt, da sie von der Gefahr wusste, würde sie sie besser im Auge behalten. Letztendlich würde ihr niemand etwas anhaben können. Außerdem wäre Grainna schon lange weg, wenn Taras Leiche schließlich gefunden werden würde.

Die aufgeregte Frau, die vor ihr saß, hing an jedem Wort, das Grainna von sich gab. *Narren, sie sind alle Narren.*

Würde sie der Frau verraten, was sie wirklich in ihrer Handfläche erkannte oder in ihrem Geist las, würde die sofort ihren untreuen Ehemann zur Rede stellen. Diesen einfachen Gemütern die Wahrheit zu sagen konnte ihr nichts nützen.

Grainna schaute zu Tara hinüber und bemerkte, dass ein Mann ihr die Hand küsste. Dass Tara errötete, war verräterisch.

Grainna lächelte ihre aktuelle Kundin an und murmelte kryptisch: »Dich erwarten ein langes Leben und eine neue Liebe.« Dann winkte sie die anderen Gäste, die ihre Dienste in Anspruch nehmen wollten, beiseite.

KAPITEL 5

Duncan konnte kaum glauben, wie leicht Tara in ihre königliche Rolle geschlüpft war. Sie kam mit einem strahlenden Lächeln und ausgestreckten Armen auf ihn zu. Er küsste sie zur Begrüßung, ganz züchtig, aber intensiv genug, dass sie errötete. »Du siehst wunderschön aus.«

»Nun, du weißt ja, was man sagt: Wenn Widerstand zwecklos ist, mach mit.«

Duncan hatte keine Ahnung, wovon sie sprach, doch statt seine Verwirrung zuzugeben, nickte er und trat einen Schritt zurück, als das Abendessen angekündigt wurde.

Er fand Taras Schilderungen aus der Krankenpflegeschule faszinierend. Ihre Bemühungen, Heilerin zu werden, überraschten ihn nicht, aber ohne das Wissen, wie das in diesem Jahrhundert gehandhabt wurde, konnte er nichts zur Unterhaltung beitragen. Er hörte zu und dachte, wie sehr es seiner Mutter gefallen würde, darüber zu reden, wie sich die Medizin mit der Zeit verändert hatte.

Cassy und Tara berichteten ihnen von ihrem Alltag.

Duncan wollte Geschichten aus seiner Jugend erzählen und von den Abenteuern, die Fin und er erlebt hatten. Doch das war nicht möglich. Wie konnte er ihr erklären, wie er gelernt hatte, ohne Hilfsmittel Feuer zu entzünden? Wie er, zur Begeisterung seines Bruders, beinahe den westlichen Flügel der Burg in Brand gesetzt hatte?

Nein, er konnte bloß zuhören. In dem Bemühen, sich Tara näher zu fühlen, nahm er ihre Hand. Hitze stieg ihr ins Gesicht, und unter seinen Fingern schlug ihr Puls schneller.

Sie ist mir gegenüber nicht gleichgültig.

Fin lehnte sich vor und flüsterte, sodass nur Duncan ihn verstehen konnte: »Da ist sie.«

Grainna eilte zu ihnen, und die Unterhaltung am Tisch erstarb. Duncan und Fin befassten sich im Geiste bewusst mit der Musik und den Frauen in ihrer Gesellschaft, damit Grainna sie nicht lesen konnte.

»Meine Damen.« Grainna raffte ihre Röcke und trat auf das Podest. »Ich hoffe, ihr habt Spaß?«

»Es ist wirklich wundervoll, Madame Gwen«, antwortete Cassy.

Grainnas stechender Blick richtete sich auf Duncan. Ihr Lächeln wirkte unecht. »Willst du mich nicht deinen Freunden vorstellen?«

»Natürlich«, erwiderte Tara. »Duncan und Fin, das ist Madame Gwen. Die Dame, der wir unsere hohe Stellung zu verdanken haben.«

Grainna streckte die Hand aus. Duncan schüttelte sie kurz.

»Es ist eine wirklich schöne Veranstaltung. Machen Sie das schon lang?«, fragte er.

»Jetzt schon seit einigen Jahren, Mr …«

Er würde ihr ganz sicher nicht seinen Nachnamen nennen, schließlich wusste er nicht, ob sie vielleicht einem seiner Vorfahren begegnet war.

Fin sprang ein, als Duncan zögerte. »Mehrere Jahre? Wow, ist das nicht sehr anstrengend für jemanden Ihres Alters?«

Grainna starrte ihn an, verärgert über diese Unhöflichkeit.

Duncan trat seinen Bruder unter dem Tisch gegens Bein. »Ich glaube, was mein Bruder wissen will, ist, ob Sie vorhaben, sich bald zur Ruhe zu setzen. Auch wenn ich zu bezweifeln wage, dass irgendjemand anders diese Veranstaltung so gut durchführen könnte wie Sie.«

»Wenn alles läuft wie geplant, meine Herren, werde ich mich in der Tat schon sehr bald aus dem Geschäft zurückziehen können.« Grainnas Blick wanderte zu Tara. Ihr mürrischer Gesichtsausdruck verschwand. »Viel Spaß noch heute Abend.« Damit wandte sie sich ab und entfernte sich.

Duncan stieß einen stummen Seufzer der Erleichterung aus.

* * *

Das Gericht nannte sich gebratene Ente, obwohl es tatsächlich Hühnchen war, was serviert wurde. Aber das war egal, weil Tara ohnehin nichts schmeckte. Immer mal wieder schaute sie auf, wenn jemand ein wenig zu laut lachte oder ein Gast auf dem Weg zu seinem Tisch stolperte. Die Party fand um sie herum statt, allerdings bemerkte sie nichts und niemanden als Duncan.

Tara wollte nicht, dass der Abend zu Ende ging. Doch als die Leute sich langsam auf den Weg zu ihren Zelten machten und die Musiker zu spielen aufhörten, fand sie sich damit ab, dass es Zeit war, sich zu verabschieden.

Duncan brachte sie zu ihrem Zelt, Samson war dicht hinter ihnen.

»Danke für den schönen Tag.« Tara fühlte sich leicht verlegen, zum ersten Mal, seit sie heute auf sein Pferd gestiegen war.

Duncan nahm ihre zitternde Hand in seine und beugte sich zu einem zärtlichen Kuss vor. »Schlaf gut, Lady Tara.«

Er drehte sich um, schlenderte an der Wache vorbei und verschwand in der Nacht.

Tara blickte ihm hinterher. *Verdammt!*

* * *

»Denkst du, er ist schon abgereist?« Tara sah um die Wache herum und hielt in der Menge nach Duncan Ausschau.

Cassy grinste, wirkte jedoch ziemlich unfit, weil es so früh war. »Ich bin mir sicher, er ist hier irgendwo. Vielleicht schläft er noch, wie mindestens die Hälfte der anderen Leute.« Sie hatte heftig protestiert, als Tara sie so früh aus dem Bett gezerrt hatte. »Wie wir es auch tun sollten«, fügte sie hinzu.

Tara hielt den Kopf schief. »Das Ganze hier war deine brillante Idee. Jetzt mecker nicht, weil ich beginne, mitzumachen.«

»Jaja. Wo gibt's Kaffee?«

* * *

»Was hast du jetzt vor?«

Fin sah über den Rand seines Bechers zu den Frauen, die sie bisher nicht bemerkt hatten.

Duncan antwortete seinem Bruder nicht. Er hatte zu viel damit zu tun, Tara zu beobachten.

Fin wedelte mit einer Hand vor den Augen seines Bruders, um seine Aufmerksamkeit zu erregen. »Meine Güte, Duncan, du musst dich konzentrieren. Wir haben nicht mehr viel Zeit.«

»Das weiß ich selbst, verdammt.« Er riss den Blick mit Mühe los. »Sie verdient nicht, was wir mit ihr vorhaben.«

Fin hatte durchaus Mitleid mit seinem Bruder, dessen Gewissen ihm immer wieder in die Quere kam. »Wenn wir zu Hause wären, würde ich sagen, nimm sie zur Frau. Aber da wir das nicht sind, hol sie in dein Bett, und begnüge dich damit.«

Duncan verzog das Gesicht. »Und wenn sie das nicht will, was dann, Fin? Selbst du würdest dir nicht nehmen, was dir nicht bereitwillig angeboten wird.«

»Du hast heute noch den Tag und die ganze Nacht. Wenn das nicht reicht, wird ihr das morgige Turnier zeigen, was für ein Mann du bist.« Fin schlug seinem Bruder auf den Rücken und musste sich ein Lachen verkneifen. »Wer weiß, vielleicht lass ich dich gewinnen, damit du mit ihr in der Handfeste verbunden wirst.«

»Du *lässt* mich gewinnen?«

»Aye, genau.« Fin grinste angesichts der Rivalität, die stets zwischen ihnen geherrscht hatte.

Sie schauten beide zu Tara. Ein großer, gut gekleideter Mann stand vor ihr. Zu Duncans Verärgerung lächelte Tara ihn an und lachte dann über etwas, das er sagte.

Duncan verspannte sich, während er zusah, wie der Mann ihre Hand ergriff und sie dann viel zu lang festhielt. Eifersucht regte sich in ihm. Was hatte der Fremde zu ihr gesagt, das ihr so gefiel? Und warum stand er derart dicht bei ihr?

* * *

»Hat mich gefreut, Sie kennenzulernen, Mr Steel.« Tara erwiderte sein Lächeln.

»Bitte nennt mich Michael. Nach dem Turnier morgen lernen wir uns vermutlich ohnehin besser kennen.«

»Wie bitte?«

»Es gibt nur wenige Männer hier, die im Zweikampf bestehen können. Es freut mich, Euch mitzuteilen, dass ich einer von ihnen bin.«

Unwillkürlich musste Tara an einen Gockel denken. Der Mann warf sich vor ihr in die Brust wie der eitle Vogel.

Sie blickte nach unten, bemerkte, dass er weiter ihre Hand hielt, und entzog sie ihm. »Es ist ein Kompliment, dass Sie sich solche Mühe geben wollen.«

Tara spürte, dass jemand anders sie beobachtete, schaute hoch und entdeckte Duncan. Weil sie so froh war, ihn zu sehen, fiel ihr sein stürmischer Gesichtsausdruck nicht auf. Zu Steel sagte sie: »Wenn Sie mich jetzt bitte entschuldigen würden.«

Als sie sich umwandte, um zu ihm zu gehen, reckte Duncan das Kinn. Tara blickte zurück zu dem Mann, mit dem sie eben gesprochen hatte, und dann wieder zu Duncan. *Ist er etwa eifersüchtig?*

Bevor Tara dazu kam, ihn zu begrüßen, zog Duncan sie an sich und küsste sie leidenschaftlich auf die Lippen.

Lautes Räuspern erinnerte sie daran, dass sie sich in der Öffentlichkeit befanden. Nicht dass ihr das etwas ausmachte.

»Dir ebenfalls einen guten Morgen.« Als er sie losließ, stolperte Tara nach hinten. *O ja. Er war definitiv eifersüchtig.*

Er sah sie mit einem charmanten Lächeln an, während er sich ihre Hand in die Armbeuge legte. »Es ist ein wunderschöner Tag. Lass uns doch mal schauen, womit wir uns angenehm die Zeit vertreiben können.«

Vielleicht war es seine altmodische Ausdrucksweise oder vielleicht auch die Art, wie er sie mit den Augen verschlang, aber in diesem Moment wäre Tara mit ihm überallhin gegangen.

Obwohl Bruno ihnen auf Schritt und Tritt folgte, gelang es ihnen, Spaß zu haben. Jongleure, Narren, ein Mann, der Feuer spuckte, und sogar ein paar schlechte Schauspieler, die Shakespeare Gewalt antaten, unterhielten die Menge.

Die Kinder langweilten sich schnell. Tara beobachtete, wie einige sich hinter den Zelten verkrochen, und hörte die unverkennbaren Geräusche von mobilen Spielekonsolen. Sie wies Duncan auf sie hin und fragte, eigentlich mehr rhetorisch: »Was haben Kinder eigentlich früher in ihrer Freizeit getrieben?«

»Die Kinder in den Dörfern helfen ihren Eltern und gehen ihnen bei ihrem Tagwerk zur Hand. Die Adeligen haben Dienstboten, die die meisten Aufgaben verrichten, sodass ihre Söhne in jungen Jahren die Ausbildung zum Ritter beginnen und die Töchter lernen, wie man einen Haushalt führt.«

»Na, du bist ja geradezu ein Lexikon mittelalterlichen Wissens.«

»Das hat man mir zumindest so erzählt.« Er wich ihrem forschenden Blick aus. »Ah ... Es scheint, als wollten manche morgen unbedingt gewinnen.« Er hob die Hand und zeigte auf die Männer, die für das kommende Turnier trainierten.

Tara betrachtete die Reiter mit einem nervösen Gefühl.

»Du versuchst es auch, richtig?«

Duncans Hand lag in ihrem Kreuz, während sie näher traten, um den Männern besser zuschauen zu können. »Nein, Tara. Ich werde es nicht versuchen.«

Erschreckt sah sie ihn an. »Aber ich dachte ... Ich meine, da wir ja ...«

Sein Gesicht verzog sich zu einem jungenhaften Grinsen.

»Das war ein Scherz«, bemerkte sie erleichtert.

»Ich werde es nicht bloß versuchen. Ich werde gewinnen«, erklärte er mit absoluter Sicherheit.

Ein Seufzer der Erleichterung kam über ihre Lippen, und sie legte sich eine Hand auf die Brust. »Jag mir doch nicht so einen Schrecken ein.«

»Hast du dir Sorgen gemacht, dass ich nicht um deine Hand kämpfen würde?«

»Du bist der einzige Typ hier, den ich geküsst habe. Du solltest verdammt noch mal besser um meine Hand kämpfen!«

»Mir gefallen deine Küsse.«

»Ich gebe dir noch einen, wenn du gewinnst«, versprach sie.

Er beugte sich näher und erweckte den Eindruck, als würde er sich jetzt schon einen stehlen wollen. Bruno gab hinter ihnen ein Knurren von sich und ruinierte den Moment.

Verdammt, dachte sie und wünschte sich, sie wäre mit Duncan allein.

* * *

Sie beendeten gerade ihr Abendessen, als Madame Gwen im großen Zelt erschien. Tara fiel auf, dass die Brüder einen Blick wechselten, aber das falsche Lächeln auf Gwens Gesicht ließ sie alles vergessen, und ihr wurde kalt.

Sie begrüßten einander höflich, und Duncan und Fin stellten ihr sofort Fragen.

»Was steht bei den heutigen Festlichkeiten als Nächstes an?«, begann Duncan.

Statt darauf zu antworten, sagte Gwen zu Tara: »Zu deinen Aufgaben gehört es, mit jedem zu tanzen, der morgen beim Turnier antritt. Ich hoffe, das macht dir nichts aus.«

»Nun …« Tara setzte sich auf.

»Wir wollen ja nicht, dass die Männer denken, dass du schon einen Sieger erwählt hast und es keinen Grund mehr gibt, überhaupt an den Spielen teilzunehmen.« Grainna richtete ihren Blick auf Duncan. »Ich bin mir sicher, es wird deinen Freund nicht stören.«

Tara bemerkte ein leichtes Zucken in Duncans Wange. Sie hoffte, er würde Einspruch erheben.

Doch er lächelte und erwiderte: »Natürlich nicht.«

»Gut.« Gwen klatschte in die Hände, und ihre Armbänder klirrten. Sofort verstummte die Musik, und die Aufmerksamkeit aller Anwesenden wandte sich ihr zu.

»Ritter und Edeldamen, Bauern und Bürger«, hob sie die Stimme. »Am Vorabend der Sonnenwende und des Turniers, das zu diesem Anlass stattfindet, möchte ich Euch allen danken, dass Ihr uns heute mit Eurer Anwesenheit beehrt. Wie versprochen werden morgen den ganzen Tag über Wettkämpfe stattfinden, bis am Ende ein Sieger feststeht.«

Betrunkene Männer johlten und hoben ihre Becher.

»Dem Sieger wird die Ehre zuteil, mit Lady Tara in der Handfeste verbunden zu werden.« Man hörte Pfiffe und weiteres Gejohle. Wenigstens ein Mann schrie etwas von wegen der Hochzeitsnacht. »Die Feier, die folgen wird, wird jede historische Hochzeit aus der Zeit des Mittelalters in den Schatten stellen. Es wird ein grandioses Spektakel werden.«

Tara umfasste ihren Becher fester und nahm einen großen Schluck von ihrem Wein. Duncan ergriff ihre freie Hand, die unter dem Tisch in ihrem Schoß ruhte. Der sanfte Druck beruhigte sie.

»Die, die Lady Taras Gunst gewinnen wollen, haben die Möglichkeit, sie heute Abend zu einem Tanz aufzufordern.« Gwen gab den Musikern ein Zeichen, und sie begannen wieder zu spielen. »Bitte genießt den Abend.« Damit verließ sie das Podest.

Rasch bildete sich vor Tara eine Schlange, so viele Männer wollten mit ihr tanzen, und ihr wurde mulmig. Die Musik war leise und glich einem Walzer. Ihre Knie zitterten, als der erste Mann vor sie trat.

Tara lächelte Duncan an und warf dann einen wütenden Blick zu Cassy. Sie machte einen Schritt nach vorn und ließ sich von ihrem ersten Partner auf die Tanzfläche führen.

Er war klein. Sein Name war Jimmy oder Timmy, Tara konnte es sich nicht merken. Er zählte den Takt mit, sodass sie sich nicht unterhalten konnten. Es war ihr unangenehm, mit einem völlig Fremden zu tanzen, aber Jimmy oder Timmy schien genauso unbehaglich zumute zu sein wie ihr.

Trotz malträtierter Zehen hatte Tara weniger Angst, als sie gedacht hatte, als der nächste Mann an der Reihe war.

Nach dem dritten Partner legte sich ihre Nervosität. Die Männer stellten alle die gleichen Fragen. »Habt Ihr Spaß?«, oder: »Wie ist es, so im Mittelpunkt zu stehen?« Harmlos, und die meisten von ihnen waren verheiratet oder behaupteten wenigstens, das zu sein.

Ihr vierter Partner kam ihr irgendwie bekannt vor, und er war durchaus attraktiv. Es dauerte einige Minuten, bis ihr klar wurde, wer er war. Er war der perfekte englische Ritter, vom Akzent bis zur Kleidung, und musste beim Tanzen nicht zählen, weswegen er sich mit ihr unterhalten konnte.

»Ihr seht bezaubernd aus, Lady Tara.« Seine Stimme war wie Samt.

Sie spürte, wie sich ihre Wangen röteten. »Danke, Mr Steel.«

»Bitte, nennt mich Michael. Ihr verletzt mich mit Eurer Zurückhaltung.«

»Ich mache mir viel mehr Sorgen darüber, Ihre Füße zu verletzen.« Als hätte sie es mit ihren Worten heraufbeschworen, stolperte sie und zwang ihren Partner, sie näher an sich zu ziehen.

»Vorsicht. Wir wollen ja nicht, dass Ihr Euch vor morgen noch etwas tut.« Er schaute sie an. »Außer Ihr wollt das Rampenlicht verlassen.«

Sie lachte. »Ich hätte tatsächlich mehr Spaß bei einer Wurzelbehandlung.«

Jetzt lachte auch Michael, und Tara entspannte sich.

* * *

Das Lachen des anderen Mannes ging Duncan auf die Nerven. Seine Hand ruhte auf dem Griff seines Schwertes, und die Muskeln in seiner Wange zuckten. Die Finger des Mannes lagen viel zu vertraulich an Taras Taille, und zu Duncans Verärgerung lächelte sie ihn an.

»Ganz ruhig, Bruder«, warnte ihn Fin. »Es ist nur ein Tanz, zudem einer, zu dem sie verpflichtet ist.«

Duncans Blick folgte den beiden über die freie Fläche. Als die Musik verklang, nahm der Mann Taras Hand und hob sie zu einem Kuss an die Lippen. Zu Duncans Befriedigung zog sie sie hastig weg.

»Jetzt bin ich dran.« Fin sprang auf. Er drängte sich vor einen unbeholfenen, übergewichtigen Mann und wirbelte Tara in einem großen Kreis herum, bevor er seine Arme um sie legte, dabei jedoch eine angenehme Distanz zu ihr wahrte.

»Wie geht es dir?«, erkundigte er sich mit einer Stimme, die laut genug war, dass auch Duncan sie hören konnte.

»Du hast nicht zufällig eine Flasche Whisky bei dir?«, scherzte Tara.

Sie entspannte sich, und Fin führte sie außer Hörweite.

Duncans Augen verengten sich zu Schlitzen, und er fragte sich, welche Geheimnisse sein Bruder ihr wohl ins Ohr flüstern mochte.

»Tara hat erzählt, dass ihr beide nach Hause zurückkehrt, wenn das alles hier vorbei ist.« Cassy rutschte auf den Platz neben Duncan, sodass sie sich besser unterhalten konnten.

»Aye«, erwiderte er, ließ allerdings seinen Bruder nicht aus den Augen, der weiter heftig mit Tara flirtete.

»Das ist wirklich schade.«

»Was ist schade?« Er wandte seine Aufmerksamkeit Cassy zu.

»Dass ihr abreist. Irgendeine Chance, dass du und dein Bruder etwas mehr Zeit in den Staaten verbringen könnt? Ich bin mir sicher, ich könnte Tara dazu überreden, euch eine Woche lang oder so L. A. zu zeigen.«

»Ich fürchte, das ist nicht möglich.«

»Wie schade.« Ihr Blick wanderte zurück zu Tara, und Cassy fuhr fort: »Ich glaube, du bist gut für sie.«

»Wie meinst du das?«

»Ich weiß nicht, ich denke es einfach. Sie hätte dies alles nie so weit mitgemacht, wenn du nicht gewesen wärest. Gestern Abend stand sie ganz dicht davor, abzureisen, und heute ist sie viel …« Cassy schwenkte den Wein in dem Becher, den sie in der Hand hielt. »Das ergibt vermutlich nicht viel Sinn.«

Er dachte über ihre Worte nach. Genau so hatte er sich gefühlt, seit er sich auf sie gesetzt hatte. »Für mich ergibt es sehr viel Sinn.« Er lächelte Taras Freundin an und fühlte sich mit der Frau verbunden, der so viel an seiner Lady lag.

Er dachte für einen Moment darüber nach, wie er im Geiste einfach diese Worte, *meine Lady*, benutzt hatte. Tara gehörte nicht ihm. Das war gar nicht möglich, und dennoch fühlte es sich so an.

»Oh … Nein!«, rief Cassy und unterbrach seine Gedanken. Sie sah durch den Raum. »Das wird sich Tara nicht gefallen lassen.«

Die Musik hatte sich verändert und damit auch Taras Tanzpartner.

Sie stand ihm Auge in Auge gegenüber. Seine Körperfülle war genauso groß wie seine Trunkenheit. Tara widersetzte sich seinem Versuch, sie an sich zu ziehen, und Duncan sprang auf, bereit, einzugreifen.

Er sah aus wie ein mittelalterlicher Ritter, während er mit hartem Blick durch die Menge auf sie zumarschierte. Er bemerkte, wie die Hände des Mannes zu Taras Taille und weiter nach unten glitten. Sie bemühte sich, ihn auf Abstand zu halten, doch er riss sie brutal an sich.

Duncan konnte sich nicht erinnern, dass er in all seinen Schlachten je solch blinde Wut empfunden hatte. Der Mistkerl würde dafür bezahlen, dass er sie berührt hatte.

* * *

»Lassen Sie mich los!«, verlangte Tara von dem Betrunkenen. Sie zog ihre Hand weg, aber er hielt sie in einem schraubstockartigen Griff.

»Was ist denn los, kleine Lady? Ich weiß, dir gefällt, was ich habe.« Seine Zunge schnellte hervor und leckte den Speichel auf, der sich auf seiner Lippe gesammelt hatte.

Tara war kurz davor, den Mann dahin zu treten, wo es wehtat, als sie das Geräusch von Stahl auf Stahl hörte. Plötzlich erschien eine ein Meter lange Klinge mit einer tödlichen Spitze an der Kehle des Betrunkenen. Wie erstarrt konnte Tara nur zusehen.

Alles wurde still. Die Gespräche und die Musik brachen jäh ab, eine ohrenbetäubende Stille legte sich über den voll besetzten Raum, und ihr lief eine Gänsehaut über den Rücken.

Die Stimme eines wütenden Schotten war das einzige Geräusch. »Lasst sie los«, befahl Duncan.

Der Betrunkene erstarrte, als die Klinge die Haut an seinem Hals ritzte. Er schlotterte am ganzen Körper. Es war erstaunlich, dass er überhaupt noch stehen konnte, so glasig, wie seine Augen waren.

»Ich hab nichts Böses gewollt. Nur ein bisschen Spaß, Kumpel.«

Duncan zog Tara an seine Seite.

Der Betrunkene stolperte rückwärts, stieß an einen Tisch, richtete sich auf und stürmte aus dem Saal. Erst da steckte Duncan sein Schwert zurück in die Scheide.

Als der Mann außer Sichtweite war, erkundigte sich Duncan bei Tara: »Geht es dir gut?«

Ihr stand der Mund offen.

»Würdest du gern einen Spaziergang machen?«

Sie brachte keinen Ton heraus und nickte lediglich.

Cassy stand auf und schlug mit einem Löffel gegen ihren halb leeren Becher. »Also gut, Leute! Die Show ist vorbei! Esst weiter oder was auch immer.«

Fin wies Grainnas Mann in Richtung des Betrunkenen, der zur Ordnung gerufen werden musste, während Duncan mit Tara am Arm unbemerkt aus dem Zelt schlüpfte.

* * *

Tara hatte Schwierigkeiten, zu verstehen, was genau passiert war. Nicht einmal in ihren kühnsten Träumen hätte sie sich jemals vorgestellt, dass ein Mann wegen ihr das Schwert ziehen könnte. Es war einer jener Momente, in denen sie einfach nur froh war, dass sie eine Frau war. Ihr Herz klopfte schneller, als sie die Szene im Kopf noch einmal durchlebte.

Sie hatte sich durch den Mann nicht wirklich bedroht gefühlt. »Genervt« traf es eher. Die Tatsache, dass Duncan bereit war, Blut für sie zu vergießen, ließ sie eine Macht spüren, die sie nicht für möglich gehalten hätte.

Sie gingen einige Zeit stumm nebeneinanderher, bevor Tara sagte: »Danke.«

»Das war doch gar nichts.«

»Machst du Witze? Der Mann war ein Idiot. Bevor ich wusste, was geschah, warst du schon da und hast ihn in die Schranken verwiesen.« Sie wandte sich zu ihm um und lächelte. »Und die ganze Zeit hatte ich gedacht, das wäre nur eine Requisite.« Sie berührte den Griff seines Schwertes.

»Was ist eine Requisite?«

»Nicht echt. Du weißt schon, Teil des Kostüms«, erklärte sie.

»Oh.« Seine Hand legte sich über ihre. »Nein, das ist echt.«

»Es sieht schwer aus. Ist es das?« Sie schloss die Finger um den Griff.

Er zog es für sie aus der Scheide und reichte es ihr. »Was meinst du?«

Als Duncan seine Hand wegnahm, sank ihr Arm unter dem Gewicht der Waffe Richtung Boden. »Wow.« Tara bemühte sich, die Klinge mit beiden Händen anzuheben. »Ich hatte keine Ahnung, dass es *so* schwer ist.«

Er hatte es gehalten, als wöge es nicht mehr als eine Tüte Marshmallows. Bei dem Gedanken wurde ihr ganz heiß.

Verlegen wegen der Reaktion ihres Körpers, reichte sie ihm das Schwert zurück. Sie wandte das Gesicht zum Himmel. »Die Sterne sind wunderschön.«

»*Du* bist wunderschön. Die Sterne sind hell und zahlreich.« Sein Blick suchte ihren.

»Was soll ich nur mit dir anfangen?«, flüsterte sie.

Er schloss sie in die Arme, drückte sie an sich. »Was willst du denn mit mir anfangen?«

»Nun, was ich tun will und was ich tun sollte, sind zwei ganz verschiedene Dinge.« Ihr Atem ging schneller, als er sie noch näher zog.

Sein Mund war wenige Millimeter von ihrem entfernt. »Sag mir, was du willst, Tara.«

Sein Atem war warm und roch leicht nach Wein. Es war schwierig, zu denken, wenn er ihr so nah war. Sie wollte verzweifelt, dass er sie küsste.

Kurz dachte sie, dass er ihre unausgesprochene Bitte erfüllen würde, doch seine Lippen streiften ihre nur, pressten sich auf den Puls an ihrer Kehle. Mit einer Hand fasste er in ihr langes Haar, schob es zur Seite und entblößte ihren Hals.

Sein Mund hinterließ einen brennenden Pfad auf ihrer Haut. »Sag mir, was du willst«, wiederholte er, ließ ihr nicht die Zeit, nachzudenken, während er seine Zärtlichkeiten fortsetzte.

Ein Flächenbrand, sie konnte es nicht mehr nur einen Funken nennen, breitete sich in ihr aus. Ihr Körper suchte gedankenlos seine Nähe. Er begann an ihrem empfindsamen

Ohrläppchen zu knabbern, was Schockwellen durch sie sandte. »Dich«, keuchte sie. »Gott helfe mir, ich will dich.«

Sie bemerkte sein Lächeln, bevor er seine Lippen auf ihre presste und ihren Mund eroberte.

Das Aufeinandertreffen war wie eine spontane Explosion. Anders als bei seinen vorherigen Küssen gab es dieses Mal kein langsames Herantasten und keine sinnliche Verführung. Dies war urtümlich und gierig, ohne Raum für Nachdenken, und sie fragte sich nicht, wo es hinführen würde.

KAPITEL 6

Grainna folgte ihnen nach draußen, als sie die Tanzfläche verließen. Während sie beobachtete, wie Duncan Tara in seine Arme zog, stiegen Wut und Rachedurst in ihr auf.

Trotzdem hielt sie sich geduldig in den Schatten und wartete, bis beide so abgelenkt waren, dass sie nicht mehr auf der Hut waren. Ihre Hände öffneten sich, und sie schloss die Augen, während sie sich in ihre Köpfe vortastete.

Duncans Gedanken beherrschten Bilder eines intimeren Zusammenseins mit Tara. Grainna konnte sein Verlangen nach ihr spüren. Und sein Triumphgefühl darüber, der Erste für sie zu sein.

Tara wurde von Leidenschaft und Vertrauen angetrieben, zusammen mit einer engen Verbundenheit mit dem Mann. Ihr Entschluss, Jungfrau zu bleiben, hing an einem seidenen Faden.

Grainna tauchte tiefer in den Teil von Taras Wesen, aus dem der Gedankengang stammte, der bislang dafür gesorgt hatte, dass sie sich keinem Mann geschenkt hatte.

Wie durch einen Nebel konnte sie eine Frau vor sich sehen, nein – ein junges Mädchen, das unverheiratet war und weinend neben einer alten Wiege kniete, in der ein Kind lag. Das Mädchen in ihrer Vision ähnelte Tara, war vielleicht eine Schwester. Wer auch immer sie war, ihr Leben hatte großen

Einfluss auf Tara. So sehr, dass sie sich bisher jedem Mann verweigert hatte.

Grainna schloss die Augen fester, zerrte die Vision aus dem hintersten Winkel von Taras Gedächtnis und schob sie nach vorn.

Das Verlangen des Mädchens war schwierig zu lenken, und die Anstrengung, die es Grainna kostete, Taras Verstand zu kontrollieren, forderte einen hohen Preis. Selbst jetzt schon spürte sie, wie ihre Kräfte schwanden. Trotzdem würde sie das in Kauf nehmen, sogar den körperlichen Verfall, weil alles andere ihre Pläne gefährden würde.

* * *

Stimmen erklangen hinter ihnen. Duncan unterbrach den Kuss, suchte nach einem Platz, wo sie ungestört wären. Er zog Tara mit sich, bis sie nicht länger von neugierigen Augen beobachtet werden konnten. Am Waldrand schloss er sie wieder in die Arme.

Er kannte sein Ziel, und zum ersten Mal schämte er sich für das, was er zu tun beabsichtigte. Doch für ihre Sicherheit musste er diese Vereinigung vollziehen, sagte er sich, rechtfertigte sein Verhalten. Ihr verführerischer Mund lockte und neckte. Himmel, waren ihre Lippen süß. Nie hatte er eine Frau mehr begehrt, sein großes Ziel hin oder her.

Ihre Hände strichen über seinen Rücken, anfangs zögernd, dann krallte sie die Finger in seine Kleidung, wurde kühner, als sein Stöhnen ihr verriet, wie sehr er ihre Leidenschaft genoss.

Als Tara seine Hand an ihrem Busen spürte, ließ sie es zu. All ihre Vorbehalte verflogen, und sie wusste in dem Moment, in dem er mit seinen Fingern unter den Stoff ihres Kleides glitt, dass sie ihn dieses Mal nicht aufhalten würde. Ihre Brustspitzen wurden fest und richteten sich auf. Nie hätte sie sich träumen lassen, dass die Berührung eines Mannes so wunderbar sein könnte. Unter seinem sengenden Kuss fingen ihre Lippen an zu prickeln, und sie begann sich an ihm zu reiben.

Ihr Blick klärte sich kurz, als er sie auf den weichen Boden zog. Tara konnte fühlen, wie er die Verschnürung lockerte, die ihr Kleid zusammenhielt. Sie schob seine Kleidung beiseite, um die Wärme seiner Haut zu spüren. »Sag mir, dass du was dabeihast.« Es war ihr peinlich, danach zu fragen, aber sie wusste, sie musste es tun.

Duncan stockte bei ihren Worten der Atem. »Was dabeihaben, Liebste?« Er wanderte mit dem Mund an ihrem Hals abwärts, während er ihr das Kleid von der Schulter streifte und die zarte Haut darunter entblößte.

»Zum Schutz?« Die Worte klangen atemlos und schienen gar nicht von ihr zu kommen. *Verhütung ... Babys ...* Taras Verstand umwölkte sich, und ein Bild ihrer Schwester erschien. Sie versuchte es wegzuschieben. Sie wollte jetzt nicht an Lizzy denken, nicht, wenn sie unmittelbar davorstand, diesem Mann ihre Jungfräulichkeit zu schenken.

Trotzdem kam Lizzys Bild zurück. Tara sah sie mit ihrem Sohn vor sich, wie sie weinte, während Tara sich für ihren Highschool-Abschlussball zurechtmachte. Die Erinnerung war so lebhaft, dass Tara fast meinte, den Babypuder riechen zu können, den Lizzy bei ihrem Sohn immer nach dem Baden benutzt hatte.

Entsetzen überrollte sie. »Warte!« *Was tue ich hier?* Wie hatte sie das vergessen können?

Duncans fiebrige Küsse kamen langsamer, hörten aber nicht auf.

»Warte.« Tara schüttelte den Kopf. Sie drückte ihn mit beiden Händen von sich. »Bitte, Duncan. Stopp.«

Sein Atem ging keuchend. Er hörte auf, doch sie konnte erkennen, wie schwer es ihm fiel. »Ich habe was dabei.«

»Kondome können reißen.« Die mahnenden Worte ihrer Schwester. *Schlaf mit niemandem, an den du nicht dauerhaft gebunden sein willst.*

Der Mann in ihren Armen würde schon bald abreisen. Er leugnete nicht, dass ihre Beziehung keine Zukunft hatte.

Tara schob ihn von sich. Rückte von ihm ab. Sie konnte nicht klar denken, wenn er so nahe bei ihr war. »Es tut mir leid. Ich hätte die Dinge niemals so weit kommen lassen dürfen.« Sie löste sich schnell von ihm und begann ihre Kleidung in Ordnung zu bringen. »Es tut mir so leid.«

Er kam auf die Füße und entfernte sich ein paar Schritte von ihr. Tara konnte nicht sagen, ob das, was sie auf seinem Gesicht las, Enttäuschung oder Verärgerung war. Er hatte ein Recht auf beide Empfindungen. Es war nicht richtig von ihr, ihn in dem Glauben zu wiegen, dass sie mit ihm schlafen würde, nur um mittendrin einen Rückzieher zu machen.

Tara legte ihm eine Hand auf den Arm, doch er schüttelte sie ab. »Du wirst nicht hierbleiben«, versuchte sie ihm zu erklären. »Wenn ich schwanger werden würde, wäre ich allein.«

Sie sah, wie er den Mund öffnete, um es abzustreiten, das aber nicht konnte. »Du kannst es nicht leugnen, nicht wahr?« Sie schaute ihm forschend in die Augen.

Er begann auf und ab zu laufen, und die Luft wurde kalt.

»Ich sollte gehen.« Tara machte sich auf den Rückweg zum Marktgelände.

Duncan wich nicht zurück. »Wir sehen uns morgen.«

»Nein. Ich meine, ich sollte nach Hause fahren.« Ihr stiegen Tränen in die Augen. Sie kannte den Mann erst seit zwei Tagen, und doch war es ihm gelungen, sich in ihr Herz zu schleichen. Ein Herz, das brechen würde, wenn er wieder abreiste. Wie hatte sie nur so dumm sein können?

»Tu das nicht«, bat er sie.

»Warum nicht? Das hier wird nicht passieren.« Sie zeigte erst auf ihn und dann auf sich. »Das darf es nicht. Nicht wenn du nach Schottland zurückkehrst.«

»Lass uns genießen, was uns in der kurzen Zeitspanne, die uns noch bleibt, vergönnt ist. Ich werde dich nicht bedrängen. Du hast mein Wort darauf.«

»Warum musst du wieder weg?«

»Das hier ist nicht meine Heimat, Tara. Ich wünschte, ich könnte dir mehr bieten, aber das ist unmöglich.« Sein ernster Blick verschwand, und sein Zorn verflog, als er einen Schritt auf sie zu machte.

Mit einem Schrei warf sie sich in seine ausgebreiteten Arme und presste ihr Gesicht an seine Brust. Er tröstete sie, während sie heiße Tränen vergoss. »Sch, Liebste. Alles wird gut.«

Doch seine Worte vermochten sie nicht zu überzeugen.

* * *

Tara packte zweimal ihre Taschen, nur um sie gleich darauf wieder auszupacken. Schließlich gab sie auf und schenkte sich den Wein, der auf dem Tisch stand, in ihr Glas, bis es randvoll war. Cassy war immer noch draußen unterwegs und hatte eine super Zeit, während sie selbst unentschlossen auf den Teppichen, die den Zeltboden bedeckten, auf und ab lief.

Was tat sie hier? Sie hatte Duncan begehrt. Sie wusste, es gab keine Zukunft mit ihm, doch das hatte ihrem Verlangen keinen Abbruch getan.

Als er sie zum Eingang ihres Zeltes begleitet hatte, hatte er sie, wie versprochen, nicht bedrängt, nicht einmal versucht, ihr einen Gutenachtkuss zu stehlen. Wenn er es getan hätte, hätte sie ihm mehr angeboten?

Sie leerte ihr Glas, hoffte, das würde ihr helfen, schnell einzuschlafen. Wenigstens konnte sie den Mann im Traum genießen. Der Wein hatte die gewünschte Wirkung. Binnen Minuten, nachdem sie die Kerzen ausgeblasen und sich hingelegt hatte, erschienen Bilder von Duncan und davon, wie das Leben mit ihm aussehen könnte.

* * *

Grainna stand an Taras Bett und beobachtete sie im Schlaf. In ihren drogenbetäubten Verstand zu dringen war, wie mit einem heißen Messer Butter zu schneiden. Grainna verstärkte ihren Einfluss, indem sie Taras Schläfen berührte, ehe sie ihren leisen Sprechgesang begann.

Visionen und Verse wirbelten in ihrem Kopf und verbargen sich in Taras Träumen. Grainna versuchte, ihr das Bild des Mannes einzupflanzen, von dem sie wollte, dass sie ihn begehrte. Doch Tara wehrte sich dagegen. Sie runzelte im Schlaf die Stirn, und für einen kurzen Moment fürchtete Grainna, dass sie aufwachen würde.

Zu ihrem Missfallen ersetzte Tara ihre Wahl durch Duncan. Immer wieder bemühte sich Grainna, sein Bild zu löschen, kam aber gegen die Kraft der ersten Liebe nicht an.

Nachdem sie sich stundenlang vergeblich abgemüht hatte, gab sie schließlich auf und arbeitete mit dem Mann, den Tara begehrte. Der Zauberbann, den Grainna in Taras Unterbewusstsein einbettete, ließ sich mühelos wirken, sobald die Vision von Duncan sicher verankert war.

Nachdem ihre Arbeit vollbracht war, verließ Grainna Taras Zelt und nahm eine kleine Änderung an ihren Plänen vor.

* * *

Selbst Aspirin vermochte gegen die heftigen Kopfschmerzen nichts auszurichten, die Tara am nächsten Morgen quälten. Zu ihrer Erleichterung sah Cassy kein bisschen besser aus, als sie selbst sich fühlte. »Wo warst du gestern Nacht?« Tara zwang sich, den schwarzen Kaffee auszutrinken, obwohl ihr davon leicht schlecht wurde.

Cassy hob den Kopf von ihren verschränkten Armen und blickte sie aus geröteten Augen an. »Aus.«

»Ja, das dachte ich mir schon, nur wo und mit wem?«

»Das klingt nicht gut, aber ich kann mich nicht erinnern. Ich weiß noch, dass Fin und ich uns unterhalten haben, nachdem du und Duncan verschwunden seid. Wir sind beide davon ausgegangen, dass ihr hier landen würdet, daher haben wir uns ferngehalten. Sobald Fin Duncan zurückkommen sah, ist er selbst aufgebrochen. Ich war auf dem Weg, dich hier zu treffen, als der umwerfend attraktive blonde Typ, mit dem du gestern Nacht getanzt hast, vorbeigeschaut hat. Du weißt, wen ich meine?«

Nachdem Tara genickt hatte, fuhr sie fort. »Wir haben ein bisschen getanzt, zu viel getrunken, und dann … Nichts. Absolute Leere! Ich kann mich nicht mal mehr erinnern, wie oder wann ich letzte Nacht hierher zurückgekommen bin.«

Tara runzelte die Stirn. »Du und er habt nicht …?«

»Nein. Haben wir nicht. Vermutlich hatte ich zu viel getrunken. Gott, ich hoffe, ich hab mich nicht absolut zum Narren gemacht.« Cassy wand sich, nachdem sie an ihrem Kaffee genippt hatte. »Mit dem Alkohol ist auf jeden Fall erst mal Schluss.«

Tara lächelte und stimmte ihr zu.

Tara hatte Cassy bereits erzählt, was mit Duncan passiert war. Ihre Freundin war damit einverstanden, gleich früh am nächsten Morgen aufzubrechen, unter der Bedingung, dass sie direkt nach dem Abendessen fahren würden, falls heute alles schlimm werden sollte.

Gwen stieß, eine Stunde bevor das Turnier beginnen sollte, zu ihnen. »Da seid ihr beide ja. Ich hatte mir schon Sorgen gemacht, als ich euch heute Morgen beim Frühstück nicht gesehen habe.« Sie warf einen Blick auf die beiden jungen Frauen und lächelte mitleidig. »Ich kann erkennen, dass die Feierlichkeiten gestern Nacht für euch beide zu viel waren. Aber dagegen ist ein Kraut gewachsen.« Sie öffnete den Beutel, den sie immer an ihrer Seite trug.

Sie holte etwas, das ein Bündel Kräuter zu sein schien, heraus und gab sie ins Wasser. Das Gebräu teilte sie auf zwei Becher auf. »Trinkt. Das ist meine eigene Spezialmischung, die alle Nachwirkungen des Alkohols vertreibt.«

Cassy war verzweifelt genug, um den Becher in einem Zug zu leeren. Tara betrachtete ihren misstrauisch.

»Trink es oder nicht. Mir ist es egal.« Gwen durchquerte den Raum und zog die Kleider hervor, die sie heute tragen sollten.

Taras Gewand war in Blassgold und Weiß gehalten, wirkte jungfräulich und perfekt für eine Frau, die sich am Ende des Tages in der Handfeste an einen Mann binden würde.

Tara und Cassy hatten bereits Einwilligungserklärungen unterschrieben, dass ihre Bilder in den Werbebroschüren für den Mittelaltermarkt im nächsten Jahr verwendet werden durften.

»Wow.« Cassy stand auf und blickte in ihr leeres Glas. »Was war da drin?«, fragte sie Gwen. »Das hat wirklich funktioniert.«

»Nur Kräuter«, erwiderte die alte Frau lächelnd. »Kräuterheilkunde ist viel älter als die moderne Medizin, müsst ihr wissen.«

»Du solltest es wirklich versuchen, Tara. Meine Kopfschmerzen sind praktisch weg. Sie könnten Ihre Kräutermischungen verkaufen und würden sehr reich damit werden, Gwen.«

Gwen lächelte zufrieden, als auch Tara austrank. »Vielleicht werde ich das eines Tages wirklich machen, doch nicht heute. An diesem Tag habe ich Besseres zu tun.« Sie drehte sich um, um das Zelt zu verlassen. »Gebt euch Mühe mit eurer Erscheinung, Ladys, und sorgt dafür, dass ihr euch amüsiert. Morgen könnt ihr in euer alltägliches Leben zurückkehren. Der heutige Abend aber gehört der Fantasie und dem Spaß.«

Die Schmerzen in Taras Schädel ließen tatsächlich nach, so ungern sie das zugab.

»Weißt du, die alte Dame wächst einem irgendwie ans Herz«, meinte Cassy, als Gwen das Zelt verlassen hatte.

»Ja, vermutlich schon.« Alle Verschwommenheit und jeder Schmerz waren binnen Minuten restlos vergangen.

Tara betrachtete das Kleid, das sie gleich anziehen würde, und wiederholte für sich Gwens Worte. *Der heutige Abend aber gehört der Fantasie und dem Spaß.*

* * *

Farbenfrohe Flaggen und Banner flatterten im Wind, was alles nur noch stimmungsvoller machte. Sechs Meter hohe Stangen mit massiven Ringen standen am Eingang des Bereichs, wo das Turnier stattfinden würde.

Alle Besucher des Mittelaltermarkts trugen ihre schönsten Kleider. Selbst die Pferde waren mit kostbar bestickten Decken und verziertem Zaumzeug geschmückt.

Der Tag stand ganz im Zeichen von Glanz und Gloria. Tara und Cassy waren umgeben von Wachen in einschüchternd schwarzen Tuniken. Die Plattform mit ihren Ehrenplätzen für das anstehende Event stand in der Mitte. Auf beiden Seiten spendeten lange Stoffbahnen Schatten, sodass es dort angenehm kühl sein würde.

Tara schaute sich suchend nach dem Mann um, der ihre Träume beherrscht hatte. Doch weder von ihm noch von Fin war irgendetwas zu sehen. Sie erschauerte leicht, als sie überlegte, ob Duncan vielleicht schon gegangen war. Sie wusste, es war witzlos, ihn ein weiteres Mal treffen zu wollen, aber sie wünschte es sich dennoch.

Als Tara und Cassy sich ihren Plätzen näherten, erklangen Trompetenstöße, die alle daran erinnerten, dass das Turnier gleich beginnen würde.

Gwen hatte ihr genau erklärt, was von ihr erwartet wurde. Tara vermutete, dass der Markt einfach nur ein weiteres Wochenende wie viele für die alte Frau war. Bei jeder Veranstaltung wählte sie eine neue Königin aus, damit sie ihr Arbeit abnahm. Schließlich musste es für jemanden in ihrem Alter überaus anstrengend sein, stundenlang in der Sonne zu sitzen.

Ein junger Bursche, der das prächtige Festgewand eines ritterlichen Knappen beim Turnier trug, verneigte sich vor Tara. »Mylady?«

Tara lächelte ihn an und bedeutete ihm, sich wieder aufzurichten.

»Mylady, Madame Gwen hat gesagt, das Turnier soll jetzt beginnen.« Er grinste stolz, nachdem er seine Aufgabe erledigt hatte.

»Danke«, flüsterte Tara und zwinkerte dem nervösen Jungen zu. Sie stand auf und gab den Herolden mit den Trompeten ein Zeichen.

Die Leute strömten auf die Tribüne und zu den Stehplätzen, und aller Augen richteten sich auf Tara, deren Herz kurz aussetzte, bevor sie ihren Text zu sprechen begann. Sie würde niemanden von diesen Leuten je wiedersehen, und keiner von ihnen würde es wissen, wenn sie einen Fehler machte. Der Gedanke vermochte sie wenigstens etwas zu beruhigen.

Tara blickte zu Cassy und lächelte. »Du bist mir hierfür was schuldig«, zischte sie ihr aus dem Mundwinkel zu.

»Lords und Ladys, Krieger und Ritter, Pagen und Knappen, seid mir willkommen.« Sie hielt inne, während die Zuschauer applaudierten, suchte mit den Augen die Menge nach Duncan ab. »Den tapferen Männern, die am Turnier teilnehmen werden, wünschen wir Glück und Gesundheit.« Wieder wurde geklatscht.

»Herolde«, wandte sie sich an die Trompeter, die sogleich die Teilnehmer des Turniers riefen.

Sie ritten aufrecht und groß auf ihren Pferden heran. Die Tiere trabten durch die Arena, und die Leute freuten sich und deuteten mit den Fingern auf sie.

Tara kannte einige der Gesichter vom Tanz am gestrigen Abend, aber nicht alle. Einer nach dem andern kamen die Reiter nach vorn vor sie, den Helm in der Hand. Ein jeder verneigte sich, und sie grüßte sie mit einem Nicken und einem Lächeln. Dann zogen sie weiter, paradierten auf ihren Streitrossen und nahmen von einzelnen Frauen unter den Zuschauern – Ehefrauen oder Geliebten – Bänder und Blumen entgegen.

Fin und Duncan waren die beiden letzten Ritter, die auf die Turnierfläche kamen. Tara entdeckte erst Fin, und bei seinem frechen Grinsen hob sich ihre Laune.

Duncans Miene wurde ernst, als ihr Blick auf ihn fiel. Ihre Anspannung ließ sofort nach, als sie ihn sah. Ihre Schultern senkten sich erleichtert. Als das Lächeln seine Augen erreichte, erkannte sie, dass seine Wirkung auf sie nicht minder mächtig war. Seine leicht gehobenen Mundwinkel und die Intensität seiner Musterung würde sie nie vergessen.

Sie starrten einander lange an, und seine Verneigung war tiefer als die der anderen zuvor. Als er sich umdrehte, um durch die Arena zu reiten, rief sie ihn zurück.

»Warte.« Sie beugte sich über die Brüstung und hielt ihm das Band aus ihrem Haar hin.

Schweigen senkte sich über die Menge, als sie ihren Favoriten kürte. Duncan lenkte sein Pferd näher an den erhöhten Ehrenplatz heran und nahm ihr Pfand in Empfang. Er fasste nach ihrer Hand und beugte sich darüber, um ihr einen Kuss auf die Fingerspitzen zu hauchen.

Einen Moment lang gab es nur sie beide. Mit den Lippen formte sie die Worte »Viel Glück«, ehe er ihre Hand losließ.

Sie hörte das Klicken von Cassys Kamera hinter sich.

»Das war so romantisch«, erklärte ihre Freundin, sobald alle Teilnehmer vorbeigezogen waren.

»Was immer das nützen wird.«

»Entspann dich. Und vergiss nicht … ›Fantasie und Spaß oder Fantasie oder was auch immer‹.« Cassy, die erst vor ein paar Stunden dem Alkohol abgeschworen hatte, griff nach einem juwelenbesetzten Kelch, in dem sich Wein befand.

Ein Herold verkündete der Menge den Beginn der ersten Runde.

Die Männer hatten ihre Rüstungen durch bequemere Kleidung ersetzt, sodass sie beweglicher waren und ihre Fähigkeiten besser demonstrieren konnten. Den Auftakt bildete ein Wettbewerb, bei dem die Männer von einem galoppierenden Pferd aus mit dem Speer ein Ziel möglichst genau treffen mussten.

Die Menge hatte bereits ihre Favoriten gewählt. Jeder neue Teilnehmer wurde mit Buh- und Anfeuerungsrufen empfangen.

Der Betrunkene vom vergangenen Abend saß unsicher im Sattel und erreichte nur mit Mühe überhaupt das Ziel. Weil viele sein Verhalten gestern beobachtet hatten, wurde er, außer von seinen Freunden, die ganze Zeit ausgebuht.

Als Fin an der Reihe war, verblüffte er alle, indem er seinen Speer hochwarf und ihn erst, kurz bevor er ihn ins Ziel schleuderte, wieder aus der Luft auffing. Dabei traf er fast ins Zentrum, was den Beifall der Zuschauer erntete.

Fin nickte seinem Bruder zu, forderte ihn heraus, es besser zu machen. Lachend trieb Duncan sein Pferd an und sah zu Tara, die am Rande stand und alles genau beobachtete. Sein Pferd stürmte vorwärts, ohne dass Duncan ihm ein sichtbares Signal gegeben hätte. Er traf gut, aber Fins Speer hatte um ein Haar besser gesessen.

So ging es weiter. Es gab ähnliche Wettbewerbe, bei denen es darauf ankam, mit der Lanze Ringe von hohen Pfählen oder beweglichen Apparaten zu holen. Ein großes Spektakel waren auch die Scheingefechte. Schwerter prallten unter den Begeisterungsrufen des Publikums aufeinander.

Ein Reiter führte mit seinem Pferd Kunststückchen vor, ließ es vor der staunenden Menge tanzen. Es trabte, tänzelte und verneigte sich im Takt der Musik, die eine kleine Kapelle am Rand der Turnierfläche spielte.

Während der Vorführung schaute Gwen bei Cassy und Tara vorbei. »Wie schlagt ihr beide euch?«, erkundigte sie sich, als sie bei ihnen angekommen war.

Im hellen Tageslicht fühlte sich Tara in Gwens Nähe besser. Außerdem sah sie in ihrem blauen Kleid und mit den klimpernden Armbändern ganz harmlos aus.

»Ich hätte nicht gedacht, dass es so viel Spaß machen würde«, räumte Tara ein, verlegen wegen ihres früheren Verhaltens der Frau gegenüber. »Ich glaube, ich muss mich bei Ihnen entschuldigen.«

»Wofür denn?«

»Ich denke, ich hätte das Wochenende über dankbarer sein können.«

»Unsinn.« Gwen lächelte.

Die Leute klatschten Beifall, als die Vorführung und damit auch die Unterbrechung der Wettkämpfe zu ihrem Ende kamen.

Tara schaute an Gwen vorbei, um zu sehen, ob sie Duncan entdecken konnte. Seit er das Feld verlassen hatte, hatte sie keinen Blick mehr auf ihn erhascht.

»Suchst du deinen Mann?«, wollte Gwen wissen.

»Er ist nicht ›mein Mann‹.«

Gwens Lachen war irgendwie verstörend. »Wie ist es mit dir, Cassy, hast du irgendeinen Favoriten?«

»So viele Männer …« Cassy lächelte und deutete auf einen attraktiven dunkelhaarigen Typen. »Aber nur einer für mich.«

»Bist du bereit für deinen Teil, wenn das Turnier vorüber ist, Tara? Hast du noch irgendwelche Fragen?« Gwen trat vor die beiden jungen Frauen, sodass sie nicht mehr ungehindert auf die freie Fläche sehen konnten.

»Daran ist ja nichts schwierig zu verstehen«, erklärte Tara. »Ich muss aber niemanden küssen, oder?«

»Nur wenn du das wünschst, meine Liebe. Angesichts des Aussehens einiger der Teilnehmer wäre es jedoch vielleicht kein so großes Opfer.«

»Sollte Duncan gewinnen, wirst du ihn küssen«, warf Cassy ein. »Und falls Fin gewinnt, wird er dich küssen wollen, einfach um seinen Bruder zu ärgern.«

»Das klingt ganz so, als hättet ihr beide die Situation unter Kontrolle. Ich überlasse euch dann jetzt Speis und Trank.« Gwen wandte sich zum Gehen, hielt dann aber inne. »Oh, Tara, eine Sache noch. Wenn die Zeremonie mit der Handfeste vorüber ist, achte darauf, die Hände deines Partners so zu halten.« Sie nahm Taras Hände in ihre eigenen. »Und schau ihm in die Augen, damit alles möglichst echt wirkt.«

Tara spürte, wie einer von Gwens Ringen ihr die Haut aufritzte, als sie ihre Finger losließ. Rasch zog Tara sie zurück und sah, wie sich ein paar Blutstropfen auf ihrer Handfläche bildeten.

»Oh, das tut mir so leid.« Gwen holte ein Tuch aus ihrer Tasche. »Zeig mal.« Sie betupfte die kleine Wunde mit dem Stoff, drehte die Hand um und tat so, als untersuche sie sie.

»Ist schon in Ordnung, ehrlich.« Unbehaglich versuchte Tara, sich aus Gwens Griff zu befreien.

Schließlich ließ die alte Frau los und steckte das blutige Tuch wieder ein. Sie murmelte eine weitere Entschuldigung und ging.

* * *

»Was für ein Spiel treibt sie?« Duncan beobachtete, wie Grainna die Tribüne verließ. Fin und er waren auf dem Weg zu Tara gewesen, als sie ihre Erzfeindin mit den Freundinnen hatten sprechen sehen.

»Ich weiß es nicht, aber es gefällt mir nicht.«

»Aus Druidengeschlecht eine Jungfer rein, zur Heirat bereit schon muss sie sein.« Duncan wiederholte den Fluch, um noch einmal über seine Bedeutung nachzudenken. »Ihr Blut, frei gegeben, beendet den Bann, mit dem wir dich binden von dieser Stund an.« Duncan beobachtete, wie Tara mit Cassy redete. »Wenn Tara einwilligen muss, dann ist Zwang keine Lösung für Grainna. Wie kann sie eine Einwilligung erzwingen?«

»Das kann sie nicht. Nicht ohne Kontrolle über ihre Gedanken zu haben. Tara hat einen starken Geist und wird nicht empfänglich sein für irgendwelche Zaubersprüche, die Grainna bei ihr anwenden könnte.«

»Vielleicht«, murmelte Duncan. »Zur Hölle, sie sieht so verdammt selbstzufrieden aus, als ob für sie alles nach Plan läuft.«

»Stimmt«, musste ihm Fin recht geben.

* * *

Tara nutzte die Gelegenheit, in der Pause über den Markt mit den verschiedenen Ständen zu schlendern. Wenigstens war es das, was sie Cassy sagte. In Wahrheit wollte sie sich unter die Menge mischen und nach Duncan Ausschau halten.

»Suchst du jemanden?«, erklang da hinter ihr seine Stimme.

Sie lächelte, wandte sich aber nicht um. Stattdessen stellte sie sich auf die Zehenspitzen und spähte über die Köpfe der Umstehenden hinweg. »Ach, nur einen attraktiven dunkelhaarigen Mann. Du weißt nicht zufällig, wo ich einen finden kann?«

Sein Lachen wärmte sie. Sie liebte den melodischen Klang.

Duncan drehte sie um und hauchte ihr einen Kuss auf die Finger. Als sie zusammenzuckte, umfasste er ihre Hand, untersuchte sie und entdeckte den Kratzer. »Wie ist das passiert?«

»Gwen ist mit ihrem Ring hängen geblieben. Ist nicht schlimm.« Tara gestikulierte mit ihrer anderen Hand. »Wie läuft es hier draußen? Du machst ganz den Eindruck, als gehörtest du hierher.«

Duncan rieb mit seinem Daumen über ihre Haut.

»Was ist?«, erkundigte sich Tara, als er weder auf ihre Frage noch auf ihre Bemerkung einging.

Er zog sie näher, fragte mit gepresster Stimme: »Was hat Gwen dir über heute erzählt?«

»Was meinst du?« Er wirkte angespannt, was sie beunruhigte.

»Hat sie noch über irgendetwas anderes mit dir gesprochen als deine Aufgabe dabei?«, wollte er wissen.

Tara versteifte sich. »Nein, nichts. Warum?«

Er rang sich ein Lächeln ab und hob ihre Hände an seine Lippen. Mit geschlossenen Augen strich er sich mit ihren Fingerrücken über die Wange.

Etwas belastete ihn.

Etwas war los.

»Weswegen sorgst du dich?«

Er musterte sie eindringlich, schien bis auf den Grund ihrer Seele zu schauen. »Wenn dir irgendwas merkwürdig oder unheimlich vorkommt, Tara, sag es mir sofort.«

»Du machst mir Angst, Duncan.«

Die Trompeten ertönten, riefen die Teilnehmer zurück auf den Turnierplatz.

Das Gefühl, das er ihr vermittelte, erschütterte sie. Irgendetwas stimmte hier nicht.

»Vertrau mir.«

Sie betrachtete forschend sein Gesicht, seine Augen, versuchte vergeblich zu erkennen, was ihn störte. Ein unkontrollierbarer Schauder durchlief sie.

Sie hatten beide Aufgaben, die auf sie warteten, mussten in unterschiedliche Richtungen. Mit der Hand streichelte er ihr über die Wange, und sie meinte noch lange danach, seine Berührung zu spüren.

Sie blickte ihm nach. Er ging aufrecht und gerade, und seine ganze Haltung wirkte, als sei es sein gutes Recht, dass die Leute ihm Platz machten.

Und das taten sie.

* * *

»Grainna hat begonnen, ihren Plan umzusetzen«, teilte er Fin mit, als er bei ihm ankam.

»Erzähl mir mehr.«

»Taras Hand wies eine blutige Verletzung auf, die bereits verschorft war. Grainna hat sie mit ihren Ringen geschnitten.«

»Hat Tara Verdacht geschöpft?«, erkundigte sich Fin.

»Ich glaube, ein wenig schon.« Duncan begann, seine Rüstung anzulegen. »Ich glaube, ich weiß, was Grainna geplant hat.«

»Und was wäre das?« Auch Fin griff nach seiner Rüstung, um sich fertig zu machen.

»Sie wird den Ausgang des Turniers weder aufhalten noch ändern. Ihre Erlösung hat etwas mit dem Ergebnis zu tun. Tara muss willig sein. Der Fluch lässt in dem Punkt keinen Zweifel offen.« Duncan zog sich den Ärmel unter der Rüstung nach unten.

»Aye, aber wird sie sich freiwillig an einen Fremden binden? Selbst wenn Grainna ihre Gedanken kontrollieren kann, Taras Erbe wird verhindern, dass sie irgendwelche schwerwiegenden Fehler begeht.«

Sein Bruder sprach die Wahrheit, das war Duncan klar. »Woher sollen wir wissen, dass sie keinen Weg gefunden hat, wie sie das umgehen kann?«

Fins Blick verriet ihm alles, was nötig war.

Sie konnten nicht sicher sein, dass Grainna fair spielen würde. Ehrlich gesagt, konnte man mit ziemlicher Sicherheit davon ausgehen, dass sie das nicht tat, wenn man aus der Vergangenheit Rückschlüsse auf ihren Charakter ziehen wollte.

Sie hoben gleichzeitig die Helme und setzten sie sich auf. Plötzlich hatten sie beide neues Interesse am Ausgang des Turniers.

Kapitel 7

Wieder zurück in Taras Zelt, bereitete Grainna ihren Altar vor. Die Steinplatte war mit Symbolen schwarzer Magie verziert: In die Mitte war ein Pentagramm geschnitzt, und der Fluch in ihrer Muttersprache darum herum.

Das Tuch mit Taras Blut lag in einer Flüssigkeit. Als Grainna es aus der Schale holte, war der gesamte Stoff mit Blut getränkt. Sorgsam trug sie es zum Stein und tropfte das Blut in die geätzten Linien des Kreises um den Stern herum.

Feiner Rauch stieg auf, und ein Zischen und Knistern begleitete jeden Tropfen, der auf das geheiligte Symbol traf.

Mit einem zufriedenen Lächeln machte Grainna weiter.

* * *

Die ersten beiden Herausforderer traten einander auf dem Turnierplatz gegenüber. Tara saß angespannt auf der Sitzkante, während die beiden Männer sich für den Kampf vorbereiteten. Es war alles nur gespielt, aber trotzdem aufregend. Tara war sicher, dass die Lanzen, die sie in den Händen hielten, aus irgendeinem besonderen Material waren, das beim ersten Zusammenstoß splittern würde. Dennoch war sie wegen des Ausgangs beunruhigt.

Sie konnte nicht umhin, sich zu fragen, ob einer dieser Männer der Sieger sein würde.

Als die Pferde losstürmten, verfolgte Tara gebannt, wie die Lanzen die Schilde nur streiften.

»Das ist alles bloß Show«, versicherte sie sich. Sie atmete leichter und schaute sich die Zweikämpfe an.

Erst als Fin an die Reihe kam, erwachte ihr Interesse erneut. Er trat gegen den besten der bisherigen Teilnehmer an. Tara war nicht überrascht, als Fin den Reiter ohne sichtliche Anstrengung beim ersten Versuch aus dem Sattel stieß.

Weil Duncan von Tara mit einem Pfand beehrt worden war und damit ihr erklärter Favorit war, waren seine Ritte ans Ende des Turniers gelegt worden. Er schlug sich auf dem Turnierplatz wie sein jüngerer Bruder, erwies sich nur als zielsicherer und schneller.

Er ging auf dem Platz kein Risiko ein und schaltete seine Herausforderer einen nach dem andern aus. Manche sahen in ihm einen überragenden Gegner und entschlossen sich, seinem Stoß auszuweichen und ihm damit kampflos den Sieg zu überlassen.

Während Tara zuschaute, reduzierte sich die Zahl der Bewerber um ihre Hand auf lediglich drei – Sir Duncan, Sir Finlay und Sir Michael.

Konnte sie die geplante Zeremonie mit irgendeinem anderen als Duncan durchziehen? Auch wenn alles bloß gespielt war? Natürlich würde sie es tun, aber es war trotzdem schwer vorstellbar. Sie hasste es, mit irgendjemand anders als ihm so zu tun, als wäre es ihr damit ernst.

»Jetzt wird es nicht mehr lange dauern.« Cassy reichte Tara einen Becher Wein. »Hier, ich glaube, den wirst du brauchen.«

»Das kann ich nicht. Ich bin zu nervös.«

»Weswegen machst du dir Sorgen? Duncan wird gewinnen. Und falls es doch einer der anderen tut … Wenigstens sind sie alle attraktiv.«

Tara zuckte wie im Schmerz zusammen, als vor ihren Augen Fin einen Schlag auf den Arm abbekam, mit dem er die Lanze hielt. »Wie kannst du so sicher sein, dass Duncan am Ende der Sieger sein wird?«

»Das muss er. Außerdem mag er dich und will es mehr als die andern. Sieh dir an, wie er sie zuvor alle aus dem Sattel gepflückt hat, als wären es Äpfel an einem Baum. Glaub an ihn.« Cassy nahm einen langen Schluck von dem Wein, den sie Tara eingeschenkt hatte.

Die Menge sprang auf, als am Ende des nächsten Durchgangs Fin vom Pferd gestoßen wurde. Er klopfte sich den Schmutz ab, wobei er versuchte, seinen Schwertarm zu schonen. Er verneigte sich und schüttelte Michael die Hand, führte sein Pferd an die Seite.

Michael und seinem Pferd wurde eine Verschnaufpause gewährt, bevor die letzte Runde und der Zweikampf mit Duncan begannen.

Tara wollte verzweifelt Duncan finden, um ihm Glück zu wünschen und ihm gleichzeitig größtmöglichen körperlichen Schaden anzudrohen, wenn er nicht gewann. Aber so kurz vor dem Ende ihren Platz zu verlassen war nicht möglich.

Minuten verstrichen, die sich wie Stunden anfühlten.

Marktbesucher kamen und gingen, machten Fotos, stellten Fragen. Taras Angespanntheit verhinderte, dass sie den Leuten ausführlich antworten konnte. Als ihre Finger zu prickeln anfingen, zwang sie sich, sich hinzusetzen und langsamer zu atmen. Sie würde zu nichts nütze sein, wenn sie vor dem letzten Kampf ohnmächtig wurde.

Taras Gedanken begannen zu wandern, verließen ihren Körper. Das Gefühl, alles von außen zu betrachten, war überwältigend. Sie schloss die Augen und dachte an das, was Duncan vorhin gesagt hatte. *Wenn dir irgendwas merkwürdig oder unheimlich vorkommt, sag es mir sofort.*

Wovor sollte sie Angst haben? Was hatte er damit gemeint? Sie senkte erneut die Lider und beschwor sein Bild in ihrem Geist herauf. *Vertrau mir.* Seine Worte schossen ihr durch den Kopf. Ein paar tiefe Atemzüge und die Konzentration auf seine letzten Worte halfen ihr, ihren rasenden Puls zu beruhigen.

Als die Trompeten zur letzten Runde erklangen, fühlte sich Tara entspannter.

Beruhigt.

* * *

Duncan spürte Taras Gegenwart in seinem Kopf.

Über die Menschenmenge hinweg schaute er sie an. Selbst aus dieser Entfernung konnte er erkennen, dass sie die Augen geschlossen hatte.

Er wusste, sie machte sich Sorgen, fühlte, wie sie ihm in Gedanken nachspürte. Er griff auf Kräfte zurück, die eigentlich bis zu seiner Heimkehr ruhen sollten. Er schloss ebenfalls die Augen und sandte tröstende und vertrauensvolle Worte zu ihr.

Er konnte nicht sagen, ob er mit seinen Bemühungen Erfolg hatte, aber als er die Lider wieder hob, sah er, dass Taras Blick auf ihn gerichtet war.

Duncan lenkte Durk zu seinem Platz an dem Seil, das die Reiter trennte. Seine Nüstern blähten sich in Vorfreude auf den Kampf. Das Tier war so gut trainiert, dass ein unmerklicher Schenkeldruck von Duncan reichte, und es stürmte los.

Der Hengst zuckte nicht zusammen, als Duncans Lanze seinen Gegner traf.

* * *

Michael reagierte auf den Treffer mit Wut. Er war nicht glücklich über Gwens Anordnung, den Kampf zu verlieren. Als er Taras Band in Duncans Hand sah, runzelte er die Stirn. Er sollte es sein, der mit ihr vor den Altar trat.

Er in ihrem Bett!

Beim nächsten Durchgang errang er den Sieg, den er wollte. Seine Lanze erwischte Duncan und hätte ihn beinahe aus dem Sattel gehoben. Michael schaute zu der jungen Frau, die sich mit sorgenvoller Miene die Hand vor den Mund hielt.

Sein Blick landete bei Gwen, die hinter ihr stand und ihn wütend anfunkelte. *Lass dich vom Pferd fallen!* Er hörte ihren Befehl in seinem Kopf.

Er spielte noch zwei weitere Runden mit dem Feuer, bevor er tat, wie ihm geheißen, und sich von Duncan aus dem Sattel stoßen ließ.

* * *

Tara merkte gar nicht, dass sie den Atem angehalten hatte, bis sie ihn auf einmal in einem langen Seufzen entweichen ließ. Alle Anspannung verließ ihren Körper, als feststand, dass Duncan tatsächlich gewonnen hatte.

Sie beobachtete, wie ihm die anderen Teilnehmer anerkennend auf die Schulter klopften. Sie konnte fast hören, wie sein Bruder ihn zurechtwies, als er dessen Arm in einer Geste umfasste, die besser ins Mittelalter gepasst hätte.

Tara hatte nicht viel Zeit, bevor Cassy ihr einen Schleier ins Haar steckte und sie für die Zeremonie vorbereitete.

»Das wirkt beinahe echt, als ob du wirklich heiraten würdest oder so.« Cassy wischte sich ihre Hand am Kleid ab. »Bist du nervös?«

Tara erwiderte Duncans Blick, während er nach vorn kam, um seinen Preis zu beanspruchen. »Nein.«

»Also ich schon.« Cassy leerte ihr Weinglas und trat beiseite.

Tara hatte das hier schon vorhergesehen, in ihren Träumen. Die Worte, die sie sprechen sollte, waren in ihren Verstand eingebrannt. Sie fürchtete sich nicht länger vor der Rolle, die sie spielen sollte. Duncan würde ihre Hand halten und ihr helfen.

* * *

Fin stand neben Duncan und sprach so leise auf Gälisch zu ihm, dass nur sein Bruder ihn verstehen konnte. »Pass gut auf, Bruder, irgendetwas liegt in der Luft. Sie lässt das hier geschehen, weil sie etwas im Schilde führt.«

Duncan wusste, sein Bruder hatte recht, aber welche Wahl blieb ihm? Tara kam mit ausgestreckten Händen zu ihm, mit vor Glück leuchtender Miene, und das rührte ihn bis tief in seine Seele.

Sobald sie vor ihm stehen blieb, ließen seine Sorgen nach. Sie strahlte förmlich unter dem Schleier, der ihr rotes Haar bedeckte. Ihre vollen Lippen verzogen sich zu einem Lächeln, und sie war einfach atemberaubend schön.

Sie sank in einen tiefen Knicks.

Duncan nahm ihre Hand und führte sie in die Mitte des Turnierplatzes. Schweigen senkte sich über die Ränge. Nur gelegentlich konnte man das Weinen eines Babys hören.

Duncan wusste, was als Nächstes passieren würde, nicht weil Grainnas Leute es ihm gesagt hatten, sondern weil er schon vielen Zeremonien wie dieser beigewohnt hatte. Der einzige Unterschied war, dass zunächst Tara ihre Worte sprach und er seine erst danach.

Er bemerkte, dass Grainna die Vorgänge mit einem triumphierenden Ausdruck in den Augen von der Ehrenloge aus beobachtete, in der Cassy und Tara gesessen hatten.

Er zögerte kurz.

»In ein paar Minuten wird es vorüber sein, Duncan. Es ist schließlich nicht so, als ob das hier in irgendeiner Weise echt wäre.« Sie nahm die Kordel, die Cassy ihr reichte. »Sprich mir einfach nach«, flüsterte sie.

Tara nahm seine Hand in ihre und wickelte die Kordel darum. »Vom Norden in den Süden, vom Osten in den Westen ...«, begann sie.

Duncan und Fin erstarrten im selben Moment. Was sie da hörten, erschütterte sie beide. »Halt sie auf«, verlangte Fin auf Gälisch.

»Wo immer du hingehst, da folge ich; den Weg leuchtet mir dein Licht.«

Die Luft um sie herum veränderte sich. Es war, als läge die Macht des Schwurs schwer darin. Das war nicht das Versprechen einer Handfeste, von Liebe und Hingabe, sondern die Worte, die bei einer Druidenhochzeit verwendet wurden. Einmal ausgesprochen, konnten sie nie wieder zurückgenommen werden. Wenn sie von jemandem gesagt wurden, der von Druiden abstammte, würden sie ihn über dieses Leben hinaus bis ins nächste an den anderen binden.

Er wusste sofort, was Grainna vorhatte.

Tara würde diese Worte zu demjenigen sprechen, der hier vor ihr stand, ohne die Möglichkeit, aufzuhören. Sie würde sich dem Mann aus freiem Willen schenken und Grainna das Letzte geben, was ihr zur Lösung des Fluchs fehlte.

Wenn Tara den Schwur zu Ende brachte, würde ein Teil ihrer Seele mit ihm gehen, wenn er dieses Jahrhundert wieder verließ. Ohne ihn wäre sie nichts als eine leere Hülle.

Wenn er ihr nicht das Gleiche versprach, würde er sie zu einem kurzen, elenden Leben im Unglück verurteilen. Die Grausamkeit einer solchen Tat überstieg sein Vorstellungsvermögen.

Er spürte Fins Schmerz, als Tara fortfuhr.

»Meine Liebe gehört dir für alle Zeit, selbst wenn mein Auge bricht.« Sie lächelte zu ihm empor.

Sie legte ihre Seele in seine Hände. Sein Herz machte unter der Macht ihres Gelübdes einen Satz. Er schaute ihr suchend in die vertrauensvollen Augen, um zu sehen, ob dort irgendwelche Zweifel standen. Doch er konnte nur Liebe erkennen, etwas, was er nicht für möglich gehalten hätte. Er fällte seine Entscheidung und ließ sie zu Ende sprechen.

»Zwei Herzen sind eins nun für alle Zeit, und dieser Bund wird niemals entzweit.« Damit war Tara am Ende angekommen und wartete.

Er nahm das herabhängende Ende der Kordel und band seine Hand an ihre. Die Luft schien dünner zu werden. Er zog ihre andere Hand in seine und legte sie über die anderen beiden.

Er blickte ihr direkt in die Augen, völlig sicher.

Tara wartete darauf, dass er zu sprechen begann. Ihre Lippen öffneten sich leicht.

Als er es dann tat, war es, als wären sie ganz allein, obwohl sie von Hunderten Zuschauern umgeben waren.

»Vom Norden in den Süden, vom Osten in den Westen. Wo immer du hingehst, da folge ich; den Weg leuchtet mir dein Licht. Meine Liebe gehört dir für alle Zeit, selbst wenn mein Auge bricht.« Die Luft geriet in Bewegung. »Zwei Herzen sind eins nun für alle Zeit, und dieser Bund wird niemals entzweit.«

Blitze zuckten über den wolkenlosen Himmel, erschreckten die Zuschauer. Die Kordel wurde warm und begann zu glühen. Duncan erschauerte, als ein Teil seines Wesens, dessen, was ihn ausmachte, von ihm fort- und in sie strömte. Hätte er sie nicht gehalten, wäre Tara unter der Wucht, mit der es sie traf, gestürzt.

Es ist okay, vertrau mir. Alles wird gut werden, sprach Duncan in Gedanken zu ihr.

Er hob ihren Schleier und sah, wie sich ihre Augen verklärten, während er sich vorbeugte. Wieder blitzte es am Himmel, als ihre Lippen sich trafen.

Der Kuss war bloß eine Berührung ihrer Lippen, aber dennoch reichte die Wirkung bis auf den Grund ihrer Seelen. Sie seufzte an seinem Mund, als er sie an sich zog. In dem Wissen, dass ihr Leben für immer verändert war.

* * *

Die Männer führten Duncan beiseite und halfen ihm, seine Rüstung abzulegen. Fin stellte ihn auf Gälisch zur Rede.

Auf der anderen Seite war Tara umgeben von Frauen, die ihr den Schleier abnahmen und das Haar kämmten.

Cassy war begeistert und machte unablässig Fotos, während sie sich immer wieder die Tränen aus den Augen wischen musste.

Gwen löste sich aus der Menge und näherte sich ihnen mit einem zufriedenen Glitzern in den Augen. »Perfekt«, verkündete sie. »Alles war perfekt. Wie fühlt Ihr Euch, Lady Tara?«

Taras Blick blieb am Amulett der Älteren hängen, und sie konnte ihn nicht mehr davon lösen.

Ein Bild von ihr mit Duncan in einer leidenschaftlichen Umarmung erschien vor ihrem geistigen Auge. »Wunderbar«, antwortete sie.

»Hervorragend, genau das wollte ich hören. Und vergiss nicht, die heutige Nacht ist noch ganz der Fantasie gewidmet, morgen wird dein Leben wieder dem Alltag gehören.« Damit drehte sie sich um und klatschte in die Hände, wandte sich an die Menge. »Lasst die Feierlichkeiten beginnen.«

* * *

Der Bereich, wo Speisen serviert wurden, war mit Hunderten von Kerzen, die in der untergehenden Sonne flackerten, in ein Lichtermeer verwandelt worden. Die Tafeln waren überreich mit Blumen geschmückt, wie es dem Anlass entsprach.

Eine Hand berührte sie am Arm, und die Stelle begann sofort warm zu werden. Tara wusste, er war es, bevor sie sich zu ihm umdrehte. Sie waren nur kurze Zeit getrennt gewesen. Warum also erschien es ihr so viel länger?

Egal, dachte sie. Jetzt waren sie zusammen.

Die Musik begann, und Duncan führte sie auf die Tanzfläche. Am Anfang schwiegen sie.

»Komm mit zu mir nach Hause, Tara.«

Seine Bitte hätte sie vor vierundzwanzig Stunden noch schockiert, jetzt jedoch merkwürdigerweise nicht.

»Du würdest mein Land und die Menschen dort lieben.«

»Ich würde Schottland sehr gern besuchen«, antwortete sie ihm. »Die Winterferien sind da, ehe wir es uns versehen. Allerdings werde ich ein Visum beantragen müssen, und ich hab gar keinen Pass.«

»Wenn ich dich heute Nacht dorthin mitnehmen könnte, ohne all diese Dinge, würdest du mich begleiten?«

»Heute Nacht?« Sie schüttelte den Kopf. »Das ist nicht möglich. Außerdem beginnt mein Unterricht nächste Woche wieder.«

Tara sah, dass er etwas erwidern wollte, doch statt zu reden, küsste er sie.

Binnen Sekunden konnte sie nur noch an ihn denken. *Komm mit mir heute Nacht.*

Sie unterbrach den Kuss, dachte, sie hätte ihn gehört. »Bleib eine Weile in Los Angeles. Ich bin sicher, du kannst deinen Flug umbuchen.«

»Wir müssen heute Nacht aufbrechen.«

»Würdest du ohne mich gehen?« Sie hielt mitten im Tanz inne.

»Ich bitte dich, mit mir zu kommen.«

Sein Tonfall hatte sich geändert, sein ganzer Körper war angespannt.

Ja! Ich komme mit dir. Tara konnte sehen, wie alle Spannung aus ihm wich, dabei hatte sie die Worte gar nicht laut ausgesprochen. Die Härchen in ihrem Nacken richteten sich auf, und ein Schauer lief ihr über den Rücken. *O mein Gott! Du kannst meine Gedanken hören.*

»Aye, Liebste, das kann ich.«

Alles Blut strömte aus ihrem Kopf, und das Atmen fiel ihr plötzlich schwer. Sie begann Sterne zu sehen, weil ihre Gehirnzellen nicht mehr genug Sauerstoff erhielten.

Nein, lass das lieber! Duncan verstärkte seinen Griff, damit sie nicht stolperte, während sie tanzten.

Ich werde verrückt.

Dann bin ich ebenfalls verrückt.

Wie kann das sein?

»Das ist schwierig zu erklären«, erwiderte er laut.

»Versuch es«, verlangte sie.

»Du verstehst nicht, worum ich dich bitte, aber wie solltest du auch? Ich musste dich überzeugen, heute Nacht mit mir zu kommen. Ich habe das Mittel benutzt, von dem ich wusste, dass es funktionieren würde.«

»Das verstehe ich nicht.«

Er zog ihren Kopf an seine Schulter. Von außen betrachtet wirkten sie wie zwei Verliebte, die völlig ineinander versunken waren. Doch innerlich redeten sie.

Weißt du noch, als du dachtest, Grainna könnte die Leute lesen?, fragte er.

Grainna ... Du meinst Gwen?

118

In Wahrheit heißt sie Grainna, doch das erzähle ich dir später. Erinnerst du dich noch, dass du mir gesagt hast, du glaubtest, sie könne Gedanken lesen?, wiederholte er.

Tara nickte. Es war fast unmöglich für sie, zu akzeptieren, dass sie mit Duncan tatsächlich eine Unterhaltung im Geiste führte.

Manchmal, wenn zwei Menschen eine sehr innige Verbindung eingehen, haben sie diese Fähigkeit. Bei dir und mir ist das der Fall.

Tara nahm den Kopf von seiner Schulter, um Duncan anzusehen. *Wie? Wann? Ich begreife das alles einfach nicht.*

Das Wie ist etwas kompliziert, und im Moment habe ich leider nicht die Zeit, es zu erklären. Und hier ist auch der falsche Ort. Zu dem Wann, nun, das war während der Zeremonie.

Sie schaute ihm fest in die Augen. »Aber es war doch bloß gespielt, gar nicht echt.«

»Für manche vielleicht, Tara, allerdings nicht für uns.« Er deutete hinter sich, spürte die Last von Grainnas Blick. »Komm.«

Er führte sie zu ihrem Tisch, brachte dringend benötigten Abstand zwischen sie und ihre Feindin. Einfach anhand des Ausdrucks in seinen Augen wusste Tara, dass Gwen und Duncan auf verschiedenen Seiten standen.

Essen wurde vor sie gestellt. Cassy saß rechts von ihr und Fin links von Duncan.

Cassy begann auf Tara einzureden, sobald sie Platz genommen hatten. »Ich kann nicht glauben, dass das hier morgen alles vorbei sein wird. Du hattest Spaß, oder?«

»Den habe ich noch.« Tara bemühte sich, ihre Freundin anzulächeln, nur verhinderten ihre Verwirrung und Nervosität, dass sie Cassy wirklich zuhörte.

»Also, was wirst du wegen Duncan unternehmen?«, erkundigte sich Cassy flüsternd.

Ihre Antwort kam unverzüglich und erforderte kein langes Nachdenken. »Ich fahre nach Schottland.«

»Echt! Wann?«

»Das weiß ich nicht ... Bald, denke ich.«

Bei dem lauten Treiben und dem Trubel um sie herum war es schwierig, Duncans Worte zu verstehen. Aber sie klangen ernst.

Sei auf der Hut, wie viel du ihr verrätst.

Tara schob sich eine Gabel mit Essen in den Mund, um nicht mehr sprechen zu müssen. *Warum?*

Andere hören mit.

Sie folgte seinem Blick, der auf Gwen gerichtet war. Unter der Musterung der alten Frau wurde ihr kalt. *Sie will mir Böses, oder?*

Aye.

Aber warum? Was habe ich ihr denn getan?

Nichts. Es geht um das, was du bist. Das will sie.

»Ich verstehe das alles nicht«, rutschte es Tara laut heraus.

»Was denn?«, wollte Cassy wissen.

»Äh ... Ich kann mir selbst nicht wirklich erklären, wie es kommt, dass ich ernsthaft in Erwägung ziehe, mit ihm zu gehen«, rettete Tara die Situation gerade noch so. »Ich kenne ihn schließlich nicht besonders lange.«

»Also, ich finde das toll. Wann soll's losgehen? In den Winterferien?«

Sag ihr, ich hätte meinen Aufenthalt hier verlängert und dass du bei mir bleibst.

Tara warf ihm einen Blick zu.

Sorg dafür, dass sie ohne dich heimfährt.

Tara wollte ihn weiter mit Fragen bombardieren, doch nach Cassys Miene zu schließen, verlangte sie jetzt eine Antwort. Tara beschloss, ihm zu vertrauen. Sie hoffte wirklich, sie würde es nicht bedauern. »Genau genommen hat er beschlossen, noch eine Weile hierzubleiben. Ich möchte, dass du das Auto nimmst und ohne mich zurückfährst. Duncan und ich werden hier noch ein bisschen Flitterwochen machen, bevor er aufbricht.«

Was sind Flitterwochen?

Sie musste über seine Frage lachen. Cassy lachte mit, zog andere Schlüsse.

»Genau, geh richtig ran.«

Kapitel 8

Während sie gegessen hatten, war die Sonne untergegangen. Ein leichter Wind vom Meer ließ die Flammen von Fackeln und Kerzen flackern. Alles an dem Abend schien magisch. Allerdings hatte Tara keine Ahnung, wie magisch es noch werden würde.

Duncan schickte Fin die Pferde und ihre restlichen Sachen holen. Er selbst war innerlich hin- und hergerissen von der Frage, wie er Tara dazu bewegen sollte, mit ihm zu kommen. Die Zeit lief ihm davon.

Er sperrte sie eine Weile lang aus seinen Gedanken aus, um die Wahrheit vor ihr zu verbergen, bis sie in Sicherheit war.

Als sie die Tafel verließen, umarmte Tara Cassy fest. »Komm heute Abend nicht zum Zelt. Wenn ich morgen früh fort bin, sollst du wissen, dass ich bei ihm bin. Ich melde mich bei dir, sobald es geht.«

»Himmel, Tara, es ist ja nur Sex. Und vergiss nicht, es tut vielleicht am Anfang weh, aber das ist wirklich bloß vorübergehend.«

Tara lief eine einzelne Träne über die Wange. Es war, als würde sie sich für mehr als ein paar Tage verabschieden. »Du bist die beste Freundin, die ich je hatte.«

»Ach Mann, jetzt hast du dafür gesorgt, dass ich heule. Hör auf damit.« Cassy wischte sich über das feuchte Gesicht. »Geh und werde sie um Himmels willen los.«

Als Tara sich zum Gehen wandte, rief Cassy ihr mit etwas zu lauter Stimme hinterher: »Und vergiss das Kondom nicht.«

Mehrere Leute hörten Cassys Bemerkung. Gelächter erhob sich, und alle schauten zu, als Duncan und Tara gemeinsam verschwanden.

Weil es von ihnen erwartet wurde und viele sie beobachteten, begaben sie sich zu ihrem Zelt. Das Innere war in den Schein Dutzender Kerzen getaucht. Ein ganzes Meer aus Rosenblättern bedeckte das Lager, und in einem Kübel stand gekühlter Champagner.

»Wow. Warst du das?«, fragte Tara.

»Nein, das war sie.« Stirnrunzelnd ließ Duncan eine Tasche auf das Bett fallen. »Steck rasch alles ein, was du mitnehmen musst.«

Tara wollte fragen, warum er es so eilig hatte, verzichtete aber darauf. Stattdessen raffte sie ihre Kleider zusammen, griff sich ihre Handtasche und stopfte alles in die Tasche. Einem Impuls folgend schnappte sie sich auch die Champagnerflasche.

Sie verließen das Zelt auf dem gleichen Weg wie am vergangenen Tag. Der braune Umhang, den sie zu dem Mittelaltermarkt mitgebracht hatte, verbarg ihr helles Kleid und das rote Haar. Wortlos gingen sie hinten an den Zelten entlang und hielten sich in den Schatten. Dann erreichten sie den Rand des Lagers und schritten rasch aus, bis sie den Schutz der Bäume erreicht hatten.

Duncan schwieg, lauschte auf Geräusche, die ihm verraten würden, dass Alarm geschlagen worden war.

Tara wurde immer unsicherer, und ihre Zweifel wuchsen wegen ihrer Entscheidung, mit ihm zu gehen, ohne eine Erklärung zu erhalten, warum sie auf diese Weise aufbrachen.

»Wohin genau sind wir noch mal unterwegs?«, wollte sie schließlich wissen.

»Erst mal über diesen Bergrücken. Da wartet Fin mit den Pferden.« Davon ausgehend, dass das hieß, die Pferde würden auf einen Anhänger verladen werden und sie von da aus zu ihrem nächsten Ziel weiterfahren, erkundigte sie sich: »Und dann?«

»Nach Hause.«

»Ich hab dir schon gesagt, dass ich keinen Reisepass hab. Wie soll ich da das Land verlassen?«

»Auf dem gleichen Weg, auf dem ich hergekommen bin.«

Okay, das ist ein bisschen rätselhaft. »Hast du dein eigenes Flugzeug oder so?«

»So was Ähnliches.«

Im Unterholz vor ihnen raschelte es, und sie blieben abrupt stehen. Duncan pfiff leise, was tiefer im Wald erwidert wurde. »Das ist Fin.«

Fin saß auf seinem Pferd und hielt Durk am Zügel.

»Wo ist das Auto?«, erkundigte sich Tara überrascht, weil sie nirgends eins entdecken konnte.

Die Brüder wechselten einen Blick. Keiner von ihnen sagte etwas. »Okay, was geht hier vor sich? Ich bin so weit mitgekommen, aber bis ich nicht eine ausführlichere Erklärung erhalte, mache ich keinen Schritt mehr.« Um das zu unterstreichen, setzte sich Tara auf einen Felsen und verschränkte die Arme vor der Brust. »Schießt los!«

Verdammt! Ich hatte gehofft, das könnte warten, bis wir die Reise hinter uns haben.

»›Verdammt‹ ist nicht ganz falsch.« Tara wiederholte seinen Fluch, um ihm klarzumachen, dass sie ihn hörte. »Und ich hätte gerne erfahren, wie genau es kommt, dass wir das hier tun können.«

»Was tun?«, wollte der unverkennbar verwirrte Fin wissen.

Sie schaute zu Duncan. *Erzähl du's ihm.*

Duncan räusperte sich und drehte sich zu seinem Bruder um. »Es scheint, als hätten Tara und ich die Fähigkeit, in Gedanken miteinander zu reden.«

Tara wartete darauf, dass Fin in Gelächter ausbrach und nach Details fragte. Doch das geschah nicht. »Oh« war alles, was er darauf zu erwidern hatte.

»Das ist alles? Dein Bruder behauptet, er könne meine Gedanken lesen, und deine Antwort darauf besteht aus nicht mehr als ›Oh‹?«

»Es ist nichts Ungewöhnliches unter unseren Leuten, Tara«, meinte Fin. »Unsere Eltern können das auch.«

»Du machst Scherze.« Tara konnte an seiner Miene ablesen, dass er das nicht tat. Ihr Unbehagen wuchs.

»Wir können jedenfalls nicht hierbleiben.« Duncan schnallte die Tasche mit ihren Habseligkeiten an den Sattel. »Grainna wird unsere Abwesenheit bald bemerken und uns einen Suchtrupp hinterherschicken.«

»Warum sollte sie das tun?«

»Ich habe dir ja schon gesagt, dass sie böse ist.«

»Ich will gerne zugeben, dass sie mir am Anfang echt unheimlich war. Nur verstehe ich nicht, warum es sie jetzt noch interessieren sollte, wo wir sind.«

»Dafür haben wir jetzt keine Zeit«, stieß Duncan ungeduldig hervor. Er fasste sie am Arm, aber sie riss sich sofort von ihm los.

»Oh, das ist wirklich schade. Denn du wirst dir dafür Zeit nehmen müssen, weil ich mich ohne Erklärung nicht vom Fleck rühren werde.«

»Denk nach. Warum sollte sich Grainna ausgerechnet eine Jungfrau herauspicken? Warum sollte es für sie wichtig sein, ob du eine bist oder nicht? Niemand würde es je erfahren, wenn du's nicht wärst.«

Das stimmt. »Sprich weiter.«

»Findest du es nicht merkwürdig, dass sie dich von all den Männern abgesondert hat, nur um dich und mich am Ende einander förmlich an den Hals zu werfen?« Duncan schaute ihr in die Augen. »Die Szenerie in deinem Zelt schrie geradezu danach, dass wir heute Nacht zusammenkommen.«

Stimmt auch. »Warum?«

»Grainna ist eine sehr mächtige … Person. Sie ist überaus alt.« Duncan warf seinem Bruder einen Blick zu, als bäte er ihn um Unterstützung. »Sie braucht dich, oder genauer das, was du bist, weil du ihr dabei helfen kannst, noch mehr Macht und Stärke zu erhalten.«

Tara lachte. »Willst du damit sagen, dass sie eine Art Hexe ist?«

»Aye, so was Ähnliches.« Duncan ließ sich auf ein Knie nieder und nahm ihre Hand. »Und jetzt müssen wir los.«

Tara entzog ihm ihre Hand. »Sie ist eine Hexe und will was opfern? Eine Jungfrau? Mich?«

Wieder wechselten die Brüder einen ernsten Blick.

»Wisst ihr, was? Ich glaub nicht, dass ich es bin, die hier verrückt ist.« Tara stand auf und begann rückwärtszugehen, während sie vor sich hin murmelte, dass Hexen und Zauberei Quatsch wären. »Ich glaube, ihr beide seid es, die hier nicht ganz richtig im Kopf sind! Also, ich sag euch was. Ihr beide macht einfach weiter und geht eurer Wege, und ich gehe meiner.« Sie stolperte über einen herabgefallenen Ast, so eilig hatte sie es, von ihnen wegzukommen. Duncan fing sie auf und verhinderte, dass sie stürzte.

»Das kann ich nicht zulassen.«

»Ich kann nicht erkennen, dass du da eine große Wahl hast. Bis hierhin hat es einen Riesenspaß gemacht und war echt aufregend. Ich fand die Zeit mit dir wirklich toll, und das meine ich ernst.« Sie versuchte, sich aus seinem Griff zu befreien. Dieses Mal ließ er sie nicht los.

»Das nützt nichts«, schaltete sich Fin ein. »Wenn wir dir beweisen könnten, dass Magie existiert, würdest du dann warten und dir den Rest unserer Geschichte anhören, sobald wir nicht länger akut in Gefahr sind?«

Ihr nervöses Lachen hallte von den Bäumen wider. »Okay, beweise es.«

»Nicht hier. Ein paar Meilen weiter ist eine Stelle, die uns helfen wird, dir zu zeigen, dass es Magie gibt.« Fin nahm die Zügel seines Pferdes, gab ihr damit zu verstehen, dass er mit Reden fertig war.

Könnte es sein, dass er mich zu einem abgelegenen Ort locken will, um mich umzubringen?, fragte Tara sich.

»Wir werden dir kein Haar krümmen. Schau mich an«, verlangte Duncan, als sie sich weiter weigerte, mitzugehen. »Schau tief bis in meine Seele, und sag mir, was du siehst.«

Weil sie Angst hatte und auf sich selbst wütend war, weil sie so leichtgläubig gewesen war, tat Tara das. Sie blickte in sein Herz und spürte seine Angst um ihre Sicherheit. Sie sah seine Visionen davon, wie sie sich küssten, spürte die Hitze der Kordel, die ihre Handgelenke während der Handfeste aneinandergebunden hatte.

Nirgends konnte sie Boshaftigkeit oder finstere Absichten erkennen. *Vertrau mir*, bat Duncan sie in Gedanken.

»Ich werde mit euch beiden mitkommen, aber wenn ich am Ende tot bin, werde ich euch das nie verzeihen.«

* * *

Gerade als sie den Schutz des Waldes verlassen hatten, wurden in der Ferne Hörner geblasen.

»Grainna«, erklärte Fin und trieb sein Pferd zu vollem Galopp an.

Vor Duncan auf dem Pferd zu sitzen wurde für Tara allmählich zur Gewohnheit. Die Dunkelheit der Nacht und die Geschwindigkeit, mit der die Pferde sich fortbewegten, machten den Ritt allerdings wenig angenehm.

Im Moment verfügte sie nicht über die nötige Energie, um sich den Kopf darüber zu zerbrechen, wohin sie unterwegs waren. Sie ritten so schnell, dass sie vollauf damit beschäftigt war, nicht vom Pferd zu fallen.

Duncan und Fin mussten irgendein Landschaftsmerkmal gesehen haben, weil sie scharf abgebogen und plötzlich wieder von Bäumen umgeben waren. Sie hielten an, doch Tara sah und hörte nichts. Sogar der Wind hielt inne. Die Musik der Nacht, das Zirpen der Grillen und die leisen Geräusche nachtaktiver Tiere erstarben jäh.

Fin und Duncan sprangen beide von ihren Pferden. Duncan half ihr beim Absitzen und reichte ihr beide Zügel.

»Was tun wir hier?«, wollte Tara wissen, und die Angst ließ ihre Stimme zittern.

Duncan schob Erde und Zweige beiseite, die einen aufrecht stehenden Stein bedeckten, der wie eine Säule aus dem Boden ragte. Auf ähnliche Weise deckte Fin zwei weitere auf. Insgesamt waren es, als sie fertig waren, sechs. Die Brüder schritten um die Steine.

Stimmen drangen durch den Wald. Ihre Pferde tänzelten unruhig und schnaubten.

»Wir haben nicht viel Zeit«, drängte Duncan Fin.

»Du wolltest Magie sehen, Tara McAllister.« Fin führte sie zu einem der Steine. »Berühre ihn.«

Tara zögerte. *Das ist verrückt.*

Aber als sie ihre Hand auf den Stein legte, spürte sie ein Pulsieren darin. Und als ihre Finger über die Oberfläche glitten, tauchten eingeritzte Verzierungen auf und glühten bernstein-farben. Rasch riss sie ihre Hand zurück, als hätte sie sich ver-brannt. »Was ...?«, fragte sie.

Duncan strich ihr mit den Fingern über die Wange. »Später, jetzt müssen wir gehen.« Er beobachtete, wie sie erst ihre Hand betrachtete und dann den leuchtenden Stein.

Fin stieß ihn an, drängte ihn, weiterzumachen, während die Stimmen näher kamen.

Einen nach dem andern berührten beide Brüder jeden Stein und brachten sie zum Leuchten, genau wie Tara es getan hatte. Sobald alle gelblich glommen, begann die Luft im Kreis zu schimmern. Es gab keine andere Möglichkeit, zu beschrei-ben, wie die Luft sich veränderte. Es war, als ob die Materie des Raumes sich von dem sie umgebenden Wald löste.

Die Pferde reagierten, zerrten an ihren Zügeln. Duncan legte Durk eine Hand auf die Flanke und sagte etwas auf Gälisch zu ihm, was das Tier augenblicklich beruhigte. Er drehte sich um und tat das Gleiche mit Fins Pferd.

Fin begann einen leisen Singsang in einer Sprache, die Tara nicht verstand. Sie hätte schwören können, dass die Bäume außerhalb des Steinkreises sich veränderten. Sie kniff die Augen zu Schlitzen zusammen und versuchte besser zu erkennen, was passierte. Aber die Welt jenseits der Steine wandelte sich, und Tara begann zu hyperventilieren.

Schwach und unsicher, was sie da empfand, packte sie Duncans Hand. »Was geht hier vor sich?« Sie musste die Stimme erheben, weil die Luft ganz dick geworden war und der Wind immer stärker wurde. Die Röcke wurden ihr gegen die Beine gepresst, und der Boden unter ihren Füßen begann zu beben.

Duncan, der ihre Angst sah, drückte sie an sich. »Ich ver-spreche dir, alles kommt in Ordnung«, rief er. Blitze zuckten aus den Steinen und vereinten sich über ihren Köpfen.

Zur gleichen Zeit erschien Grainna im Wald, erkannte, was geschah. »Nein!«, schrie sie und warf sich von ihrem Pferd.

»Halt dich fest!«, forderte Duncan Tara auf, als die Erde unter ihren Füßen nachzugeben begann.

Sich fest an ihn klammernd, bemerkte Tara Lichtwirbel in der Luft. Sturm kam auf. Aus dem Nichts ertönte ein Donnerschlag. Dann waren die Bäume verschwunden, die Sterne und alles andere außer ihnen dreien und den beiden Pferden.

Es war unmöglich, etwas zu sagen oder auch nur zu denken. Tara hatte das Gefühl, als würde sich gleich ihr Körper auflösen. Sie schloss die Augen, barg das Gesicht an Duncans Brust und betete darum, dass alles schnell vorbei wäre.

* * *

Unfähig, während der Reise bei Bewusstsein zu bleiben, war Tara in Duncans Armen ohnmächtig geworden. Der Wirbelsturm legte sich. Regen prasselte auf die Reisenden, dann erstarb der Wind.

Als die Welt um sie herum wieder normal war, hob Duncan seine Braut auf die Arme und stieg in den Sattel. Er überließ es Fin, die Steine einzusammeln.

Meine Braut, überlegte er. Wie zur Hölle sollte er ihr das erklären, wenn sie wieder aufwachte?

Kapitel 9

Abgesehen vom Schein des Feuers im Kamin war es dunkel, als Tara aufwachte. Der frische Geruch von Regen hüllte sie ein. Ein schöner Sommerregen tat ihr immer gut, nur gab es sie so selten in Südkalifornien. Sie hielt die Lider geschlossen und gestattete sich, langsam aufzuwachen, kuschelte sich unter die vielen Decken in dem weichen, gemütlichen Bett.

Als sie endlich die Augen öffnete, bemerkte sie das Nachthemd, das sie trug. Normalerweise schlief sie nur in einem T-Shirt und fand es seltsam, dass die Ärmel jetzt bis zu ihren Handgelenken reichten. Tara hob den Arm und wunderte sich über den Stoff. *Na ja*, dachte sie, während sie die Lider wieder schloss, *es waren ein paar sonderbare Tage.*

Als die Erinnerung an diese letzten Tage zurückkehrte, riss sie abrupt die Augen wieder auf.

Sie setzte sich hastig im Bett auf und schaute sich im Raum um. Die Wände bestanden aus Steinen, und zwar aus welchen, die eigentlich auf die Außenseite eines Hauses gehörten. Der Kamin auf der anderen Seite des Raums gab ein wenig Wärme ab, und der Geruch von Torf und Kohle hing in der Luft. Sie hörte das leichte Prasseln der Regentropfen hinter den Vorhängen.

Sie schlug die Decke zurück und kletterte aus dem riesigen Bett. Als ihre nackten Füße den Vorleger auf dem Steinboden berührten, wurde ihr bewusst, wie kalt und feucht der Raum war.

Der Saum ihres Nachthemds ging ihr bis zu den Füßen. Tara war dieses Nachthemd vollkommen unbekannt, und sie konnte sich nicht daran erinnern, es angezogen zu haben. Plötzlich fiel ihr das Atmen schwer. Sie blinzelte einige Male und fragte sich, ob sie immer noch schlief und träumte.

Schwere Vorhänge hingen vor einem scheibenlosen Fenster. Hölzerne Läden hielten etwas von der Kälte draußen, aber nicht viel. Tara hob eine zitternde Hand und stieß die Läden auf. »O mein Gott«, flüsterte sie. Grüne Hügel, wie sie sie nie zuvor gesehen hatte, erstreckten sich vor ihr, so weit das Auge reichte. Es war hell, auch wenn graue Wolken die Sonne verdeckten, und die Luft war feucht.

Tara blickte nach unten. Sie befand sich mindestens im dritten Stock. Zu ihrer Rechten ragte ein steinerner Turm in den Himmel, auf dessen Spitze eine Flagge in Schwarz und Bernstein wehte.

Sie ließ den Vorhang zurück an seinen Platz fallen und versuchte zu verstehen, was sie gesehen hatte.

Ein Kloß der Panik formte sich in ihrer Kehle.

»Duncan!«, schrie sie, so laut sie konnte, bevor sie das Zimmer mit großen Schritten durchquerte. Wutschnaubend riss sie die schwere Holztür auf und brüllte erneut seinen Namen.

* * *

Duncan war mit Fin und seinen Eltern unten in der großen Halle, um zu erzählen, was geschehen war, denn sie waren gestern Abend zu spät angekommen, um das noch zu tun.

Gerade als sie mit ihrem Bericht fertig waren, hallte Taras Stimme durch die Burg. Duncan warf einen Blick nach oben zu dem Flur, aus dem wilde Flüche zu ihnen drangen.

Fin grinste breit. »Viel Glück, Bruder.«

* * *

Tara kam um die Ecke, hatte sich vermutlich im Gewirr der Gänge verlaufen. Sie schrie erneut Duncans Namen, war sich sicher, dass er sie hörte. Entschlossen lief sie weiter.

»Duncan!« Sie wollte ein übles Schimpfwort benutzen, aber ihr fiel nichts Passendes ein. »Verdammt, Duncan. Ich kenne nicht einmal deinen Nachnamen!«

Ein junges Mädchen spähte um eine Tür herum zu ihr.

»Wo ist er?«, fuhr Tara sie an.

Das Mädchen zuckte zurück und deutete einen Gang hinunter.

Tara murmelte ein Dankeswort und machte sich in die Richtung auf, in die das Kind gezeigt hatte. Sie gelangte an eine Treppe, die in eine große Halle hinunterführte, aus der flackerndes Licht und leise Stimmen zu ihr heraufdrangen.

Die Stufen waren so breit, dass fünf Personen nebeneinander gehen konnten, ohne sich zu stören. Tara achtete jedoch kaum darauf, als sie sie wütend hinunterrannte.

Duncan saß mit seinem Bruder und zwei weiteren Leuten, einem Mann und einer Frau, neben einem riesigen Kamin, der den großen Raum beherrschte.

Die Hunde, die am Fuße der Treppe lagen, standen auf, starrten sie an und sprangen dann aus dem Weg, als sie an ihnen vorbeistürmte.

»Duncan …« *Zur Hölle, wie lautet sein Nachname?* Sie wollte ihn erwürgen.

»MacCoinnich, Duncan MacCoinnich«, beantwortete er ihre unausgesprochene Frage.

»Duncan MacCoinnich, was zur Hölle geht hier vor? Wo bin ich? Wie bin ich hergekommen? Und wer hat mir das hier angezogen?« Sie packte anklagend eine Handvoll des Stoffes ihres Nachthemds.

Er trat unbehaglich von einem Fuß auf den anderen. Sein Blick zuckte zu dem Paar, das neben ihm stand. Der ältere Mann bemühte sich, sein Grinsen hinter einer Hand zu verbergen, war dabei allerdings nicht sonderlich erfolgreich.

Duncan ignorierte ihre Fragen und zeigte zu den anderen Anwesenden. »Tara, ich möchte dir meine Eltern vorstellen, Lora und Ian. Da, Ma, das ist Tara, von der ich euch gerade erzählt habe.«

Tara erinnerte sich an ihre Manieren, wandte sich den anderen zu, als würde sie sie zum ersten Mal sehen. »Es freut mich, Sie kennenzulernen, Mr und Mrs MacCoinnich«, erwiderte sie reflexhaft. Erst als sie das gesagt hatte, wurde ihr klar, wen sie vor sich hatte.

»Das Vergnügen ist ganz auf meiner Seite«, erklärte Ian, nahm ihre Hand und küsste sie.

Tara hielt den Blick weiter auf seinen Vater gerichtet, aber mit dem Kopf deutete sie auf Duncan. »Wir müssen reden.«

»Wieso suchst du dir nicht erst einmal etwas Passenderes zum Anziehen ...«

Sie sah ihn mit zu Schlitzen verengten Augen an und fiel ihm ins Wort. »Das Letzte, worüber du dir jetzt gerade Gedanken machen musst, ist, was ich anhabe.« Sie konzentrierte sich auf ihn, ignorierte alle anderen. »Der einzige Grund, weshalb du überhaupt noch atmest, ist, dass ich nicht möchte, dass deine Eltern Zeugen deines Todes werden.« Sie bedachte seinen Vater und seine Mutter mit einem falschen Lächeln. »Bei allem gebotenen Respekt natürlich.«

Ohne Duncan einen weiteren Moment dafür zu geben, das zu verarbeiten, wandte sie sich ihm wieder zu. »Sprich!«

»Da fällt mir gerade ein«, verkündete Fin in die Runde, »ich bin mir sicher, es gibt irgendetwas, worum ich mich dringend kümmern muss.«

»Aye. Da hast du recht, Sohn. Ich helfe dir.« Ian folgte ihm nach draußen und rief nach den Hunden, die nur zu glücklich schienen, ebenfalls verschwinden zu können.

Duncan und Tara starrten einander an, während die Männer den Raum verließen. Lora brach das angespannte Schweigen. »Tara, meine Liebe, lass noch etwas von ihm übrig, damit ich weitermachen kann, wenn du mit ihm fertig bist.« Sie warf ihrem Sohn einen unfreundlichen Blick zu, ehe auch sie aufstand.

Lora MacCoinnich stellte sich vor sie. Sie wartete, bis Tara sie anschaute, bevor sie weitersprach. »Ich freue mich schon darauf, dich besser kennenzulernen. Lass es mich bitte wissen, wenn es etwas gibt, was du brauchst.« Dann ging sie aus dem Raum.

»Vielleicht sollten wir uns setzen«, sagte Duncan und hoffte, das Unvermeidliche hinauszögern zu können.

Tara wollte sich eigentlich nicht setzen, beschloss aber, keine Zeit mit einem weiteren Streit zu vergeuden. Sie nahm den Stuhl, auf dem seine Mutter gesessen hatte, und faltete die Hände im Schoß, verströmte eine Ruhe, die sie nicht empfand.

»Ich weiß gar nicht, wo ich anfangen soll.« Er nahm ihr gegenüber Platz.

»Am besten vorn.«

»Das könnte sogar noch schwieriger zu verstehen sein.«

Wenn er nicht bald zu reden begann, würde gleich Dampf aus ihren Ohren kommen. »Okay … Wo bin ich?«

»In meinem Zuhause in Schottland.«

135

Tara starrte zu der Decke hinauf, die sich zehn Meter oder mehr über ihr befand und komplett aus Stein war. Teppiche bedeckten die Wände. Die Feuerstätte war so groß, dass sie darin aufrecht stehen könnte.

»Weil ich mir das alles, oder was ich von meinem Schlafzimmerfenster aus gesehen habe, nicht anders erklären kann, akzeptiere ich das mal.« Sie atmete tief ein. »Wie?«

»Die Steine. Erinnerst du dich an die Steine gestern Abend?«

»Ich erinnere mich, dass ich sie berührt habe, dass sie geglüht haben. Gwen kam, und du und Fin habt euch gegen sie gewandt. Danach wird alles etwas verschwommen. Ich glaube, es gab ein Erdbeben.«

»Es fühlt sich so an, als würde die Erde sich bewegen, wenn die Steine arbeiten.«

»Was sind sie?«

Duncan grinste, aber die Wut in ihrer Miene sorgte dafür, dass er sofort wieder ernst wurde. »Die Steine sind älter als die Zeit. Sie wurden meiner Familie zur Aufbewahrung anvertraut.«

»Und sie werden dazu benutzt, Menschen von einem Ort zum anderen zu teleportieren?«

»Aye.«

»Einige Steine haben mich über Nacht nach Schottland gebracht?«

»Ja, genau.«

Sie konnte das nicht ganz glauben, andererseits konnte sie sich nicht erklären, was sie in der Nacht zuvor gesehen hatte, also fragte sie weiter. »Du hast mir gesagt, dass ich in Gefahr bin und dass wir uns beeilen müssen. Warum?«

Er wiederholte, dass Grainna böse war. Doch diesmal fügte er hinzu, dass Grainna sie getötet hätte, wenn sie nicht verschwunden wären.

Tara nannte sie eine Hexe, eine Bezeichnung, der Duncan nicht widersprach. Er erzählte ihr von dem Fluch, der Grainna in einen alten und kraftlosen Körper verbannt hatte. Aber als er einen Spruch über Druiden und Jungfrauen wiederholte, begann es in Taras Kopf zu wirbeln.

»Moment«, hielt sie ihn auf, als er weitersprechen wollte. »›Aus Druidengeschlecht eine Jungfer rein‹? Grainna hat gedacht, meine Vorfahren wären Druiden?«

»Aye.«

»Druiden?« Tara schüttelte den Kopf. »Wie in ›Leute aus alter Zeit mit mystischen Kräften‹?«

»Genau.«

Sie begann zu lachen. »So ein Quatsch! Meine Eltern sind aus Orange County. Glaub mir, es ist absolut nichts Mystisches an Orange County.«

»Das mag ja sein, Mädchen, doch du trägst druidisches Erbe in dir«, sagte Duncan ernst zu ihr.

»Nur weil ich den Nachnamen McAllister habe, heißt das nicht, dass ich Druidin bin. Schottischer Abstammung ja, vielleicht. Aber von Druiden? Das finde ich ziemlich weit hergeholt. Meine Urgroßeltern sind um 1900 in die USA ausgewandert, wie so viele andere. Niemand in meiner Familie hatte je irgendwelche … Kräfte.« Sie schüttelte ungläubig den Kopf.

»Druiden tragen ihre Fähigkeiten nicht vor sich her, weil sie oft missverstanden und gefürchtet werden. Sie bleiben unter ihresgleichen und verbergen, was sie tun.«

»Und woher weißt du das alles?« Nicht dass sie irgendetwas davon glaubte.

»Ich bin selbst ein Druide.«

Das ist doch totaler Quatsch!

Wie kommt es dann, dass wir gegenseitig unsere Gedanken lesen können, Süße?

»Das weiß ich nicht. Aber ich kann mir nicht vorstellen, dass der Grund ist, dass ich Druidin bin. Oder du ein Druide.«

»Du hast die Steine gestern Abend mit deiner Berührung aktiviert«, erinnerte er sie.

»Das kann man irgendwie erklären. Vielleicht war es die Wärme meiner Hand, die den Stein eingeschaltet hat. Wenn das der Grund ist, hätte es jeder tun können.«

Duncan stand auf und ging zum Feuer, das zu Glut heruntergebrannt war. »Feuer ist die erste Fähigkeit, über die ein Druide Kontrolle gewinnt. Es ist das Erste, was er lernt. Das Erste, was zu ihm kommt, und das Letzte, was geht.« Er streckte beide Hände zum Kamin aus, und aus den Kohlen loderten Flammen in die Höhe.

»O mein Gott!«

Duncan senkte die Hände, zeitgleich erstarben die Flammen.

Tara atmete scharf aus. Sie starrte Duncan an, in dem sie kaum den Mann wiedererkannte, den sie auf dem Mittelaltermarkt kennengelernt hatte. »Das ist zu viel.« Sie stand auf und lief im Raum auf und ab. »Ich weiß nicht, was ich glauben soll.«

»Akzeptiere, dass wir beide druidischer Herkunft sind, und danach wird alles Sinn ergeben.«

Angespannt fuhr Tara sich mit den Händen durchs Haar. »Also gut, ich spiele mit. Ich bin Druidin. Du bist Druide.« *Wir sind alle Druiden ... Ich werde verrückt.* »Ich bin eine Jungfrau im richtigen Alter, und das Blut, das ich bei meiner Entjungferung verliere, würde Grainna ihre Jugend und Macht zurückgeben. Verstehe ich das richtig?«

»Das ist korrekt.«

»Du und Fin seid nach Kalifornien gesandt worden, um sie daran zu hindern, mich zu finden?«

»Oder andere wie dich.«

»Als wenn in Südkalifornien Hunderte von jungfräulichen Druidinnen rumrennen.« Tara lachte.

»Nicht Hunderte, aber einige. Den meisten fehlt jedoch das echte Druidenerbe, sodass Grainnas Fluch beinah unmöglich zu brechen ist.«

Mein Gott, das war sein Ernst. »Also entführt ihr alle Jungfrauen, wenn ihr welche findet?«

»Du bist die erste, die mit zu uns nach Hause gekommen ist.«

Tara schaute ihn fragend an. »Wenn ich die erste bin, die ihr mitgenommen habt, wie schafft ihr sie dann sonst von Grainna weg? Ihr könnt sie nicht zurücklassen. Sonst wäre der Fluch mittlerweile längst gebrochen. Wie habt ihr sie von ihr ferngehalten?«

Er beantwortete die Frage nicht. Das musste er auch nicht. Ein Bild von ihnen beiden zusammen, wie sie beieinanderlagen und sich küssten, erschien in ihrem Kopf. Ihre Augen weiteten sich, und ihr blieb der Mund offen stehen.

»Das soll ja wohl ein Scherz sein! Ihr seid ausgesandt worden, um die Jungfrauen zu entjungfern?« Taras Gelächter enthielt eine leicht hysterische Note. »Warum hast du das dann nicht getan?«

»Ich habe mich noch nie einer Frau aufgedrängt.«

»Wie edel von dir. Wirklich, du verdienst einen Orden.« Ihre Hysterie wich Wut. »Also weil ich deinem Charme nicht erlegen bin, hast du mich hergebracht. Wo sie mich nicht schnappen kann? Ist das richtig?« Sie spürte, wie ihr die Tränen kamen. Und dabei hatte sie diesen Typen gemocht! Ihn wirklich gemocht.

»Aye.«

»Super«, stieß sie hervor. Sie wandte sich wieder in Richtung Treppe. »Das ist einfach großartig.«

Duncan griff nach ihrem Arm, um sie zurückzuhalten, doch sie schüttelte ihn ab. »Wo willst du hin, Tara?«

»Meine Sachen holen und mich anziehen. Jetzt, wo du deinen Spaß gehabt hast, kannst du mich zurückschicken.« Sie bemühte sich, Abstand zwischen sie zu bringen.

Er senkte den Blick. »Das geht nicht.«

»Dann fahr mich zum Flughafen, und ich steig in den nächsten Flieger nach Hause.« Sie würde ihre Kreditkarte bis zum Maximum belasten müssen, um ein Ticket zu kaufen, aber ihr blieb nichts anderes übrig.

»Das ist leider ebenfalls nicht möglich.« Er sah sie an.

»Warum? Weil ich immer noch Jungfrau bin? Eine Bedrohung? Ich bin mir sicher, ich kann jemanden finden, der mir dabei hilft, das zu ändern, also mach dir da bitte keine Gedanken.«

Seine Augen weiteten sich alarmiert. »Nein, Tara. Das kannst du nicht!«

Sie war mit zwei Schritten bei ihm und tippte ihm bei jedem Wort mit dem Finger auf die Brust. »Was denkst du eigentlich, wer du bist? Es war in Kalifornien nicht deine Entscheidung, und es ist auch jetzt nicht deine Entscheidung.« Sie raffte das Nachthemd und marschierte in Richtung Treppe.

Duncan holte sie auf halbem Weg ein. »Du kannst hier nicht weg.«

»Sagt wer?«, fauchte sie und rannte weiter.

»Es gibt keine Flugzeuge, die dich nach Hause bringen könnten.«

»Mir ist schon klar, dass dein Elternhaus weit entfernt von allem ist, aber ich bin mir sicher, ich kann irgendwo einen Flughafen finden.«

»Nein, kannst du nicht. Es gibt keine.«

Sie ließ die Hände sinken und seufzte entnervt. »Was willst du mir damit sagen? Ich habe dieses Spiel gründlich satt.«

»Die Steine bringen dich nicht nur von einem Kontinent zum anderen, sondern auch durch die Zeit. Selbst wenn du zurück nach Amerika könntest, würde es dort nichts für dich geben.«

Sie drehte sich zu ihm um und blickte ihn an. »Das kann nicht dein Ernst sein.«

»Schau dich um, Tara. Ist das ein Haus aus deinem Jahrhundert?«

Sie hielt inne und erinnerte sich daran, wie seine Mutter angezogen gewesen war. Ihr Kleid hätte perfekt auf den Mittelaltermarkt gepasst, von dem sie gekommen waren. Tara betrachtete Duncan, als würde sie ihn zum ersten Mal sehen.

Er hatte sich umgezogen, doch was er anhatte, glich dem, was er während der letzten Tage getragen hatte. Die Farben waren lebhafter, und die Sachen passten ihm besser, aber vom Stil und vom Schnitt her wären sie in einem Shakespeare-Stück nicht fehl am Platze gewesen.

Tara schaute sich im Raum um, betrachtete den riesigen Kerzenleuchter, der in der großen Halle von der Decke hing. Es gab einen Seilzug, mit dem er hochgezogen und herabgelassen werden konnte, sodass man die Kerzen anzünden konnte. Sie konnte kein elektrisches Licht, keine Lampen, nichts, was in irgendeiner Form Strom brauchte, entdecken.

Blass und am ganzen Körper zitternd stellte Tara kaum hörbar die Frage: »Welches Jahr haben wir?«

»1576.«

Sie stand mit offenem Mund da, und in ihrem Kopf drehte sich alles, bis sie Sterne sah. Selbst als sie sich sicher war, dass sie gleich zusammenbrechen würde, und er nach ihr griff, um sie zu stützen, verlangte sie: »Fass mich nicht an!« Ihre Worte klangen kalt und tödlich.

Er folgte ihrem Wunsch, blieb aber neben ihr stehen. »Du solltest dich setzen.«

»Du hast mich ohne meine Einwilligung ins mittelalterliche Schottland entführt.«

141

»Du hast gesagt, du würdest mit mir gehen.«

»Nicht ins sechzehnte Jahrhundert!«, schrie sie.

»Ich hatte keine andere Wahl.«

Wütend strich sich Tara die Haare aus dem Gesicht. »Man hat immer eine Wahl!«

Duncan streckte eine Hand nach ihr aus.

Sie zuckte zurück. »Ich habe dir gesagt, du sollst mich nicht anfassen.«

»Tara, bitte. Versuch doch, mich zu verstehen …« Er griff erneut nach ihr.

Sie streckte die Hände aus, um ihn wegzustoßen.

Er duckte sich, um den Funken auszuweichen, die aus ihren Fingern schossen. Hinter ihm entzündeten sich die Dochte der Kerzen.

Tara schnappte nach Luft und sah entsetzt von ihren Händen zu den brennenden Kerzen, die flackernde Schatten an die Wände warfen. Sie fühlte, wie Wut und Hitze in ihren Fingern pulsierten. Sie hatte die Kerzen angezündet wie er das Feuer im Kamin.

Es war die Wahrheit. Alles, was er behauptet hatte, stimmte.

Sie saß in einer Zeit fest, über die sie nichts wusste, ohne Freunde, Familie oder überhaupt irgendetwas Vertrautes. Die Schule würde nächste Woche ohne sie anfangen.

Ihre Pläne, all ihre Träume konnte sie vergessen.

Die verschiedensten Empfindungen durchströmten sie, während Duncan neben ihr stand und sie anstarrte, sein Geist für sie immer fühlbar in ihr war. Aber als er die Hand ausstreckte, um sie zu trösten, schrie sie in ihrem Kopf: *Bleib bloß weg von mir!*

Seine Hand erstarrte mitten in der Bewegung, und er ließ sie wieder an seine Seite sinken.

»Und bleib auch aus meinem Kopf raus.« Sie versuchte, ruhiger zu atmen. Ohne Erfolg.

»Ich weiß nicht, ob ich das kann.«

»Versuch es. Du hast mir alles genommen. Das Mindeste, was du tun kannst, ist, mir meine eigenen Gedanken zu lassen.«

Tränen stiegen ihr in die Augen, als sie ein unendlicher Schmerz erfasste.

»Ich bringe dich jetzt auf dein Zimmer und lass dir von einer der Mägde ein Bad bereiten.«

Sie blinzelte ihre Tränen weg. »Warum lässt du mir nicht von einer Magd den Weg zeigen?«

»*Ich* werde ihn dir zeigen.«

Tara bedachte ihn mit einem mörderischen Blick. »Das war nicht wirklich eine Frage.«

KAPITEL 10

Sie hatte schon fast ein Loch in den Teppich gelaufen. Egal, wie häufig Tara sich hinsetzte, sie sprang nach wenigen Minuten immer wieder auf. Es war gut, dass der Raum groß war, sodass sie auf und ab gehen konnte.

Von der anderen Seite der Tür her hörte sie die Geräusche von Menschen, die ihre tägliche Arbeit erledigten. Wenn Duncan vorbeikam, vernahm sie seine Gedanken schon von Weitem und schrie ihn an: »Verschwinde!«

Niemand redete mit ihr. Selbst Megan, die Magd, die ihr das Tablett mit ihrem Essen brachte, sagte nichts. Die Arme hielt den Blick stets auf den Fußboden gesenkt, wenn sie eintrat. Tara bemerkte, dass sie sie aus dem Augenwinkel musterte. Da sie sich geweigert hatte, die Kleider anzuziehen, die für sie bereitgelegt worden waren, vermutete sie, dass ihre Shorts und ihr T-Shirt Befremden auslösten.

Tara hörte, wie sich Lora vor ihrer Tür mit der jungen Frau unterhielt. Aus ihren gedämpften Stimmen sprach Sorge darüber, dass Tara nichts aß. Lora ermahnte Megan außerdem, alles, was sie in dem Zimmer sah, für sich zu behalten.

Tara schüttelte den Kopf und fuhr damit fort, darüber zu grübeln, was sie wegen Duncans Verrat unternehmen sollte.

* * *

»Wie meinst du das, du hast es ihr nicht gesagt?«, wollte Fin wissen, der gerade seine Schwertklinge mit einem Schleifstein schärfte.

»Sie hat mir nicht die Gelegenheit dazu gegeben. Außerdem hatte sie alles gehört, was sie auf einmal verarbeiten konnte. Ihr mitzuteilen, dass wir für alle Ewigkeit aneinander gebunden sind, hätte sie restlos überfordert.«

»Ich bin mir immer noch nicht sicher, warum du das überhaupt getan hast. Woher willst du wissen, ob ihr in diesem Leben zusammenpasst, ganz zu schweigen von den nächsten?« Fin mochte Frauen, aber nur bei einer hatte die Chance bestanden, dass sie ihm wirklich etwas bedeuten könnte. Er war niemals grausam gewesen zu den vielen Frauen, mit denen er in seinem Leben das Bett geteilt hatte, und wenn sich ihre Wege wieder trennten, war er immer großzügig.

Duncan war deutlich wählerischer, was seine Gespielinnen anging. Der Erstgeborene zu sein bedeutete, dass er das Land nicht mit Bastarden überziehen konnte, wie es so viele Männer ihrer Zeit taten. Es bedeutete auch, dass er seine Braut klug wählen musste, um sicherzustellen, dass die nächste Generation der MacCoinnichs eine geeignete Mutter hatte. Jetzt hatte er seine Wahl getroffen, selbst wenn seine Braut noch nichts von ihrer neuen Stellung im Leben wusste.

Fin zuckte die Achseln. »Ich glaube, ich möchte nicht in der Nähe sein, wenn du ihr erklärst, was passiert ist.«

»Ich werde es ihr nicht sagen.«

Fin ließ den Stein fallen und wandte seinem Bruder seine volle Aufmerksamkeit zu. »Wie meinst du das?«

»Ich werde ihr das erst erzählen, nachdem wir Gelegenheit hatten, uns besser kennenzulernen.«

»Du meinst, nachdem du sie in deinem Bett hattest.«

Duncan verzog das Gesicht bei den Worten seines Bruders. Er wollte es abstreiten, konnte es aber nicht. »Aye.«

»Sei vorsichtig, Bruder. Tara fühlt sich bereits jetzt verraten und getäuscht. Wenn du ihr das weiter vorenthältst, könnte es für euch beide großes Leid nach sich ziehen.«

»Wenn ich es ihr jetzt verrate, würde sie am Ende die Flucht ergreifen.«

»Wenn du das befürchtest, dann sperr sie in ihrem Zimmer ein.«

Duncan schüttelte den Kopf. »Haben unsere Reisen in die Zukunft dich denn gar nichts gelehrt? Wenn du eine Frau aus ihrem Jahrhundert einsperrst, wird sie dich ihr Leben lang verachten. Niemand schätzt es, sich gefangen zu fühlen.«

»Und du, Bruder, bist naiv, wenn dir nicht klar ist, dass Tara schon jetzt gefangen ist. Ihr seid das beide.«

Dennoch würde Duncan ihr nichts von den Gelübden erzählen. Stattdessen würde er sie umwerben, wie er es in ihrer Zeit getan hatte.

Natürlich würde er damit warten müssen, bis sie aufgehört hatte, wütend zu schreien und Dinge an die Wand zu werfen. Und bevor er seinen Plan ausführen konnte, musste *er* damit aufhören, sich auszumalen, was sie sich alles ausgedacht haben mochte, um ihn zu quälen.

Anders als Fin war Duncan ein geduldiger Mann. Er würde so lange warten, wie es dauerte, bis Tara verstand, dass sie zusammengehörten.

Gerade als er anfing, sich zu entspannen, durchlief ihn ein Schauer. Er stand abrupt auf und überraschte seinen Bruder damit.

»Was ist los?« Fin sprang ebenfalls auf und sah sich nach dem Grund dafür um, dass Duncan sich so unvermittelt erhoben hatte.

»Verdammt«, fluchte Duncan. Er verzichtete auf jede Erklärung und verließ besorgniserregend schnell den Raum.

Fin brauchte keine weitere Aufforderung, sondern folgte seinem Bruder auf dem Fuße.

* * *

Je mehr sie umherlief, desto wütender wurde sie. Er hatte gelogen. Wieder und wieder und wieder hatte er sie angelogen.

Himmel, er hatte dafür gesorgt, dass sie ihn begehrte. Und zwar mehr als jeden anderen Mann, mit dem sie je ausgegangen war.

Den sie je geküsst hatte.

Angewidert von der Art, wie ihre Haut prickelte, wenn sie bloß daran dachte, in seinen Armen zu liegen, schleuderte Tara ein schweres Tablett gegen die Wand.

Duncan hatte sie benutzt. Wodurch unterschied er sich also von der Frau, die er Grainna nannte? Schlimmer, Duncan hatte ihre Gefühle benutzt, sie für seine eigenen Zwecke eingesetzt.

Vielleicht war das keine gerechte Einschätzung der Situation, aber das war Tara egal. Sie war verletzt und wütend. Sie hatte noch nicht einmal angefangen, darüber nachzudenken, was ein Leben in dieser Zeit bedeuten würde. Trotzdem war ihr klar, dass sie weder Cassy noch ihre Schwester oder ihren Neffen jemals wiedersehen würde.

Sie schrie ihren Frust heraus und bemerkte die Hitze der Wut, die sich in ihr sammelte. Ihr Zorn wuchs weiter, und sie wurde fast überwältigt von dem Bedürfnis, von hier zu verschwinden.

Sie griff sich ihr Sweatshirt vom Bett und stürmte aus dem Zimmer. Ihr fiel gar nicht auf, mit wie viel Kraft sie die massive Holztür aufriss. Selbst dann nicht, als sie mit einem Knall gegen die Wand stieß und wieder zurückprallte.

Der Korridor war verlassen. Nicht dass das wichtig gewesen wäre. Sie würde vermutlich jeden niederschlagen, der versuchte, sich ihr in den Weg zu stellen. Fast hoffte sie darauf, dass es Duncan wäre.

Sie fand die große Halle, wo sie vor wenigen Stunden Duncan und seine Eltern zur Rede gestellt hatte. Die über fünf Meter hohe, massive Flügeltür musste der Weg aus dem Haus sein.

Nicht dass es sich bei dem Gebäude, in dem die MacCoinnichs wohnten, um ein einfaches Haus handelte. Es war eine verdammte Burg! Was sie durchaus zu schätzen wüsste, wenn sie mit einem Haufen Rentner eine Rundreise durch Schottland machen würde. Aber nein! Sie war nicht vorübergehend hier. Was sie weiter bestätigt fand, als sie über die Schwelle trat.

Sie kam in einen riesigen Innenhof, wo sie mehrere Männer in Rüstungen und Kilts antraf. Alle hielten inne bei dem, was sie gerade taten, um sie anzustarren.

»Schießt doch ein Foto!«, brüllte sie sie an, bevor sie an ihnen vorbeistürmte.

Sie hatte keine Ahnung, wo sie hinwollte. Die Sonne schien durch eine weitere Flügeltür, die aussah, als gehörte sie an ein Filmset.

Die Öffnung war groß genug für sechs oder sieben Männer zu Pferd nebeneinander. Es war offensichtlich der Zugang zur Burganlage und damit auch ihr Weg in die Freiheit.

Sie warf sich das Haar über die Schultern zurück, atmete tief durch und lief darauf zu.

* * *

148

Die Tür zum Wohnturm stand offen, und anhand des Gesichtsausdrucks der Männer draußen wusste Duncan, dass sie hier vorbeigekommen sein musste.

»Wo ist sie?« Er brüllte die Frage allen zu, die vor ihm standen und starrten.

Mehrere Männer zeigten in die Richtung des Tors.

Er wusste, dass sie noch nicht weit gekommen war, da er ihre Flüche in seinem Kopf hören konnte. Schnell hob er die Hand in Richtung seines Bruders, mit der stummen Bitte, ihn das allein erledigen zu lassen.

Schnell hatte er sie entdeckt, wie sie sich von der Burg entfernte, und seufzte erleichtert. Er beobachtete sie mehrere Minuten lang, bevor er sich daranmachte, sie einzuholen.

Tara drehte sich nicht zu ihm um, selbst dann nicht, als er direkt hinter ihr war.

»Wo willst du hin, Tara?«

»Weg!«

»Das sehe ich, aber wohin genau?«

Sie blieb stehen und wirbelte herum. »Weit, weit weg von dir.«

Er stieß fast mit ihr zusammen. Doch bevor er reagieren konnte, stürmte sie schon weiter.

»Eine Frau ist hier draußen allein nicht sicher.«

Sie blieb wieder stehen. Diesmal schaffte er es nicht, rechtzeitig innezuhalten, und prallte gegen sie.

Die Hände an ihren Seiten zu Fäusten geballt, ihre Brust gegen seine gedrückt, presste sie die Worte zwischen zusammengebissenen Zähnen heraus. »Eine Frau ist auch in deiner Nähe nicht sicher.«

»Also, Tara …« Er versuchte, vernünftig mit ihr zu reden.

»Oh, fang so gar nicht erst an.« Sie lief um ihn herum und ging in die andere Richtung weg.

Er ließ einige Minuten verstreichen, bevor er wieder versuchte, mit ihr zu reden. »Ich würde dich nur zu gerne auf einem Spaziergang begleiten. Aber du musst dich passender anziehen.« Er wusste, welchen Effekt es auf ihn hatte, wenn er ihr zusah, wie sie hier herummarschierte. Er wollte sich lieber nicht vorstellen, was seine Männer gedacht haben mussten, als sie in Shorts und T-Shirt durch den Innenhof gestürmt war.

»Du bist ein Bastard, weißt du das, MacCoinnich?«

Er wollte ihr widersprechen, unterließ es dann allerdings lieber. »Trotzdem müssen wir passende Kleidung für dich finden. Falls jemand vorbeikommt, würden Fragen gestellt werden, die nur sehr schwierig zu beantworten wären.«

»Daran hättest du vielleicht denken sollen, bevor du mich hergebracht hast.« Sie wedelte mit einer Hand in seine Richtung. »Im Moment ist es mir piepschnurzegal, welche Fragen du vielleicht beantworten musst.«

»Ich habe dir gesagt, wie wichtig Geheimhaltung ist.« Er wandte sich zurück zur Burg, und ihm fiel auf, dass einige Männer sie beobachteten, um zu sehen, was passieren würde. Er musste etwas unternehmen.

»Du kannst mich mal.«

Ein komplett unangemessenes Bild von ihm, wie er genau das tat, erschien in seinem Kopf. Ein Lächeln trat auf seine Lippen.

Unglücklicherweise konnte Tara seine Gedanken lesen. Sie fand sie nicht annähernd so unterhaltsam wie er selbst. »Du Mist…« Sie hob die Hand, um ihm eine Ohrfeige zu verpassen.

Er fing ihre Finger ab, bevor sie ihn trafen. »Es reicht.«

Ohne Vorwarnung und ohne sich darum zu kümmern, was sie davon halten würde, beugte sich Duncan vor, packte Tara, warf sie sich über die Schulter und machte sich auf den Rückweg.

Als sie wieder zu Atem gekommen war und begriff, was geschah, fing sie an, mit ihren Fäusten auf seinen Rücken zu trommeln und lautstark zu fordern, er solle sie sofort runterlassen.

Er ignorierte sie.

Fin sah zu, wie sein Bruder näher kam, und verkniff sich ein Lächeln.

»Lass mich runter!«

Sei still, Tara.

Lass mich runter, und ich werde still sein.

Er konnte sich leider nur allzu gut vorstellen, wie sie wieder vor ihm weglief, wenn er tat, was sie wollte. »Ich denke nicht, dass das eine gute Idee wäre.«

»Seit wann denkst du?«

Duncan ignorierte die Blicke seiner Männer genau wie ihre Spötteleien, als er an ihnen vorbeikam. »Frauen« war seine einzige Erklärung.

Viele lachten. Einige verdrehten die Augen und wandten sich wieder ihren Aufgaben zu. Fin schloss hinter Duncan und Tara das Burgtor.

Duncan setzte sie erst ab, als sie wieder in ihrem Zimmer waren.

Ihre Wut war größtenteils verraucht und ersetzt durch Scham darüber, wie ein Sack Kartoffeln transportiert worden zu sein. Trotzdem gab sie nicht klein bei. »Irgendwann musst du mal schlafen. Und wenn es so weit ist, verschwinde ich.«

Bei diesen Worten wurde er ernst, und die Ermahnung seines Bruders klang ihm in den Ohren. »Du kannst hier nicht weg. Wenn du dich beruhigt hast, können wir darüber reden, warum, aber jetzt im Moment musst du mir einfach vertrauen …«

»Vertrauen? Du willst, dass ich dir vertraue?« Sie ließ sich auf einen Stuhl fallen. »Ha!«

»Ich sehe, du bist noch nicht so weit, darüber zu sprechen.«

»Ach wirklich?«

Er fand sich mit dem ab, was er tun musste, um sie hierzubehalten und in Sicherheit, und wandte sich zur Tür.

Er warf ihr einen letzten Blick zu, bevor er ging. Sie drehte den Kopf weg.

Fin stand im Korridor und reichte Duncan ruhig einen Schlüssel.

In der Sekunde, in der man hören konnte, wie das Schloss verriegelt wurde, erfuhren sie, wie ausdrucksstark Taras Vokabular wirklich war.

* * *

Er wusste nicht, was schlimmer war: ihr Rachedurst, ihr Zorn oder ihr Elend, das er in ihr spürte, als ihr klar wurde, dass es kein Entkommen für sie gab.

Er saß da und starrte in seinen Becher, dankbar, dass sie nach zwei Tagen und zwei Nächten, die sie fast durchgeweint hatte, endlich damit aufgehört hatte. Wie viele Male hatte er sich davon abhalten müssen, zu ihr zu gehen? Er konnte es nicht zählen. Das Ale, das er trank, war nicht stark genug, um ihren Schmerz zu überdecken, Schmerz, der auch ihn in Wellen durchströmte. Er wusste es jedes Mal, wenn sie ihn in ihrem Kopf verfluchte, fühlte jede Beleidigung, die sie in seine Richtung abfeuerte.

Aber in letzter Zeit hatte er ihre Stimme nicht mehr gehört. Und das bereitete ihm Sorgen.

Mit jeder Stunde seit ihrer Handfeste fühlte er sie mehr, spürte all ihre Bedürfnisse. Selbst wenn die Magd nicht Bericht erstattet hätte, hätte er gewusst, was Tara tat. Er wusste, dass sie sich weigerte, das Essen zu sich zu nehmen, das er ihr sandte, wusste, dass sie in der Nacht nur wenige Stunden schlief.

Die Worte seiner Mutter hielten ihn zurück, als er kurz davor war, zu ihr zu eilen, weil sie schwach vor Hunger war. Lora versicherte ihm, dass Tara genug Brühe trank, um zu überleben, und erklärte, sie brauche Zeit, um ihre Gefühle zu sortieren. Er würde riskieren, dass sie wieder wegliefe, wenn er jetzt zu ihr ginge. Und beim nächsten Mal wäre er vielleicht nicht in der Lage, sie aufzuhalten.

Statt also zu tun, was er für am besten hielt, saß er über seinem Ale und weigerte sich zu essen – genau wie sie.

* * *

Lora betrat fast lautlos den Raum. Tara, bekleidet mit Shorts und Tanktop, saß in einem Holzstuhl, den sie ans Fenster gezogen hatte. Sie hatte die Beine unter sich geschlagen, und ihr Kopf ruhte an der hohen Rückenlehne.

Ihr blasses Gesicht bereitete Lora Sorge. Es war Zeit, Tara aus ihrer Niedergeschlagenheit zu holen.

Sie trat hinter sie, aber Tara schien es nicht zu bemerken. Sie beachtete es auch nicht, als Lora ein Tablett mit Essen hinstellte und sich setzte.

»Wunderschön, oder?«

Langsam bewegte Tara ihre Augen, warf ihr einen Blick zu und starrte dann weiter über die welligen grünen Hügel. »Ja.«

»Bist du schon mal in Schottland gewesen?«

»Nein.«

Mit großer Geduld ließ Lora zwischen jeder Frage, jeder Aussage einige Zeit verstreichen. »Meine Söhne haben mir erzählt, dass es in Kalifornien heiß und trocken ist. Das Wetter hier muss dir sehr ungewohnt vorkommen.«

»Ja.«

Lora goss ihr etwas Kräutertee ein und brachte ihn ihr. Als Tara den Becher aus Höflichkeit nahm, ihn jedoch nicht an die

153

Lippen hob, entschied sich Lora, sie herauszufordern, damit sie ihren Kampfgeist wiederfand. Sie hatte am ersten Tag viel von dem Streit zwischen Tara und Duncan mit angehört. Die Frau, die jetzt vor ihr saß, glich kaum dem leidenschaftlichen jungen Rotschopf, den ihr Sohn nach Hause gebracht hatte. »Er fühlt sich schrecklich schuldig.«

»Gut.«

Ein Funke. Lora konnte es spüren. »Wenn es einen anderen Weg gegeben hätte, hätte er dich nicht hergebracht.«

Tara seufzte. »Mrs MacCoinnich …«

»Nenn mich Lora.«

»Lora, wenn du hergekommen bist, um deinen Sohn zu verteidigen oder seine Handlungen, spar dir deinen Atem.« Tara nahm einen Schluck aus dem Becher, den sie in ihren zitternden Händen hielt.

»Ich war ziemlich böse auf ihn, als er mir die ganze Geschichte gebeichtet hatte.« Lora brachte das Brot und den Käse herüber und zog sich einen Stuhl heran. »Duncan hat schon immer impulsiv gehandelt, egal, wie sehr ich mich bemüht habe, ihn dazu zu bringen, alles gründlicher zu durchdenken.«

Sie strich Butter auf ein Stück Brot, reichte es Tara und brach sich selbst auch ein wenig ab.

»Über das hier hat er ganz sicher nicht richtig nachgedacht.« Tara biss gedankenverloren in das Brot in ihrer Hand.

Lora sprach mit einem Lächeln weiter. »Nein, ganz sicher nicht. Aber getan ist getan, und es gibt keine Möglichkeit, es rückgängig zu machen.«

»Bist du sicher?« Tara nahm einen weiteren Schluck von ihrem Tee. »Dass es keine Möglichkeit für mich gibt, in meine Zeit zurückzukehren?«

»Nicht auf eine sichere Art. Es würde deinen Tod bedeuten.« *Euer beider Tod*, dachte sie.

Tara aß still weiter und starrte aus dem Fenster. Lora bemerkte, dass sie Kindern zusah, die mit einem Welpen spielten.

»Ich hatte ein Leben, weißt du?« Tara traten Tränen in die Augen. »Ich war fast mit meiner Ausbildung fertig. Ich wollte Krankenschwester werden. Ich habe mit meiner besten Freundin Cassy zusammengewohnt. Wir wollten unseren Abschluss mit einer Reise nach Europa feiern. Cassy wird denken, dass ich tot bin. Sie wird sich die Schuld daran geben, weil sie mich dazu überredet hat, mit ihr zum Mittelaltermarkt zu fahren.«

Sie wischte sich das Gesicht mit dem Handrücken ab. »O Gott«, schluchzte sie. »Ich wollte meiner Schwester helfen, die meinen Neffen ganz allein großzieht. Ich wollte ihr helfen, damit sie wieder aufs College gehen kann.« Ein ersticktes Schluchzen drang über ihre Lippen.

Lora legte sanft eine Hand über Taras, um sie in ihrem Schmerz zu trösten.

Schmerz um ein Leben, das sie niemals leben würde.

Schmerz um die Familie, die sie niemals wiedersehen würde.

KAPITEL 11

Grell blendendes Licht drang zwischen ihre Lider. Sie hob eine Hand, um sich vor den Strahlen zu schützen.

Loras Stimme füllte den Raum wie der Sonnenschein. »Es ist ein wunderschöner Tag, Tara. Genau genommen glaube ich nicht, dass ich schon mal einen schöneren erlebt habe.« Sie stand an den Vorhängen, die sie zurückgezogen hatte.

Lora kam zu ihr und setzte sich auf die Bettkante. Tara rieb sich mit der Hand über das Gesicht. Sie hatte friedlich geschlafen. Besser als in irgendeiner der vier Nächte, seit sie angekommen war. »Bitte, Lora. Ich bin noch nicht einmal wirklich wach.«

»Unsinn! Du kannst dich nicht länger hier in diesem Zimmer verstecken. Das verbiete ich.« Lora lächelte. »Außerdem wird es meinen Sohn viel mehr quälen, wenn du ihm vor der Nase herumstolzierst, statt dich hier die ganze Zeit zu verstecken.«

»Glaubst du?« Tara gefiel es, wenn im gleichen Satz von Duncan und Qual die Rede war.

»Das weiß ich sogar.« Lora sprang auf, ihre Bewegungen waren so anmutig wie die einer Frau, die nur halb so alt war. »Zuerst mal müssen wir das Zimmer hier warm bekommen. Selbst wenn die Sonne scheint, sind unsere Sommer kein Vergleich zu dem, was du gewohnt bist.« Sie eilte zum Kamin, warf ein schmales Holzscheit hinein und hob die Hände. Flammen loderten auf, wo zuvor keine gewesen waren.

»Wie machst du das?«, fragte Tara, verblüfft angesichts dieser wunderbaren Zauberkraft. »Ich hab's selbst versucht. Aber ich bin davon bloß müde geworden.«

»Übung, meine Liebe, und ein gewisses Talent, denke ich. Ich werde es dir beibringen.« Sie öffnete die Tür und ließ die Mägde ein. »Zuerst jedoch musst du für den Tag hergerichtet werden.«

Ein paar junge Männer trugen eine Truhe ins Zimmer. Darin befanden sich mehrere Gewänder, die alles in den Schatten stellten, was Tara im einundzwanzigsten Jahrhundert getragen hatte.

Eins nach dem anderen wurde herausgenommen und von den Mägden sortiert. Manche mussten geändert werden. Andere hatten einfach nicht die richtige Farbe für Tara mit ihrem rotbraunen Haar. Schließlich einigte man sich auf das Kleid, das sie am heutigen Tag tragen würde.

Die Mägde nahmen mit flinker Nadel die notwendigen Änderungen vor. Während Tara sich wusch und ihr Haar bürstete, erledigten sie alles.

Das Gewand, auf das die Wahl gefallen war, war aus feinster umbrabrauner Wolle gewebt, und die Farbe betonte ihr Haar höchst vorteilhaft. Zarte Goldstickerei an den Säumen verlieh ihm Eleganz, wie sie sonst nur besonderen Gelegenheiten vorbehalten war. Tara musste zugeben, dass das Kleid atemberaubend war. *Geschieht dir recht, Duncan.* Der Gedanke kam ihr, als sie ihr Spiegelbild sah.

Zufrieden führte Lora sie aus dem Zimmer.

Das Frühstück hatte gerade begonnen, als sie sich dem Tisch näherten.

Ian, der wusste, was Lora vorhatte, spürte ihre Anwesenheit, bevor sie den Raum betraten. Fin bemerkte sie als Erster, und ihm fiel fast das Essen aus der Hand. Die andern starrten die Frau an, die für so viel Gerede und Streit in der Burg gesorgt hatte.

Duncan war der Letzte, der mitbekam, dass etwas passiert war, und er drehte sich erst um, als alle anderen verstummten.

Loras Finger auf ihrem Arm sorgten dafür, dass Tara nach außen hin kühl blieb. »Tara, ich möchte dich der Familie vorstellen. Amber mit ihren zehn Jahren ist die Jüngste.« Das Mädchen stand auf und machte einen raschen Knicks.

»Cian, der sich Mühe geben muss, den Mund wieder zuzubekommen, zählt sechzehn Lenze.« Cian bedachte seine Mutter mit einem Stirnrunzeln, bevor er aufsprang und sich verneigte.

Tara begann sich unter der Musterung der Familie unbehaglich zu fühlen.

»Myra, unsere älteste Tochter, ist im vergangenen Frühjahr einundzwanzig geworden. Ich bin mir sicher, ihr beide werdet euch ganz wunderbar verstehen.«

Myra erhob sich, und anstatt zu knicksen, legte sie den Kopf schief und lächelte. »Es ist mir ein Vergnügen, Euch … ich meine *dich*, endlich kennenzulernen.« Der Blick, den sie mit ihrer Mutter wechselte, verriet Tara, dass sie das geübt hatte. Aber die Absicht dahinter war aufrichtig.

»Finlays und Duncans Bekanntschaft hast du ja bereits gemacht.«

Fin öffnete den Mund, doch Tara kam ihm zuvor. »Ich bin noch nicht bereit, wieder mit dir zu sprechen«, erklärte sie. Er war nicht schuldlos an der Katastrophe.

Tara richtete die Augen auf Duncan, der sie bewundernd betrachtete.

»Was soll das?« Tara berührte ihr eigenes Kinn, meinte den Bart, der ihm gesprossen war, seit sie ihn das letzte Mal gesehen hatte.

Er hob die Hand und kratzte sich den Dreitagebart. »Den habe ich gewöhnlich, wenn ich nicht … auf Reisen bin.«

Es war irgendwie schon sexy … Sie verbannte den Gedanken sofort. »Ich vermute, manchen könnte der Brad-Pitt-Look gefallen.«

»Wer ist dieser Brad Pitt?«, fragte Duncan.

»Niemand, den du kennst.« *Ist doch egal, wie du aussiehst, du wirst mir nicht nahe genug kommen, um auch nur einen Finger an mich zu legen.* Sie räusperte sich, gewann mit jeder Sekunde an Zuversicht. »Hast du schon mal was von Duschen gehört, Duncan? Oh, stimmt. Sanitärinstallationen sind ja noch gar nicht erfunden. Bloß eine der vielen Annehmlichkeiten, derer du mich beraubt hast.« Erfreut nahm sie das billigende Nicken von Lora zur Kenntnis. »Du riechst wie eine Kneipe. Vielleicht verlangt deine Mutter nicht von dir, dass du ihr den nötigen Respekt erweist, aber ich bestehe darauf.«

Duncans jüngere Geschwister versuchten vergeblich, ihre Schadenfreude zu verbergen. Und auch Ian konnte sich ein Lachen nicht verkneifen.

Obwohl ihre Worte so gewählt waren, dass sie ihn verletzten, spürte Tara, dass sich eine Last von Duncans Schultern hob. Ihre Verbindung war so stark, dass sie beinahe selbst geseufzt hätte, als sein Mund sich zu einem leichten Lächeln verzog.

»Tara hat recht, *màthair*«, wandte er sich auf Gälisch an seine Mutter. »Ich könnte etwas frisches Wasser und saubere Kleidung brauchen.«

Lora sagte nichts, und alle schauten ihm hinterher, als er den Raum verließ.

Danach entspann sich eine angenehme Unterhaltung.

Nur Finlay beteiligte sich nicht daran, sondern starrte Tara an, ein Grinsen im Gesicht und ein Funkeln in den Augen.

* * *

159

Duncan rang mit sich, ob er sich wirklich glatt rasieren sollte. Das hatte er zwar vor seiner Reise getan, da er wusste, so würde er weniger auffallen, doch jetzt betrachtete er sein Spiegelbild und hörte Taras Stimme, wie sie schwor, sie würde ihn nicht mehr in ihre Nähe lassen. Er drehte und wendete das Rasiermesser und erwog seine Optionen.

Während er badete, dachte er weiter über Taras Worte nach. Allein ihre Gegenwart im Speisezimmer hatte ihm ein Lächeln auf die Lippen gezaubert. Er wusste, die dunkle Wolke über ihrer Beziehung hatte sich ein wenig gehoben.

Während das Wasser um ihn herum abkühlte, wurden ihm die Lider schwer. Jetzt, da er spürte, dass Taras Wunsch, ihn zu verlassen, nicht mehr so heftig war, konnte er endlich wieder schlafen.

* * *

Sie hätte nicht gedacht, dass es möglich wäre, sich an ein Leben in Schottland im ausgehenden Mittelalter zu gewöhnen. Doch genau das tat sie, und zwar in kürzester Zeit.

Zu einem Zeitpunkt, zu dem Tara sich normalerweise wieder in den Ablauf des Ausbildungsjahres einfinden, neue Kurse belegen und im Krankenhaus arbeiten würde, fand sie sich nun in einer ganz anderen Schule wieder.

Der Schule des MacCoinnich-Clans.

Wie vermutet schloss sie rasch eine enge Freundschaft mit Myra, die fasziniert Taras Geschichten über das Leben im einundzwanzigsten Jahrhundert lauschte. Myras Verstand sehnte sich nach Wissen. Sie sehnte sich danach, zu erfahren, wie die Zukunft aussehen würde.

Tara beobachtete unterdessen genau das Verhalten aller in ihrer Umgebung. Sie lernte, was erwartet wurde, was sich ziemte und was nicht. Myra war Taras persönliches wandelndes Lexikon für das sechzehnte Jahrhundert.

Die Frauen trugen dauernd Kleider. Das überraschte sie nicht besonders, trotzdem war es nicht leicht, sich daran zu gewöhnen. Sie vermisste die Unkompliziertheit von T-Shirts und Shorts. Wenn sie abends allein in ihrer Kammer war, schlüpfte sie in die Sachen, die sie mitgebracht hatte.

»Warum verneigen sich alle vor deinem Vater?«, wollte Tara von Myra wissen, während sie den Männern beim Training zuschauten.

»Mein Vater ist der Laird hier.«

»Und was heißt das? Ist er wie ein König oder so?«

Myra lachte. »Das denkt er vielleicht manchmal, aber nein. Mein Vater hat auf diesem Land das Sagen, er und meine Brüder.«

»Und wer hat ihm diesen Titel verliehen?«

»Vermutlich könnte man sagen, dass er zuvor seinem Vater gehört hat, doch in Wahrheit hat er ihn sich selbst verdient. Mein Vater hat dieses Land gegen die Männer verteidigt, die es sich aneignen wollten. Allerdings hat es früher mehr Belagerungen gegeben, das hat in letzter Zeit stark nachgelassen.«

Tara warf Myra einen besorgten Blick zu. »Willst du damit andeuten, dass jederzeit irgendjemand hier aufkreuzen und versuchen kann, euch das alles wegzunehmen? Alles, was sie tun müssten, wäre, mit euch darum zu kämpfen?«

Myra setzte ein Lächeln auf. »Aye. Aber sei unbesorgt. Meine Familie ist stark. Die Männer hier würden bis zum Tod kämpfen, damit niemand anders es bekommt.«

Dennoch machte sich Tara Sorgen. Belagert zu werden mochte in einem Roman aufregend klingen, in ihrer neuen Wirklichkeit erschien es ihr nicht im Geringsten romantisch.

Myra erklärte, dass die Leute im Dorf auf die MacCoinnichs angewiesen waren, die Recht sprachen und ihre

Sicherheit gewährleisteten. Ian und Lora wiederum zogen bei Entscheidungen oft die Dorfbewohner zurate und klärten ihre Streitigkeiten.

»Wie gewöhnt man sich an all diese Leute?« Tara legte ihr Bein auf eine Bank. »Ich kann nirgendwo hingehen, ohne irgendwem zu begegnen.«

»Es war noch schlimmer, bevor meine Brüder ihre Reisen in die Zukunft begonnen haben. Es war für die Ritter und Knappen üblich, ihre Tage und Nächte in der großen Halle zu verbringen.«

»Alle?« Tara ließ den Blick über die zwei Dutzend Männer auf dem Hof gleiten. Alle schwangen schwere Schwerter und schwitzten. Duncans Schweiß machte ihr nichts aus, der von den anderen hingegen ... »Ich hoffe nur, sie haben oft genug gebadet.«

»Natürlich nicht.«

»Igitt!«

Myra lachte leise. »Manchmal war es wirklich schrecklich.«

»Ich bin jedenfalls dankbar, dass ich jetzt erst hier bin.«

»Mein Vater brauchte Ungestörtheit für unsere Familie, weil wir anders sind. Wenn du einmal unsere Nachbarn im Norden besuchen solltest, wirst du sehen, dass bei ihnen die große Halle voller Männer ist.«

»Und eure hier stören sich nicht daran, dass sie anders behandelt werden?«

Myra schüttelte den Kopf. »Ich glaube, ihnen ist es so auch lieber.«

Tara kratzte einen der Hunde, die ständig um sie waren, zwischen den Ohren. »Und was wissen sie von mir?«

»Dass du unter Duncans Schutz stehst.«

»Ha!«, erwiderte Tara spöttisch.

Myra sprach weiter. »Sie denken, du leidest unter dem Verlust eines geliebten Familienmitglieds. Man hat ihnen

162

gesagt, sie sollen sich dir auf keinen Fall nähern. Deine fremd-artige Sprechweise ließe sich nur schwer erklären. Selbst wenn du aus einem Dorf ein Stück weiter weg von hier stammen wür-dest, würdest du nicht so reden, wie du das tust. Du darfst sie nicht wissen lassen, wer du bist.«

»Ich weiß. Deine Mutter hat mich schon darauf hingewiesen.«

»Es würde auch nicht schaden, wenn du versuchen wür-dest, ab und zu ein paar Worte wie ›aye‹ und ›Mädchen‹ zu benutzen.«

Tara ergriff Myras Hand. »Jetzt sorgt Euch nicht um mich, Mädchen. Ich kann auf mich selbst achtgeben.«

Myra rümpfte die Nase. »Das war viel zu irisch. Ich glaube fast, es wäre besser, du bleibst bei deinem ursprünglichen Akzent. Wir wollen schließlich nicht, dass die Männer denken, du wärst eine Spionin.«

Tara lachte.

Myra stand auf. »Ich muss zu Amber und mich um ihren Unterricht kümmern. Hättest du Lust, mich zu begleiten?«

Taras Blick flog zu Duncan und Fin, die miteinander kämpften. »Ich bleibe hier, wenn es dich nicht stört. Ich wär gern mal ein ganz klein bisschen für mich.«

Myra nickte verständnisvoll und ging.

Duncan und Finlay waren im wahrsten Sinne des Wortes Waffenbrüder. Sie übten und trainierten täglich ihre Fertigkeiten im Kampf. Benachbarte Ritter sandten ihre Söhne zur Ausbildung zu ihnen.

Duncan führte sein Schwert ohne sichtliche Anstrengung. Er hob es hoch über den Kopf und drehte und wendete sich in alle Richtungen, als würde er von allen Seiten gleichzeitig bedrängt. Es gab niemanden, der schneller und gerissener auf dem Schlachtfeld war.

Wenn er sich nicht schon durch sein Geschick beim Kampf von allen anderen unterschieden hätte, dann hätte er es durch sein glatt rasiertes Gesicht getan. Seit dem Morgen, an dem sie ihre Räumlichkeiten verlassen und die Bemerkung gemacht hatte, hatte er sich keinen Bart mehr stehen lassen. Das trug ihm jede Menge Spott und Scherze von den anderen Männern ein, doch das schien ihn nicht weiter zu stören.

Sie verließ ihren Ausguck und begab sich näher an den Übungsplatz heran, um besser sehen zu können.

Tara erwischte ihn manchmal dabei, wie er sie anschaute, spürte, wie er versuchte, ihre Gedanken zu lesen. Lora hatte ihr nützliche Tipps gegeben, wie sie ihn aussperren konnte. Wenn Tara merkte, dass Duncan im Geiste Kontakt mit ihr aufnehmen wollte, dachte sie konzentriert an einen plätschernden Bach oder irgendetwas anderes mit Wasser.

Ab und zu dachte sie auch an ein Tier, das spielte oder rannte. Damit verhinderte sie Duncans Eindringen und verwirrte ihn. Sie ging sogar so weit, in Gedanken moderne Rocksongs zu singen, was stets dazu führte, dass sich Ratlosigkeit auf seiner Miene breitmachte, wie sie feststellte, wenn sie nah genug war, um sein Gesicht zu sehen.

Oder manchmal, wie beispielsweise jetzt gerade, war er mit Waffenübungen beschäftigt und nahm ihre Anwesenheit gar nicht wahr. Oder wenigstens hoffte sie das. Es wäre nicht hilfreich, wenn sie ihn den ganzen Tag mit Missachtung strafte und dann die Wirkung ruinierte, indem sie ihn wissen ließ, dass sie daran interessiert war, womit er seine Zeit verbrachte.

Daher saß sie im Schatten des großen Wohnturms und summte ein bisschen Green Day, während sie die Männer beim Training beobachtete.

Das Leben könnte schlimmer sein.

* * *

Ian verfolgte, wie seine Frau geduldig an ihrer Stickerei arbeitete. »Haben sie seit dem ersten Tag auch nur zwei Worte miteinander gewechselt?«

»Oh, ein oder zwei, wenn es sich gar nicht vermeiden ließ.«

»Ich werde den Unsinn beenden müssen. Ich höre schon Gerede von den Männern. Daniel hat mich gefragt, ob er ihr den Hof machen könne.«

»Wir können den Männern doch sagen, Duncan werbe um sie, und dann liegt es bei ihm, wie glaubhaft er dabei ist.« Sie schnitt den Faden ab und wählte eine neue Farbe.

»Wie soll er das schaffen, wenn sie nicht mal miteinander reden?«

»Tara hat diese Zeit gebraucht, Gemahl. Hab ein bisschen mehr Vertrauen zu deinem Sohn.«

»Ich bin nie so geduldig gewesen wie du.«

Lora nickte zustimmend. »Ohne Geschwister aufzuwachsen hat nicht dazu beigetragen, dich Geduld zu lehren.«

Das war eine alte Geschichte, die sie immer wieder aufs Tapet brachte. »Ich werde müde, Lora. Ich möchte sehen, dass unsere Kinder eigene Familien haben.«

»Du lässt es klingen, als stündest du an der Schwelle des Todes. Wir wissen jedoch beide, dass nichts weiter von der Wahrheit entfernt ist.«

Er fuhr sich mit den Fingern durch das ergrauende Haar. »Myra ist bereits weit über das Alter hinaus, in dem sie heiraten sollte. Als du so alt warst wie sie, war Duncan fast schon zwei und Fin bereits unterwegs.«

Lora hob ihren Blick von ihrer Stickarbeit und schaute ihren Ehemann an. Sorge malte sich auf seinen Zügen. Sie legte ihre Handarbeit beiseite und ging zu ihm. »Mylord Gemahl, nimm dir diese Sachen nicht so zu Herzen. Ich habe all das Gute gesehen, das unseren Kindern bevorsteht. Myras Ehemann wird kommen. Sie zu einer Ehe zu nötigen war nie eine Option, und das weißt du. All dieses nutzlose Kopfzerbrechen wird ihnen bloß kostbare Jahre stehlen, wenn du zulässt, dass es weitergeht.«

»Was würde ich nur ohne dich anfangen?«

Sie legte ihren Kopf auf seinen Schoß und spürte seine Hände über ihr Haar streichen. Sie wollte, dass er aufhörte, sich wegen Sachen zu sorgen, die sich seiner Kontrolle entzogen. Deshalb verriet sie ihm auch nicht, was sie geahnt hatte, seit Tara hier eingetroffen war. Lora spürte, dass nach einem kurzen Glück die Schwierigkeiten zurückkehren würden.

Sie konnte das Gefühl nicht abschütteln, dass etwas Schlimmes bevorstand.

Etwas wahrhaft Böses.

* * *

»Wie lange willst du ihr Zeit lassen?«, fragte Fin, als er während des Trainingskampfes eine kurze Verschnaufpause einlegte.

Duncan nahm einen langen Zug aus seinem Becher. »So lange, wie sie braucht.«

»Ihr schleicht schon seit Wochen umeinander herum. Sogar die Männer beginnen bereits zu reden.« Fin achtete darauf, leise zu sprechen, damit niemand ihr Gespräch belauschen konnte.

»Was genau sagen sie?«

Fin war sich nicht sicher, wie viel er verraten sollte. »Sie fragen, ob du ihr tatsächlich einen Antrag gemacht hast oder ob sie vielleicht deine Buhle ist.«

Duncan wirbelte mit vor Wut blitzenden Augen herum und erwischte seinen Bruder unvorbereitet. »Solches Gerede könnte Taras Ruf ruinieren. Wer wagt es, so etwas zu behaupten?«

»Beruhige dich.« Fin entdeckte aus dem Augenwinkel einen beigefarbenen Rockzipfel im Schatten des Turmes. »Du musst doch wissen, wie es von außen betrachtet erscheint. Keiner von euch beiden wirkt wie ein Teil eines glücklichen Paars.«

Plötzlich kam ihm eine Idee, wie man dem fraglichen Paar einen kleinen Schubs in die richtige Richtung geben könnte. »Ich bin sicher, was die Leute sagen, ist völlig haltlos. Komm, lass uns weitertrainieren.«

Frustriert und von dem Drang getrieben, sich zu bewegen, begann Duncan ein Gefecht mit seinem Bruder, um auf diese Weise überschüssige Energie abzubauen.

Sie umkreisten einander tänzelnd, übten Abwehr und Wendigkeit. Am Ende hatte Duncan Fin zweimal in die Enge getrieben. »Du zögerst bei diesem Schlag jedes Mal. Ein Gegner würde das binnen Minuten als deine Schwäche entdecken.« Duncan half ihm auf die Füße.

Und dann machten sie weiter.

Atemlos und von dem ständigen Anstürmen seines Bruders erschöpft, blickte Finlay über seine Schulter. »Sie beobachtet uns.«

Abgelenkt schaute Duncan sich um, suchte sie, denn er wusste, Fin sprach von Tara.

Der nutzte die günstige Gelegenheit und entwaffnete ihn. »Ach, jetzt habe ich deine Schwachstelle gefunden.«

Erneut umtanzten sie einander. Jeder Stoß und jede Parade war stärker als die zuvor. »Frauen hassen es, wenn ihre Männer verletzt sind oder Schmerzen haben. Ich frage mich, wie deine wohl reagieren würde, wenn du in die Knie gehst. Natürlich würde es echt aussehen müssen.«

»Höchstwahrscheinlich bedankt sie sich bei demjenigen, der mich zu Boden geschickt hat.«

Fin benutzte seinen Schild, um Duncans Hieb abzuwehren. »Vielleicht. Aber es gibt bloß eine Möglichkeit, das herauszufinden.« Er ließ seinem Bruder keine Chance, zu reagieren. Er trat nach seinen Füßen, stieß Duncan um und landete auf ihm. Normalerweise hätte er darauf geachtet, dass die Schwertklinge nicht in die Nähe von Duncans Haut kam. Dieses Mal allerdings ließ er es nicht nur zu, sondern lenkte sie absichtlich so, dass er ihm einen Schnitt zufügte, der leicht blutete.

Und das reichte dafür aus, dass aus dem Schatten ein Schrei ertönte.

Tara kam mit gerafften Röcken herbeigerannt und stieß Fin beiseite. »Aus dem Weg, du Idiot.«

Die Männer wichen zurück. Tara kniete sich neben Duncan, ohne sich darum zu kümmern, ob ihre Kleider schmutzig wurden oder was für eine Szene sie gerade machte.

Sie schob Duncans blutige Hand beiseite, mit der er sich die Wunde hielt. »Wie schlimm ist es?« Sie hob sein Kettenhemd an, konnte jedoch nicht erkennen, wo das Blut herkam. Verzweifelt kämpfte sie mit seiner Kleidung.

Duncan starrte auf ihren Scheitel. Sie roch nach Rosen. Ihre Hände waren weich und zart auf seiner Haut, ihre Stimme ganz sanft und voller Sorge um sein Wohlergehen. Er nickte seinem Bruder dankbar zu.

Die anderen Männer verfolgten interessiert, wie Lady Tara sich um Duncan bemühte, ihm auf die Füße half. »Wir müssen dich aus den Sachen hier rausbekommen.«

Fin verkniff sich ein Grinsen und bot seine Hilfe an.

»Danke, du hast bereits genug angerichtet. Pass in Zukunft besser auf, und heb dir die echten Schwerthiebe für jemanden auf, der sie verdient.«

»Aye, Mylady.« Fin verneigte sich spöttisch.

Tara bemerkte die Männer, die sich versammelt hatten und alles beobachteten. »Die Show ist vorbei, Cowboys. Warum geht ihr nicht alle an eure Arbeit zurück?«

Die Männer schauten ihr nach, während sie sich mit Duncan entfernte. Daniel, Finlays bester Freund, drehte sich um und fragte: »Was ist ein Cowboy?«

Lachend schüttelte Fin den Kopf. »Keine Ahnung.«

Kapitel 12

Duncan stützte sich schwer auf sie, während sie langsam die Treppe hochstiegen und sie ihn in seine Kammer gegenüber von ihrer brachte.

Als Taras Magd Megan sie kommen sah, sprang sie auf und folgte ihnen.

»Hol mir heißes Wasser und saubere Tücher«, trug Tara ihr auf.

Als sie mit Duncan allein in seinem Zimmer war, zog ihm Tara das Kettenhemd über den Kopf und half ihm, aus der Tunika zu schlüpfen. Mit nacktem Oberkörper setzte er sich hin und wartete geduldig, während sie ihn untersuchte. Seine Haut war mit lauter kleinen und größeren Narben übersät.

Das Blut, das aus der Wunde drang, erschwerte es ihr, den Schaden einzuschätzen. Megan kehrte bald mit den Dingen zurück, die Tara verlangt hatte. Angesichts von Duncans entkleidetem Zustand senkte sie den Blick und errötete wie eine schüchterne Jungfrau, was sie ja war.

Tara verdrehte die Augen angesichts dieser mädchenhaften Scheu und entließ sie mit einer Handbewegung.

Duncan grinste ihr zu, was sie nicht weiter zur Kenntnis nahm. Stattdessen begann sie, die Wunde zu reinigen.

Sie weichte das Tuch ein und wrang es aus, betupfte damit die Verletzung. Als er unter ihrer Berührung zusammenzuckte, wich sie zurück, warnte ihn: »Das wird jetzt brennen. Versuch, still zu halten.«

Er schaute zu, wie sie das bereits getrocknete Blut wegwischte. Ihre Berührung war zärtlich, auch wenn ihre Worte eine gewisse Schärfe enthielten. »Dein Bruder sollte wirklich besser aufpassen. Er hätte dir ernsthaft wehtun können.«

Tara lehnte sich zurück und betrachtete ihr Werk. Ein paar blaue Flecken hatten sich bereits gebildet, aber der Schnitt war nicht tief genug, um Anlass zur Sorge wegen einer Infektion zu geben. »Dieses Kettendings, das du trägst, hat Schlimmeres verhindert. Selbst wenn es zu etwas von dem Schaden beigetragen hat.«

Sie blickte ihn an, und seine Augen waren zusammengekniffen, die Hände zu Fäusten geballt. »Tut es so sehr weh?« Sie streckte ihre Rechte aus und berührte ihn an der Wange.

»Nein. Nicht allzu sehr.«

»Trotzdem denke ich, du solltest es für den Rest des Tages langsam angehen lassen.« Sie nahm die Schüssel mit dem Wasser und stellte sie vom Bett weg. »Schließlich willst du nicht, dass Schmutz in die Wunde gelangt. Vielleicht hat deine Mutter irgendeine Salbe, die man auftragen kann, um Bakterien fernzuhalten.« Sie kehrte an seine Seite zurück und setzte sich auf die Bettkante.

»Was ist das, Bakterien?«

»Keime?«

Er war immer noch verwirrt.

»Mikroskopisch kleine Organismen, die Entzündungen verursachen?«

»Mikroskopisch?«

Ihre Augen wurden schmal. »Keime sind kleine Erreger, die einen krank machen.«

»Was weißt du darüber, diese Keime davon abzuhalten, eine Entzündung zu verursachen?«

Sie lehnte sich gegen den Bettpfosten und begann es zu erklären. »Der entscheidende Faktor dabei ist, Wunden sauber zu halten. Gesund zu bleiben, damit die Abwehrkräfte des Körpers stark genug sind, sodass er heilen kann, ist ebenfalls nützlich, aber die größte Waffe gegen Entzündungen sind Antibiotika. Bis die entdeckt werden, dauert es allerdings bis zum Ende des neunzehnten Jahrhunderts.«

»Wir müssen gesund bleiben und Verletzungen vermeiden«, sagte er.

Sie verkniff sich bei seiner Schlussfolgerung ein Grinsen. »Bring mich nicht zum Lachen. Ich bin immer noch sauer auf dich.«

Er lächelte reuig. »Wie du willst.«

Sie starrten einander schweigend an.

»Du fehlst mir, Tara.«

Er saß ihr gegenüber. Bei seinem trägen Lächeln schmolz sie dahin. Der Anblick seiner muskulösen Brust sorgte dafür, dass sich gewisse Teile ihres Körpers zusammenzogen. Ihr Verlangen nach ihm steigerte sich, wurde mit jedem Moment größer. »Du mir auch.«

Seine Hand, groß und stark, griff nach ihrer. »Ich hoffe, du weißt, wenn ich es anders hätte tun können, hätte ich das getan.«

Bei seiner Berührung begann ihr Herz schneller zu schlagen. Seine Worte rührten ihre Seele. »Ich weiß. Deine Mutter hat mir alles erklärt.« Sie rieb mit dem Daumen über seine Finger. »Es hat aber nichts am Ergebnis geändert. Ich habe Zeit gebraucht.«

»Und hattest du jetzt genug Zeit?«

Ihr Blick glitt von ihren verschränkten Händen zu seinem sexy Mund und von dort zu seinen Augen. »Es ist unheimlich anstrengend, sauer auf dich zu bleiben.«

»Dann ist mir verziehen?«

»Ich habe noch keine Entschuldigung gehört.« Das meinte sie nur halb im Scherz.

»Ist es das, worauf du gewartet hast? Eine Entschuldigung?« Er rückte näher. Sie hatte keinen Platz, um auszuweichen. Nicht, dass sie das gewollt hätte.

»Es würde nicht schaden.«

Er rückte noch näher.

Genau wie sie.

»Es tut mir leid, dass ich dir solchen Kummer bereitet habe, Tara. Es tut mir aber nicht leid, dass ich dich Grainnas Zugriff entzogen oder dein Leben gerettet habe.«

»Ich sollte dir vermutlich danken«, murmelte sie an seinen Lippen.

Er benutzte ihre eigenen Worte. »Es würde nicht schaden.«

»Vielen Dank, Duncan, dass du mein Leben gerettet hast.« Sie betrachtete seinen lächelnden Mund.

Eine kleine Ewigkeit verstrich, bevor ihre Lippen sich trafen.

Sie öffnete ihre in einer stummen Einladung, die er begeistert annahm. Ihr Kuss war wie Nach-Hause-Kommen. Viel mehr als nur ein bloßes Aufeinandertreffen ihrer Lippen.

Sie fuhr ihm mit den Händen durchs Haar, wie sie es sich erträumt hatte – beinahe täglich, seit sie sich kennengelernt hatten. Selbst wenn sie böse auf ihn war, konnte sie ihn sich nicht aus dem Kopf schlagen. Jeder Widerstand in ihrem Körper verschwand, als er den Kopf ein wenig drehte und den Kuss vertiefte.

Duncan drückte sie auf sein Bett. Schmetterlinge begannen in ihrem Bauch zu tanzen. Ihre Hände glitten über seinen

Rücken, und sie zog ihn auf sich. Sein großer, kräftiger Körper fühlte sich wunderbar auf ihr an.

Sie grub ihre Fingernägel in seine Haut, und ein Stöhnen entwich ihm. Als er mit seiner Hand an ihr aufwärtsstrich und ihre Brust umfing, schluchzte sie vor Lust auf.

Plötzlich wurde die Tür aufgestoßen und prallte gegen die steinerne Wand.

Sie fuhren auseinander.

Duncans himmlische Körperwärme, sein herrliches Gewicht waren plötzlich fort. Ein kalter Lufthauch strich über ihren entblößten Busen. Erschreckt und mit offenem Mund schauten sie zur Türöffnung, wo Lora mit überrascht aufgerissenen Augen stand. Belustigung ersetzte rasch ihre sorgenvolle Miene.

Tara erholte sich zuerst. Sie richtete sich auf und versuchte mit bebenden Fingern, ihre Kleidung in Ordnung zu bringen. »Äh …« *Wie soll ich sie ansprechen?* »Mrs MacCoin…«

Duncans Lachen half nicht.

»Lady …«

Lora schaltete sich ein, was nicht dazu führte, dass Tara sich besser fühlte. »Du kannst mich … hm …« Sie klopfte sich mit dem Finger ans Kinn. »Lass mich nachdenken … Welchen Ausdruck benutzt ihr? Mom. Aye, du kannst mich Mom nennen. Und ich sollte eigentlich wissen, was mich erwartet, wenn ich in ein Zimmer platze, in dem ihr beide euch allein aufhaltet.«

Tara bemühte sich aufzustehen. Sie fühlte sich wie ein Teenager, der von den eigenen Eltern in einer kompromittierenden Situation auf der Rückbank eines Autos erwischt worden war. »Duncan hatte eine … Also, er war verletzt.« Die Worte, die sie aussprach, stammten aus Duncans Gedanken. »Aye, verletzt. Ich … äh … habe ihn hergebracht, um ihm zu helfen.« *Ja, das stimmt.* »Er könnte etwas Salbe gebrauchen, die ihr vielleicht habt, um zu verhindern, dass …«

Die Wunde, sagte Duncan im Geiste.

»Danke.« Sie drehte sich zu Duncan um. »Also, um zu verhindern, dass die Wunde sich entzündet.«

Mit diesen Worten verließ Tara fluchtartig Duncans Kammer. Draußen lehnte sie sich gegen die geschlossene Tür und wartete, dass ihr Atem sich beruhigte. Loras Erwiderung drang durch das Holz zu ihr.

»In meinen wildesten Träumen hätte ich mir nicht vorgestellt, dass ich in so was reinplatze, als ich hergekommen bin ...«

Tara schüttelte den Kopf und ging, bevor sie mehr zu hören bekam.

* * *

Beim Abendmahl bemerkten alle den Unterschied im Verhalten von Duncan und Tara.

Amber sprach es als Erste an. »Sie sind nicht mehr sauer aufeinander?«, fragte sie ihre Mutter.

Duncan und Tara verbargen ihr Lächeln. Fin warf seinem Bruder einen Blick zu, der sagte: »Ich hab was bei dir gut.«

Lora griff unter dem Tisch nach der Hand ihres Ehemanns, dem sie zuvor haarklein alles berichtet hatte, was sich zugetragen hatte.

Myra schaute zwischen ihrem Bruder und Tara hin und her, und ihre Augen weiteten sich fragend, aber sie erwiderte nichts.

Alles in allem verlief die Mahlzeit angenehmer als alle zuvor, die Tara seit ihrer Ankunft hier erlebt hatte. Sogar Cian hatte seine Schwärmerei für sie so weit überwunden, dass er darüber reden konnte, am nächsten Tag an den Schwertübungen teilzunehmen.

Besonders, da Duncan so schwer verwundet war.

Der Frieden war wiederhergestellt.

* * *

Myra hüpfte aufgeregt auf Taras Bett, lange bevor der Hahn zum ersten Mal krähte.

»Ich möchte nicht alle Details, schließlich ist er mein Bruder, trotzdem will ich wissen, was passiert ist.« Sie ließ Tara keine Zeit, zu antworten. »Ich habe meine Mutter sagen gehört, dass sie euch beide überrascht hat, wie ihr gerade …«

Myra grinste. Sie war vielleicht einundzwanzig Jahre alt, aber sie benahm sich wie ein unreifer Teenager, wie sie da auf dem Bett auf und ab hüpfte.

Tara seufzte, setzte sich auf und erzählte Myra die nackten Fakten, hielt jedoch das Wesentliche dessen zurück, was sie eigentlich wissen wollte. »Duncan wurde verletzt.«

Myra nickte.

»Das war ein hässlicher Schnitt, der gesäubert werden musste. Ich bin mir nicht sicher, ob die Kettenhemden, die sie tragen, wirklich das Beste sind. Ich fürchte, sie verursachen mehr Schaden, als …«

Myra fiel ihr ins Wort. »Das interessiert mich nicht.«

»Okay, gut. Also, weißt du, Duncan und ich waren … äh … zusammen, bevor er mich hergebracht hat.«

»Wie zusammen?« Myra wartete.

»Lass uns einfach festhalten, dass dein Bruder ausgezeichnet küssen kann.«

»Duncan?« Myra rümpfte bei dem Gedanken die Nase.

»Tut mir leid, dass ich dir das sagen muss, aber dein Bruder Duncan kennt sich damit echt aus. Ich bin nie so in Versuchung geführt gewesen, einfach …«

Tara brach ab. Sex wurde in dieser Zeit ganz anders betrachtet als in ihrer. Myra anzuvertrauen, wie stark die Versuchung gewesen war, würde sie vielleicht auf dumme Gedanken bringen. Anständige junge Frauen in dieser Zeit gingen als Jungfrau

175

in die Ehe. Besonders wenn es sich um eine aus einer Familie von Rang und Ansehen handelte, wie es bei Myra der Fall war.

»Einfach was?«, wollte Myra wissen.

»Einfach nicht mehr aufzuhören mit dem Küssen.« Das klang lahm, selbst in ihren eigenen Ohren.

Myra nahm es ihr ebenfalls nicht ab. »Ach komm schon, Tara. Erzähl mir mehr.«

»Alles, was wir getan haben, war, uns zu küssen. Das schwöre ich.« Tara hielt ihre rechte Hand hoch.

»Dennoch wolltest du mehr tun, richtig?«

Wäre es wirklich so schlimm, ihr die Wahrheit zu sagen? »Ja, schon. Zum allerersten Mal in meinem Leben habe ich ernsthaft mit dem Gedanken gespielt ... mehr zu tun.« War das zu viel Information?

»Du weißt, was dieses ›mehr‹ ist, nicht wahr?«, erkundigte sich Myra.

»Ja. Aber ...«

»Meine Mutter will mir einfach nichts Genaueres darüber verraten. Nur, dass es nicht passieren sollte, bis du mit dem entsprechenden Mann verheiratet oder allermindestens verlobt bist.«

Tara seufzte erleichtert. »Sie hat ja so recht.« Ihre Erziehung als Mädchen vom Land drängte sich nach vorn. »Alle Männer werden das wollen. Sie können offenbar nicht anders. Also solltest du unbedingt darauf achten, dass der Betreffende auch wirklich der Richtige ist.« Tara verzog bei diesen Worten das Gesicht. Das klang so prüde.

»Erzähl mir, was das ›mehr‹ ist, Tara.«

Mist! Mist! Mist! Myra ließ sie nicht vom Haken. Dabei stand es ihr gar nicht zu, sie einzuweihen. Oder doch? Hatte sie nicht eine ähnliche Unterhaltung mit ihrer Schwester geführt, als sie selbst noch jünger gewesen war?

»Verrat mir, was du denkst, was ›es‹ ist.«

»Also …« Myra errötete. Plötzlich wurde sie schüchtern, was sie zuvor überhaupt nicht gewesen war. »Ich habe Tiere beobachtet. Letztes Jahr hat Durk eine der Stuten gedeckt. Ich hätte das nicht sehen sollen, aber ich hab mich runtergeschlichen und einen Blick riskiert. Die Schafe auf den Wiesen machen es ganz ähnlich.«

Bei dem Bild von zwei sich paarenden Tieren, das in ihrem Kopf erschien, kniff Tara die Augen zusammen. »Also … Im Grunde ist es das Gleiche, soweit ich gehört habe. Vergiss nicht, ich habe selbst noch nicht … Du weißt schon … Allerdings kenne ich viele Frauen, die bereits Erfahrung mit der Liebe haben und keine Scheu hatten, ihr Wissen mit mir zu teilen.«

Tara nahm Myras Hand und vergewisserte sich, dass sie ihre volle Aufmerksamkeit hatte. »Zwischen Menschen soll es magischer und etwas ganz Besonderes sein. Tiere tun es einfach, weil es ein Bedürfnis ist. Und ein Instinkt.« Sie brach ab und hielt inne, runzelte die Stirn. »Ich nehme an, das gilt auch für manche Männer. Und, um ganz fair zu sein, auch Frauen.«

Sie dachte an ihre Schwester und daran, wie schwierig es für sie war, ihr Kind allein großzuziehen. »Jedes Mal kann es passieren, dass du … schwanger wirst. Also wirst du mit jemandem zusammen sein wollen, der es wert ist, Vater deiner Kinder zu sein.«

Myra drückte ihre Hand. »Aber als du dich nach mehr gesehnt hast, war es doch schön? Oder?«

Mit einem Lächeln ließ sich Tara rückwärts aufs Bett fallen. »Süße, du hast ja keine Ahnung.«

* * *

Sie beendeten gerade die erste Mahlzeit des Tages. Cian hatte bereits den Tisch verlassen und wollte unbedingt mit den

Männern trainieren. Amber ging, um nachzusehen, ob eine der trächtigen Katzen in der Nacht Junge bekommen hatte.

»Also, Bruder«, meldete sich Fin zu Wort. »Was hast du am heutigen Tag vor, da du dich ja schonen und deine Verletzungen auskurieren sollst?« Er grinste in Taras Richtung.

»Meine Verletzungen sind nicht so schwer, dass ich nicht mitkommen kann. Ich hab das Gefühl, als wäre ich dir was schuldig.« *Auf mehr als eine Weise.*

»Bist du sicher, dass du dich nicht ausruhen möchtest?« Fin neigte den Kopf in Richtung Tara.

Duncan war hin- und hergerissen, überlegte sich seine Antwort.

Ian rettete ihn. »Ich brauche dich für eine andere Aufgabe, Duncan«, teilte er ihm mit. »Es sieht ganz so aus, als ob die Witwe und Haggart sich wieder in die Haare geraten seien.«

»Nicht schon wieder«, schaltete sich Myra ein. »Es vergeht kaum ein Tag, an dem sie nicht zanken. Außerdem ist mir aufgefallen, dass Celestes Streitlust zunimmt, seit ihre Tochter geheiratet hat.«

»Mir hat man erzählt, Haggarts Hund habe ihren Garten verwüstet und ihr Gemüse ruiniert, sodass sie nichts zu essen hat. Ich brauche jemanden, der für mich überprüft, ob das stimmt und ob sie ein Recht auf Wiedergutmachung hat. Wenn, dann muss er ihr den Schaden ersetzen.«

Enttäuscht, dass er den Tag nicht mit Tara verbringen konnte, seufzte Duncan. »Ich kümmere mich drum.«

Er wollte gerade den Tisch verlassen, als die nächste Bemerkung seines Vaters ihn innehalten ließ.

»Nimm Tara mit«, sagte Ian und schaute sie an. »Ich glaube, du warst noch gar nicht im Dorf. Der Ausflug wird dir gefallen. Nimm Myras Stute. Der Ritt wird dir guttun.«

»Oh«, erklärte Tara alarmiert. »Ich … Ich kann nicht reiten.«

Ungläubige Blicke richteten sich aus allen Richtungen auf sie. »Außer zusammen mit Duncan, wenn ich vor ihm im Sattel gesessen habe, habe ich noch nie auf einem Pferd gesessen.«

»Dann wird der heutige Tag ein wunderbares Abenteuer für dich. Myras Stute ist das sanfteste Tier von all unseren Pferden. Duncan ist ein ausgezeichneter Reiter. Er kann dir alles beibringen.«

»Was für eine wunderbare Idee, Ian. Ich kann es gar nicht erwarten, mehr von Schottland zu sehen.«

Ian ergriff ihre Hand. »Du wirst unser Land lieben.«

»Ich bin sicher, das werde ich, und Myra, macht es dir wirklich nichts aus, wenn ich dein Pferd nehme?«

Myra winkte ab. »Nein, gar nichts. Meg wird dich gut behandeln.«

Tara wandte sich an Duncan. »Und du, bist du sicher, es stört dich nicht, wenn ich dir auf Schritt und Tritt folge?«

»Es wird mir ein Vergnügen sein.«

Wie viel Vergnügen?, fragte sich Tara mit einem heimlichen Lächeln.

»Du wirst einen warmen Umhang brauchen«, meinte Myra. »Falls das Wetter vor eurer Rückkehr umschlägt. Komm mit, wir suchen dir einen.« Lachend fasste sie Tara am Arm und zog sie mit sich weg.

KAPITEL 13

Nur kurze Zeit später stand Tara vor Myras Pferd. Das Tier hatte wunderschönes kastanienbraunes Fell und eine weiße Blesse auf der Nase. Es wartete ruhig, still und war riesig. Tara verfolgte, wie einer der Stallburschen einen Sattel auf die Decke hob, die er über den breiten Rücken gelegt hatte.

Myra stellte sie vor. »Meg, das ist meine Freundin Tara. Ich habe ihr erzählt, wie lieb du bist, also blamier mich jetzt nicht.« Sie wandte sich an Tara. »Sie ist wirklich sehr gutmütig. Ich bin mir sicher, du wirst bestens mit ihr zurechtkommen.«

Tara war sich da nicht so sicher. Vielleicht sollte sie doch lieber mit Duncan auf Durk reiten. Das wäre einfacher, als allein auf Meg zu sitzen.

»Pferde können es spüren, wenn man Angst hat.« Duncan führte Durk am Zaumzeug zu den Frauen. »Lass das Pferd wissen, dass du der Herr bist.«

»So fühle ich mich aber gar nicht.« Tara warf ihm einen ironischen Blick zu. »Ich habe furchtbare Angst.«

Duncan reichte seine Zügel einem Stallburschen, der neben ihm stand. »Hier.« Er nahm Taras Hand und legte sie Meg auf die Nase. »So kann sie dich beschnuppern und sich an dich gewöhnen.« Er lehnte sich näher, roch an Taras Haar, und sie war sich seiner plötzlich sehr bewusst. »Ah, Mädchen, wie Rosenblüten.«

Seine Aufmerksamkeit ließ sie erröten.

»Ich merke schon, ich werde hier nicht weiter gebraucht.« Myras Gesicht war dunkelrosa angelaufen. »Habt einen schönen Ritt.«

Tara unterdrückte ein Lachen. »Ritt« hatte so viele Bedeutungen, und wenn Duncan an ihrem Haar roch, war es schwierig, in Gedanken bei dem Pferd zu bleiben und nicht bei erotischen Fantasien zu landen.

Myras Augen wurden groß. Sie verbarg ihr verlegenes Lächeln hinter einer Hand. »Ich meinte *Zeit* ... Habt eine schöne *Zeit*.«

Als Tara grinste, lief Myras Gesicht scharlachrot an, und sie eilte davon.

Duncan bemerkte die Hast seiner Schwester. »Was weiß sie schon von dieser Art von Ritt?«

Taras Lachen wurde lauter. »Etwa genauso viel wie ich, fürchte ich.«

»Und wie viel ist das?« Sein Stirnrunzeln vertiefte sich.

»Genug, um zu verstehen, dass das Wort ›Ritt‹ mehr als eine Bedeutung haben kann.« Sie verfolgte an seinem Mienenspiel, wie er darüber nachdachte.

»Ich wage zu bezweifeln, dass meine Schwester so etwas weiß.«

»Männer sind so naiv«, murmelte Tara.

»Myra weiß nichts über das, was zwischen Mann und Frau geschieht.«

»Glaubst du das wirklich?« Sie standen sich jetzt gegenüber. Der Bursche, der Durks Zügel hielt, wich einen Schritt zurück.

»Natürlich weiß sie nichts. Sie ist unschuldig.« Entrüstung klang aus seiner Stimme.

Tara verdrehte die Augen. »Lass mich dich etwas fragen: Als du unschuldig warst, wie viel hast du da gewusst? Wie viel war dir erzählt worden, und wie viel hast du dir selbst zusammengereimt?«

Duncan begann unruhig zu werden, war eindeutig nicht glücklich über die Richtung, in die die Unterhaltung sich entwickelte.

»Genau, das habe ich mir gedacht. Ich verrate dir jetzt ein kleines Geheimnis.« Sie beugte sich vor und senkte die Stimme. »Frauen reden miteinander! Selbst Jungfrauen. Wir haben außerdem Hormone, die uns gewisse Gefühle aufdrängen. Gott hat uns auf diese Art geschaffen, damit die Welt bevölkert wird. Oder hast du in der Kirche nicht aufgepasst?«

Über den überraschten Ausdruck auf seinem Gesicht musste sie lachen. »Komm schon, Cowboy. Wir müssen los.« Sie betrachtete das riesige Pferd, auf dem sie reiten sollte. »Wie komme ich da hoch?«

»Frauen aus dem einundzwanzigsten Jahrhundert«, murmelte er, klang aber amüsiert. »Mylady?« Er beugte sich vor, sodass sie ihren Fuß in seine Hände stellen konnte, damit er ihr in den Sattel helfen konnte.

Belustigt erwiderte Tara: »Mylord.« Eine kurze Verbeugung und zwei gescheiterte Versuche später war sie oben. »Okay, wie sorge ich jetzt dafür, dass sie losgeht?« Tara rutschte ein wenig mit dem Hintern hin und her, um zu überprüfen, wie sicher sie auf dem Tier saß. »Ich geb ihr einen Tritt, richtig?«

Bevor er antworten konnte, drückte sie Meg die Fersen in die Flanken. Die Stute zuckte überrascht zusammen und galoppierte los. Rasch sprang Duncan auf Durk und preschte ihnen hinterher, während Tara sich an die Mähne der Stute klammerte.

Er hatte sie schnell eingeholt. Als er neben ihr war, griff er ihr in die Zügel und brachte das Pferd zum Stehen. »Langsam.«

Leicht erschreckt und gleichzeitig sehr aufgeregt platzte Tara heraus: »Wow!«

»Du würdest ein bisschen mehr als ›Wow‹ sagen, wenn sie dich abgeworfen hätte. Jag mir nicht noch mal einen solchen Schreck ein. Nächstes Mal frag mich, bevor du etwas tust.«

Tara nickte. »Okay. Fragen, bevor ich trete. Verstanden. Also was jetzt, Boss?«

Bilder davon, wie sie vom Pferd fiel, schossen Duncan durch den Sinn und übertrugen sich auf sie. Er hatte sich furchtbar erschreckt, als sie so losgerast war. Statt das auszusprechen, beruhigte Tara ihr schnell schlagendes Herz und wartete geduldig auf seine nächste Anweisung. Sie lächelte über seinen ernsten Ausdruck, bis seine Unterlippe zuckte. Bald grinste auch er.

»Warum lässt du Meg nicht einfach hinter mir herlaufen?«

»Woher weißt du …? Oh …« Meg marschierte ohne Aufforderung hinter Durk her. »Okay, das ist einfach«, stimmte Tara ihm nach ein paar Minuten zu.

»Mit etwas Übung ist Reiten nicht besonders schwierig.«

Sie konnte sich nicht zurückhalten, sie sagte es. »Welches Reiten meinst du damit wohl, Bursche?« Sie bemühte sich um einen schottischen Akzent.

Er errötete, lachte dann.

»Sorry, das musste jetzt sein.«

»Ich habe noch nie jemanden wie dich getroffen, Mädel.«

Ihre Pferde gingen jetzt nebeneinander.

»Ist das ein Kompliment?«

»Aye, ich glaube schon.«

»Gut.«

Tara zog den Rock hoch, damit sie mehr Bewegungsfreiheit hatte.

»Du musst dein Kleid wieder runterlassen, wenn wir näher zum Dorf kommen«, erinnerte er sie.

»Das weiß ich. Aber ich dachte, dich würde es nicht stören.«

Sein Blick glitt über ihr Bein. »Nein, mich stört es nicht.«

»Gut.«

Sie ritten einige Zeit schweigend weiter, bevor Duncan fragte: »Was hältst du von meiner Familie?«

Froh, dass er ihr eine so einfache Frage stellte, antwortete sie freiheraus. »Deine Mutter ist erstaunlich. Stark, wunderschön ... Du hast ihre Augen. Weise. Ich bewundere eine Frau, die die Rollen von Mutter und Ehefrau so perfekt erfüllt.«

Duncan lächelte, offensichtlich erfreut über ihr Lob.

»Sie hat fast gar keine Zeit für sich selbst«, fuhr sie fort. »Entweder plant sie die Mahlzeiten, überwacht die Haushaltsführung, unterstützt die Dorfbewohner, oder sie kümmert sich um tausend andere Dinge. Außerdem ist sie für Amber und Cian da, die sie beide noch brauchen. Cian vielleicht nicht so sehr, aber Amber benötigt besondere Aufmerksamkeit. Lora weiß genau, wann sie wo sein muss. Es ist wirklich unheimlich, wie sie immer sicher ist, was getan werden muss.«

Sie atmete einmal durch und redete dann weiter. Es war, als ob sich in all den Tagen, an denen sie nicht gesprochen hatte, etwas in ihr angesammelt hätte und sie jetzt endlich die Möglichkeit hätte, es loszuwerden.

»Dein Vater kann etwas furchteinflößend sein. Seine Macht ist unheimlich. Er verdient den Respekt von allen, versteh mich nicht falsch, doch ich bin es nicht gewohnt, zu sehen, dass Leute sich jemandem derart unterordnen. Er hat einen unglaublich ausgeprägten Gerechtigkeitssinn. Ich denke, den braucht er auch, wenn er für so viele Menschen verantwortlich ist.«

»Mein Vater verdient seinen Titel.«

»Da stimme ich dir vollkommen zu. Und du wirst in seine Fußstapfen treten. Die Männer respektieren dich genau wie deinen Vater.«

»Ich hab in der Vergangenheit häufig an ihrer Seite gekämpft.«

Tara ignorierte den Schauer, der ihr über den Rücken lief, als er das Kämpfen erwähnte. »Fin ... Also Fin ist ein Casanova.«

»Was ist ein Casanova?«

»Ein Herzensbrecher. Ich wette, es gibt jede Menge Frauen, die ihm hinterherlaufen. Ich vermute, darum seid ihr beide in die Zukunft geschickt worden. Die Jungfrauen hatten keine Chance.«

Wieder musste Duncan über ihre Worte lachen.

»Und Myra?«, fuhr sie fort. »Myra ist wie deine Mutter. Hoffnungslos romantisch. Ich weiß, dass arrangierte Ehen in dieser Zeit üblich sind, aber ich sage dir, in einer lieblosen Ehe würde sie unsäglich leiden und zugrunde gehen.«

»Warum glaubst du das?«

»Sie braucht mehr. Ich weiß nicht ... Mehr Leidenschaft, Romantik. Etwas anderes als ein Ritter in schimmernder Rüstung wird für sie nicht genug sein.«

»Hat sie dir das gesagt?«, fragte er.

»Nicht direkt. Das ist nur meine Meinung.«

»Hat sie schon ein Auge auf jemanden geworfen?«

»Das hat sie mir bisher nicht anvertraut, und das würde sie, glaube ich.« Tara sah sich um, und ihre Gedanken schweiften ab. »Sie erinnert mich an meine Schwester.«

»Ich wusste nicht, dass du eine Schwester hast.«

»Lizzy. Sie ist zwei Jahre älter als ich. Sie ist ebenfalls hoffnungslos romantisch. Nur hat es ihr nicht viel geholfen.«

»Erzähl mir von ihr.« Er sah sie fragend an.

»Lizzy hatte ein schwieriges Leben. Sie hat sich in der Highschool verliebt, ihre erste große Liebe. Er war auch sehr nett, zumindest am Anfang. Sie sind einige Zeit miteinander gegangen.«

»Was heißt ›miteinander gehen‹?«

»Eine Brautwerbung würdest du es vermutlich nennen.«

»Also hat dein Vater die Beziehung und den Mann gutgeheißen?«

Tara lachte. »Er war ein Junge, kein Mann. Nur ein Jahr älter als meine Schwester. Mein Vater hat zu viel gearbeitet, um zu bemerken, dass seine älteste Tochter sich verliebt hatte. Meiner Mutter ist es aufgefallen, doch sie lebt nach der Devise ›Besser alles totschweigen‹. Sie war der Ansicht, sie hätte ihren Job getan, weil sie uns davor gewarnt hatte, was Jungs wollen, und sie hat einfach erwartet, dass wir uns entsprechend vorsehen.«

»Ah, das hört sich genau an wie das, was Mütter ihren Töchtern in unserer Zeit mitgeben.«

»Lizzy hat es aber trotzdem getan. Sie glaubte, ihn zu lieben. Er hat ihr gesagt, dass er sie ebenfalls liebt, und dann haben sie miteinander geschlafen. Nach wenigen Monaten war sie schwanger.«

»In deiner Zeit gibt es doch Schutz vor Schwangerschaften, oder?«

»Unfälle passieren trotzdem.« Tara atmete die kühle Luft ein. »Mein Dad ist ausgeflippt, als es herausgekommen ist. Meine Mutter hat geweint. Lizzys Freund hat jegliche Verantwortung von sich gewiesen.«

»Was? So ein Feigling.«

Tara war überrascht, eine derartige Ablehnung in seiner Stimme zu hören. »Ja, er war ein Feigling, im Grunde noch ein Kind. Ich vermute, dass er furchtbare Angst hatte, dass sein Leben mit siebzehn vorbei sein könnte. Seine Eltern sind weggezogen, als sie gehört haben, dass Lizzy das Baby behalten wollte.«

»Wie meinst du das?«

»Oh, stimmt ja. Hier gibt es keine Abtreibung. Nun …« Sie wählte ihre Worte mit Bedacht. »Wenn eine Frau das Baby nicht will, kann ein Arzt die Schwangerschaft beenden. Lizzy hat diese

Möglichkeit nie in Betracht gezogen. Auch das Baby anderen Leuten zu geben, damit es bei ihnen aufwächst, hat sie ausgeschlossen. Also hat sie jetzt Simon. Er ist in Ambers Alter. Lizzy hat einen Job gefunden und arbeitet in einer Kindertagesstätte. Es war unglaublich schwierig, immer alles unter einen Hut zu bekommen. Doch irgendwie hat sie es geschafft.«

»Eure Eltern haben euch nicht geholfen?« Verachtung schwang in seinen Worten mit.

»Nein. Als sie dann achtzehn war, haben sie sie und Simon rausgeschmissen.« Tara verengte die Augen bei der schmerzvollen Erinnerung zu Schlitzen. »Ich habe die Highschool sechs Monate früher beendet und bin zu Hause ausgezogen. Als ich weg war, sind sie nach Arizona verschwunden. Seitdem habe ich nichts mehr von ihnen gehört oder gesehen. Aber Lizzy und ich, wir stehen uns sehr nahe. Ihr Sohn Simon ist ein tolles Kind.«

Sie ritten schweigend einige Zeit nebeneinanderher, beide mit ihren eigenen Gedanken beschäftigt. Keiner von ihnen versuchte, den anderen zu lesen.

Schließlich fragte Tara: »Wann werden wir das Dorf erreichen?«

»Gegen Mittag.«

»Also sind wir erst nach Einbruch der Dunkelheit wieder zurück. Ist das sicher?« Sie warf einen Blick zum Wald und dachte an die Räuber, die dort lauerten.

»Ich kann dich beschützen, Tara.«

Sie betrachtete das massive Schwert, das er an der Hüfte trug. Seine gerade Haltung und das zerzauste Haar erinnerten sie daran, dass sie keine Angst haben musste. Kein Übeltäter würde es auf einen Kampf mit ihm ankommen lassen. Er würde sie beschützen und gut dabei aussehen! *Er ist wirklich die Definition von »Sahneschnitte«.* Sie vergaß, ihn zu blocken.

Das Bild eines Stücks Torte, das sie sich in den Mund schob, erreichte sie direkt aus Duncans Gehirn. Sie schaute ihm

187

in seine lachenden Augen, fand ihn unwiderstehlich. Er lenkte sein Pferd näher zu ihr.

»Willst du mal schmecken?«

Sie biss sich auf die Unterlippe. »Vielleicht ein bisschen.« Was konnte auf dem Pferderücken schon passieren?

Er senkte seine Lippen auf ihre, und wie jedes Mal durchliefen Taras gesamten Körper Schauer.

Sie konnte ihre Gedanken nicht vor ihm verbergen und stöhnte auf. *Ich will mehr.* Ihre Hand, die auf seiner Brust gelegen hatte, strich über seinen Körper, suchte nach nackter Haut.

Der Abstand zwischen den Pferden vergrößerte sich, und sie mussten sich voneinander lösen.

Tara fühlte sich aus dem Gleichgewicht gebracht und kämpfte darum, auf dem Pferd zu bleiben. Duncan rang mit anderen Schwierigkeiten. Seine Beinkleider waren ihm mit einem Mal sehr eng, und seine Position auf dem Pferderücken wurde rasch sehr unbequem.

Tara unterdrückte ein Lächeln, als sie Duncans Gedanken las.

»Das findest du also lustig, was?«

Tara musste so heftig lachen, dass sie sich den Bauch hielt. »Tut mir wirklich leid.« Sein ernster Gesichtsausdruck verstärkte ihre Erheiterung nur noch. Tränen liefen ihr über die Wangen. »Vielleicht solltest du lieber nur noch einen Kilt tragen.«

»Vielleicht mach ich das.«

Tara dachte daran, wie leicht es ihm gefallen war, sie im Kilt zu verführen, und ihr Lachen verstummte.

Er wechselte das Thema und unterwies sie im Reiten, bis sie das Dorf erreichten.

Tara blickte sich mit offenem Mund um. Alles schien direkt den Seiten eines Romans entsprungen zu sein. Sie sah einfache

Häuser mit Strohdächern. Rauch stieg von Feuerstellen sowohl innerhalb der Häuser als auch außerhalb davon auf. Kinder liefen zwischen Hunden und Hühnern herum.

Die Leute unterbrachen ihre Arbeit und sahen zu, wie sie näher kamen. Sie wurden mit Winken und Verbeugungen begrüßt.

Tara bemerkte einige Maultiere, die in einem Pferch standen, und andere, die vor Wagen gespannt waren, und fragte: »Wo sind denn die ganzen Pferde?«

»Solchen Luxus können sich nicht viele Dörfler leisten. Die, die welche haben, sind auf den Feldern und bringen die Sommerernte ein oder hüten Schafe. Sie arbeiten den ganzen Frühling und Sommer über, um genug Nahrung für den langen Winter zu haben.«

»Oh.« Lange Winter waren nichts, worüber sie groß nachdachte, nachdem sie jahrelang in Südkalifornien gelebt hatte. Statt weiter darüber nachzugrübeln, entdeckte Tara einen Karren, der mit etwas beladen war, das wie dreckige Baumwolle aussah. »Und da drüben?« Tara zeigte darauf.

»Wolle von den Schafen. Die Frauen werden sie auskämmen und sie aufteilen. Ein Teil wird für Stoffe gefärbt werden, der andere wird gleich gesponnen, für Decken.« Er wollte noch mehr erzählen, aber sie war schon bei der nächsten Frage.

»Und das?«

»Das ist die Schmiede.«

»Ich erinnere mich, dass ich mal gelesen habe, dass unter Menschen dieser Zeit Bleivergiftungen nicht selten waren. Ich habe bemerkt, dass die Teller und Töpfe zum Kochen aus Metall sind. Weißt du, ob sie Blei enthalten?«

»Einige bestimmt.«

»Du solltest in Erwägung ziehen, etwas dagegen zu unternehmen.«

Duncan nickte ihr zu. »In Ordnung.«

Der Duft von gebackenen Äpfeln erfüllte die Luft. »Oh …
Was riecht hier so gut?«

»Mistress Claunch. Sie backt die leckersten Apfelküchlein.
Würdest du gerne eins kosten?« Er stieg ab und winkte einen
in der Nähe spielenden Jungen heran, damit er die Zügel ihrer
Pferde hielt. Danach griff er Tara um die Taille und hob sie vom
Pferd.

»Vielen Dank, Mylord«, neckte sie ihn.

»Die Freude ist ganz auf meiner Seite, Mylady.« Er nahm
ihre Hand in seine und drückte ihr einen Kuss auf die Finger.

Sie starrten einander in die Augen.

Du weißt, was Frauen mögen, was?

Funktioniert es denn, Tara, Liebling?

Statt zu antworten, hielt sie seine Hand fest, als er ihre los-
lassen wollte, und zog sie auf ihr pochendes Herz. *Was denkst
du?*

Ein lautes Räuspern hielt ihn davon ab, sie zu küssen. Er
drehte sich um und entdeckte Mistress Claunch, die sich Mehl
von den Händen klopfte.

»Lord Duncan, lasst dem Mädchen doch Platz zum Atmen.
Sie sieht etwas erhitzt aus.«

Duncan behielt einen Arm um Taras Taille und führte sie
zu der Frau. »Sie riecht das wunderbare Aroma Eurer lecke-
ren Kuchen. Habt Ihr vielleicht welche für ein paar hungrige
Reisende?«

Mistress Claunch errötete bei seinen Worten vor Freude
und nickte eifrig.

»Mistress Claunch«, fuhr Duncan fort, »ich möchte, dass
Ihr Lady Tara kennenlernt.«

»Ich hatte gehört, dass ein Gast auf der Burg ist. Es freut
mich, Euch kennenzulernen.« Mistress Claunch lächelte Tara

freundlich an. »Kommt. Wir müssen nicht mitten auf der Straße stehen.«

Sie betraten einen großen Raum mit einem offenen Herdfeuer und einem Tisch mit vier Holzstühlen. Ein größerer Stuhl, auf dem Kissen und ein paar Decken lagen, war offensichtlich der Platz, an dem die ältere Frau ihre Tage verbrachte. Eine kleinere Kammer im hinteren Teil schien ein Bett zu beherbergen.

»Setzt Euch doch bitte. Habt Ihr etwas gegessen?«

»Das letzte Mal, bevor wir die Burg verlassen haben«, sagte Duncan.

»Kein Wunder, dass Eure Lady so erschöpft aussieht. Lasst Ihr sie hungern?« Mistress Claunch ging zum Feuer und zog eine Form heraus, von deren Inhalt ein köstlicher Geruch ausging.

Es war eine Art von Brot oder Kuchen mit Äpfeln, dachte Tara. »Kann ich Euch helfen?«

»Nein, Mylady. Vielen Dank.«

»Nennt mich doch Tara.«

Offensichtlich erfreut über die Bitte trat Mistress Claunch mit der heißen Form an den Tisch.

Tara entdeckte einen Metalluntersetzer und legte ihn ihrer Gastgeberin schnell hin.

Mistress Claunch tätschelte Tara die Hand und lächelte. »Ich mag Eure Dame, Mylord. Ihr müsst sie wieder zu mir bringen.«

»Wenn sie erst einmal Eure Leckerbissen probiert hat, wird es mir schwerfallen, sie fernzuhalten.«

Mistress Claunch hängte einen Kessel mit Wasser über das Feuer und nahm dann bei ihren Gästen Platz. »Erzählt mir Neuigkeiten aus der Burg.«

Duncan tat, was sie verlangte. Er berichtete von Ambers Kätzchen und dass sie nach einem Zuhause für sie suchen würde, wenn sie alt genug waren. Mistress Claunchs Bewegungen waren

191

langsam und wohlbedacht. Tara vermutete, dass sie Arthritis hatte, und gab sich Mühe, der Frau zur Hand zu gehen, während sie ihre Apfelküchlein genossen.

Als es Zeit für sie wurde, sich zu verabschieden, half Tara Mistress Claunch beim Aufstehen. »Vielen Dank für Euer himmlisches Backwerk. Vielleicht würdet Ihr mir irgendwann zeigen, wie man es macht? Ich habe nie etwas ähnlich Köstliches probiert.«

»Sehr gerne.« Mistress Claunch gab ihnen noch einen Beutel voll Küchlein mit.

»Sie ist sehr nett«, sagte Tara zu Duncan, nachdem sie sich verabschiedet hatten.

»Aye, das ist sie. Bis heute Abend wird sie mit jeder Frau im Dorf gesprochen und dein Loblied gesungen haben.«

»Das wage ich zu bezweifeln.«

»Es gibt hier nur sehr wenig Abwechslung. Deine Freundlichkeit wird für Wochen Dorfgespräch sein.«

»Meine Freundlichkeit? Sie war diejenige, die alles zubereitet hat. Ich konnte bloß essen. Ich durfte ihr nicht einmal beim Abwasch helfen.«

»Ich vermute, du bist die erste Dame, die angeboten hat, für sie zu spülen.«

»Wir wissen beide, dass ich nicht mehr Dame bin als sie«, erwiderte Tara.

»Nein, Tara. Du bist auf jede nur mögliche Art eine Dame.«

Langsam gingen sie durchs Dorf zum Haus der Witwe, deren Beschwerde sie hergeführt hatte. Haggart wohnte direkt gegenüber. Und der Missetäter schlief friedlich neben der Tür.

»Wir sprechen zuerst mit der Witwe.« Duncan warf einen Blick zum sich rasch verdunkelnden Himmel. Die Wolken, die sich über ihnen zusammenbrauten, erfüllten ihn mit Sorge. Die Zeit, die sie dafür benötigen würden, diesen Nachbarschaftsstreit beizulegen, würde ihnen auf dem Heimweg fehlen, sodass sie durch den Regen zur Burg würden reiten müssen.

»Vielleicht geht es schneller, wenn wir beide parallel mit ihnen sprechen.« Tara tippte sich an den Kopf. »Wir können unsere speziellen Kommunikationsfähigkeiten nutzen, um eine Lösung zu finden.«

»Bist du dir sicher?«, fragte er. *Du hast dir bisher sehr viel Mühe gegeben, mich aus deinem hübschen Kopf rauszuhalten.*

Es muss dieser ganze MacCoinnich-Charme sein, mit dem du schon den ganzen Tag um dich wirfst. Das sorgt dafür, dass ich etwas Neues versuchen möchte. »Du wirst mich erst vorstellen müssen.« Duncan band sein Pferd an einem Pfosten fest, und Tara tat es ihm nach.

Die Witwe war viel jünger, als Tara angenommen hatte. Sie war sehr schön und vermutlich noch keine vierzig Jahre alt. Sogar ihr Name hörte sich jung an – Celeste.

Tara vermutete, genau wie Myra gedacht hatte, dass Celeste einsam war, nachdem ihre Tochter vor zwei Jahren geheiratet hatte. Sie war Witwe geworden, als ihre Tochter erst zehn gewesen war, und hatte den Großteil ihrer besten Jahre ohne männliche Gesellschaft verbracht.

* * *

Nachdem Duncan Tara vorgestellt hatte, ging er hinüber zu Haggart, wo der nichtswürdige Hund ihn begeistert wedelnd empfing und ihm das Gesicht leckte, als er sich vorbeugte, um ihn zu streicheln.

»Ah, Lord Duncan. Was verschafft mir die Ehre Eures Besuchs?«

»Ich bin hier, um für meinen Vater mit Euch zu sprechen.«

Haggart runzelte kurz die Stirn. »Kommt rein, kommt rein. Ich habe ein wunderbares Ale, das ich gerade probieren wollte.«

Haggart, noch nicht ganz fünfzig, hieß den zukünftigen Laird der MacCoinnichs in seinem Haus willkommen, wie er das schon oft in der Vergangenheit getan hatte.

* * *

»Was hat der Hund getan, Celeste?« Tara nahm das Wasser entgegen, das ihr angeboten wurde.

»Er hat meine Kohlbeete verwüstet. Ich hatte einen Kopf, der so groß war.« Sie hob die Hände, um es zu zeigen. »Er war gerade so weit, dass ich ihn hätte ernten können.«

»Wie ist das Tier denn in Euren Garten gelangt?« Auf dem Weg zur Haustür hatte Tara einen kleinen Zaun bemerkt, der die Gemüsebeete umgab.

»Das Tor war offen, während ich Unkraut gejätet habe. Der Köter ist frech reinspaziert, als wäre er hier zu Hause, und hat nur Unheil angerichtet. Haggart sollte besser auf das Vieh aufpassen.« Tara spürte Ruhe, wenn Celeste von dem Hund sprach, und Wut, wenn sie über seinen Besitzer redete.

Tara hörte zu, während Celeste von anderen Gelegenheiten berichtete, bei denen Haggart sich nicht um das Tier gekümmert hatte und sie gezwungen gewesen war, einzugreifen. »Wer lässt seine Tiere über Nacht allein, ohne jemanden, der sie füttert?«

Tara formulierte einen Gedanken und hoffte, dass Duncan sie hören würde. *Ich glaube, Celeste ist scharf auf deinen Freund Haggart.*

Duncans Antwort kam sofort. *Was ist »scharf sein«?*

Leidenschaft! Ich glaube, sie mag ihn. Das ist vermutlich so eine Hassliebe-Geschichte.

* * *

Duncan musterte Haggart über den Becherrand hinweg.

»Ich sage Euch, sie ist unmöglich. Sie streichelt Max bei jeder sich bietenden Gelegenheit. Aber sobald er sich wie ein Hund benimmt, meckert sie los.«

»Ihr glaubt, sie hat sich das selbst zuzuschreiben? Dass Max ihr Gemüse ausgegraben hat?«

»Das würde mich nicht überraschen. Gerade neulich sollte ich Wasser für sie holen, weil sie behauptet hat, dass Max ihren Vorrat ausgetrunken hat, den sie vor ihrer Tür stehen gelassen hatte. Doch warum stellt sie einen Wassereimer vor ihre Tür, wenn ein durstiger Hund direkt danebensitzt? Beantwortet mir das.«

»Vielleicht braucht die Witwe einfach Hilfe dabei, so etwas Schweres zu tragen?«, schlug Duncan vor.

»Ihr Name ist Celeste. Eine Witwe ist sie, allerdings schon seit über acht Jahren.« Haggarts Stimme wurde weich. »Ich glaube, es gefällt ihr nicht besonders gut.«

Duncan sandte seine Gedanken über die Straße. *Aye, Liebes, ich denke, du hast recht. Haggart steht auch auf seine Nachbarin.*

Und der arme Max steckt dazwischen, erwiderte Tara im Geist.

Was sollen wir tun? Sie brauchen ein wenig Unterstützung.

Versuch mal, ob Haggart sie verteidigt, wenn du andeutest, dass sie ihn zu Unrecht beschuldigt. Ich tu das Gleiche. Wenn sie den Köder schlucken, werde ich vorschlagen, sie soll versuchen, sich mit Haggart anzufreunden, indem sie ihm Essen bringt oder so was.

»Nun, mein Freund«, begann Duncan. »Vielleicht ist es an der Zeit, dass wir an Celeste ein Exempel statuieren. Wenn sie Euch fälschlich beschuldigt, dann muss sie bestraft werden.«

Haggart riss erschreckt die Augen auf, und sein Lächeln verschwand. »Oh, Moment, nur eine Minute. Ja, es stimmt, die Frau übertreibt ein wenig, aber man kann nicht abstreiten, dass Max Zeit in ihrem Garten verbracht hat. Es wäre nicht richtig, *sie* zu allem anderen auch noch zu bestrafen. Ich denke, Ihr solltet die Sache mir überlassen. Ich möchte nicht, dass die arme Witwe leiden muss.«

* * *

Tara verbarg ihr Lächeln hinter ihrem Becher. »Wenn Ihr wirklich denkt, dass Haggart es verdient, dann werde ich dafür sorgen, dass Duncan ihn und seinen schrecklichen Hund hier wegschafft.«

»Was? Nein, das ist nicht … Ich wollte sagen«, Celeste atmete tief durch, »ich denke, Haggart und ich können uns irgendwie einigen, Mylady. Ich hätte das Tor nicht offen lassen sollen. Es ist mindestens zu einem gewissen Teil auch meine Schuld.«

Als Tara und Duncan gingen, kamen die beiden Streithähne mit und blieben beieinander stehen. Es fiel kein unfreundliches Wort. Stattdessen unterhielten sie sich über das Paar, das auf dem Weg zurück zur Burg die ungepflasterte Straße entlangritt.

»Sie sind ein nettes Paar, findet Ihr nicht?«, fragte Celeste.

»Ein Paar?« Haggart legte den Kopf schief und dachte über das Verhalten seines zukünftigen Lehnsherrn nach. »Seid Ihr sicher?«

»Aye, ich bin mir so sicher, wie ich mir sicher bin, dass sie in ein Unwetter geraten werden, bevor sie zurück in der Burg sind.«

Sie warf ihrem attraktiven Nachbarn einen Blick zu.

»Es fühlt sich nach Regen an.« Haggart schaute zu ihrem Cottage hinüber. »Euer Dach sieht so aus, als wäre es undicht, Celeste. Vielleicht kann ich Euch dabei helfen, bevor die nasse Jahreszeit kommt.«

»Das wüsste ich wirklich zu schätzen.« Celeste beugte sich vor, um Max hinter den Ohren zu kraulen. Ein kleines Lächeln spielte um ihre Mundwinkel. »Falls Ihr noch kein Essen auf dem Feuer habt, ich habe heute Abend genug für zwei gekocht. Ihr könnt vorbeikommen, wenn Ihr Lust habt.«

»Ich war nie ein besonders guter Koch, fürchte ich.«

»Also gut, bringt Max mit. Wir wollen ja nicht, dass er einen weiteren Garten findet, in dem er Unfug treiben kann.«

»Nein, das wollen wir auf keinen Fall.«

KAPITEL 14

Ian MacCoinnich stand auf dem höchsten Punkt der Burg und betrachtete den Himmel. Den ganzen Tag schon waren Wolken vom Meer herangezogen, drohten mit Regen, der irgendwann in der Nacht fallen würde.

Heute Nacht wäre es leider viel zu spät für seine Bedürfnisse.

Er schloss die Augen, öffnete die Arme und hob die Handflächen zur Sonne, die vom strahlend blauen Himmel schien, von der er aber wollte, dass sie verschwand. Dann rief er seine Gabe.

Der Wind begann sich langsam zu verändern. Mit einer kleinen Anstrengung bildeten sich dunklere Wolken, und von fern grollte Donner. Feiner Dunst entstand in der Luft. Die Knochen der Alten und Verletzten würden die Veränderung im Luftdruck spüren, wenn er fiel.

Bald schon würde sich der Dunst in kleine Wassertropfen verwandeln. Als es sich komplett zugezogen hatte und sein Haar nass vom Regen war, senkte Ian die Hände. Ein zufriedenes Lächeln trat auf sein Gesicht.

Lora hatte ihren Ehemann von weiter unten in der Burg mit vor der Brust verschränkten Armen beobachtet. Sie hatte versucht, in seinen Geist einzudringen, doch er hatte es nicht zugelassen. Als die Luft kühler wurde und der Wind auffrischte, verstand sie, was er vorhatte.

Duncan musste mit Tara auf dem Rückweg sein. Wenn ein Gewitter verhinderte, dass sie den gesamten Weg schafften, würden sie in einer der Hütten zwischen der Burg und dem Dorf Unterschlupf suchen.

Lora lachte. Ihr Gatte war wirklich ein kluger Mann.

* * *

Während sie aus dem Dorf hinausritten, freuten sich Duncan und Tara über das, was sie erreicht hatten.

»Ich wette, innerhalb einer Woche sind sie ein Paar.«

»So lange wird es nicht dauern. Du hättest Haggart sehen sollen, als ich angedeutet habe, dass die Witwe nicht die Wahrheit sage und bestraft werden müsse.«

»Celeste war entsetzt, als ich ihr vorgeschlagen habe, den bösartigen Hund zu töten. Als ich ihr dann noch erzählt habe, dass du vorhättest, Haggart in ein anderes Dorf umzusiedeln, wenn sich die Dinge nicht klären, hat sich ihre Geschichte verändert.« Tara streckte die Hand aus und tätschelte ihm die Schulter. »Wir sind ein tolles Team.«

»Das stimmt wohl, Mädchen. Das sind wir.«

Ein Blitz zuckte über den Himmel, und sie schauten beide nach oben. »Sieht so aus, als würden wir nass werden.« Tara wickelte sich enger in den Umhang und zog sich die Kapuze über den Kopf.

Weiteres Donnergrollen kündigte ein heftiges Unwetter an. Meg tänzelte nervös. Duncan streckte die Hand aus und beruhigte das Tier sofort.

Sie ritten einige Minuten weiter, doch als es stärker zu regnen begann, rief Duncan über ein weiteres Donnergrollen hinweg: »Ich glaube, wir sollten uns irgendwo in Sicherheit bringen.« Tara nickte zustimmend.

Sie änderten ihre Route, während der Himmel über ihnen seine Schleusen öffnete. Duncan trieb die Pferde zu einem schnelleren Tempo an. Er wollte nicht, dass sie durchgingen, wenn Blitze über den Himmel zuckten.

Die Hütte war klein und dunkel. Aber viel wichtiger, sie war trocken. Duncan half Tara schnell hinein und eilte dann wieder hinaus, um sich um die Pferde zu kümmern.

Tara schüttelte ihren Umhang aus und hängte ihn an einen Haken neben der Tür. Der Beutel mit den Küchlein, die Mistress Claunch ihnen für Ian und Lora mitgegeben hatte, würde jetzt ihnen als Imbiss dienen, bis der Regen nachgelassen hatte. Nachdem sie den einzigen Tisch abgewischt hatte, stellte Tara die Kuchen darauf und suchte im Schrank nach Bechern.

Ein kleines Bett nahm den größten Teil der Hütte ein. Tara schüttelte den Staub aus den Decken und vertrieb die Spinnen.

Selbst hier drinnen konnte Tara ihren Atem sehen. Sie bemerkte eine Feuerstelle und wünschte sich ein Streichholz. In einem kleinen Unterstand draußen war Holz aufgeschichtet gewesen, also wusste sie, wenn Duncan erst reinkäme, würde es nicht mehr lange kalt bleiben.

Es war nett, einen persönlichen Feueranzünder zu haben, dachte sie. Bis er die Pferde versorgt hatte und zurückkam, wickelte sie sich in eine der Decken.

* * *

Duncan blieb länger draußen, als nötig gewesen wäre. Es dauerte nicht lange, die Tiere in den Unterstand zu führen und ihnen Futter zu geben, doch er ließ sich Zeit.

In der kleinen Hütte war die Frau, die er mehr als alles andere begehrte. Er schrieb sein Verlangen dem Gelübde zu, das sie getauscht hatten, aber irgendwo tief innerlich wusste er, es war mehr. Nichts und niemand würde sie stören, wenn er die Hütte erst einmal betreten hatte.

So sicher, wie er wusste, dass die Sonne am nächsten Tag aufgehen würde, wusste er, dass er sie zu der Seinen machen würde. Die Leidenschaft schwelte lange genug zwischen ihnen.

Sie war seine Ehefrau, auch wenn ihr das noch nicht klar war.

Duncan fragte sich, ob er es ihr vorher sagen sollte, und entschied sich dagegen. Das Wissen würde sie schockieren und am Ende gar verärgern. Er wollte sie leidenschaftlich, nicht wütend. Bei ihrem Temperament wollte er es nicht riskieren, sie mit den Fakten zu konfrontieren, bis sie komplett sein war.

Zufrieden mit seinem Plan, straffte er die Schultern und betrat die Hütte.

Sie saß zusammengekauert auf dem Bett und zitterte wie Espenlaub.

»Warum hast du kein Feuer angezündet?«

»Womit?«, fragte sie mit klappernden Zähnen.

Er ging mit ausgestreckten Händen zur Feuerstelle und rief eine Flamme, dann eine weitere. Er legte ein Holzscheit hinein und hielt seine Hände erhoben, bis es brannte.

Unter dem goldenen Schein des Feuers veränderte sich die Atmosphäre im Raum. »Ich hätte es gleich anzünden sollen, bevor ich mich um die Pferde gekümmert habe.«

»Ist schon in Ordnung.« Tara verschränkte die Hände in dem Bemühen, das Zittern zu unterbinden. Aber ihr Haar und ihre Kleidung waren durchnässt, und es war nutzlos. Sie legte die Decke ab und stellte sich neben das Feuer. »Glaubst du, du kannst mir zeigen, wie man das macht?«

Er streifte sich seine eigenen nassen Sachen ab und hängte sie neben ihre. »Natürlich, vielleicht wenn dir wieder warm ist.« Er rieb ihr mit den Händen die Kälte aus den Armen. »Du musst das ausziehen.« Er half ihr, das Kleid aufzuschnüren, und versuchte, nicht auf ihre seidige Haut zu achten. Ihr Unterkleid war fast trocken geblieben und bedeckte sie ausreichend.

Duncan stellte einen Stuhl vors Feuer, damit sie sich setzen konnte. Er zog sich die Stiefel aus und platzierte sie zum Trocknen neben ihrer Kleidung.

Während Tara sich mit den Fingern das nasse Haar kämmte, fragte sich Duncan, was sie wohl dachte, und versuchte sie zu lesen.

Das Lied, das sie in ihrem Kopf sang, entlockte ihm ein Lächeln. Sie wich seinem Blick aus, während er seine Dinge für die Nacht ordnete. Unter gesenkten Lidern zuckten ihre Augen zu dem schmalen Bett. Sie ballte die Fäuste.

»Warum so nervös, Liebste?«

»Nervös?« Tara war jetzt wärmer, und sie spielte müßig mit ihrem Haar. »Wer sagt, dass ich nervös bin?«

»Wenn nicht nervös, was dann?« Er setzte sich auf die Bettkante.

»Ich hab einfach nur … nachgedacht. Mich etwas gefragt.« Sie atmete aus und wieder ein und gestand dann rasch: »Ja, ich bin nervös!«

Ihre Hände zitterten weiter, auch wenn es nicht mehr kalt war.

»Warum?«

»Wegen dir. Mir. Uns.«

»Warum?«

»Weil wir keine Zeit allein miteinander verbringen können, ohne übereinander herzufallen. Darum.«

Er verkniff sich ein Grinsen. »Und das ist ein Problem?«

»Natürlich ist es das. Vielleicht nicht für dich. Du bist nicht derjenige, der die potenziellen Konsequenzen aufziehen muss. Das bin ich.« Ihre Worte kamen in einem Atemzug heraus.

Sie dachte über das Jetzt hinaus, und es machte ihr Angst. Und es warf kein gutes Licht auf ihn.

»Denkst du, ich hätte so wenig Ehre? Denkst du, ich würde dich wirklich im Stich lassen, sodass du die ›Konsequenzen‹ allein aufziehen müsstest?«

»Nein. Ja. Ich weiß es nicht.« Sie stand auf und brachte etwas Abstand zwischen sie.

Ihre Vermutung hatte ihn verärgert. Er erhob sich ebenfalls und lief hin und her, während sie sprach.

»Hör zu, Duncan. Ich kann nicht abstreiten, dass wir uns zueinander hingezogen fühlen. Aber wir haben uns keinerlei Versprechungen gegeben. Alles könnte passieren, wenn wir ...« Ihr Blick schoss zum Bett. Sie musste es nicht aussprechen.

Mit einem Schritt war er bei ihr. Er nahm ihr Gesicht zwischen die Hände und zwang sie, ihm ins Gesicht zu blicken. »Schau mich an«, verlangte er. »In mich hinein. Was siehst du?«

Tara wollte sich ihm entziehen. Zweifel überfielen sie, durchdrangen ihren Geist. »Ich kann nicht.«

»Schau hin!«

Seine strahlenden Augen hielten sie gefangen. Ihr Körper fing an, sich zu entspannen, ihr Blick verschwamm, und sein Denken vermischte sich mit ihrem. Schließlich sah sie sich selbst durch seine Augen. Leidenschaft loderte in ihm, strömte durch seine Adern.

Sein Blick verdrängte ihren. Sie betrachtete sich selbst, wie sie mit dickem Babybauch und einem Lächeln vor einem Spiegel stand. Hinter ihr war Duncan, ebenfalls lächelnd, eine Hand liebevoll auf ihrem gewölbten Leib.

In ihrem Kopf drehte sich alles, und sie schwankte in seinen Armen. »Wow.«

Er kniete sich neben sie. »Ich würde dich und unser Kind niemals verlassen, Tara. Das verspreche ich dir.«

Tara glaubte ihm und lächelte ihn schüchtern an. »Ich wollte nicht deine Ehre infrage stellen.«

»Die Männer in deinem Leben haben sich weder dir noch deiner Schwester gegenüber besonders ehrenhaft verhalten. Ich verstehe, warum du unsicher bist. Aber ich bin nicht wie sie.«

»Ich weiß. Du hast recht. Es ist nur …« Sie schluckte. »Wenn ich mit dir zusammen bin, kann ich nicht geradeaus denken.«

»Das geht mir genauso. Ich habe nicht mehr klar gedacht, seit ich in deine Zeit gereist bin.«

Wirklich?

Duncan las ihre Erwiderung und lächelte.

Er zog ihre Hand an seine Wange und schmiegte sich daran. »Weißt du, wie viel Vergnügen ich dir bereiten kann, Tara?« Er strich mit den Lippen über die Innenseite ihres Handgelenks. »Ich habe davon geträumt, wie ich dafür sorgen würde, dass du dich nach mir verzehrst. Dass ich dich zu der Meinen mache.«

O Gott, dachte Tara, und ihr wurden die Knie schwach. Sie konnte kaum atmen, geschweige denn sich bewegen. In seinen dunklen, wissenden Augen funkelte Verlangen. Träge rieb er mit seinen Lippen über ihren Puls. Unfähig, etwas anderes zu tun, als zuzusehen, spürte Tara, wie alle Angst sie verließ. Duncan trat näher, füllte die Leere um sie herum. Sein heißer Atem strich über ihre Wange. Er wartete auf ihre Antwort.

Das hier war, was sie wollte, was sie sich wünschte.

Sie legte ihm die gespreizten Hände auf die Brust. Sein Atem ging schneller, doch er wartete noch. Unfähig, sich auch nur einen weiteren Moment zurückzuhalten, zog Tara seinen Kopf zu sich und presste ihre Lippen auf seine. Die Luft flimmerte, seine Lippen brannten, versprachen, sie zu brandmarken.

Jede Liebkosung seiner Zunge an ihrer fühlte sich an, als wäre sie endlich nach Hause gekommen, wäre endlich komplett.

Sie wusste, dass er sie begehrte, aber ihr Verlangen war genauso entflammt.

Sie hatte fünfundzwanzig Jahre auf diesen Mann gewartet. Sie sehnte sich verzweifelt danach, verzweifelter sogar als er, seine Zunge in ihrem Mund zu spüren.

Ohne jede Scham ließ sie ihrer aufgestauten Leidenschaft und den Fantasien freien Lauf. Sein Geschmack war sogar noch verführerischer als die Bilder, die er in ihren Kopf gesetzt hatte. Mehr als der Geschmack von ihm, wie sie ihn aus Kalifornien kannte. Sie atmete rasch ein und löste sich leicht von ihm.

»Ah, Liebste.« Er küsste sich ihre Kinnpartie entlang, bog ihren Kopf zurück, um besser an die samtige Haut ihres Halses zu kommen. »Weis mich nicht zurück. Das könnte meinen Tod bedeuten, so sehr verzehre ich mich nach dir.«

»Dich abzuweisen würde bloß mir selbst schaden. Ich habe nie irgendjemanden gewollt bis zu dir …« Ihr Stöhnen, als er mit seinen Zähnen über ihre Schulter rieb, verschluckte den Rest ihrer Worte. Seine Hände glitten über ihre Seiten nach unten. Sie wölbte sich ihm entgegen, musste ihn spüren.

»Ich kann nachts nicht mehr schlafen. Ich habe Visionen von dir, von dem hier«, gestand er und umfing ihre Brüste. Ihre Lippen öffneten sich einladend.

Er deutete ihre stumme Bitte richtig, und sein Verlangen nahm nur zu.

Ihr Unterkleid war nicht mehr als ein dünner Hauch, dennoch störte es ihn. Er schob es ihr über die Schultern, wollte ihre nackte Haut an seiner eigenen fühlen. Er erwartete die Zurückhaltung einer Jungfrau und war überrascht, nichts davon zu finden, während er ihren Oberkörper entblößte und ihre Brustspitze zwischen die Finger nahm.

Sie brach fast zusammen. Sie flüsterte in seinem Kopf: *Ja, bitte ja.* Er sah, dass sie die Augen schloss und ihr Körper schwach und nachgiebig vor Leidenschaft wurde.

Er hob sie hoch und trug sie zum Bett, drückte sie auf die Matratze, konnte kaum glauben, dass sie ihm jeden seiner Träume erfüllen würde.

Er erkundete weiter ihren Körper, während sie ihre Finger in sein Haar schob, es zerwühlte, bis er seinen Mund um eine aufgerichtete Brustspitze schloss. Ihre Hände ballten sich zu Fäusten, sie zog ihn mit einem Stöhnen näher zu sich.

Hektisch begann sie, an seiner Kleidung zu zerren. Er lachte über ihre Mühe, ihm die Tunika auszuziehen.

»Ich will dich spüren«, flüsterte sie mit bebenden Lippen.

Er half ihr mit seinem Hemd und schleuderte es irgendwohin. Seine Lider senkten sich, als sie ihm mit ihren zarten Händen über die breite Brust fuhr.

Das gefällt dir, hörte er sie in seinem Kopf.

»Ich sehne mich nach deiner Berührung.«

Sie nahm seine Brustwarze in den Mund, und die Empfindung durchzuckte sie beide. Ihre Gedanken vermischten sich. Er konnte nicht sagen, ob es sein Vergnügen oder ihres war, das ihre Bewegungen verzweifelter werden ließ.

Sein Körper reagierte auf ihre langsame Erkundung. Sein Bedürfnis, in sie zu kommen, überwältigte ihn, machte kurzen Prozess mit seinem Gefühl dafür, was richtig war. Sie beraubte ihn jeglicher Kontrolle, wo er doch eigentlich jeden Moment genießen wollte, verzweifelt darauf bedacht, dass ihr erstes Mal unvergesslich für sie wurde. Er nahm ihren Kopf und zog ihn zu sich, kostete ein weiteres Mal ihre Lippen.

Tara fühlte seine Erektion an ihrem Bauch. Ein brennendes Verlangen bildete sich tief in ihr, ein Gefühl, das sie noch nie zuvor erlebt hatte. In reinem Instinkt wölbte sie sich ihm entgegen.

Ihre Kleidung fiel von ihrem Körper, während seine Hände über sie glitten, und sie lag nackt vor ihm. Seine Lippen und Hände lenkten sie ab von dieser plötzlichen und vollkommenen

Entblößung. Er schob ihre Arme auseinander und betrachtete sie.

Er flüsterte: »Wunderschön. Du bist so wunderschön.«

Sie beobachtete, wie sein Blick über ihren Körper glitt, tiefer und tiefer. Verlegen bemerkte sie, wie ihr Hitze in die Wangen stieg, als seine Augen sich auf ihre Mitte konzentrierten. »Du bist noch schöner, als ich es mir je in meinen Träumen vorgestellt habe.«

Er schaute ihr tief in die Augen, während seine Finger einen feurigen Pfad von ihren Lippen über ihre Kehle zogen. Er hielt kurz an ihren Brüsten inne, zwickte sie in eine Brustspitze, und sie keuchte auf.

Sie lag willig unter ihm, während seine Hand tiefer glitt. Er presste seine Handfläche auf ihre Hüfte, knetete das Fleisch, und eine weitere Welle der Lust überrollte sie.

Als er kurz innehielt, hob sie sich ihm entgegen, wollte mehr, wusste, dass er ihr mehr geben konnte. Seine Hand näherte sich langsam ihrer Mitte. Er umfasste sie, und sie stöhnte seinen Namen.

Er forderte: »Öffne dich für mich, Liebste.«

Sie tat es nur ein wenig, erwies sich als Jungfrau.

Er lächelte über diesen Anflug von Schamhaftigkeit, strich mit der Zunge über ihren Hals und knabberte an ihrem Ohr. Sie wand sich unter ihm.

Hitze durchströmte sie, als schmölze sie von innen. Ihr Verlangen war unwiderstehlich, sie spürte seine Hand auf sich, doch er zögerte noch, sie ganz in Besitz zu nehmen. »Bitte …«, flehte sie.

Er flüsterte ihr Worte auf Gälisch zu, und sie hörte sie in ihrem Kopf in ihrer eigenen Sprache. *Lass mich ein, Liebste, ich werde dich nicht zwingen. Zeig mir, dass du mir vertraust.*

Sie gab ihm, was er verlangte, und spreizte die Beine. Seine Finger fanden ihre Hitze, glitten in sie. Sie wandte den Kopf ab, als seine intime Berührung Schockwellen durch sie sandte und ihr gleichzeitig unvorstellbare Lust bereitete.

Ihr Verlangen steigerte sich bei seiner sanften Berührung noch. Ihr Atem mischte sich mit seinem, während er sie für sich vorbereitete. Er dehnte sie behutsam, füllte sie aus. Ihre Bewegungen wurden verzweifelter, schneller. Als ihr erster Orgasmus sie überrollte und ihre Muskeln sich krampfhaft um seine Finger schlossen, erstarrte sie.

Er presste seinen Mund auf ihren, ließ nicht zu, dass ihre Leidenschaft abebbte.

Ihre Arme und Hände glitten über seinen breiten, muskulösen Körper, tiefer über seine schmalen Hüften und legten sich um seinen Po. Dass er ganz nackt war, erregte sie. Wann hatte er sich ausgezogen? Sie war zu beschäftigt gewesen, um es zu bemerken.

Die Spitze seiner Erektion ruhte an ihrem Eingang. Er ließ ihr Zeit, sich an ihn zu gewöhnen, sein Gewicht und das Gefühl von ihm. Sie wusste, dass er alles in seiner Macht Stehende tat, um es für sie angenehm zu gestalten. Er wollte den Schmerz des ersten Males lindern. Von diesem Wissen stiegen ihr Tränen in die Augen, Tränen der Freude über sein Mitgefühl und seine Zärtlichkeit.

Statt zu weinen, ließ sie ihre Hände kühner werden, erkundete seinen Körper ohne jegliche Schüchternheit. Eine Hand glitt über seinen Rücken bis zu seinen Hüften. Langsam fuhr sie mit ihnen nach vorn und umschloss seine Erektion.

Er spannte jeden Muskel an, um die Kontrolle zu behalten, genoss ihre Berührung. Ihre Augen weiteten sich, während sie seine Größe erkundete. Sie war sich sicher, dass sie errötete. Sein Kopf fiel nach vorn, während ihre Hände weiter über ihn wanderten.

Sie wusste, dass er sich zurückhielt, wartete, bis sie bereit war. Sie suchte seine Lippen für einen weiteren verzweifelten

Kuss, bemerkte, wie ihr Verlangen wieder anwuchs, und war nicht in der Lage, länger zu warten.

Nimm mich. Sie flehte ihn in ihrem Geist an, wollte ihn in sich spüren, wollte ihn ganz, sehnte sich danach, von ihm ausgefüllt zu werden.

Er schob sich über sie. »Schau mich an, Tara. Lass mich dir in die Augen sehen.«

Sie hob die Lider, und ihre Blicke fanden sich. Er suchte Zugang dort, wo noch niemand gewesen war, und bewies eine Selbstbeherrschung, von der er nicht geahnt hatte, dass er sie besaß.

Ganz langsam senkte er sich auf sie, und sie öffnete sich weiter. Er hielt sich zurück.

»Mach mich zu der Deinen, Duncan. Ich sollte immer nur die Deine sein.«

Sie keuchte auf, als er in sie eindrang, und er merkte, wie sie sich verspannte. Er hielt inne und bewegte sich nicht mehr. »Es tut mir leid, Mädchen. Beim nächsten Mal wird es anders sein.«

»Ich weiß.«

Er küsste sie lange und leidenschaftlich, wartete, bis sie sich an ihn gewöhnt hatte. Vorsichtig bewegte er die Hüften. Mit jedem Zoll, mit dem er sie ausfüllte, spürte sie, wie ihr Körper ihm den Raum gab, den er brauchte. Je mehr sie sich bewegten, desto weniger tat es weh.

Jeder geduldige Stoß brachte sie näher, sie fühlte seinen Herzschlag neben ihrem.

Lust ersetzte den Schmerz. Geduld, gemurmelte Worte und Reibung erzeugten ein immer größeres Verlangen. Ihre Hüften bewegten sich, passten sich seinem Rhythmus an. Sie folgte seiner Führung, wusste, dass da mehr war.

Höher und höher stiegen sie, und als sie sich nicht länger zurückhalten konnte, schlang sie die Beine um seine Hüften und ließ sich fallen. Sie meinte in Tausende schimmernde

Sterne zu explodieren, als der Orgasmus sie überrollte. Sie rief: »Komm mit mir, Duncan!«

Er brauchte keine weitere Aufforderung, sondern vereinigte sich mit ihr in Geist, Körper und Seele und verströmte sich in ihr.

* * *

Langsam schwebte sie zurück zur Erde. Er zog sie auf sich, damit er sie mit seinem Gewicht nicht erdrückte. Ihre Wange ruhte auf seiner Brust, während seine Hände über ihr Haar strichen. Keiner von ihnen schien die Kraft zu haben, sich zu bewegen, zu reden oder auch nur die Augen zu öffnen.

Schließlich sah Tara auf. Das Feuer warf flackernde Schatten über die Wände. Der Regen draußen fiel immer noch, doch das Gewitter war weitergezogen.

Sie hörte seinen Herzschlag unter ihrem Ohr. Ihr Körper hatte sich nie so wundervoll angefühlt. *Was sagt man nach so einem befriedigenden Erlebnis? »Danke« scheint mir nicht genug.*

Er lachte unter ihr.

»Du hast das gehört?« Verlegen sah sie in sein lächelndes Gesicht.

»Schuldig.«

Ihre Lippen verzogen sich bei diesem Ausdruck. Seine Lider waren weiter geschlossen, aber sein Lächeln war verführerisch.

»Und?«

Er öffnete ein Auge, schaute sie einen Moment an und schloss es wieder. »Und was?«

»Du weißt genau, was ich meine.« Sie schlug ihm spielerisch auf die Brust. »Du bist hier der Lehrer. Was sagt man?«

Er ließ ein Schnarchen hören.

»Duncan!« Sie versetzte ihm einen weiteren Klaps.

Wie ein Tiger stürzte er sich auf sie und hatte sie mit wenig Mühe unter sich. Sie keuchte auf. »Der Lehrer sagt, du bist das wunderschönste Wesen auf der ganzen Welt, und ich freue mich schon auf unsere vielen, vielen erotischen Lehrstunden.« Er küsste sie auf die Nase und biss sie leicht in die Unterlippe. »Und wenn es nicht dein erstes Mal gewesen wäre, würde ich dich sofort wieder nehmen.« Er presste sein Gesicht an ihren Hals und leckte sie zärtlich.

Mit einem Stöhnen fragte sie: »Warum soll es uns von irgendwas abhalten, dass es mein erstes Mal war?«

»Ich möchte, dass du morgen noch laufen kannst, Liebste.« Seine Zähne rieben über ihre Haut.

»Wenn ich nicht laufen kann, muss ich den ganzen Tag im Bett bleiben.« Sie wölbte sich ihm entgegen, als seine Lippen ihre Brust erreichten. »Hört sich für mich nach keiner schlechten Idee an.«

»Den ganzen Tag?«, fragte er.

Sie fühlte, wie er wieder hart wurde. »Ich kann mir Schlimmeres vorstellen.«

Und sie verlor sich ein weiteres Mal in seiner Wärme.

KAPITEL 15

Tara reckte sich wie ein Kätzchen, das ein Sahneschälchen aus-
geschleckt hatte, und schmiegte sich in Duncans Arme. Obwohl
die Stunden mit Schlaf in der letzten Nacht an den Fingern
einer Hand abgezählt werden konnten, hatte sie sich niemals
ausgeruhter gefühlt.

Duncan regte sich ebenfalls, wachte langsam auf. Der Tag
war wunderschön, die Sonne schien strahlend durchs Fenster,
der Regen war nur eine Erinnerung. Von ein paar glühenden
Holzstückchen auf dem Kaminrost stieg etwas Rauch auf.

»Guten Morgen, Liebste.« Sie spürte, wie seine Lippen über
ihren Scheitel strichen.

»Guten Morgen.«

Sie hatten den Großteil des Vormittags verschlafen, und die
Sonne stand bereits hoch am Himmel. »Wir müssen zurück.«

Lächelnd schmiegte sie sich enger an ihn. »Oh, bitte nicht.
Lass uns so tun, als würde es immer noch regnen.« Ihr kam ein
Gedanke. »Kannst du den Regen rufen, wie du das mit Feuer
tust?«

Er zog sie näher zu sich. »Nicht ohne ein paar dunkle
Wolken als Ausgangspunkt, fürchte ich.«

Sie hob den Kopf und sah ihn an. »Das war ein Scherz.
Aber ich kann dir am Gesicht ablesen, dass das dein Ernst ist.«

»Und ich kann an deinem geröteten Gesicht ablesen, dass ich mich dringend wieder rasieren muss.« Ihre Haut war von letzter Nacht an verschiedenen Stellen wund gescheuert. Er strich ihr mit der Hand über die Wange. »Es tut mir leid, dass ich dir Unbehagen bereitet habe.« Seine Augen verdunkelten sich leicht.

»Warum trägst du keinen Bart wie all die anderen Männer?«

Er zog die Brauen zusammen. »Du hast doch gesagt, dir wäre ein glatt rasierter Mann lieber.«

Sie verkniff sich ein Grinsen und gestand ihm: »Das war gelogen.« Als sein Gesicht sich verzog, fuhr sie fort: »Was ich meine, ist, ich dachte, mir würde ein glatt rasiertes Gesicht besser gefallen, aber dann habe ich dich mit einem Dreitagebart gesehen. Sehr sexy! Außerdem war ich wütend und wollte mich nicht zu dir hingezogen fühlen.«

Er stützte sich auf die Ellbogen und drängte sie zurück aufs Bett. »Also habe ich mein Gesicht die ganze Zeit täglich mit einer Klinge malträtiert, obwohl es dir anders besser gefällt?« Seine Stimme war vielleicht streng, seine Augen funkelten jedoch amüsiert.

»Entschuldigung?«

»Das ist das Mindeste.«

»Ich sollte vielleicht bestraft werden.« Das Glitzern in ihrem Blick verriet, was sie sich als Bestrafung wünschte.

»Ich weiß die perfekte Sühne für deine Tat.« Er beugte sich über sie, verhielt allerdings dicht über ihren Lippen, wartete, dass sie die Luft anhielt.

»Keine Küsse mehr.« Er zog sich zurück, als wolle er aufstehen.

Sie bekam ihn am Arm zu fassen und zog ihn zurück. »O nein, so nicht.« Sie warf ihn auf den Rücken, setzte sich auf ihn. Ihr Haar fiel nach vorn, hüllte sie beide in einen seidigen Vorhang. »Das«, erklärte sie und stieß ihm bei jedem Wort mit dem Finger gegen die Brust, »würde als grausame und unangemessene Strafe betrachtet werden, mein Herr.«

»Also, Mädchen, es steht mir zu, die Art der Strafe zu wählen, da du diejenige bist, die sich etwas zuschulden hat kommen lassen.«

Sie richtete sich auf, präsentierte ihm ihren nackten Körper in seiner ganzen Schönheit und strich sich das Haar über die Schultern. »In Ordnung.« Sie lächelte ein Sirenenlächeln, eines voller Macht und Wissen. »Küss mich nicht.« Ihre Hände fuhren über seine Brust, umkreisten seine Brustwarzen. »Aber ich darf dich küssen …« Sie senkte den Kopf und setzte mit ihren Lippen seinen Oberkörper in Flammen.

Er kämpfte darum, still zu verharren. Sie glitt mit ihrem Mund tiefer, tastete sich voran. Ihm stockte der Atem, als sie unter seinem Nabel ankam, sich seiner Erektion näherte.

Dort wird sie mich nicht küssen. Der Gedanke schlüpfte durch seine Sperre, und sein Gesichtsausdruck verriet, dass er nichts davon gemerkt hatte. Sein Körper erschauerte.

»Mhm, was ist das?« *Er rechnet nicht damit*, dachte sie, *umso besser.*

Sie ließ Duncan ein bisschen länger schmoren, kam auf die Innenseite seines Oberschenkels. Er erstarrte und hielt die Luft an, als sie mit ihren Lippen zärtlich über ihn rieb. Voller Verlangen. Voller Hoffnung. Doch ohne ein Wort zu sagen, weder laut noch im Geiste.

Tara lächelte, bevor sie ihn in den Mund nahm.

Überraschung, Schock und verzehrende Lust strömten von ihm zu ihr. Sie strich mit der Zunge in kreisenden Bewegungen über die Spitze, entlockte ihm damit ein Stöhnen, das nur noch entfernt menschlich klang.

Sie genoss es, ihm solche Lust bereiten zu können, öffnete den Mund weiter, um mehr von ihm aufnehmen zu können, und verstärkte den Druck. Sie benutzte die Hände, um die Stellen zärtlich zu erforschen, die sie mit den Lippen nicht erreichte. Er legte seine Hände auf ihren Scheitel, um sie aufzuhalten oder ihre Bewegung zu lenken, sie konnte es nicht sagen.

Duncan las ihre Gedanken und ließ sie gewähren. Er hielt sie nicht auf, wollte es nicht und hatte auch gar nicht die Kraft, es zu tun. Er ergab sich der Lust, die ihm ihre Zähne und ihre Zunge schenkten, bis er es nicht länger aushielt.

Er zog sie weg, bevor er explodierte. Hastig drehte er sie auf den Rücken, presste sie ungestüm aufs Bett und riss die Kontrolle an sich. Seine Lippen nahmen sie in Besitz, während er gleichzeitig in sie eindrang.

Sie umklammerte ihn, fuhr ihm mit den gespreizten Fingern über die Haut, überließ sich Welle um Welle den köstlichsten Empfindungen, bis sie beide nicht mehr konnten. Ihr Höhepunkt war so erschütternd, dass ihm keine andere Wahl blieb, als ihr zu folgen.

Er kam in ihr, rief dabei ihren Namen: »Tara!«

* * *

Die Sonne hatte den Zenit bereits überschritten, als sie durch die Tore in die Burg der MacCoinnichs ritten. Ein halbes Dutzend Männer, bis an die Zähne bewaffnet, waren auf dem Hof und schickten sich an, sich in die Sättel zu schwingen. Alle Aktivität kam zum Erliegen, als Duncan und Tara eintrafen.

Duncan lachte über etwas, was sie gesagt hatte, als ihm die Männer auffielen. Beunruhigt trieb er seinen Hengst zu ihnen. »Was ist los, Gregor?«

Gregor blickte von Duncan zu Tara und wieder zurück. In seinem Bart verzogen sich seine Lippen zu einem Grinsen. »Jetzt nichts mehr.«

Verwirrt verfolgte Tara, wie Duncan von einem zum anderen blickte. Alle verkniffen sich ein Grinsen, ehe sie die Augen senkten.

Ian trat auf den Hof, verfolgte, wie Duncan Tara vom Pferd hob, und bemerkte auch, dass Duncans Hände länger auf ihren Hüften verweilten, als unbedingt notwendig gewesen wäre.

»Duncan!«, brüllte er. Mit mehreren langen Schritten eilte er zu dem Paar. Alle, die zuschauten, machten ihm Platz. »Wo seid ihr gewesen? Ich wollte gerade schon einen Suchtrupp aussenden.«

Duncan drehte sich um und antwortete seinem Vater. »Wir haben gestern in der Hütte bei dem alten Baum Schutz vor dem heftigen Regen gefunden.«

Tara kam sich vor wie ein Teenager, der nach der Sperrstunde erwischt worden war. »Es tut uns leid«, erklärte sie, »dass wir Euch Sorgen bereitet haben, Laird Ian. Meine Erfahrung beim Reiten ist extrem beschränkt … Und daher haben wir für die Rückkehr länger gebraucht.«

»Es ist Nachmittag.« Er betrachtete sie beide eindringlich. »Es hat bereits im Morgengrauen zu regnen aufgehört.«

»Wir haben verschlafen«, verkündete Duncan.

»Ach, verschlafen?« Ian starrte sie beide mit gestrenger Miene an.

Taras Gesicht wurde heiß, und ein Kribbeln breitete sich in ihrem Nacken aus. Keiner von den Männern sah ihr ins Gesicht außer Finlay, der seinen Bruder angrinste und ihr zuzwinkerte. Der Rest der Familie stand in den Schatten der Burg, achtete darauf, Ian nicht im Weg zu sein.

Ich denke, wir stecken in Schwierigkeiten. Sie schickte den Gedanken an Duncan.

Duncan schlang einen Arm um ihre Mitte, um sie zu beruhigen.

»Aye, Vater, wir haben geschlafen.« Duncan erwiderte den Blick seines Vaters ungerührt. Er wich nicht vor seinem Vater zurück. Er schaute auch nicht weg, als die Männer ringsum miteinander zu flüstern begannen.

»Soll ich das so verstehen, Sohn, dass du um Lady Tara anhältst?« Ian stellte seine Frage laut genug, dass alle sie hören konnten.

»Ja. Das tue ich«, bestätigte Duncan.

Was soll das werden?, fragte Tara Duncan in Gedanken, fühlte sich plötzlich wie in der Falle.

»Nun gut.« Ian wandte sich zu der Menge um, die sich eingefunden hatte. »Es soll überall auf unserem Land bekannt werden, dass dieser Mann«, sagte er und ergriff Duncans Hand, »um diese Frau anhält.« Er ergriff Taras Finger und legte sie auf die Hand seines Sohnes. »Von diesem Tag an sind sie in der Handfeste verbunden und Ehemann und Ehefrau, bis ein Kirchenmann den Weg zu uns findet, um der Verbindung den kirchlichen Segen zu geben.«

Ian nickte seinem Sohn zu, schnalzte mit der Zunge und gestattete sich sein seltenes Lächeln, bevor er sich zu der schockierten Tara umwandte.

»Willkommen in der Familie.« Er küsste sie auf beide Wangen, dann ging er.

Mit großen Augen schaute Tara ihm hinterher. »O mein Gott. Ist gerade etwa das passiert, was ich befürchte?« Sie blickte hinab auf ihre Hand, die immer noch in Duncans lag. »O mein Gott!« Ihre Knie, plötzlich ganz weich, begannen unter ihr einzuknicken. Duncan hielt sie aufrecht, während der Reihe nach alle Männer zu ihnen kamen und ihnen gratulierten.

Tara konnte nichts Zusammenhängendes antworten, geschweige denn Gedanken formulieren. Sie versuchte das auch gar nicht. Einer nach dem andern küssten die Männer ihr ehrerbietig die Hand und klopften Duncan auf den Rücken.

Lächle, verlangte er.

Sie hob die Mundwinkel, sah von einem Gesicht zum anderen. *Was zur Hölle geht hier vor?*

Also ...

»Meinen Glückwunsch, Lady Tara.«

»Ich bin sicher, Ihr werdet sehr glücklich werden.«

»Duncan wird ein guter Ehemann sein.« Das kam von Fin, der sie auf beide Wangen küsste.

Ein guter Ehemann? Habe ich die Hochzeit verpasst? Ihr Atem begann schneller zu gehen, und ihre Finger prickelten. *O Gott! O Gott! O Gott!*

Duncans Gesicht verschwamm vor ihrem Blick. Die Sonne schien so grell, dass sie die Augen zusammenkneifen musste. Es fühlte sich so gut an, sie zu schließen. So wunderbar ...

Duncan fing sie auf, bevor sie fallen konnte, und hob sie auf seine Arme. Seine Männer jubelten.

»Ach, Duncan, es ist wieder mal typisch, dass die Frauen dir zu Füßen liegen.«

»Ich dachte, du würdest es sein, der sich im Staub wiederfindet.« Auf Gregors Scherz hin lachten die Männer laut.

Duncan brachte Tara in den großen Saal und bettete sie auf eine gepolsterte Bank. Lora folgte ihm auf den Fersen, schickte Diener, damit sie Wasser und Tücher holten.

Sobald er sie ablegte, hoben sich Taras Lider flatternd. Duncan beugte sich über sie, strich ihr das Haar aus der Stirn.

»Ich bin ohnmächtig geworden, oder?«

»Aye, Liebste.«

Dann fiel ihr alles schlagartig wieder ein. »Was sollte das alles, Duncan? Was hat dein Vater getan?«

»Er hat uns in der Handfeste verbunden.« Er beobachtete sie genau, suchte nach einer Reaktion, konnte aber keine entdecken. »Als Laird der Burg ist es sein Recht, das bei allen zu tun, die sich auf seinem Land aufhalten.«

»Warum?«

»Hier.« Er half ihr, sich aufzusetzen, und hielt ihr einen Becher mit Wasser an den Mund, ermutigte sie, davon zu trinken.

»Geht es dir gut, Tara?«, fragte Lora.

»Nein. Ja. O Gott! Kann einer von euch mir verraten, warum die Leute sich so benommen haben, als hätten wir geheiratet?« Sie sah von Lora zu Duncan, die einen Blick wechselten.

»Eine Handfeste ist in dieser Zeit mit einer Heirat gleichwertig«, erklärte Lora ihr. »Die Männer werden dich vom heutigen Tage an als Duncans Ehefrau betrachten.«

»Was?« Tara wollte aufstehen, aber Duncan hielt sie zurück.

»Versuch zu begreifen, die Männer werden annehmen, dass du und ich, dass wir …« Er brachte die Worte in Anwesenheit seiner Mutter nicht hervor. »Falls ein Kind daraus entsteht, wird seine Ehelichkeit niemals infrage gestellt.«

»Oh.«

»Ich kann an deiner Miene ablesen, dass Ian richtig gehandelt hat«, verkündete Lora und musterte sie beide.

»Lora, kann ich mit deinem Sohn bitte mal unter vier Augen sprechen?«

»Selbstverständlich.« Sie küsste Tara auf die Wangen. »Willkommen in der Familie.«

Tara nahm einen langen Schluck aus dem Wasserbecher, sehnte sich insgeheim nach etwas Stärkerem. »Du hast das hier kommen sehen. Oder etwa nicht?«

»Als er gefragt hat, ob ich um dich anhalte, wusste ich es.«

»Also glauben alle, wir wären verheiratet? Dabei sind wir es nicht wirklich. Richtig?«

Er öffnete den Mund, um etwas darauf zu erwidern, schloss ihn dann jedoch. »Duncan?«

»Also …«

»Duncan?«

»Für alle anderen sind wir verheiratet, Tara. Wir müssen nur noch unser Ehegelübde vor Gott sprechen.« Er schaute sie jetzt an, aber nicht in ihren Kopf.

»Und wir haben nichts dabei zu sagen?«

»Mein Vater hat mich gefragt. Und ich habe dich gewählt.«

»Und was ist mit mir? Hab ich dabei denn kein Wörtchen mitzureden?« Sie holte tief Luft, und seine Erklärung drang bis zu ihr durch. »Du hast mich gewählt?« Sie brach ab, atmete scharf ein und lächelte. »Ehrlich?«

Er nickte.

»Ich hätte trotzdem auch gefragt werden sollen. Findest du nicht? Ich meine, ich bin schließlich aus der Zukunft, und dein Vater weiß das. In meiner Zeit hat die Frau das gleiche Mitspracherecht bei einer Ehe wie der Mann.« Sie stand auf und begann auf und ab zu laufen. »Sollte ich nicht mitentscheiden können, ob ich mit jemandem verheiratet bin oder nicht?«

»Aye, Liebste.«

»Gut. Dann sind wir uns da einig. Ich hätte ein Mitspracherecht haben sollen.«

»Weißt du eigentlich, wie schön du bist, wenn du dich aufregst?«

Sie schob sein Kompliment beiseite. »Versuch nicht, mich abzulenken. Es ist immerhin beruhigend, zu wissen, dass du nicht so verbohrt bist wie dein Vater. Ich meine ...«

»Würdest du mich denn wählen, wenn du eine Wahl hättest?«

»Natürlich würde ich dich wählen. Habe ich das nicht bereits getan?« Sie verdrehte die Augen und warf ihr Haar nach hinten. Schließlich hatte sie ihm ihre Jungfräulichkeit geschenkt, und er hielt einen großen Teil ihres Herzens in seinen Händen. »Trotzdem, eine Frau möchte gefragt werden. Sie möchte die Wahl haben. Es soll der wichtigste Moment in ihrem Leben sein. Also vielleicht nicht in meinem. Aber andererseits, wie viele Frauen reisen schon vier Jahrhunderte oder so in der Zeit zurück? Hm?«

»Tara?« Er stand vor ihr, hielt sie auf.

»Was?« Sie hatte sich fast abgeregt.

»Willst du mich heiraten?«

»… Vier Jahrhunderte sind eine Riesenzeitspanne, um … Was?« O Gott, hatte sie was verpasst? Ihr Verstand klärte sich.

Duncan stand vor ihr, hielt ihre Hände und schaute ihr ins Gesicht. »Willst du mich heiraten, Tara? Willst du meinen Namen annehmen und alles, was er umfasst? Willst du mir Kinder schenken, von denen eins vielleicht bereits in dir entsteht, und alle, die zukünftig kommen mögen?« Er legte eine Hand auf ihren flachen Bauch. »Willst du meine Frau werden?«

Sie schmolz dahin. Wie Butter in der Sonne. Eine große Pfütze auf den Steinfliesen einer Burg aus dem sechzehnten Jahrhundert, mitten in Schottland. »Was?«

Er nahm ihr Gesicht zwischen seine Hände, blickte ihr tief in die Augen. »Heirate mich, Tara.«

Tränen brannten hinter ihren Lidern. »Wirklich? Und du fragst mich das nicht nur, weil dein Vater …«

»Der hat nichts hiermit zu tun. Es gibt immer eine Wahl.«

Ihre Welt verschob sich. Alles, was noch wenige Sekunden zuvor in Schieflage gewesen war, rückte sich wieder gerade, wie der Boden nach einem Erdbeben.

»Ja.« Gab es irgendeine andere Antwort? »Ja, ich will dich heiraten.«

KAPITEL 16

Die Nacht war stockfinster, nicht einmal ein einzelner verirrter Stern sandte sein Licht durch die Wolken, die den Himmel verhüllten. Der Abend brachte Kälte mit sich, die ihr in die Knochen kroch, sodass jedes Gelenk, jeder Muskel schmerzte. Aber das Bein, das sie sich gebrochen hatte, als sie sich in den Zeitstrudel gestürzt hatte, war beinah verheilt.

Grainna dachte an die Nacht, in der sie in ihre Heimat und in die Zeit ihrer Herrschaft zurückgekehrt war. Sie hatte eigentlich nie an Glück geglaubt, doch ihr fehlte ein anderes Wort dafür, zu bezeichnen, wie es möglich war, dass sie weder von Tara noch von Duncan oder Fin bemerkt worden war. Bei ihrer Ankunft hier waren sie von einem Gewitter mit starken Regenfällen empfangen worden, was geholfen hatte, ihre Anwesenheit zu verbergen, und ihr eine Chance geboten hatte, sich unentdeckt davonzumachen.

Die ersten Tage hatten sie schmerzlich daran erinnert, wie rau das Leben im sechzehnten Jahrhundert war. Unsterblich zu sein hatte Vorteile, sonst hätte der Hunger ihren Körper geschwächt und sie letzten Endes umgebracht.

Zigeuner hatten sie gefunden, und ohne größere Anstrengung hatte Grainna ihre Gedanken beeinflusst, sodass sie beschlossen hatten, sie mitzunehmen. Für sie waren Zigeuner nicht mehr als eine Bande schmutziger Diebe, denen man nicht trauen konnte. Ihr Wissen über das Land und die Leute darauf war es, was für sie zählte. Sobald ihr Körper sich erholt hatte, würde sie sie verlassen.

Ohne erkennbaren Anlass wandte sich der kleine Wagenzug nach Westen.

»Warum haben wir die Richtung gewechselt?«, fragte sie.

»Wir umfahren das Land der MacCoinnichs. Dort sind wir nicht wohlgelitten.« Der Fahrer ihres Wagens spuckte aus. »Laird Ian duldet unseresgleichen nirgendwo in der Nähe seiner Leute.«

Grainna wandte den Blick nach hinten. »Hat MacCoinnich Söhne?«

»Aye, drei, Duncan, Finlay und Cian.«

Rachedurst ballte sich heiß in ihrer Brust. Grainna schluckte schwer und betrachtete die Landschaft in dem Bemühen, sich alles für ihren Rückweg einzuprägen. Die Männer, die Tara geholfen hatten zu entkommen, würden dafür bezahlen.

Sie lehnte sich auf der Sitzbank zurück. Ihre Erschöpfung beruhte vor allem auf körperlichen Schmerzen und Schlafmangel. Da sie keine Kraft zum Handeln hatte, begnügte sie sich damit, sich das Ende ihrer Feinde auszumalen.

Letztlich würde sie ihre Rache bekommen. Mit jedem Atemzug spürte sie, wie ihre Kraft zurückkehrte. Der Wald war voller Elemente ihrer früheren Zaubersprüche, hielt alles bereit, was sie benötigte, um erneut über dieses Land zu herrschen – und jene zu vernichten, die sie nicht darin haben wollte.

* * *

Die langen Sommernächte wichen allmählich dem Frühherbst. Blätter begannen zu fallen, und beißende Kälte brachte einen Wetterwechsel mit sich.

Der Priester wurde in weniger als zwei Wochen erwartet. Während seines Aufenthalts in der Burg würde er mehr als eine Trauung vollziehen müssen, denn zwei weitere Paare waren im Verlauf des Jahres, das seit seinem letzten Besuch hier vergangen war, in der Handfeste verbunden worden. Und es überraschte eigentlich niemanden, dass auch Haggart und Celeste den Priester bitten wollten, sie zu trauen.

Tara bezog die Kammer neben Duncans. Eine Verbindungstür sorgte dafür, dass sie unbeobachtet von allen in der Halle unten die Nächte zusammen verbringen konnten. Duncan zog Tara oft genug damit auf, dass sie sich so viel Mühe gab, ihre intime Beziehung vor den Dienstboten und den Burgbewohnern geheim zu halten. »Sie sind nicht dumm, Liebste. Und für sie sind wir schließlich verheiratet.«

Sie saßen für ihre zweite Unterrichtsstunde vor dem dunklen Kamin in Duncans Kammer. Ihre erste Unterweisung darin, Flammen hervorzurufen, hatte ein vorzeitiges Ende gefunden, als Duncan nach einer knappen Viertelstunde andere Ideen dazu entwickelt hatte, wie er in jener Nacht Hitze erzeugen könnte. Sein sexy Bart war inzwischen wieder so lang, dass er ganz weich war, was Tara einfach unwiderstehlich fand.

»Ich habe nie behauptet, dass sie dumm wären. Trotzdem ist eine Handfeste für mich nur eine bessere Verlobung. Sobald wir richtig verheiratet sind, werde ich meine ganzen Sachen in deine Kammer räumen.« Sie saß im Schneidersitz auf dem Boden, die Augen geschlossen, wie er es vorgeschlagen hatte.

»Denkst du, ihnen fällt nicht auf, dass du dein Bett gar nicht benutzt?«

Sie öffnete ein Auge und schaute ihn an. »Falls es das tut, sagen sie nichts. Also, können wir jetzt bitte endlich anfangen? Du hast mir versprochen, dass du mir zeigst, wie du es machst.«

Er schüttelte über seine verrückte Frau den Kopf.

Zukünftige verrückte Frau, verbesserte sie ihn.

Verrückte wunderschöne Frau mit vollen Lippen, die ich einfach küssen muss. Er beugte sich vor, um seiner Ankündigung Taten folgen zu lassen.

»O nein, auf keinen Fall. Du hast es mir versprochen.« Sie hob eine Hand und hielt ihn auf. »Sobald du mir das hier gezeigt hast, kannst du … das dann meinetwegen tun.« Sie lächelte und schloss erneut die Augen.

»Versprochen?«, neckte er sie.

»Ja. Aber ohne Schummeln. Dieses Mal muss ich es sein, die das Feuer entzündet. Kein Fingerschnippen von dir.«

»Schließ die Augen.«

»Die sind schon zu.«

»Spüre deinen Atem. Langsam einatmen, langsam ausatmen. Lausche auf die Geräusche des Zimmers. Lass deinen Verstand ganz leer werden.« Seine Stimme war ruhig und leise. »Fühle die Energie, die dich umgibt. Die Hitze, höre das Knistern von Flammen, die an Holzscheiten lecken. Sieh, wie die Glut orange wird.«

Während sie so dasaß, ganz auf seine Stimme konzentriert, auf seine Worte, bildete sich ein feiner Schweißfilm auf ihrer Stirn. Die Luft schien förmlich zu knistern, so aufgeladen war sie. Die Härchen auf ihren Armen richteten sich auf. Sie rieb die Fingerspitzen aneinander, spürte ein Schnippen. Jeder Atemzug brachte sie ihrem Ziel näher, das merkte sie.

»Jetzt zieh die Energie herein. Und jetzt … Schau dorthin, wo du hinwillst.«

Als sie die Augen öffnete, erblickte sie nichts als den dunklen Kaminrost, hörte nichts als seine Stimme. Ihre Finger sammelten Kraft. Als sie die Hitze nicht länger aushielt, streckte sie sie zu dem Holz auf dem Rost hin.

Zu ihrer Verblüffung begannen Flammen aus der Asche zu züngeln. »Hast du das gesehen?« Sie sprang auf die Füße. »Hast du das gesehen?« Sie klatschte in die Hände wie ein Kind, das am Weihnachtsmorgen ein besonderes Geschenk bekam.

Sein schiefes Grinsen beantwortete ihre Frage. »Aye, das habe ich.«

»Ich hab's geschafft, richtig? Du hast nicht geholfen?« Misstrauisch richtete sie ihren Blick auf ihn.

Er machte eine Geste nach, die sie ihm in den vergangenen Monaten beigebracht hatte. Er malte sich ein X übers Herz. »Versprochen.«

»O Mann, das war großartig.« Sie suchte den Raum aufgeregt mit den Augen ab. »Was kann ich sonst noch anstecken?«

Er hielt sie fest, bevor sie nach einer Kerze greifen konnte. »O nein, auf keinen Fall.« Er drückte sie an sich. »Versprochen ist versprochen.« Und dann küsste er ihr das Lächeln vom Gesicht.

* * *

»Man nennt es Sanitärinstallation. Über Rohrleitungen wird frisches Wasser in einen Behälter geführt. Und durch etwas größere Rohre wird das Abwasser abgeleitet.« Tara stand vor einem Abort und versuchte Ian, Fin und Duncan die Funktionsweise einer modernen Toilette zu erklären.

»Wie bekommt man das Wasser in die Wände, wo die Rohrleitungen sind?«

»Also, genau da kommst du ins Spiel, Finlay.« Sie klopfte ihm auf die Schulter und versuchte, nicht über seine verdutzte Miene zu lachen. »Du machst mir den Eindruck, als wärst du nicht auf den Kopf gefallen. Warum denkst du nicht eine Weile darüber nach und überlegst dir was? Wenn Teenager scharenweise aus Tanks Benzin abzapfen können, dann kannst du doch sicher darauf kommen, wie man dafür sorgen kann, dass Wasser in Rohre fließt.«

Sie stemmte die Hände in die Hüften und fuhr fort: »Wenn ihr etwas über die vier Herzkammern hören möchtet oder wie Blut mit Sauerstoff angereichert wird, das kann ich euch bis in alle Einzelheiten erklären. Aber Rohrleitungen und so was, das sind eindeutig Jungssachen.« Sie hob die Röcke und entfernte sich von den Männern, die dastanden und sich die Köpfe kratzten.

Lora und Myra warteten in dem kleinen, ummauerten Garten auf sie. Es war Zeit für die Frauen, Tara Unterricht bei der Nutzung ihres Druidenerbes zu geben.

»Wir werden herausfinden, ob du in der Lage bist, den Wind zu rufen. Diese Fähigkeit haben wir alle zu einem gewissen Grad. Doch manche, wie Myra, haben sie wirklich gemeistert. Zeig es ihr.«

Aus dem Nichts und ohne erkennbares Zeichen von Myra begannen Taras Röcke zu flattern und sich zu blähen. So schnell, wie er aufgekommen war, legte sich der Wind wieder.

»Ich werde das Gleiche versuchen, und dir wird der Unterschied sofort auffallen.« Lora deutete mit dem Finger auf Taras Beine. Langsam spürte die, wie ein leises Lüftchen aufkam, allerdings reichte es nicht aus, um den Stoff zu bewegen. »Sosehr ich auch geübt habe, ich bin nicht imstande, mehr zu tun, und nicht ohne die Energie mit meinen Händen zu lenken. Meine Tochter kann es viel besser.«

Myra führte ihre Gabe erneut vor, diesmal an einem praktischeren Beispiel. »Lasst uns Platz nehmen«, schlug sie vor. Als sie das taten, rückten die Stühle an einem kleinen Tisch von allein vor.

»Wow. Wie hast du das gemacht?« Tara streckte die Hand aus, um das Gewicht des Stuhls zu prüfen.

»Luft umgibt alles. Wenn man die Luft bewegt, bewegt man die Dinge. Das war das erste Talent, von dem ich gemerkt habe, dass ich es habe. Ich war vier, und Da hatte mir ein Stück

Kuchen abgenommen. Er wollte, dass ich erst mein Abendessen aufesse, bevor ich etwas Süßes bekomme. Ich mag aber keinen Niereneintopf. Ich saß also da und brütete, statt zu essen.«

Tara nahm sich einen Becher Kräutertee und hörte zu.

»Ich hab die ganze Zeit auf den Kuchen gestarrt. Da habe ich Farben in der Luft wahrgenommen, Rot, Blau und Weiß. Und bevor ich es wusste, kam das Kuchenstück über den Tisch geflogen und landete auf meinem Schoß.«

»Danach haben wir unsere Mahlzeiten nur noch im Familienkreis zu uns genommen«, erklärte Lora. »Wenigstens, bis sie imstande war, diese Gabe zu kontrollieren.«

»Siehst du wirklich Farben in der Luft?«

»Nur wenn ich etwas bewegen möchte. Lass es dir von mir zeigen.« Myra hob ein heruntergefallenes Blatt auf und legte es auf den Tisch. »So sind keine Farben da. Doch wenn ich daran denke, wie ich es bewegen möchte, zum Beispiel nach oben«, das Blatt begann sich zu heben, »dann sehe ich Rot untendrunter und Blau obendrüber. Wie die Hitze, die von einem Feuer aufsteigt, oder Dampf von einem Kochtopf mit heißem Wasser. Wenn ich es jetzt schneller bewegen möchte oder in eine andere Richtung, verändern sich die Farben. So mischt sich in das Rot zum Beispiel Orange und Weiß in das Blau. Rot und Orange schieben.«

Tara beobachtete, wie das Blatt nach rechts flog und dann wieder zurück. »Blau und Weiß ziehen.«

»Genau.«

»Mir fällt es schwer, die Farben zu sehen«, räumte Lora ein. »Aber es ist auch nicht meine ausgeprägteste Gabe.«

»Versuch du es mal.« Das Blatt landete auf dem Tisch.

Mutter und Tochter arbeiteten noch ungefähr eine Stunde mit Tara. Das Blatt bewegte sich, mehrere Male sogar, bloß eben nicht in die Richtung, die Tara wollte.

Lora tröstete sie. »Lass dich nicht entmutigen. Eines Tages wirst du deine wahre Gabe finden, durch die du dich von allen anderen unterscheidest.«

Myra schlug vor, dass sie von nun an täglich üben sollten, und Tara war sofort einverstanden.

* * *

Als der Unterricht beendet war und sie mit dem Kichern fertig waren und die Frage, was einer der Ritter zu tragen beschlossen hatte, die Unterhaltung zu dominieren begann, verabschiedete sich Lora.

»Die Beinkleider waren viel zu eng«, stellte Tara fest. »Es war fast so, als wollte er jedes Mädchen und jede Frau auffordern, auf sein Gemächt zu starren.«

»Und dabei war das noch nicht mal besonders beeindruckend, soweit ich das beurteilen kann«, pflichtete ihr Myra bei und verdrehte die Augen.

Tara grinste. »Du bist ganz schön schlimm. Wenn du erst mal einen Ehemann hast, werden wir uns jede Menge zu erzählen haben.«

Voller Sehnsucht blickte Myra zum Himmel. »Vielleicht gefällt mir jemand, der zur Hochzeit anreist.«

»Der Tag rückt so schnell näher, dass ich mich manchmal am liebsten kneifen würde. Ich möchte mich an jede Einzelheit erinnern.«

»Die Feierlichkeiten werden eine ganze Woche dauern«, erklärte Myra. »Daher bezweifle ich, dass du dich später an alles wirst erinnern können. Es kann ganz schön kräftezehrend sein.«

»Warum so lange?«

»Reisen dauert. Ritter aus den Dörfern der Umgebung werden ihre Lords und Ladys hierher begleiten. Hochzeiten sind Gelegenheiten, bei denen manche ihren zukünftigen Ehepartner kennenlernen.«

»Sind denn irgendwelche Männer eingeladen, die du für dich in Erwägung ziehst?«

»Ich wünschte, es wäre so. Die Lancasters werden ihren Sohn Matthew mitbringen und ihre Tochter Regina. Regina hat ein Auge auf Finlay geworfen, aber ich habe nicht den Eindruck, dass ihm viel an ihr liegt. Matthew ist zu kurz geraten, zu schüchtern, und wenn er nicht über Vögel reden kann, hat er nichts Interessantes zu erzählen. Er kann sich gegen niemanden behaupten, wenn du mich fragst. Er ist oft genug das Opfer schlechter Scherze seiner Standesgenossen. Ich hätte ja Mitleid mit ihm, wenn der Spott nicht so treffend wäre.«

»So schlimm kann er doch gar nicht sein!«

»Er ist all das und mehr. Du wirst es selber sehen. Es gibt noch andere, doch keinen, den ich besonders schätze. Da hat mir versprochen, ich würde bei der Wahl meines Ehemanns mitreden dürfen. Ich hoffe nur, dass er das auch hält. Mit einundzwanzig unverheiratet zu sein wirft Fragen auf.«

»Und wenn niemand Gnade vor deinen Augen findet?«

Myra betrachtete die Wolken, die sich über ihnen teilten. »Irgendjemand wird kommen. Ich werde es wissen, wenn es so weit ist.«

* * *

Bruder Malloy hatte es sich zur Lebensaufgabe gemacht, Sünder in der Ehe zusammenzuführen. Seine Ankunft in der Burg der MacCoinnichs und dem dazugehörigen Dorf wurde herbeigesehnt und voller Freude erwartet. Sein Eintreffen bedeutete auch Änderungen bei den Schlafarrangements, wenigstens für Duncan und Tara.

Der Priester ließ keinen Zweifel daran, dass die Bibel keinen Vorwand für lüsternes Verhalten bot. Das Ehebett durfte nur benutzt werden, um neues Leben zu erschaffen. Daher sollten sich unverheiratete Paare jeglichen unangemessenen Benehmens bis nach der Trauung enthalten. Dann wäre das Leben, das sie erschaffen würden, gottgefällig.

Duncan beschwerte sich und stöhnte so heftig darüber, dass Bruder Malloy drohte, wieder abzureisen, ohne irgendwelche Messen gehalten zu haben.

»Denk an all die Mühe, die Lora auf sich genommen hat. Und die ersten Gäste sind bereits eingetroffen«, gab Tara zu bedenken.

»Aber wir sind doch bereits verheiratet.« Duncan diskutierte das mit gedämpfter Stimme ein Stückchen entfernt von seinen Eltern und dem lästigen Gottesmann, den sie zum Bleiben zu überreden versuchten.

»Eine Handfeste ist nicht dasselbe, und das weißt du auch. Er behauptet, es hätte schon Paare gegeben, die die eigentliche Hochzeit abgesagt haben, nachdem sie in der Handfeste zusammengekommen sind.«

»Die meisten davon allerdings, wenn sich die Frau als unfruchtbar erwiesen hat.«

»Das mag sein, bloß wird es dadurch nicht richtig.«

Er war sich der Ungerechtigkeit bewusst. »Da hast du recht.« Er starrte den Priester an und schaute dann wieder zu seiner Braut.

Sie lasen beide ohne große Anstrengung die Gedanken des anderen.

Zwischen ihren Brauen erschien eine Falte. »Würdest du anders über mich denken, wenn ich unfähig wäre, Kinder zu bekommen?«

Er war ein Narr. Seine Selbstsucht bereitete seiner Frau Sorgen. »Nein, Liebste.« Er nahm ihr Gesicht zwischen seine

Hände, strich mit den Lippen über ihre. »Wir sind auf eine Weise vereint, wie es nur wenige andere kennen, und das unabhängig von dem, was irgendein Priester bewirken kann.«

»Gut«, erwiderte sie lauter. »Dann werden ein paar Tage in getrennten Betten ja keine so große Sache sein.«

»Ist es denn das, was du willst?« Er sah ihr suchend in die Augen.

»Ich möchte deine Ehefrau sein, und falls Bruder Malloy unverrichteter Dinge abreist, wird es Monate dauern, bis ein anderer kommt, der uns trauen kann.«

Ihre Logik störte ihn. »Ohne dich wird mein Bett sehr einsam sein«, flüsterte er an ihrem Mund.

»Meins auch. Schick mir einen warmen Gedanken oder zwei.« *Er kann uns von dem hier nicht abhalten. In Gedanken kann ich dir alle möglichen Dinge sagen.* »Außerdem wird es die Hochzeitsnacht aufregender werden lassen. Meinst du nicht?«

Mit einem unwilligen Laut lehnte er seine Stirn an ihre. *Deine Worte sorgen dafür, dass ich ganz steif werde und nicht herumlaufen kann. Mehrere Tage mit solchen Gedanken werden mich in den Wahnsinn treiben.*

Aber es wird den Schmerz wert sein. Ich verspreche dir, alles wiedergutzumachen. Nach der Hochzeit werden wir uns in unser Bett zurückziehen und eine ganze Woche lang dortbleiben. Ich werde ein weißes Tuch an die Tür hängen, wenn uns jemand Essen bringen muss. Sie lachte leise.

»Ts, ts« kam von Bruder Malloy, der sie mit einem strengen, missbilligenden Blick bedachte.

* * *

Duncan ritt mit Fin los, um eine Aufgabe zu erledigen, bevor der Großteil der Gäste eintraf. Er brauchte Ablenkung von seiner Braut. Nicht dass er es nicht liebte, wie sie ihn insgeheim neckte. Denn das tat er. Allerdings trieb es ihn in den Wahnsinn, sie nicht berühren zu können.

Niemand konnte behaupten, dass sie sich auseinanderlebten, indem sie das Bett nicht mehr teilten. Genau genommen war das Gegenteil der Fall. Sie kamen sich jeden Tag näher. Er konnte nicht den Moment nennen, in dem er sich in sie verliebt hatte, doch es ließ sich nicht leugnen, dass er es getan hatte.

Jetzt fragte er sich, wie er das so oft tat, ob sie eigentlich das Gleiche für ihn empfand. Waren es nur die heiligen Worte der Druiden, die sie so eng miteinander verbanden? Und würden Worte der Liebe sie noch näher zueinanderbringen?

Er konnte nicht an sie denken, ohne dass sich in seinem Herzen Glücksgefühle ausbreiteten. Selbst jetzt, wo er auf seinem Pferd saß und neben seinem Bruder ritt, waren seine Gedanken bei Tara und bei dem, was sie tat. Je weiter sie sich von der Burg entfernten, desto schwerer fiel es ihm, sie zu hören. Immerhin spürte er sie weiter, genau wie das Glück, das sie ausstrahlte.

Fin zügelte sein Pferd, sah zu seinem Bruder und verdrehte die Augen. »Gütiger Himmel, schau, dass du diesen Ausdruck vom Gesicht bekommst. Sonst hält man dich am Ende noch für blöde.«

»Eifersüchtig?«

»Darauf, wie sie deinen Verstand in Brei verwandelt hat? Ich denke nicht.«

»Du würdest dich glücklich schätzen, wenn du eine Frau wie meine finden würdest.« Duncan gefiel es, Tara als zu ihm gehörend zu bezeichnen.

Denn sie war sein.

»Eine, die so schön ist, da gebe ich dir recht. Allerdings ist ihre Zunge scharf wie ein Messer.«

»Aber nie ohne Grund.«

Fin nahm die Zügel in die andere Hand. »Trotzdem wünsche ich mir meine Ehefrau gefügiger.«

»Wie Alyssa aus dem Dorf?«

Fin wandte sich ab. »Sie gibt sich vielleicht gefügig, ist es jedoch nicht im Bett. Da hat sie so viele Wünsche und Ansprüche, die nicht immer denselben Bettpartner erfordern.«

Duncans Stirn legte sich bei den Worten seines Bruders in Falten. »Das ist schade. Durch ihre Adern fließt ebenfalls Druidenblut. Ich war der Meinung, ihr beide gebt ein gutes Paar ab.«

»Ich auch.«

Sie ritten eine Weile schweigend weiter, genossen die Ruhe und die Gelegenheit, ungestört nachzudenken.

»Hast du mit Tara über den Schwur gesprochen, den ihr in Kalifornien ausgetauscht habt?«

»Das Thema ist noch nicht aufgekommen.«

»Willst du es dabei belassen?«

Duncan schüttelte den Kopf. »Nein, aber was soll ich sagen? Ich erkläre ihr andauernd, dass wir bereits verheiratet sind. Und sie weiß natürlich, dass wir über unsere Gedanken verbunden sind.«

»Du spekulierst also darauf, dass sie es von allein errät?«

»Vielleicht.«

»Ich hoffe, du weißt, was du da tust, Bruder. Ich würde es mir mit Tara nicht verscherzen wollen. Ich fürchte, dass sie die Alten heraufbeschwören könnte, damit sie für sie kämpfen, wenn ihr das einfällt.«

»Ich warte auf den richtigen Augenblick. Tara ist vernünftig, sie wird es verstehen.«

Fin trieb sein Pferd an. »Wenn du meinst ...«

KAPITEL 17

Aus ein paar Tagen wurden schließlich fünf. Fünf lange, quälend langsam verstreichende Tage und noch längere Nächte.

Wenn nicht die vielen Gäste gewesen wären, die sie ablenkten, wären Duncan und Tara niemals fähig gewesen, die Finger voneinander zu lassen, wie sie es sich vorgenommen hatten.

Zwei Abende vor der Trauung saß Tara Duncan an der Tafel in der Mitte der großen Halle gegenüber. Sie war umgeben von Fremden, die sich während der Mahlzeit höflich mit ihr unterhalten hatten.

Celeste und Haggart hatten an diesem Tag geheiratet, zusammen mit mehreren anderen Paaren aus dem Dorf. Alle waren eingeladen, mit den MacCoinnichs zu feiern. Ritter saßen um den Tisch, ihre Pagen und Knappen an einem anderen.

Manche von den Männern waren nicht wirklich glücklich darüber, ihre Mahlzeit mit dem gemeinen Volk aus dem Dorf zu teilen, aber niemand äußerte diese Ansicht gegenüber Ian oder Lora. Das wagten sie nicht. Laird Ian führte seinen Clan, wie es ihm genehm war, und verbat sich jegliche Einmischung. Und er erzog seine Söhne dazu, es ebenso zu halten. Wenn dann Duncans Zeit kommen würde, ihn abzulösen, das wusste Tara, würden die Dorfbewohner und ihre Kinder ihm Treue schwören.

Mit einem Ohr war sie bei der Unterhaltung zwischen Myra und Matthew of Lancaster. Er bemühte sich, Myra mit seinem Wissen über die Zugvögel rund um sein Zuhause zu beeindrucken. Er ignorierte die spitzen Bemerkungen, die in der Nähe Sitzende einwarfen, und nutzte den Umstand aus, dass sein Vater ein Stück von ihm entfernt saß und ihm somit nicht über den Mund fahren konnte.

Myra hatte recht gehabt mit dem, was sie über ihn erzählt hatte, überlegte Tara. Er war überhaupt nicht ihr Typ. Genau genommen war es anstrengend, ihm zuzuhören, und wenn sich das Gespräch nicht um Vögel drehte, hatte er nichts zu sagen. Die Leute neben ihm gaben sich große Mühe, so oft wie möglich etwas anderes anzusprechen. Er war leidenschaftlich bei seinem Fachgebiet und daher entschlossen, immer wieder dazu zurückzukehren.

Ich werde langsam verrückt, wandte sich Tara in Gedanken an Duncan.

Duncan blickte zu ihr, musterte die Leute, die um sie herumsaßen, und lächelte. *Ah … Lancaster. Langweilt er dich zu Tode?*

Myra ist es, wegen der ich mir Sorgen mache. Wenn sie könnte, würde sie ihm Gift in den Becher kippen, einfach damit er Ruhe gibt.

Duncan verschluckte sich an dem Ale, das er gerade trinken wollte. Als er heftig hustete, schauten alle besorgt zu ihm.

Tara verbarg ihr Lächeln hinter einer Hand. *Tut mir leid!*

Ganz bestimmt nicht! Er wischte sich das Bier von seinem Wams.

Okay, du hast recht. Es tut mir nicht leid. Sie wartete, bis er das Essen an seine Lippen hob. *Rat mal, was ich unter meinem Kleid anhabe.*

Seine Augen richteten sich auf sie. *Was?*

Nichts. Rein gar nichts.

Duncan bekam Schwierigkeiten mit dem Bissen, den er gerade im Mund hatte.

Niemand bemerkte es, als Duncan und Tara aufhörten, sich an der Unterhaltung um sie herum zu beteiligen. Außer Ian und Lora, die im Geiste spekulierten, was wohl zwischen ihrem Sohn und ihrer Schwiegertochter im Gange war.

Sobald die Mahlzeit beendet war, bat Tara Myra bei der erstbesten Gelegenheit um Hilfe dabei, sich von der Gesellschaft zurückzuziehen.

Sie ließen sich beide im Söller auf die gepolsterten Stühle fallen, nachdem sie die Tür hinter sich zugesperrt hatten. »Er ist ja noch viel schlimmer, als du behauptet hattest.«

»Ich hab's dir ja gesagt. Und hast du Regina gesehen? Sie hat sich Fin förmlich an den Hals geworfen.«

»Denkst du, die beiden haben jemals …« Tara überließ es Myra, sich das Ende des Satzes zu denken.

»Nein, sogar Finlay verfügt über zu viel Vernunft, um so was zu tun. Die Lancasters sind vielleicht nicht die Klügsten, aber sie würden das als Schlag gegen ihre Ehre ansehen und eine Ehe zwischen den beiden erzwingen.«

»Dann hoffe ich mal für ihn, dass er seine Hose zulässt.«

Myra musste lachen. »Du sagst die komischsten Sachen. Wie kommt du und Duncan damit klar, getrennte Betten zu haben?«

»Es ist furchtbar.« Tara seufzte. »Ich dachte, es wäre leicht. Ich hab schließlich die letzten fünfundzwanzig Jahre allein geschlafen, wie schwer können da fünf Tage sein?« Sie schüttelte den Kopf. »Trotzdem fühlen sie sich wie fünfhundert an.«

»Ich könnte mir vorstellen, sie sind für ihn sogar noch schwieriger.« Myra stand auf und schenkte ihnen beiden Wein ein.

»Täusch dich nicht. Es ist nicht leichter für mich, nur weil ich eine Frau bin.«

Myra trank einen Schluck. »Darüber weiß ich nichts.«

»Eines Tages wirst du es.« Tara stellte ihren Becher ab, schlüpfte aus ihren Schuhen und zog die Beine unter sich. »Ich hätte es nie für möglich gehalten, einen Mann so sehr zu lieben. Ich habe versucht, es ihm zu sagen, bloß bekomme ich es einfach nicht heraus.«

»Dass du ihn liebst? Warum?«

Sie zuckte die Schultern. »Angst, vermute ich. Angst, dass er nicht das Gleiche empfindet. Was, wenn ich es ihm sage und er keine Antwort hat?«

»Er nennt dich die ganze Zeit ›Süße‹«, hielt Myra dagegen.

»So was sagt er auch zu beinahe jedem Kind und jeder Frau im Dorf.« Sie setzte sich auf ihrem Stuhl anders hin. »Ich weiß, dass ich ihm wichtig bin, und ich denke, er liebt mich. Aber solange er nicht die gewissen drei kleinen Worte ausspricht, werde ich weiter mutmaßen müssen. Und mir Sorgen machen.«

»Das ist doch lachhaft. Ich habe meinen Bruder nie so bezaubert von irgendjemandem gesehen, bis du gekommen bist. Er liebt dich über alle Maßen.«

»Meinst du?«

»Das weiß ich!« Myra ergriff ihre Hand, um sie zu beruhigen. »Du hast nichts zu befürchten.«

»Ich hoffe, du hast recht. Es würde mich stören, wenn ich glauben müsste, dass er all das nur deswegen tut, weil sein Vater ihn dazu zwingt.«

»Das würde Duncan niemals zulassen. Er tut nichts, was er nicht tun will, egal, was für Folgen es hat.«

Tara wog das ab und erkannte, dass es stimmte. »Ich habe dich schon die ganze Zeit etwas fragen wollen.«

Plötzlich ernst, schaute Myra sie an. »Was denn?«

»Möchtest du meine Trauzeugin sein?«

Tränen glänzten in Myras Augen. »O Tara, das wäre mir eine große Ehre. Ich weiß, wie sehr du dir wünschst, deine

238

eigene Schwester wäre hier, um Zeugin der Eheschließung zu werden.« Die Frauen umarmten einander und wischten sich beide Tränen der Rührung von den Wangen.

»Lizzy würde dich mögen. Außerdem wirst du ja nach der Trauung meine Schwägerin und so etwas wie eine Schwester für mich sein.«

»Stimmt, aber Blut ist dicker als Wasser. Es tut mir leid, dass sie nicht dabei sein kann.«

»Mir auch.« Tara wünschte es sich, war sich allerdings darüber im Klaren, dass es unmöglich war. »He, weißt du, was? Ich kenne einen Weg, wie wir beide Blutsschwestern werden können.« Es war kitschig, dessen war sich Tara bewusst. Doch Schwestern hüteten Geheimnisse, und dies war etwas, in das sie Myra einweihen wollte. »Als Lizzy und ich zehn und zwölf Jahre alt waren, waren wir eifersüchtig auf unsere Freundinnen und ihre Freundschaften. Als Schwestern hatten wir uns immer nahegestanden. Es war beinahe schon unnatürlich, wie wenig wir uns gestritten haben, wie selten wir unterschiedlicher Meinung waren. Aber egal, eines Nachts haben wir uns lange über die gemeinen Mädchen unterhalten, mit denen wir zur Schule gegangen sind. Dann haben wir uns einen besonderen Zauberspruch ausgedacht.«

Tara ging zum Handarbeitskorb und holte eine Schere heraus. »Wir hatten gerade etliche Bücher über Hexen, Zauberkräfte und so ein Zeug gelesen.«

»Du meinst einen echten Zauberspruch?« Myra setzte sich auf ihrem Stuhl gebannt auf.

»Ich weiß nicht, wie echt er war, auf jeden Fall hat er dazu geführt, dass wir uns besser fühlten.«

»Was war es denn?«

»Es war irgendwie kitschig und völlig kindisch.«

»Klingt großartig! Wie lautet er?«

»In Ordnung.« Tara ritzte ihren Zeigefinger mit der Schere, sodass ein paar Tropfen Blut herausquollen. »Erst haben wir das hier getan. Keine von uns konnte mehr als einen kleinen Kratzer aushalten.« Tara reichte ihr die Schere.

Myra folgte ihrem Beispiel.

»Und dann wurden wir Blutsschwestern.« Tara legte ihren Finger auf Myras.

»Ihr wart ja schon blutsverwandt.«

»Ich hab doch gesagt, es war vor allem kitschig, außerdem haben wir uns nicht dafür entschieden, als Schwestern geboren zu werden, aber wir haben uns dazu entschlossen, das hier zu tun.«

»Und dann?« Myra saß vor Tara, hatte ihre Hand an Taras gelegt.

»Dann haben wir unseren Zauberspruch aufgesagt.« Tara verschränkte ihre Finger mit Myras. »An diesem Tag und zu dieser Stunde rufen wir die geheiligte Macht in unsere Runde. Ich gebe mein Blut an dich und wähle dich als Schwester für mich. Jetzt bist du an der Reihe.«

Myra wiederholte die Verse.

Tara spürte ein leichtes Prickeln auf ihrer Hand, erwähnte es allerdings nicht. »Ich hatte dich ja gewarnt, dass es kitschig ist.«

»Das finde ich nicht. Und jetzt habe ich zwei weitere Schwestern.« Als Tara sie verwirrt anschaute, erklärte sie: »Du, ich und Lizzy, wir sind jetzt alle drei Schwestern.«

»Ja, vermutlich schon.« Sie wischten sich beide das Blut von den Fingerspitzen und schickten sich an, den Raum zu verlassen, ausgeruht und bereit, sich der Menge unten zu widmen. »Was ist die ›geheiligte Macht‹?«, erkundigte sich Myra.

»Keine Ahnung. Aber es klang so schön.«

Bevor sie die Tür hinter sich schloss, fiel Tara etwas ins Auge. Die Schere, an der noch ein Tropfen von ihrem Blut klebte, glitzerte und schimmerte in dem dunklen Zimmer. Sie spähte genauer hin und bemerkte, dass ein seltsamer magischer Staub von der Klinge rieselte. Sie öffnete den Mund, um Myra darauf hinzuweisen, doch ihre neue Schwester war schon auf dem Flur.

Tara schüttelte den Kopf und beschloss, die Beobachtung für sich zu behalten. Als sie ebenfalls ging, fühlte sie sich wie ein Teenager.

* * *

Den Wohnturm der Burg für die Hochzeit vorzubereiten war keine einfache Aufgabe. Zusätzliche Kerzen waren angefertigt und in die neu aufgestellten Halterungen gesteckt worden. Viele Ellen bernsteinfarbener und cremefarbener Stoffe waren um die Torbögen und Säulen drapiert und bedeckten die Wände, um die Wärme in den Räumen zu halten.

Die Köche bereiteten Gerichte für das Festmahl zu. Enten, Fasanen und Moorhühner waren als Geflügel im Angebot, und in der Küche wurde am Spieß ein Schwein gebraten. Butter wurde geschmolzen und über Mistress Claunchs köstliches Gebäck verteilt. Verwundert verfolgte Tara, wie die Mägde von Hand Sahne steif schlugen, um die Torten damit zu verzieren.

Tara achtete darauf, dass sie sich persönlich bei jedem einzelnen Bediensteten für die Mühe bedankte.

Musiker spielten in dem großen Saal auf, unterhielten die Gäste. Die zarten Töne einer Harfe erregten Taras Aufmerksamkeit. Sie blieb stehen und lauschte. Die Musik rührte sie, und Gefühle schnürten ihr die Kehle zu. Mit feuchten Augen schaute sie sich in dem völlig verwandelten Raum um.

Lizzy würde das alles lieben, und Cassy würde sich auf die Schulter klopfen, weil sie der Grund ist, dass Duncan und ich uns begegnet sind.

Tara wischte sich mit dem Handrücken über die Augen, schob die Traurigkeit weg.

Duncan betrat den Saal, und sein Blick suchte und fand sie. Seine Miene wurde sofort besorgt. Tara lächelte, aber sie wusste, er las ihre Gedanken.

Langsam kam er an ihre Seite und schlang die Arme um sie. Sanft wiegte er sie vor und zurück. Ein kleiner Schritt, und dann tanzten sie mit geschlossenen Augen. Sie hätten auch völlig allein sein können in diesem Raum.

Sei nicht traurig, Tara.

Ich wünschte, sie könnten hier sein.

Bereust du es, bei mir zu sein?

Sie blieb stehen, lehnte sich weit genug zurück, um ihm in die Augen sehen zu können. »Es gibt keinen anderen Ort, an dem ich lieber sein möchte. Wie kannst du das fragen?«

»Ich möchte, dass du glücklich bist.«

»Du machst mich glücklich.« Unfähig, die Worte aufzuhalten, sprach sie sie aus, hoffte, sie würde sie auch von ihm hören. »Ich liebe dich, Duncan, mehr als das Leben selbst, mehr als Zeit oder Ort. Ich würde nirgendwo sonst sein wollen als bei dir.«

Sie wartete mit angehaltenem Atem, während sein Gesicht leuchtete und seine Augen glänzten.

»Ich werde jeden Tag damit verbringen, dir zu beweisen, wie sehr ich dich liebe.« Er verschloss ihr den Mund mit seinen Lippen, zeigte so jedem, der zuschaute, was er für die Frau in seinen Armen empfand.

Tara glaubte nicht, dass sie noch glücklicher werden könnte, als sie im Moment war. Sie spürte seine Liebe zu ihr in seinem Kuss. In ihrem Herzen wusste sie, sie war immer dort gewesen.

Sie schlang ihm die Arme um den Hals, zog ihn näher. Die Funken, die sich in ihnen ansammelten, stiegen auf und entzündeten die Kerzen über ihnen.

Die Musiker beendeten ihr Spiel, und die Menge applaudierte.

Ohne die Lippen voneinander zu lösen, lachten Tara und Duncan, achteten nicht auf ihre Umgebung, küssten sich weiter, was die Männer zu Anfeuerungsrufen veranlasste.

»Okay, ihr beide, geht nach oben.« Fin schob sie auseinander. »Du stehst kurz davor, die ganze Halle abzufackeln«, flüsterte er seinem Bruder zu.

Tara blickte zu den Kerzen, die hell über ihren Köpfen brannten. Sie begann sich übertrieben mit der Hand Luft zuzufächeln, ließ dabei einen kleinen Wind aufkommen, wie Myra es ihr beigebracht hatte, und löschte die Kerzen, bevor anderen auffallen konnte, dass sie sich anscheinend selbst entzündet hatten. »Du raubst mir den Atem.« Sie sagte das so laut, dass alle sie anschauten und nicht nach oben.

Ringsum wurde gelacht.

Rein äußerlich half die kühle Brise auch dabei, das Feuer, das in Braut und Bräutigam brannte, einzudämmen.

»Ich hab eine Überraschung für dich.«

»Wirklich? Was ist es?« Ihre Hand lag in seiner, und er zog sie mit sich auf den Hof.

»Ein Hochzeitsgeschenk für dich.«

»Ein Hochzeitsgeschenk?« Sie blieb stehen. »Aber ich hab nichts für dich.«

Er berührte sie an der Wange. »Du bist mein Hochzeitsgeschenk. Deine Liebe zu mir.«

Sie schmolz dahin. »Bekommt ihr Jungs in dieser Zeit darin Unterricht?«

»Unterricht in was, Süße?«

Sie lachte. »Egal. Wo ist mein Geschenk?«

Er lachte ebenfalls, hielt mit ihr Schritt. »Hier drüben.«

»Ist es groß oder klein?«

»Das wirst du gleich sehen.«

»Hast du es in Geschenkpapier eingewickelt? Frauen packen Geschenke gerne aus, weißt du?«, erzählte sie ihm und begann sich für die Sache zu erwärmen.

»Es lässt sich nicht einpacken.«

»Kann ich die Augen schließen und es schütteln? Raten, was es ist?«

Duncan konnte mit dem Lachen nicht aufhören. »Das kannst du gern versuchen.«

»Okay, ich schließe die Augen. Pass auf, dass ich nicht stolpere.«

Tara lief unsicher neben ihm. Sie wurden langsamer, sobald sie andere Stimmen vernahm. Sie hörte, wie Duncan sie aufforderte, still zu sein.

»Gib mir beide Hände«, verlangte er.

Unter ihren Fingern spürte sie warmes Fell von etwas, das bloß ein Pferd sein konnte. Ein leises Geräusch und eine Bewegung des Tieres, und Tara öffnete die Lider.

Ihr stockte der Atem. Die Stute war wunderschön. Ihr Fell hatte die Farbe von Karamell, und ihre Mähne war von einem dunklen Schokoladenbraun. Mit ihren großen braunen Augen blickte sie sie vertrauensvoll an.

»Hallo«, sagte Tara zur Begrüßung. »Schau dich nur an, so stark und stattlich.« Tara streichelte ihrer Stute den Hals und sah Duncan an. »Für mich?«

»Aye.«

»Jetzt sorgst du wieder dafür, dass ich weinen muss.« Sie betrachtete ihr Pferd voller Ehrfurcht.

»Tut mir leid.« Duncan lächelte entschuldigend.

»Nein, tut es nicht.« Sie stellte sich vor ihn, um sich zu bedanken.

Sogar Finlays Wangen röteten sich, bevor er die beiden trennte. »Wenn man euch so beobachtet, wird einem ja ganz übel. Bruder Malloy sollte morgen bei der Zeremonie besser nicht rumtrödeln, sonst könnt ihr am Ende noch vor der Trauung eine Geburt bekannt geben.«

Alle in Hörweite konnten dem nur zustimmen.

* * *

Überall im Dorf herrschte rege Aktivität. Alle im Umkreis von fünfzig Meilen waren angereist, was die Börsen der Händler füllte.

Grainna hätte sich keinen besseren Zeitpunkt dafür aussuchen können, in die kleine Gemeinde zu kommen und sich unter die Leute zu mischen. Niemand bemerkte die alte Frau, die sich auf einen Stock stützte.

Endlich war das Glück wieder auf ihrer Seite, ein Glück, das sie seit Jahrhunderten im Stich gelassen hatte. Die Alten mussten eingeschlafen sein, überlegte sie. Es gab keine andere Erklärung dafür, dass ihre Anwesenheit bisher nicht aufgefallen war. Sie waren so sorgfältig und wirkungsvoll gewesen, als sie sie das erste Mal verbannt hatten. Wenn sie schwarze Magie einsetzte, wäre es allerdings ausgeschlossen, dass sie weiter unentdeckt blieb.

Sie begab sich zu dem Händler, bei dem man alles erstehen konnte, was die Stadt zu bieten hatte. Lebensmittel, Kerzen und Stoffe, die aus der Wolle der Schafe gewebt waren, die die umliegenden Hügel bevölkerten.

Sie wartete darauf, dass die Adeligen vor ihr fertig wurden, und hielt sich am Rande des Verkaufsstandes. »Wie kann ich Euch helfen?«, erkundigte der Händler sich gut gelaunt, offensichtlich hocherfreut über die guten Geschäfte.

245

»Nur ein paar Kleinigkeiten, guter Mann.« Grainna setzte ihr freundlichstes Altweiberlächeln auf. »Ein paar Kerzen und ein Stück gepökeltes Schweinefleisch, wenn Ihr das habt.«

Es dauerte nicht lange, und der Mann begann zu reden. »Seid Ihr zur Hochzeit hier?«

»Mein Enkel und ich sind auf der Durchreise.« Sie hatte schon erraten, worum es sich bei den Festlichkeiten handelte. Um ihre Anwesenheit hier so lange wie möglich geheim zu halten, hatte sie aber darauf verzichtet, sich in die Gedanken der Menschen zu schleichen, um ihre Annahme zu bestätigen. »Es sieht aus, als würde das eine großartige Hochzeit geben.«

»Lord Duncan, der älteste Sohn des Laird, heiratet morgen. Es ist gut, dass Ihr heute hier seid, um diese Vorräte zu erstehen.« Er stellte die Sachen vor sie.

»Ja, was für ein Glück.«

Der Mann redete weiter, glücklich darüber, jemanden getroffen zu haben, der seine Geschichten noch nicht kannte. »Wenn sich nur seine Tochter für einen Ehemann entscheiden könnte! Ich hoffe, sie findet einen während der Feierlichkeiten. Im Dorf und in der Burg trifft man sonst selten so viele infrage kommende junge Männer.«

»Wie alt ist das Mädchen denn?«

»Beinah eine alte Jungfer. Sie zählt einundzwanzig Jahre. Warum Laird Ian sie nicht schon lange mit jemandem verheiratet hat, übersteigt mein Begriffsvermögen. Viele Leute wundern sich darüber.«

Er schaute auf und fing Grainnas Blick auf. Verwirrung legte sich über seine Züge, und sie spürte, dass sie ihm unheimlich wurde. *Du solltest dich im Staub vor mir winden, du nichtswürdiger Trottel.* Sie schüttelte den Kopf, holte ihn aus der Trance, merkte erst jetzt, dass sie in seine Gedanken gedrungen war, ohne es bewusst gewollt zu haben.

Hastig wich er einen Schritt zurück, fühlte sich sichtlich unwohl. In Zukunft würde sie besser aufpassen müssen.

Sie feilschte ein bisschen bei der Bezahlung, weil sie nur ein Schmuckstück hatte, aber da es viel mehr wert war als die Waren, die sie erstanden hatte, gab er ihr im Gegenzug zusätzlich ein paar Münzen.

Sie entfernte sich, hielt Augen und Ohren offen. So kurz vor der Hochzeit bestand kaum die Gefahr, dass jemand von den MacCoinnichs in den Ort kam. Sie nutzte diesen glücklichen Umstand aus und sammelte mehr Informationen.

Eine unverheiratete Tochter? Ein boshaftes Lächeln spielte um ihre Lippen. *Eine Hütte, nur ein paar Meilen entfernt?* Sie verkniff sich ein Lachen. *Wie romantisch.*

Grainna suchte den Schmied auf und erstand einen Topf. Dort bemerkte sie eine junge Frau, höchstens achtzehn Jahre alt, die einen Mann in Ritterkleidung anlächelte. Unauffällig belauschte sie die Unterhaltung der beiden.

»Also, Ihr seid Matthew of Lancaster. Ich habe schon so viele Geschichten über Euch gehört, Mylord.«

»Äh.« Der Ritter sah sich auf der geschäftigen Straße um. »Es tut mir leid, aber Ihr seid mir gegenüber entschieden im Vorteil. Ihr seid?«

»Alyssa.« Sie schenkte ihm ein strahlendes Lächeln.

»Es ist mir ein Vergnügen.« Er verneigte sich knapp, doch seine Augen ruhten weiter auf der Straße, wo er offensichtlich nach jemandem Ausschau hielt.

Alyssa lächelte und beugte sich zu ihm vor, weit genug, um ihm einen Blick auf die Rundung ihres Busens zu gewähren. Mit leiser, verführerischer Stimme erklärte sie: »Ich hoffe, Ihr werdet nicht so bald nach der Hochzeit abreisen. Ich würde Euch gerne besser kennenlernen.«

Grainna bekam den Austausch mit, und ihr entging auch nicht die Macht, die die Frau über den Mann ausübte.

Geschickt drang Grainna in den Kopf des Ritters. Ja, die Frau, die mit ihm redete, hatte Druidenblut, und sie setzte ihre Gabe bei ihm ein. Nach dem, was Grainna erkennen konnte, war die junge Frau auf der Suche nach einem Ehemann, verschwendete allerdings ihre Zeit mit dem hier vor ihr.

»Vielleicht kann ich noch ein oder zwei Tage bleiben.« Seine Hände zuckten an seinen Seiten. »Oder zu einem späteren Zeitpunkt zurückkehren.«

»Das wäre wunderbar, Sir Lancaster.« Sie berührte ihn am Arm, sandte Röte in seine Wangen. »Bis dann.«

Grainna sammelte ihre Sachen ein und verließ das Dorf in entgegengesetzter Richtung zu der, aus der sie gekommen war. Sobald sie den Schutz des Waldes erreicht hatte, hob sie ihre Röcke und eilte flink zu dem Pferd, das sie einem der Zigeuner abgenommen hatte.

* * *

Mit ein wenig Hilfe von Ian spielte das Wetter am nächsten Tag mit. Die Trauung sollte im Freien stattfinden, auf einer Wiese, auf der für die Gäste Bänke aufgestellt worden waren. Die Dienstmägde banden Heide zusammen und hängten überall Blumensträußchen auf.

Seit sie sich am letzten Abend getrennt hatten, hatte man Duncan daran gehindert, Tara zu sehen. Es war ein frustrierender Brauch, dem Tara aber folgen wollte, selbst wenn es nicht ihr eigener war.

Er zog das Plaid seines Clans zurecht, bis es genau richtig saß. Seine Braut hatte mit ihm über den Kilt gescherzt. Sie würde ihn darin das erste Mal sehen, wenn sie ihre Eheversprechen abgaben.

Das Schöne an dem Kilt war, wie leicht es ihm darin fallen würde, seine Ehefrau zu lieben. Wenn seine Braut Gefallen an

248

dem fand, was er darin mit ihr anstellte, würde er sich vielleicht angewöhnen, häufiger einen zu tragen.

* * *

Tara rutschte unruhig hin und her, während die Frauen, Zofen und ihre Schwiegerfamilie um sie herumwuselten. Sie flochten ihr kleine Blumen ins Haar und setzten ihr einen schmalen Kranz auf die Frisur, der wie ein Heiligenschein aussah. Die Wirkung war großartig. Das bernsteinfarbene Kleid, das mit Perlen und Goldbändern bestickt war, ließ Tara förmlich erstrahlen, betonte all ihre körperlichen Vorzüge. Das Kleid hatte ein Band unter dem tiefen Ausschnitt, durch das ihr Busen angehoben wurde. Die vollen, weiten Ärmel umschmeichelten ihre Fingerspitzen.

Die entscheidende Besonderheit des Kleides war der Stoff, denn es war aus reiner Seide geschneidert, die in dieser Zeit und an diesem Ort unmöglich zu beschaffen war. Jemand hatte ihr gesagt, Duncan und Fin hätten das Tuch von ihren Ausflügen in die Zukunft mitgebracht. Sein Wert war unermesslich, und alle bewunderten sie darin.

Die Dienstboten verließen den Raum, sodass nur Lora und Myra zurückblieben.

»Atemberaubend«, erklärte Lora und betrachtete Tara im Spiegel. »Du wirst eine wunderbare Gemahlin für meinen Sohn abgeben.«

Tara umarmte ihre Schwiegermutter. »Danke für alles.«

»Nein, meine Liebe, *ich* danke *dir*, dass du meinen Sohn liebst.« Loras Stimme brach. »Vermutlich sollte ich alles noch ein letztes Mal kontrollieren.«

Myra blieb da, um Tara Gesellschaft zu leisten, bevor es Zeit wurde, vor den Altar zu treten. »Bist du aufgeregt?«

»Nicht so sehr, wie ich dachte«, erwiderte sie. »Ich habe mich an die Worte des Versprechens erinnert, das Duncan und ich uns in Kalifornien gegeben haben, und jetzt fühle ich mich wohler mit dem, was ich sagen möchte.«

»Verrat es mir.«

Tara schloss die Augen und konzentrierte sich. »Sie begannen mit Norden, Süden, Osten und Westen. Da war etwas mit ›Licht‹ und ›folgen‹, aber das weiß ich nicht mehr genau. Jedenfalls ging es weiter damit, dass ich ihm meine Liebe über meinen Todestag hinaus geben werde, ›selbst wenn mein Auge bricht‹.«

Myra hielt sie an der Stelle auf. »Zwei Herzen sind eins nun für alle Zeit, und dieser Bund wird niemals entzweit.«

»Ja, ganz genau! Woher weißt du das?«

»Du hast diese Worte schon einmal zu ihm gesagt?« Myra wurde blass, und sie schaute Tara erschreckt an.

»Ja.« Die Stelle zwischen Taras Schulterblättern begann zu prickeln.

»Und er zu dir?«

»Ja, warum?« Tara spürte, wie sie bei der Erinnerung ein Schauer überlief.

»Du bist bereits mit meinem Bruder verheiratet.«

Tara winkte ab. »Das ist genau das, was er auch die ganze Zeit behauptet.«

»Nein. Du bist wirklich verheiratet. Das ist das heilige Druiden-Ehegelübde, Tara. Wenn es von einem Menschen, in dessen Adern Druidenblut fließt, gesprochen wird, bindet es einen viel fester an den anderen als alles, was bei einer Trauung in der Kirche vor einem Priester geäußert wird.«

»Das verstehe ich nicht.«

Myra setzte sich hin. »Ein Druiden-Ehegelübde kann niemals aufgehoben werden. Einmal gesprochen, bindet es einen an den Menschen, zu dem man es gesagt hat, und zwar unverzüglich und unauflöslich. Wenn ihr beide getrennt werdet, wird deine Seele nach dem anderen suchen, sich nach ihm verzehren. Ohne den anderen würdest du sterben. Dieses Gelübde gilt für die Ewigkeit, in diesem Leben und dem nächsten. Es gibt kein ›bis dass der Tod uns scheidet‹.«

Tara merkte, wie ihr das Blut aus dem Kopf wich. Ihre Knie knickten ein, und sie setzte sich unwillkürlich hin, ehe sie mit bebenden Lippen fragte: »Und Duncan weiß das?«

»Natürlich. Wir alle haben das von klein auf gelernt. Nur wenige Druiden sprechen diese Worte, weil die Verbindung so endgültig ist. Meine Eltern haben es jedoch getan, und das ist der Grund, weshalb sie in Gedanken miteinander reden können.« Myra legte sich eine Hand an die Stirn. »Ich hätte wissen sollen, dass ihr das Gleiche getan habt. Jetzt ergibt alles einen Sinn.«

Tara rang die Hände, erinnerte sich an die Kordel, die gebrannt hatte, als sie das Gelübde gesprochen hatten. Erinnerte sich an den Blitz und den Moment, in dem sie seine Gedanken hatte lesen können. »Warum hat er denn nichts gesagt?«, fragte sie. »O Gott, vielleicht liebt er mich gar nicht. Vielleicht fühlt er sich nur wegen dem Gelübde zu mir hingezogen.« Sie begann zu zittern.

»Nein, Tara.« Myra nahm ihre Hände und brachte sie dazu, ihr in die Augen zu sehen, während sie erklärte: »Das Gelübde bindet euch, ja. Aber es kann keine Liebe zueinander wecken. Das ist dein freier Wille.« Myra suchte nach den richtigen Worten. »Begreifst du nicht? Duncan hat sich für dich entschieden, bevor er dich hergebracht hat. Er hätte dich aufhalten können, hat es dennoch nicht getan. Er wusste, was er tut. Grainna hätte dich an einen Fremden gebunden, du hättest dich ihm geschenkt, und wenn er dich verlassen hätte, wärst du wie ausgehöhlt gewesen. Du wärst gestorben und hättest in Ewigkeit nach einem Mann suchen müssen, den du gar nicht liebst.«

»Ich hatte ja keine Ahnung.« Wie konnte irgendjemand einen anderen zu einem solchen Schicksal verdammen?

»Sie ist böser als alles, was wir uns vorstellen können.« Myra schob sich das dunkle Haar über die Schulter. »Doch jetzt genug davon. Lass uns ein paar Formulierungen bei deinem Versprechen ändern. Geheiligte Gelübde sollten nicht in einem Gottesdienst gesprochen werden, das wäre viel zu öffentlich und würde am Ende verraten, wer wir sind.«

»Das alles scheint so unnötig, wo ich jetzt ja weiß, dass wir bereits verheiratet sind.«

»Unsinn. Du siehst so wunderschön aus. Meine Eltern wollen bei der Hochzeit ihres Sohnes dabei sein. Und bedenke all das Glück, das seit Wochen in der Burg herrscht. Ich weiß, das ist dein Tag, aber wir anderen haben auch unseren Spaß.«

»Ich muss mit Duncan reden. Wir können nicht einfach …« Sie stand auf und wollte zur Tür.

Myra hielt sie zurück. »Liebst du meinen Bruder?«

»Mehr als mein Leben.« Taras Herz stockte unter der Wahrheit dieser Worte.

»Glaubst du, er liebt dich?« Myra unterbrach ihr nervöses Herumgelaufe und stellte sich vor sie.

Vor Taras geistigem Auge erschienen Blitzen gleich Bilder aus ihrer Zeit und seiner, von dem Moment, in dem er sie zu der Seinen gemacht hatte, dem, als er gelobt hatte, bis in alle Ewigkeit mit ihr zusammen zu sein. Das Lächeln, das er ihr geschenkt hatte, als er sie das letzte Mal gesehen hatte. »Ja. Er liebt mich.«

»Was würde sich dadurch dann schon ändern? Ein Gelübde, das heute gesprochen wird oder das schon vor Monaten gesprochen wurde? Eure Liebe wird die Ewigkeit überleben, sofern sie eine Chance dazu erhält.«

Tara blickte ihrer Schwägerin in die Augen. »Stimmt. Du hast recht. Ich bin einfach nur so aufgeregt.« Sie legte sich eine Hand auf den Magen. »Furchtbar nervös und aufgeregt.«

KAPITEL 18

Die Musik veränderte sich und kündigte Taras Ankunft an. Sie hatte Ian gebeten, sie zum Altar zu führen, damit sie nicht allein gehen musste. Außerdem fand sie immer noch, dass er für alles verantwortlich war. Er hatte ihre Hand in Duncans gelegt und all dies in Gang gesetzt.

Gott sei Dank.

Hinter ihr trug Amber die lange Schleppe ihres Kleides und genoss die Aufmerksamkeit, die sie dadurch erhielt.

Duncan wirkte stolz und sehr ernst, während er vor Bruder Malloy stand, der es eilig zu haben schien, das Paar zu trauen. Er bewegte seinen Finger im Kreis, wohl um Tara dazu zu bringen, etwas schneller zu machen.

Aber heute war ihr Hochzeitstag, und nichts würde sie in diesem Moment zur Eile antreiben. Nichts!

Duncan sah in seinem Kilt sehr verwegen aus. Sie hatte gewusst, dass er einen besaß, und hatte sogar ein- oder zweimal versucht, ihn zu überreden, das Kleidungsstück anzulegen, einfach damit sie es ihm ausziehen konnte. Heute heiratete sie einen Mann in einem Rock. Wer hätte das gedacht? Bei dem Gedanken musste sie sich ein Grinsen verbeißen.

Er trug sein Plaid, genau wie sein Bruder neben ihm. Selbst Ian hatte bloße Knie. Sie waren eine stolze Familie.

Und Tara war stolz, jetzt zu ihnen zu gehören. Sie bedankte sich mit einem Kuss auf die Wange bei Ian, als er sie an seinen Sohn übergab. Er strahlte glücklich und stellte sich neben Lora, um an ihrer Seite die Zeremonie mitzuerleben.

Bruder Malloy räusperte sich und begann. »Brüder und Schwestern …«

* * *

Bruder Malloy musste sich mehrmals räuspern, bevor sich das Paar voneinander trennte, nachdem sie ihre Gelübde gesprochen hatten. Und auch das nützte zunächst nichts. Erst als die Menge jubelte und johlte, ließ Duncan Tara los.

Beim Empfang erhellten die Flammen von tausend Kerzen die große Halle bis spät in die Nacht. Musik erklang, und die Leute tanzten.

Amber spielte mit den Kindern und lief mit ihnen durch die Räume, beschäftigte sie. Cian befand sich im Kreis seiner Freunde, mit denen er eines Tages in die Schlacht reiten wollte. Heute Nacht wollten sie jedoch vor allem Mädchen auf dem Hof fangen.

Myra und Finlay hoben die Becher zum Toast und wünschten dem Paar ein langes Leben und viele Kinder. Wetten wurden abgeschlossen, wie lange es dauern mochte, bis ein Erbe angekündigt werden würde.

Ian und Lora unterhielten sich im Geiste über ihre zukünftigen Enkelkinder.

Ich hoffe, dass sie bald ein Baby bekommen, sagte Ian.

So wie es aussieht, wird es nicht lange dauern, versicherte Lora ihrem Ehemann. Sie warfen beide einen Blick zu ihrem ältesten Sohn und ihrer neuen Tochter.

Duncan küsste Tara mitten auf der Tanzfläche.

* * *

Die Frauen der Burg brachten Tara in die Brautkammer, zuvor bekannt als Duncans Schlafzimmer. Der Auszug wurde mit genauso viel Aufwand und Aufsehen wie die Hochzeitszeremonie selbst vollzogen, während Duncan zurückblieb und von den Männern mit Ratschlägen überhäuft wurde, wie er seine ehelichen Pflichten erfüllen sollte. Oder noch besser, wie er dafür sorgen konnte, dass seine Ehefrau am Morgen mit einem Lächeln auf den Lippen erwachte.

Von ihr getrennt zu sein war Folterqual gewesen. Ihre Gedanken, die in seinem Kopf widerhallten, hielten ihn in einem Zustand ständiger Erregung. Selbst während des Hochzeitsbanketts hatte sie ihn im Geist gefragt, was er unter dem Kilt trug, während sie verführerisch eine in Butter geschwenkte Karotte an die Lippen hob. Sie hatte ihre Zunge darübergleiten lassen, bis sein Verlangen fast schmerzhaft geworden war.

Was für ein Glück er gehabt hatte, so eine wunderbare Braut zu finden. Kichernd kamen die Frauen und Mädchen die Treppe herunter, unterrichteten Duncan und die Männer, dass die Braut jetzt auf ihren frischgebackenen Ehemann wartete.

»Endlich«, sagte er, halb zu sich selbst, aber laut genug, dass alle in der Nähe es hören konnten.

»Hier ist heute Nacht viel Wein geflossen. Macht schnell, sonst schläft sie noch ein«, drängte ihn Sir William.

»Das bezweifle ich sehr«, widersprach Gregor.

Die Männer johlten und sangen, während Duncan die Treppe hinaufstieg. Vor der Tür angekommen, ermahnte Duncan sie, still zu sein, und winkte sie weg. Niemand sollte es wagen, einen Blick auf das zu werfen, was ihn hier drin erwartete.

Mit der Aufregung eines Mannes, der sich nach Erlösung sehnte, öffnete Duncan langsam die Tür und schaute in den Raum.

Der Schein des Feuers und der Kerzen warf flackernde Schatten über die Wände. Er ließ seinen Blick durch den Raum wandern, bis er sie gefunden hatte. In einem weiten Nachtgewand stand sie neben dem Kamin. Ihr Haar war offen und glänzend gebürstet, sodass es in weichen Wellen ihr Gesicht und ihren Körper umfloss.

»Guten Abend, Eheweib«, brachte er heraus, seine Stimme schon belegt vor Verlangen. Es war eine verdammt unangenehme Woche gewesen ohne sie in seinem Bett.

»Guten Abend, Ehemann.«

Tara beobachtete, wie er auf sie zukam, hob aber eine Hand, um ihn daran zu hindern, zu nahe zu treten. Etwas erstaunt, wurde er langsamer und nahm den Becher Wein entgegen, den sie ihm hinhielt. »Setz dich. Ich habe ein Hochzeitsgeschenk für dich.«

Ihr spitzbübisches Lächeln sorgte dafür, dass er in ihrem Geist nach dem forschte, was sie vor ihm verbarg. Doch er entdeckte nur Visionen von sich. Von seinem Kilt, und die ständige Frage, was er darunter trug. »Du bist alles an Geschenk, was ich brauche.«

Sie wandte sich ab, machte ein paar Schritte von ihm weg und drehte sich wieder zu ihm um. »Ich bin so froh, dass du das denkst.« Ihre Finger glitten über ihren Körper, vom Nabel bis zur Kehle.

Sein Mund war leicht geöffnet, als sie begann, an den Bändern ihres Morgenmantels zu ziehen.

Er nippte an seinem Wein und setzte sich, genoss die Show. Niemals zuvor hatte eine Frau sich auf diese Art für ihn entkleidet. Selbstbewusst und verführerisch zog sie leicht an den

257

Ärmeln und ließ einen Hauch von Schulter sehen. Sie wandte sich ab, sodass sie ihm ihren Rücken präsentierte. Das Kleid rutschte ihr bis zur Taille. Darunter trug sie etwas anderes, aber von seinem Platz aus konnte er nicht genau erkennen, was es war.

Ihre rosa Zungenspitze erschien, und sie befeuchtete sich die Lippen, während sie seinen Blick auffing. In stummer Warnung setzte er den Becher ab und lehnte sich vor, um genau zu betrachten, was sie da trug. Es schien mehr nackte Haut als Kleidungsstück zu sein. Er bemerkte, dass sie den Atem anhielt, ihre Brüste hoben sich und zeichneten sich deutlich unter dem hauchzarten Stoff ab.

Ihr Kleid glitt mit einem leisen Geräusch zu Boden. Schock, Leidenschaft und Lust erfassten ihn der Reihe nach. Hätte er seinen Becher nicht hingestellt, wäre er zu Boden gefallen.

Das seidige Material war anders als alles, was er bisher gesehen hatte. Es wurde von schmalen Trägern gehalten und schmiegte sich eng an ihre Kurven. Der Saum und der tiefe Ausschnitt waren mit Spitze gesäumt. Aber die Mitte, *lieber Gott*, die Mitte war nicht mehr als ein V von Material, das sich zwischen ihren Schenkeln traf und sie kaum bedeckte.

Er folgte mit den Augen dem Pfad ihrer Hände, während sie sich streichelte. Tara drehte sich um und gewährte ihm einen weiteren Blick auf ihre Rückseite. Er hielt den Atem an, als sie ihre Pobacken umfasste.

»Gefällt dir das?«, schnurrte sie.

»Aye«, brachte er heraus.

Sie trat zu ihm, streckte ein langes Bein aus und strich mit der Hand daran entlang, stellte dann den Fuß zwischen seine Schenkel. Sie beugte sich vor, um ihm eine ungehinderte Aussicht auf sein Geschenk zu gewähren.

»Mir gefällt es auch«, vertraute sie ihm an.

Er fuhr ebenfalls mit den Fingern über ihren Schenkel, ließ sie langsam dorthin gleiten, wo sich der Hauch von Stoff zwischen ihren Beinen traf, und tauchte unter die Seide.

Ein kleines Geräusch der Lust entschlüpfte Tara, und sie erbebte.

»Ich denke, es ist an der Zeit, dass ich dich für deine Keckheit bestrafe.«

Ihre Finger zuckten. *Versprochen?*

Aye! Mit einer geschmeidigen Bewegung hob er sie hoch und trug sie zum Bett. Sie streckte sich aus und rekelte sich schamlos vor ihm.

»Was ist unter diesem Kilt?«

Er grinste. »Pure Lust.«

Nur eine Schmuckspange hielt das Plaid an Ort und Stelle. Ein schneller Handgriff, und ihre Frage war beantwortet. Er trug bloß den Kilt und sonst nichts.

Er war voll erregt.

»Also, liebes Eheweib, wie packe ich mein Geschenk aus?«, fragte er, während er sich neben ihr ausstreckte und dabei mit den Lippen über ihre Kehle glitt. »Ganz langsam, denke ich.«

Seine Hände folgten demselben Pfad, den ihre genommen hatten. Die Seide unter seinen Fingern war kühl. Ihre aufgerichteten Brustspitzen drückten sich gegen den Stoff, verrieten, wie sehr sie ihn begehrte.

Auf ihrem Bauch spreizte er die Finger und fuhr damit weiter nach unten.

Sie wölbte sich ihm entgegen, sehnte sich nach seiner Berührung.

Er hielt kurz vor der Stelle inne, wo sie sich nach ihm verzehrte, ehe er ihre vollen Brüste umfasste. Er wollte sie außer sich vor Verlangen, bevor er sie nahm.

Sinnlich streichelte sie ihm den nackten Rücken, machte kühne Umwege über seine Hüften und Schenkel.

Fünf lange Tage, Duncan. Ich dachte, ich würde sterben.
Der Tod könnte niemals so süß sein.

Er streifte ihr die Seide von den Schultern. Als ihre Arme frei waren, schob er den Stoff Zentimeter um Zentimeter weiter nach unten. *Ja, sieh dir das an, so ein wunderschöner Nabel.*

Mit den Lippen erkundete er ihren Bauch, sein Bart rieb über ihre Haut. Sie wand sich unter ihm. Die Seide rutschte tiefer, enthüllte die Locken zwischen ihren Schenkeln.

»Und das hier«, sein Akzent wurde stärker, »das muss ich genauer erforschen.«

O ja, bitte.

Er zog die Seide bis zu ihren Knöcheln, und sie schleuderte das Stück Stoff mit einer schnellen Fußbewegung weg.

Er hauchte eine Spur aus Küssen über ihren Unterleib, und eine Welle des Verlangens drohte sie zu überrollen, bevor er sich endlich ihrer Mitte zuwandte.

Tara hatte ihn schamlos geneckt, aber jetzt war er derjenige, der die Kontrolle hatte, und seine Bedächtigkeit brachte sie schier um den Verstand. Er kostete jeden Zentimeter ihrer Haut. Überwältigte sie mit Bildern seines Mundes auf ihrer Mitte, etwas, das sie bisher noch nicht erfahren hatte. »Du treibst mich in den Wahnsinn«, keuchte sie.

»Je mehr Zeit ich mir lasse, desto größer wird am Ende das Vergnügen sein.«

Ihr Herz schlug schneller, als seine verführerischen Küsse immer näher kamen, und schließlich flehte sie ihn an, sie zu nehmen. Sobald er seine Lippen auf sie presste und sie mit Zähnen und Zunge verwöhnte, schrie sie auf.

Ihre Hände krallten sich verzweifelt in die Laken. Verlangen schoss heiß durch ihre Adern.

Mit jedem Stöhnen wurden seine Bewegungen schneller.

Sie wand sich unter ihm, Lust durchströmte sie. Als sie meinte, es nicht länger aushalten zu können, flehte sie ihn an, sie zu nehmen. »Bitte, Duncan, ich brauche dich in mir. Ganz.«

Er hob sich von ihr und drang geschmeidig in sie. Bedächtigkeit hatte auch ihre Vorteile.

»Ich bin im Himmel«, murmelte er und schob sich bis zum Ansatz in ihre Wärme. Mit jedem Stoß machte er sie mehr zu der Seinen.

Mein. Er wiederholte es wie eine Litanei in seinem Kopf.

Tara hörte ihn und lächelte. Sie gehörte ihm mit Geist, Körper und Seele, und sie hätte es nicht anders gewollt.

Liebe strömte aus ihr, als sie gemeinsam den Höhepunkt erreichten.

Liebe umgab sie, als sie, immer noch verbunden, einschliefen.

* * *

Die Hochzeitsfeierlichkeiten erstreckten sich über mehrere Tage, und es dauerte sogar noch länger, bis die letzten Gäste abreisten.

Mehrere Male während der Festlichkeiten ritten Duncan und Tara einige Stunden aus, um allein zu sein. Bei ihrer Rückkehr wurden sie dann heftig geneckt.

Als die Gäste endlich alle fort waren, kehrte wieder Routine ein, was Tara gefiel. Sie arbeitete im Küchengarten, kümmerte sich um das Gemüse und die Kräuter.

»Ich sage dir, Fehlernährung ist verantwortlich für den Tod von vielen Menschen in diesem Jahrhundert. Wir brauchen hier jedes Vitamin und jeden Mineralstoff, den wir kriegen können.« Sie grub mit einem kleinen hölzernen Werkzeug in der Erde. Duncan stand mit gerunzelter Stirn neben ihr.

»Wir haben Bedienstete dafür, das zu tun. Ich will nicht, dass du so dreckig wirst.«

Tara sah auf und lächelte neckisch. »Neulich hat dich das nicht gestört.«

Sie meinte den Tag, an dem sie es nicht bis zur Hütte geschafft hatten, wo sie sich das erste Mal geliebt hatten. Es war gut, dass diese Hütte versteckt hinter einer Baumgruppe lag. Sonst hätte jeder den zukünftigen Laird of Coinnich sich mit seiner Ehefrau im Gras wälzen sehen können. Sie hatte nicht einmal versucht, die Schmutzflecken auf ihrem Kleid zu erklären, als sie zurück zur Burg gekommen waren.

»Trotzdem ...« Duncan beugte sich vor und hielt sie davon ab, weiterzugraben.

»Bitte versteh mich doch. Ich kann nicht gut sticken, und jedes Mal, wenn ich auch nur in die Nähe der Küche komme, scheucht man mich fort. Wenigstens hier draußen kann ich mich nützlich machen.«

»Aber ...«

»Und es gefällt mir, wirklich. Schau dir das an.« Sie stand auf und ging mit ihm zu einer Pflanze mit grünen Blättern und weißen Blütendolden. »Das ist meine erste Karotte. Ich hatte vorher nie Zeit, das zu tun. Jetzt habe ich gefühlt mehr Zeit, als ich mir je hätte vorstellen können.«

»Ich weiß nicht.«

Sie sah, dass er schwankte, und führte weitere Gründe an. »Wenn ich ein bisschen Hilfe von meinem großen, starken Ehemann und seiner besonderen Gabe bekomme, wird dieser Garten beinahe den ganzen Winter über etwas abwerfen.«

»Welche Art von Hilfe?«, wollte er wissen.

»Oh, lediglich ein bisschen Wärme für die Erde.« Tara hatte erfahren, dass Duncans machtvollste Druidengabe das Feuer war. Nicht einfach nur die Fähigkeit, eins anzuzünden, sondern es zu kontrollieren. Er konnte auch Hitze ohne eine

Flamme erzeugen. Wenn er warmes Wasser brauchte, musste er bloß einen Finger in das Gefäß stecken, und bingo, heißes Wasser. Genauso wie Myra den Wind ohne irgendein äußeres Anzeichen bewegen konnte, konnte Duncan mit einem einfachen kleinen Gedanken alles verbrennen.

»Du willst, dass ich den Boden erwärme?«

»Ja, und vielleicht ein paar Samen für mich trocknest.«

»Tara ...«

»Ich werde mir auch was Schönes zur Belohnung einfallen lassen.« Sie trat näher, bis sie spürte, wie sich ihr Busen gegen seine Brust drückte. »Etwas *ganz besonders* Schönes.« Sie begann an seinem Hals zu knabbern.

Du bist unmöglich.

Und du liebst es!

Als Duncan schließlich wegging, herrschte in einem kleinen Teil von Taras Garten eine schöne Wärme, die die Samen unter der Schicht fruchtbarer Erde zum Keimen bringen würde.

Tara sprach mit den Pflanzen, während sie ihre Arbeit beendete. »Jetzt strengt euch an, und wachst schnell. Ich hab Lust auf eine leckere Gemüsesuppe, und der Knoblauch ist auch fast so weit.« Sie zupfte ein Unkraut und warf es zur Seite. Sie goss noch etwas, bevor sie sich zum letzten Mal die Hände abwischte. »So.« Sie betrachtete ihr Werk zufrieden. »Nicht schlecht für einen Tag Arbeit.«

Mehrere Reihen mit Samen, die sie sorgfältig mit Erde bedeckt hatte, warteten darauf, dass etwas Sonne in den ummauerten Garten drang. »Hmm.« Sie klatschte in die Hände, als sie eine Idee hatte, und machte sich auf die Suche nach ihrem Schwiegervater.

KAPITEL 19

Es wurde Herbst, und am Morgen spürte man schon die Kälte des kommenden Winters. Die Familie versammelte sich um das Feuer.

»Eure Mutter hatte eine weitere Vision«, erklärte Ian mit ernster Stimme.

Loras größte Druidengabe war die der Hellsicht. Es war eine der Arten, auf die die Alten mit ihnen sprachen und auf die sie von Grainna als Bedrohung so weit in der Zukunft erfahren hatten.

Einige von Loras Visionen waren sehr detailreich, während andere kryptisch und vage blieben. Doch alle waren so eindringlich, dass keiner von ihnen sie ignorieren konnte.

Tara sah zu, wie Lora der Reihe nach die Gesichter ihrer Kinder betrachtete.

Alle wurden still.

»Die Wintersonnenwende naht«, begann sie.

»Und damit die Notwendigkeit, Grainna davon abzuhalten, ihre Macht wiederzuerlangen«, stellte Fin fest.

»Doch diesmal wird es anders sein. Ich glaube nicht mehr, dass die Sonnenwende für Grainna eine Rolle spielt.« Lora warf ihren Kindern einen Blick zu und ergriff Ians Hand.

Tara entging die Geste nicht. Lora war besorgt.

Fin stimmte seiner Mutter zu. »Ich denke nicht, dass Grainna bis zur Sonnenwende warten würde, wenn sie eine andere passende Jungfrau fände.«

»Das sehe ich genauso«, sagte Duncan.

»Unser Aufenthalt in der Zukunft könnte länger dauern«, schloss Fin und sah seinen Bruder an.

Taras Herz brach ein wenig. »Duncan kann nicht weg.« Sie verstärkte ihren Griff um seine Hand. »Zunächst einmal sind wir verheiratet. Und auch wenn ich die Situation begreife, finde ich, es ist ein bisschen viel von mir verlangt, zu erlauben, dass mein Ehemann mit einer anderen Frau ins Bett geht.«

»Das ist richtig«, stimmte Ian ihr zu.

»Und zweitens glaube ich nicht, dass es sicher für ihn wäre, zurückzukehren. Die Behörden suchen nach ihm. Cassy ist ganz bestimmt zur Polizei gegangen. Sie würden ihn ins Gefängnis stecken.« Der Gedanke beunruhigte sie, und sie bekam eine Gänsehaut auf den Armen. Sie dachte oft daran, wie ihre Freundin und ihre Schwester wohl mit ihrem Verschwinden umgingen. Jetzt wandten sich ihre Ängste der Überlegung zu, was in der Zukunft mit ihrem Ehemann geschehen würde.

»Duncan wird nicht mitkommen«, verkündete Lora und beruhigte Tara damit.

»Also gut«, seufzte Fin. »Da Duncan und ich uns so ähnlich sehen, werde ich mich verkleiden müssen, wenn ich zurückgehe.«

Tara schüttelte den Kopf. »Ich weiß nicht, Fin. Die Polizei fahndet sicher auch nach dir. Du hast keine Ahnung, wie leicht du in meiner Zeit erkannt werden kannst. Es ist nicht wie hier. Jeder Polizist wird ein Foto von euch beiden haben. Wenn sie denken, dass ich tot bin, behalten sie dich einfach im Gefängnis. Wir werden eine sehr gute Verkleidung finden müssen. Wolltest du je blond sein?«

Er hob eine Augenbraue und verzog das Gesicht. »Nein.«

»Nein«, erhob Lora die Stimme und unterbrach ihre Debatte. »Auch Finlay wird nicht zurückkehren.«

»Was?«, fragten Myra, Fin, Duncan und Tara gleichzeitig.

»Wer also dann?«, wollte Myra wissen.

Lora atmete tief durch. »Meine Vision war ganz klar, klarer als jemals eine zuvor. Ich habe nach einer anderen Interpretation dafür gesucht, aber es gibt keine.« Sie hob den Kopf und sah ihrer Tochter direkt in die Augen. »Du wirst gehen müssen.«

Duncan und Fin sprangen auf die Füße. »Das muss ein Irrtum sein. Myra zu schicken ist keine Option.«

»Wir würden sie großer Gefahr aussetzen«, fügte Duncan an.

»Es gibt keinen Zweifel. Meine Vision war eindeutig. Wenn Myra bei der nächsten Sonnenwende hier ist, wird sie sterben.«

Alle blickten sich verunsichert um, keiner sprach, während sie eine schreckliche Furcht ergriff.

Myra brach das Schweigen. »Was hat die Vision denn noch enthüllt?«

»Die Gefahr droht dir hier und jetzt. Ich kann nicht sagen, von wem oder wodurch.«

»Denkst du, dass Grainna hier ist?«, fragte Tara.

»Ich weiß es nicht.«

»Gibt es einen anderen Druiden wie sie irgendwo da draußen?«

Ian nickte seinem ältesten Sohn zu. »Ich kenne nur die Legenden.«

»Hast du mir nicht erzählt, dass sie Druiden auf ihren dunklen Pfad gelockt hat?«, fragte Tara Duncan.

»Aye.«

»Dann muss es einer von ihnen sein.« Myra ging gedankenverloren zum Kamin hinüber.

»Aber warum Myra?«, fragte Tara. »Jedes Jungfrauenblut würde Grainnas Fluch brechen. Oder entgeht mir was?«

»Jungfrauenblut ist immer machtvoll, besonders in den falschen Händen«, stellte Ian fest.

»Für jeden Druiden, der Schaden anrichten will.«

»Oh.«

Ein kollektives Seufzen ertönte im Raum. Alle behielten ihre Gedanken für sich, doch sie betrachteten Myra verstohlen.

»Wann kann ich zurückkommen?« Myra sah ins Feuer. »Nach der Sonnenwende?«

»Ich bin mir nicht ... Ich weiß es nicht.« Loras Augen füllten sich mit Tränen.

Stille senkte sich über die Runde wie eine schwere Decke. Das Feuer knackte, und Funken stoben in die Luft, Rauch stieg auf, den Schlot empor und aus der Burg.

Tara stellte die Frage, die niemand anderes stellen wollte. »Wann soll sie abreisen?«

»Beim nächsten Vollmond«, antwortete Lora, als ginge es um nicht mehr als einen Flug nach Vegas.

Tara zwang sich zu einem Lächeln und sprach mit einer Sicherheit, die sie nur halb verspürte. »Nun, dann haben wir nicht viel Zeit, nicht wahr?« Sie küsste Duncan, ließ ihn los und stand auf.

»Zeit wofür?«, wollte Myra wissen.

»Zeit dafür, dich aufs einundzwanzigste Jahrhundert vorzubereiten«, erwiderte Tara, als wäre die Antwort offensichtlich. »Glücklicherweise weiß ich alles, was es darüber zu wissen gibt. Du wirst es lieben.« Während sie die Worte aussprach, wusste sie, dass das die Wahrheit war.

Myra wagte ein kleines Lächeln, während sie sich die Tränen abwischte. »Du scherzt.«

»Das ist kein Witz. Und das ist übrigens das Wort: Witz. Wenn du herumgehst und Dinge wie ›Du scherzt‹ sagst, wirst du sofort auffallen.«

»Ich weiß nicht.«

»Nein, allerdings nicht. Aber das wirst du, denn ich werde es dir beibringen.« Tara wandte sich an Lora. »Sie muss mit all ihren Gaben gehen. Ihr kann nichts genommen werden.«

»Natürlich wird sie das«, erklärte Ian.

»Sie wird jede mögliche Waffe gegen Grainna brauchen«, meinte Duncan.

»Du darfst dich Grainna auf keinen Fall nähern«, ermahnte Lora sie streng. »Meine Vision hat mir gezeigt, dass du stirbst, wenn du hierbleibst, und dass es sicher für dich ist, wenn du in Taras Zeit reist. Doch das bedeutet nicht, dass Grainna keine Gefahr darstellt. Wir wissen alle, wenn sie dich findet, könnte sie ...«

Myra hob eine Hand. »Ich werde nicht in ihre Nähe kommen. Ich möchte nicht sterben.«

»Aber wie hindern wir sie daran, eine andere Jungfrau zu finden, um den Fluch zu brechen?«

»Damit müssen wir uns jetzt nicht befassen. Vielleicht habe ich eine weitere Vision, die mir den Weg zeigt, wie wir sie aufhalten können. Es ist schwer zu erkennen, was die Zukunft bringt. Niemand hat diese Veränderungen vorhersehen können.«

Tara nahm Myras Hand. »Wir müssen uns an die Arbeit machen. Lora, wir brauchen deine Hilfe.«

»Wobei?«

»Kleider zu nähen.« Tara wirbelte Myra herum, dass ihr der Rock um die Beine schwang. »Das ist zwar durchaus hübsch, geht nur leider gar nicht.«

Nach einem schnellen Kuss für Duncan lächelte Tara ihn an. *Alles wird gut werden.* »Bleib nicht auf.« Die Frauen verließen den Raum auf der Suche nach Stoff und Nähzeug.

Die Männer schenkten sich Ale ein und ersannen einen neuen Plan.

* * *

Bekleidet mit etwas, das wie Caprihosen aussah, unter der gekürzten und enger genähten Tunika eines jungen Mannes, wirkte Myra schon mehr wie eine moderne Frau.

Damit sie sich besser fühlte, schlüpfte Tara für die Lehrstunde in ihre eigenen Shorts und ihr T-Shirt.

Tara schickte nach Duncan, der noch nicht gekommen war.

»Selbstverteidigung ist für eine Frau in L. A. unverzichtbar. Es gibt keine Ritter, die zu deiner Rettung herbeieilen werden, wenn du in eine unangenehme Situation gerätst.«

»Du meinst, wenn mir jemand etwas antun will?«

»Es gibt in jeder Zeit üble Typen. Zu wissen, wie man sich ihnen entzieht, kann dir das Leben retten und deine Tugend. Außer er ist süß, vielleicht stört es dich dann nicht, deine Tugend zu verlieren«, neckte Tara sie.

Myra errötete.

»Und das muss aufhören. Das ist viel zu verräterisch. Jungfrauen sind in meinem Jahrhundert nicht besonders häufig. Wenn du rumläufst und bei jeder anzüglichen Bemerkung rot wirst, wird Grainna dich sofort finden. Sag das Wort ›Sex‹«, forderte Tara sie auf.

»Nein, das kann ich nicht.« Myra kicherte verlegen und drehte sich weg.

»Sex, Sex, Sex«, bombardierte Tara sie. »Liebe machen, es treiben, ins Bett hüpfen. Komm schon, je mehr du es hörst und sagst, desto besser.«

»Sex«, flüsterte Myra.

»Lauter.«

»Sex!«

»Besser. Siehst du, die Röte verschwindet schon.«

Ein Klopfen an der Tür kündigte Duncans Ankunft an. »Verrat ihm nichts. Das Überraschungsmoment ist absolut unerlässlich, wenn man jemanden überwältigen will, der größer und stärker ist als man selbst.«

Tara öffnete die Tür, um festzustellen, ob Duncan allein war. Sie scheuchte ihn herein und klemmte einen Stuhl unter die Türklinke, um neugierige Zuschauer fernzuhalten.

Duncans Blick ruhte auf seiner Schwester. »So erkenne ich dich kaum wieder.«

Myra drehte sich zum Spiegel um und strich sich mit den Händen über die Hüften. Sie lächelte. »Diese Kleidung gibt mir viel mehr Bewegungsfreiheit. Ich verstehe, warum Frauen so etwas anziehen wollen.«

»Sie enthüllt auch mehr.« Duncan schaute hastig weg.

Tara hatte Mitleid mit ihm. Es war, als würde er zum ersten Mal feststellen, dass seine Schwester eine Frau war. Und dass ihm das Gefühl nicht gefiel. Um das zu erkennen, brauchte Tara nicht einmal ihre spezielle Verbindung.

Myras Haar war zu einem Pferdeschwanz gebunden. Ihre Arme waren nackt, genau wie ihre Füße und Knöchel.

Wird sie in deiner Zukunft sicher sein? Keiner von uns wird da sein, um sie zu beschützen.

Statt ihm zu antworten, trat Tara in die Mitte des Raumes, wo die Möbel weggeräumt worden waren und weitere Teppiche auf dem Boden lagen. »Duncan, Schatz, komm mal her. Ich habe eine Überraschung für dich.« Tara zeigte auf den Platz neben sich.

»Ich mag Überraschungen.« Er warf seiner Schwester einen Blick zu, die grinste.

»Leg einen Arm über meine Schultern«, wies Tara ihn an. »Gut, also sag mir, Duncan, bist du größer als ich?«

Er schaute seine Frau an, verwirrt von der Frage. »Natürlich.«

»Bist du stärker als ich?« Sie hob die Hand und strich ihm mit dem Finger über das Kinn.

»Worauf willst du hinaus?«

»Glaubst du, dass es irgendeine Möglichkeit gibt, dass ich, deine schwächere, kleinere Frau, dich im waffenlosen Kampf besiegen oder dich sogar zu Boden bringen könnte?«

Er lachte bei dem Gedanken. »Tut mir leid, Liebste. Aber es ist völlig un…«

Taras Bein schoss vor, und zur selben Zeit riss sie beide Hände hoch und griff nach seinem freien Arm. Das Überraschungsmoment und Schwung waren ihre Waffen. Duncan stolperte über ihr Bein und stellte fest, dass er plötzlich flach auf dem Rücken lag und ihm die Luft aus den Lungen gepresst worden war. »Meine Güte!«, keuchte er zwischen zwei hastigen Atemzügen.

»Tut mir leid, Liebster.« Ihr Lächeln wirkte nicht ganz aufrichtig. »Ich musste etwas demonstrieren.« Sie streckte ihm die Hand hin, um ihm auf die Füße zu helfen.

Er ergriff sie, doch statt sich hochzuziehen, schaffte er es, dass sie in der nächsten Sekunde auf dem Rücken und er über ihr lag.

»Touché.« Tara warf einen Blick zu Myra. »Die Moral von alldem ist: Wenn dein Gegner erst mal am Boden ist, renn schnell weg. Die Überraschung funktioniert nur einmal, außer wenn sie wirklich dumm sind.«

Duncan küsste sie, bevor er sie losließ.

Tara zeigte Myra, wie man sich aus einem Würgegriff befreite, wie man einen Schraubstockgriff loswurde und, am wichtigsten, wo genau man sein Knie platzieren musste, wenn ein Mann einem zu nahe kam. »… und wenn du das getan hast, ist er effektiv außer Gefecht gesetzt. Richtig, Schatz?«

Duncan wurde bei dem Gedanken etwas blass. »Aye.«

»Du kannst immer deine Kräfte einsetzen, aber damit erregst du Aufmerksamkeit. Wenn dein Leben in Gefahr ist, zögere nicht. Es ist egal, ob jemand herausfindet, dass du Druidin bist, wenn du anderenfalls tot bist.«

Duncan spielte das Demonstrationsobjekt, während sie weiter trainierten. Er gab seine eigenen Tipps, für die meisten seiner Manöver brauchte man allerdings mehr Kraft, als die beiden aufbringen konnten. Einige konnten sie jedoch ausführen, nachdem sie sie mehrfach geübt hatten.

* * *

Eine Stunde später machte sich Duncan auf, den ahnungslosen Fin zu holen. Myra sollte das Gelernte an einem neuen Opfer ausprobieren. Die Vorstellung tat Duncans leicht angeschlagenem Ego gut, und er freute sich schon, als er Fin in Taras Zimmer brachte.

Kurz nachdem sich die Tür hinter ihm geschlossen hatte, drang ein lauter Fluch, ähnlich wie der, den er selbst benutzt hatte, durch die Wände.

Duncan lachte den ganzen Weg die Treppe hinunter.

Kapitel 20

Grainna beobachtete die Burg unablässig. Sie hoffte, einen dort angestellten Bediensteten mit einem schwachen Willen zu finden. Jemand, von dem sie Informationen darüber erlangen konnte, was drinnen geschah. Aber das Schicksal war ihr nicht gewogen. Und auch ihre Fähigkeit, Menschen so leicht zu lesen, wie es ihr in der Zukunft möglich gewesen war, ließ sie hier im Stich. Nicht täglich ihre Magie zu benutzen schwächte sie.

Ihre kurzen Besuche im Dorf gestaltete sie ganz unauffällig und begab sich bloß dorthin, wenn sich auch andere Fremde darin aufhielten. Sie trug Bettlerkleidung und lehnte sich schwer auf einen Stock, obwohl ihr Bein komplett geheilt war.

Sie sah nur selten dieselben Leute im Dorf, doch es war ihr gelungen, das Druidenmädchen Alyssa im Auge zu behalten. Zu ihrer Überraschung begann Matthew of Lancaster, ihr regelmäßig Besuche abzustatten.

Grainna war stolz darauf, ihre Strategien ändern zu können, wenn das nötig war. Und es war an der Zeit, dass sie sich für ihre Aufgabe Hilfe suchte. Die Wintersonnenwende näherte sich rasch, aber falls ihr eine Jungfrau druidischer Abstammung über den Weg lief, würde sie nicht warten. Das hatte sie bei Tara gelernt.

Alyssa könnte eine Jungfrau sein. Auch wenn sie nicht so machtvoll war wie die MacCoinnichs, war es doch leichter, sich ihr zu nähern, als Myra. Lancasters Aufmerksamkeit würde Grainna in die Hände spielen und ihr helfen, Alyssas Blut zu bekommen.

Sie bezog ihren Posten unweit des Hauses des Mädchens und wartete darauf, dass Lancaster erschien.

Schwer auf ihren Stock gestützt, trat sie ihm direkt in den Weg. »Es tut mir so leid«, sagte sie, als er über sie stolperte. »Ich kann kaum noch sehen. Vergebt mir, Sir.«

»Das ist schon in Ordnung, nichts passiert.« Matthew klopfte sich den Staub vom Wams.

»Ihr seid zu freundlich, Herr Ritter, zu freundlich.« Grainna bewegte ihre Hand vor seinen Augen, fing seinen Blick ein und lenkte ihn auf ihre Rubinhalskette.

Langsam ließ sie den Anhänger hin und her schwingen, bis sie sah, dass sein Blick flackerte.

»Ja, Ihr seid so freundlich, Sir Lancaster. Würdet Ihr einer armen Frau bitte zu ihrer Hütte helfen? Es ist nicht weit.« Sie setzte ein Lächeln auf, unschuldig und trügerisch rein, und sein Geist öffnete sich ihr.

»Ach, es gibt so viele wunderschöne Vögel bei meiner Hütte. So viele verschiedene Arten. Ihr könntet sie den ganzen Tag beobachten und nie denselben zweimal sehen.«

»Oh, wie wunderbar. Ich schätze unsere gefiederten Freunde sehr.«

Sie fasste ihn am Arm, als er sie zu seinem Pferd führte.

So leicht. Sie lächelte. *So einfach.*

Nachdem sie zwischen den Bäumen verschwunden waren, ritten sie schneller. Als die Nacht anbrach, saß er mit ihr in einer kleinen Hütte, die schon vor langer Zeit verlassen worden war. Sie lag tief im Wald, wo kein Reisender vorbeikam, sodass eine Entdeckung praktisch ausgeschlossen war.

Mit einer kleinen Menge ihres magischen Tranks machte sie sich seinen Geist vollends gefügig. Als er eingeschlafen war, beendete sie, was sie begonnen hatte, und am Morgen war er ihr Geschöpf, wie die Männer in der Zukunft.

Sie umhüllte die kleine Hütte mit demselben Schutzzauber, den sie in ihrer Jugend benutzt hatte. Doch dieses Mal umgab sie mehrere andere Unterkünfte, die sie bei ihren Bemühungen gefunden hatte, ihre Identität vor den Alten geheim zu halten, mit dem gleichen Schutz.

Sosehr sie sich auch dafür hasste, zuckte sie bei jedem Geräusch, das in der Nacht ertönte, laut oder leise, zusammen.

Jetzt, da sie jemanden hatte, den sie sich untertan gemacht hatte, würde sie nicht mehr so häufig den Unterschlupf verlassen müssen.

Der Sieg war nahe und schmeckte bittersüß. Die Alten hatten sie einmal verflucht, und nach Druidengesetz konnten sie es nicht ein zweites Mal tun.

Ohne die Gefahr, dass sie sich wieder auf sie stürzten, konnte sie Chaos über das Land bringen, und sie freute sich schon auf die Rache, die sie an den MacCoinnichs üben würde … und sie würde mit Tara anfangen. Nein, sie würde sie nicht töten. Sie würde sie lange genug am Leben lassen, dass sie den Tod ihres Ehemannes miterleben konnte. Und selbst danach würde sie sie vielleicht am Leben lassen, sodass sie den Schmerz einer Druidin erfahren würde, die ohne ihren Liebsten sein musste.

Ein boshaftes Lächeln formte sich auf Grainnas Lippen. Wenn sie erst wieder im Besitz ihrer Kräfte wäre, würde sie sie alle töten.

* * *

Myras geplante Abreise war keine Woche mehr entfernt. Die Nerven lagen blank, und alle waren schlechter Laune.

Weil weiter unklar war, woher genau die Gefahr drohte, hatte niemand außerhalb der Familie erfahren, dass Myra gehen würde. Sie hatten einen Plan, um ihre Abwesenheit bis lange nach der Wintersonnenwende zu vertuschen. Dann würde Lora mit etwas Glück schon wissen, wann sie zurückkommen könnte, und die Scharade könnte fallen gelassen werden.

Tara erklärte Myra, wie sie sich ihrer Schwester am besten nähern konnte. Sie verriet ihr persönliche Details aus ihrer Jugend, sodass Lizzy ihr genug glauben würde, um sich ihre Geschichte anzuhören.

Tara hatte einen sehr langen Brief an Lizzy geschrieben, in dem sie darlegte, wo sie war und wie sie hierhergelangt war. Hoffentlich würde es die Tür für Myra öffnen.

»Ihre größte Sorge wird Simon gelten. Sie muss dir vertrauen, oder sie wird dich niemals einlassen.«

»Wie werde ich deine Schwester finden?«

Sie wussten nicht, wo die Steine Myra hinbringen würden. Es gab keine Garantie, dass sie am selben Ort herauskommen würde wie Duncan und Fin. Die Steine gehorchten einer höheren Macht. Zeitreise war keine exakte Wissenschaft. Es war unmöglich, zu erahnen, wo genau Myra landen würde.

Tara unternahm mit ihr außerhalb der Burg einen Spaziergang durch die Hügel. Die Sonne schien, aber in der Luft lag schon die Kühle des kommenden Winters. Beide Frauen trugen schwere Umhänge über ihren Wollkleidern.

»Die einzige Möglichkeit, von der ich denke, dass sie funktionieren wird, ist, die Hilfe von irgendeiner Behörde in Anspruch zu nehmen, der Polizei, einem Krankenhaus, so etwas. Du musst Amnesie vortäuschen.« Tara beugte sich vor und hob einen flachen Stein auf.

»Was ist Amnesie?«

»Du musst vorgeben, das Gedächtnis verloren zu haben.«

»Das Gedächtnis verloren? Wie soll ich das anstellen?«

»Nun, wenn die Polizei dich aufgreift, erzähl ihnen, dass du dich an nichts erinnerst, außer dass du dort aufgewacht bist, wo auch immer du landest.« Tara sprach weiter. »Erzähl ihnen, dass dein Kopf schmerzt und dass du glaubst, du seist gestürzt. Sie werden dich vermutlich in ein Krankenhaus bringen und einige Tests durchführen.«

»Ein Krankenhaus, ist das ein Hospital, wo die Kranken behandelt werden?«

»Genau.«

»Aber ich bin nicht krank. Werden sie das nicht merken?«

»Vielleicht.« Tara warf den Stein und griff nach einem weiteren.

»Ich möchte nicht lügen.«

Tara lachte. »Nun, du solltest dich besser daran gewöhnen, Schwester. Du wirst die ganze Zeit, während du da bist, jede Menge lügen müssen.«

»Könnte ich nicht die Wahrheit sagen?«

»Sie würden dich schneller wegsperren, als du gucken kannst. Oder noch schlimmer, jemand würde dir glauben und die Steine für etwas Schreckliches benutzen. Und wie willst du dann zurückkommen?«

Myra seufzte tief. »Ich mache mir große Sorgen. Ich versuche wirklich, tapfer zu wirken, sodass alle denken, ich wäre nicht starr vor Angst.« Ein Schluchzen kam über ihre Lippen. »Dabei bin ich das, Tara. Ich bin nicht so stark wie du.«

Tara zog sie an sich und ließ sie weinen. Als Myra sich etwas beruhigt hatte, löste Tara sich von ihr. »Jetzt hör mir zu. Du bist eine der stärksten Frauen, die ich kenne. Du hast in wenigen kurzen Wochen so viel über meine Zeit gelernt. Du bist bereit, Myra, bereit, in die Zukunft zu gehen, meine Schwester zu treffen und lange genug zu bleiben, bis die Gefahr vorüber ist.«

Tara wischte ihr mit der Hand die Tränen von den Wangen. »Und du wirst großartiges Essen probieren und so viele unterschiedliche Menschen kennenlernen, dass du denkst, dir explodiert der Kopf.« Myra lachte, auch wenn es leicht nervös klang. »Und bei der ganzen Technik wirst du durchdrehen! Du wirst es lieben.«

»Bist du sicher?«

»Auf jeden Fall, Myra. Alles wird gut gehen. Sag demjenigen, der dich befragt, Lizzys Namen. Wenn sie meine Schwester gefunden haben, wird der Rest einfach sein. Sorg dafür, dass Lizzy Cassy ebenfalls alles erzählt. Ich möchte nicht, dass Cassy ihr Leben lang glaubt, dass sie meinen Tod mitverschuldet hat.«

Der Plan war gut. Tara dankte Gott im Stillen dafür, dass ihre Freundin und ihre Schwester endlich erfahren würden, was mit ihr geschehen war.

»Glaubst du, dass ich zurückkomme?«, fragte Myra, als sie stehen blieben und sich auf einen umgefallenen Baumstamm setzten.

»Gott, das hoffe ich doch.« Tara nahm ihre Hand, ohne sie anzuschauen. »Ich glaube, ich könnte es nicht ertragen, innerhalb eines Jahres *zwei* Schwestern zu verlieren.«

»Woher weiß ich, wann ich zurückkommen soll? Ma kann es mir nicht sagen. Und ich hatte nie irgendwelche seherischen Fähigkeiten wie sie. Amber scheint die Gabe zu haben, aber ich nicht.«

»Wir müssen daran glauben, dass jemand Mächtigeres als wir die Fäden zieht. Hab Vertrauen, wenn schon nichts anderes. Und bete.« Das war alles, was Tara ihr mitgeben konnte. »Die entscheidendere Frage ist, ob du überhaupt zurückkehren möchtest. Mit modernen Toiletten, Kleidung und Essen verlieren wir dich vielleicht, weil du viel lieber bleiben willst.«

»Ich würde meine Familie zu sehr vermissen.«

Tara drückte ihr die Hand. »Gut. Meine Liste wird stündlich länger.« Auf der Liste standen all die Dinge, von denen Tara wollte, dass Myra sie ihr mitbrachte. Es waren vor allem Medikamente, Samen für die unterschiedlichsten Pflanzen und Bücher darüber, wie man in der Zukunft Dinge herstellte.

Inklusive Toiletten.

* * *

Am Abend vor Myras Abreise und genau drei Wochen vor der Wintersonnenwende versammelte sich die Familie zum Abendessen. Auch wenn sie versuchten, die Stimmung und die Unterhaltung leicht zu halten, gelang es ihnen nicht.

Alle waren sich einig, dass Duncan, Tara und Myra zusammen von der Burg wegreiten und unbemerkt die Steine aktivieren sollten. Falls die ganze Familie gehen würde, würde das garantiert jemandem auffallen, und Fragen würden gestellt werden.

Dieser Abend war fürs Abschiednehmen und für letzte Gedanken da.

Sie schickten die Bediensteten zu Bett. Die Ritter, die die Burg in der Nacht bewachten, wurden angewiesen, in den Türmen zu bleiben. Selbst die Hunde schliefen außerhalb der großen Halle.

»Wie lange soll ich warten, bevor ich zurückkomme?«

»Einen Monat, vielleicht zwei. Danach …« Lora senkte den Blick auf ihren Teller, wo ihr Essen immer noch unangerührt lag.

»Ich werde in zwei Monaten zurückkehren.« Myra seufzte vor Erleichterung, als sie das sagte.

»Nein, Myra. Warte auf ein Zeichen«, widersprach Lora. »Ich will, dass du zurückkehrst, wenn es sicher ist. Nicht, dass du in Gefahr gerätst.«

Ian MacCoinnich musterte seine Tochter mit Sorge im Blick. »Aber falls du in der neuen Zeit in Gefahr gerätst, musst du unverzüglich zurückkommen.«

»Das werde ich, Vater.«

»Hat irgendjemand darüber nachgedacht, wie wir zu ihr gelangen können, falls das nötig ist?«, fragte Tara.

Niemand antwortete. Niemand konnte es.

»Verstehe.« Tara griff unter dem Tisch nach Duncans Hand. *Tun wir das Richtige?*

Sein beruhigendes Lächeln half ihr. *Die Visionen meiner Mutter haben uns noch nie fehlgeleitet.*

Amber und Cian gingen gegen Mitternacht ins Bett.

Duncan und Tara zogen sich kurz danach ebenfalls in ihr Zimmer zurück.

Myra blieb noch lange auf und sprach mit ihren Eltern. Wieder und wieder berichtete sie ihnen von ihren Plänen. Jedes Mal hörte sie den Ratschlägen zu, die sie ihr gaben, dankbar für ihre Führung.

Sie übergaben ihr zwei kostbare Kerzenleuchter, die sie in Taras Zeit verkaufen sollte, um sich versorgen zu können, falls Lizzy nicht so einfach zu finden war.

Als sie schließlich auf dem Weg ins Bett war, fing Fin sie in der Halle ab. »Ich wollte nicht, dass die anderen mithören. Sie machen sich zu viele Sorgen.«

»Was ist denn?« Sie und Fin hatten immer offen miteinander gesprochen, und doch hatte er ihr nichts Wichtiges gesagt, seit Lora angekündigt hatte, dass sie gehen musste.

»Wenn Grainna von dir erfährt, wird sie nichts davon abhalten können, dich ...« Er wandte sich ab und sprach nicht weiter.

Myra verstand ihn sofort. »Für ihre Zwecke einzusetzen«, beendete sie den Satz für ihn.

»Aye.« Fin suchte ihren Blick. »Außer du bist nicht mehr von Nutzen für sie.«

Seine Andeutung hätte sie geschockt, wenn sie nicht schon selbst darüber nachgedacht hätte.

Er nahm ihre Hände. »Verdammt, Myra. Wie kann ich dir das begreiflich machen?«

»Tara und ich haben bereits darüber gesprochen. Wenn ich zurückkehre und wenn es kein Zeichen gibt, dass ich sicher vor Grainna bin ... werde ich ihr so oder so nicht mehr von Nutzen sein können.«

»O Gott.« Er zog sie in seine Arme. »Falls du nicht zurückkehrst, werde ich einen Weg finden, zu dir zu kommen. Und wenn es mein ganzes Leben lang dauert, ich werde sicherstellen, dass es dir gut geht.«

Myra hasste die Angst, die sich in ihr Herz schlich. »Wenn ich zurückkehre und nicht länger ... unberührt bin, was dann, Fin?«

Er legte seine Hände um ihr Gesicht. »Jeder Mann, der dich zur Frau bekommt, kann sich glücklich schätzen, unberührt oder nicht.«

Sie wusste, dass er log, aber sie widersprach ihm nicht. Es hatte keinen Sinn. Es war wichtiger, am Leben zu sein, als Jungfrau zu bleiben.

* * *

Zu dritt ritten sie schweigend nebeneinander. Nebel bedeckte das Land und verbarg sie vor neugierigen Blicken.

Als sie anhielten und die Steine im Kreis aufstellten, trat die Sonne gerade über den Horizont, und der Nebel lichtete sich etwas.

»Vergiss nicht, Lizzy ist die Kurzform von Elizabeth. Elizabeth McAllister. Falls sie dir aus irgendeinem Grund nicht zuhören will, such Cassy. Cassandra Ross.« Tara hatte das Gefühl, dass sie etwas vergessen hatte, und redete nervös drauflos.

»Das hast du mir alles schon gesagt. Ich werde es nicht vergessen.« Myra legte den Umhang ab, der die moderne Kleidung, die sie trug, verdeckt hatte. »Hier, das werde ich nicht mehr brauchen.«

Tara hielt die Tränen zurück und bemühte sich um ein Lächeln.

Duncan drückte seine Schwester ein letztes Mal an sich und hörte, wie sie flüsterte: »Herzlichen Glückwunsch, Bruder.«

»Wozu?«, wollte er wissen.

Sie lächelte. »Das wirst du schon sehen.«

Einen nach dem anderen berührten sie die Steine und aktivierten sie, bis sie glühten und pulsierten.

»Gute Reise«, rief Duncan.

Der Wind wechselte die Richtung, und Licht schimmerte und brannte.

»He, Myra«, rief Tara, um sie davon abzulenken, was auf sie zukam, denn sie spürte ihre Furcht.

»Was?«, schrie Myra über das Rauschen hinweg.

»Lass dich von Lizzy mit nach Magicland nehmen. Die Fahrten lassen sich zwar nicht mit dem hier vergleichen, aber du wirst es lieben.«

Myra hielt ihren Beutel fest und winkte mit ihrer freien Hand. »Magicland. Das vergesse ich nicht.« Sie begann ihren Sprechgesang.

Als der Boden anfing zu beben, zog Duncan Tara zurück. Mit einem Lichtblitz und einem ohrenbetäubenden Dröhnen verschwand Myra.

Rund um die Stellen, an denen die Steine gestanden hatten, war die Erde verbrannt.

Sie konnten beide nicht anders, als sich zu fragen, ob sie Myra je wiedersehen würden.

So ist es also, wenn man zurückbleibt, dachte Duncan.

Wenigstens weißt du, wo sie ist. Lizzy weiß das bei mir nicht. Vielleicht erfährt sie es jetzt.

Duncan küsste seiner Frau die Hand, und dann machten sie sich auf den Weg nach Hause.

Kapitel 21

Die Familie wechselte ohne Unterbrechung vom Projekt »Los Angeles« zum Projekt »Vertuschung«.

Wenn irgendjemand nach Myra fragte, antworteten sie: »Oh, die war gerade noch hier.« Oder: »Wenn Ihr Euch beeilt, erwischt Ihr sie vielleicht noch.«

Doch das wurde bald anstrengend und immer schwieriger.

Am dritten Tag nach Myras Verschwinden streuten sie die Geschichte, dass sie sich mit einer Krankheit angesteckt hätte und nun das Bett hüten müsste. Das war viel leichter aufrechtzuerhalten.

Tara und Lora fiel die Aufgabe zu, sich um die Kranke zu kümmern, daher mussten sie niemand anders einweihen. Wenn es an der Tür klopfte, sprang Tara ins Bett und zog sich die Decke über den Kopf, tat so, als wäre sie Myra.

Diese List funktionierte, und niemand vermutete irgendetwas.

Als der Winter begann, wurden die Tage kürzer. Die Frischvermählten genossen die längeren Nächte und nutzten sie für die körperlichen Freuden des Ehebetts. In Duncans Armen war es leicht, die Probleme zu vergessen. Tara flüchtete sich dauernd dorthin. Nächte voller Leidenschaft führten oft zu verspätetem Aufstehen am nächsten Tag.

Tara freute sich über das Winterwetter und kuschelte sich unter die Decken, nachdem Duncan zum Training mit den Männern gegangen war. Sie schlief länger als sonst und war auch viel müder. Allerdings dachte sie, dass ihre Sorge um Myra dafür verantwortlich wäre.

Die Tür zur Schlafkammer flog mit einem Knall auf, sodass Tara aufschreckte.

»Es tut mir leid, Mylady. Ich wusste nicht, dass Ihr zu dieser Tageszeit noch im Bett liegt.« Megan kam ins Zimmer gelaufen, schloss die Tür hinter sich.

Taras Puls klopfte alarmierend schnell, während ihr Körper noch auf den Schrecken wegen des unerwarteten Auftauchens der Magd reagierte. Ihr Magen protestierte, und sie musste bittere Galle runterschlucken.

»Mylady, seid Ihr wohlauf?«, fragte Megan.

Tara lehnte sich in ihrem Bett zurück, wartete, dass die Übelkeit verging. »Alles gut, Megan. Vielleicht ein Glas Wasser.«

Die Zofe beeilte sich, ihr das Erbetene zu holen. »Ich hoffe, Ihr habt Euch nicht bei Myra angesteckt. Sie hütet schon bald eine Woche das Bett.« Sie reichte Tara den Becher. »Hier ist es so kalt. Hätte ich gewusst, dass es Euch nicht gut geht, hätte ich mehr Holz mitgebracht, um das Zimmer zu heizen.«

Das Feuer im Kamin war praktisch heruntergebrannt, obwohl Tara hätte schwören können, dass Duncan es mit seinem Hokuspokus gründlich angefacht hatte, bevor er gegangen war. »Welche Stunde haben wir?«

»Beinah Mittag.« Megan zog die Vorhänge zurück, um Licht in den Raum zu lassen.

»Es ist schon spät. Ich sollte zu Myra gehen«, schwindelte Tara.

»Das kann ich doch tun, Mylady. Mir scheint, Ihr solltet besser liegen bleiben.«

»Nein! Ich meine, das ist nicht nötig.« Tara schlug die Decke zurück und wollte aufstehen. Ihr Magen verkrampfte sich, dieses Mal ernsthaft.

Sie lief zu dem Eimer in der Ecke der Kammer und musste würgen. Als sie fertig war, reichte Megan ihr ein Handtuch und brachte den Eimer weg.

Als sie die Kammer verließ, bat Tara: »Sei so lieb, und richte Lora aus, dass sie bitte nach ihrer Tochter schauen soll. Du würdest das nicht ebenfalls bekommen wollen.«

Tara legte sich zurück ins Bett und versuchte, sich daran zu erinnern, was sie gestern Abend gegessen hatte.

Es dauerte nicht lange, da erschien Lora, um nach ihr zu sehen.

»Das sind sicher nur die Nerven.« Tara suchte eine Erklärung für ihr Unwohlsein. »Wir sind alle angespannt, seit Myra fort ist.«

»Trotzdem wäre es am besten, wenn du dich heute ausruhst.«

Tara schüttelte den Kopf. »Ich fühle mich schon viel besser.« Bei Loras besorgtem Blick fügte sie hinzu: »Ich gehe es trotzdem langsam an.«

»Gut. Wir brauchen nicht noch mehr Gerüchte über geheimnisvolle Krankheiten in dieser Burg.«

»Wovon redest du?«

»Ich habe Megan sich mit Alice unterhalten hören. Sie denkt, Myra hätte eine tödliche Krankheit. Und dass du dich vielleicht bei ihr angesteckt hast.«

Tara ließ die Schultern sinken. »Wir brauchen einen anderen Plan.«

»Aye, da gebe ich dir recht.« Lora steckte die Decke um sie fest. »Aber nicht heute. Heute ruhst du dich aus.«

»Ja, Mutter.«

Lora legte ihr die Hand an die Wange. »Das wärmt mir das Herz.«

Tara lächelte, bevor sie sich unter die Decke kuschelte.

* * *

Angespannt. Das war das einzig passende Wort, um die Stimmung in der Burg zu beschreiben. Die bevorstehende Sonnenwende warf ihre Schatten voraus, und Ian hatte mehr Ritter zu häufigeren Patrouillengängen eingeteilt.

Obwohl Loras Vorahnung sich allein auf Myra bezog, war die Bedrohung noch irgendwo dort draußen, und alle wussten das.

Niemand verließ die Burg allein. Wenn ein medizinischer Notfall Loras oder Taras Anwesenheit außerhalb der Mauern erforderte, begleiteten sie mindestens zwei Ritter. Selbst als Duncan und Fin ins Dorf ritten, um das neue Geschirr abzuholen, auf dessen Anschaffung Tara bestanden hatte, taten sie das zusammen.

Da Duncan unterwegs war und der Rest der Familie beschäftigt, setzte sich Tara in einen weich gepolsterten Stuhl am Kamin und nickte ein.

Amber stieß sie an und weckte sie. Sie blickte sie mit ihren großen braunen Augen freundlich an, und Tara wurde warm ums Herz. Amber hatte oft ihre Nähe gesucht, seit Myra gegangen war. Ihr fehlte ihre Schwester, und Tara schien zumindest zeitweise ihre Stelle einnehmen zu sollen.

»Hey, Süße, was tust du hier?« Tara schlug die Decke, in die sie sich gewickelt hatte, zurück, damit Amber darunterkriechen konnte.

»Mit Puppen zu spielen langweilt mich.« Sie machte es sich gemütlich und redete weiter. »Megan wollte, dass die Puppen am Rand sitzen und zuschauen, während sie die Kammer schrubbt. Das war öde.«

Tara lachte. »Ich hab in deinem Alter gar nicht so viel mit Puppen gespielt. Mir haben immer schon Trucks besser gefallen.«

»Was ist das?« Amber schaute sie erstaunt an.

»Also, Trucks sind so was Ähnliches wie Pferdewagen, nur dass sie nicht von Pferden gezogen werden.«

»Wie werden sie denn sonst bewegt?«

»Von einem Motor.«

»Was für ein Tier ist denn ein Motor?«

»Überhaupt keins.« Tara musste lachen. »Achte nicht auf mich. Wenn Myra zurückkommt, kann sie es dir vielleicht besser erklären.« Sie benutzte absichtlich das Wort »wenn«, nicht »falls«.

»Sie ist in Sicherheit«, verkündete Amber, als könne sie ihre Gedanken lesen. »Das weiß ich.«

»Hattest du eine Vision, wie deine Mutter?«

»Nein, nicht so. Ich weiß es einfach, wie du weißt, dass es Duncan gut geht.«

Tara bezweifelte insgeheim, dass es für Amber möglich war, eine so starke Verbindung zu Myra zu haben. Vielleicht trübte ihr Wunsch nach Beruhigung ihre Gedanken und ließ sie so tun, als ob. So wie bei einem Kind mit einem eingebildeten Freund wäre es nicht schlimm, sie in diesem Glauben zu belassen. Wenigstens so lange, bis es keinen Zweifel daran gab, was aus Myra geworden war. »Ich hoffe es, Amber. Ich hoffe es sehr.«

»Ich *weiß* es«, beteuerte das Mädchen voller Stolz. »Seit wir Blutsschwestern geworden sind, in der Nacht, bevor sie die Burg verlassen hat, seit da weiß ich es.« Amber drehte ihre Hand um, sodass Tara die Innenseite betrachten konnte. »Siehst du, Blutsschwestern.«

Tara bemerkte einen verheilten Kratzer an einer ihrer Fingerspitzen. »Hat Myra dir erzählt, dass wir das getan haben?«

»Ja, im Vertrauen.« Sie lächelte. »Wir sollten es auch ausprobieren, sodass wir beide auch echte Schwestern sind.« Die Worte purzelten hastig aus ihrem Mund.

Liebevoll legte Tara ihr einen Arm um die Schultern. »Das wäre schön.«

Ohne eine Sekunde Zeit zu verlieren, sprang Amber von ihrem Schoß und lief davon, um ein Messer zu holen.

Es dauerte nur ein paar Sekunden, den Spruch zu sprechen und ihr Blut zu vermischen. Tara musste sich ein Lachen verkneifen angesichts der Ernsthaftigkeit, mit der Amber ans Werk ging. Als sie fertig waren, lächelten sie einander an, während sie sich die schmerzenden Fingerspitzen hielten.

»Jetzt werde ich immer wissen, ob es dir gut geht.« Amber schmiegte sich wieder in Taras Schoß, legte einen Arm über ihre Mitte. »Dir und dem Baby.«

Tara lehnte sich zurück, als plötzlich Ambers Worte zu ihr durchdrangen. »Was für ein Baby?«

»Na deins, Dummerchen.« Amber kicherte.

»Aber ich hab doch gar kein Baby.«

»Das hier«, erklärte Amber und legte ihre kleine Hand auf Taras flachen Bauch.

Tara lachte, allerdings klang es ziemlich nervös, und sie zog nachdenklich die Brauen zusammen. Schließlich schüttelte sie den Kopf und schloss die Augen. »Nein«, sagte sie zu Amber. »Das ist nicht möglich …«

Amber kicherte weiter.

Tara setzte sich jäh auf, sodass Amber fast von ihrem Schoß rutschte. »Das ist nicht …« Sie zählte die Wochen an den Fingern ab. »Es ist nicht …« Dann traf sie die Erkenntnis. Es war gut sieben Wochen her, dass sie das letzte Mal ihre Periode gehabt hatte.

»Ich bin schwanger.« Tara starrte in die Ferne, ignorierte das junge Mädchen, das sie nicht aus den Augen ließ. *Wie konnte ich nur so blind sein? Morgendliche Übelkeit und den ganzen Tag schlafen. Ich wäre eine furchtbare Krankenschwester geworden.*

Sie begann an ihrer Unterlippe zu nagen. »Ein Baby«, flüsterte sie. *Ich werde Mutter.*

* * *

Fin hatte nichts gegen Taras Bitte einzuwenden, alles Zinngeschirr auszumustern und durch Tongefäße zu ersetzen. Aber es wäre ihm lieber gewesen, wenn Duncan dazu jemand anders mitgeschleift hätte.

Das »Badezimmer«, auf dessen Einbau Tara beharrte, war faszinierend und gleichzeitig erschreckend. Vor allem, weil es so schwierig war, es zustande zu bringen. Er hoffte nur, dass Myra eher früher als später mit dem Buch über Wasserrohre zurückkehrte, das zu besorgen Tara ihr aufgetragen hatte.

Er ließ sich bei Duncan über seine Probleme aus, während sie auf dem Rückweg zur Burg waren. Der Wagen war schwer beladen mit Koch- und Essgeschirr, was die Fahrt langsam machte und ihnen Zeit zum Reden ließ. Oder in Fins Fall Zeit, sich wortreich zu beschweren.

»Die Burg hat, seit sie besteht, nie einen einzelnen Raum gehabt, in dem alle baden. Warum braucht sie das jetzt?«

Duncan schnalzte mit der Zunge. »Es ist doch eine einfache Bitte, Fin. Und zwar eine, die dir gefallen würde, wenn du sie erfüllen könntest.«

»Komisch, ich hab noch gar nicht gesehen, dass du dir darüber den Kopf zerbrichst.«

»Ich war beschäftigt.«

»Beschäftigt?« Fin und Duncan ritten auf ihren Pferden neben dem Ochsenkarren, den einer der Burgknechte lenkte.

»Ach ja, beschäftigt – beschäftigt damit, zusammen mit deiner Braut die Spinnen in den Hütten rund um die Burg zu zählen.« Er verdrehte die Augen. »So beschäftigt.«

Duncan ritt schweigend weiter.

»Was? Hast du nichts zu sagen? Keine Erwiderung?«

Duncan zügelte sein Pferd hinter dem Karren, um außer Hörweite des Knechts zu bleiben.

»Ich bin in Sorge, Fin. Tara geht es nicht gut. Sie behauptet zwar, alles sei in Ordnung, aber das stimmt nicht.«

Bei Duncans ernsten Worten verblasste Fins Grinsen. »Bestimmt macht sie sich bloß Sorgen. Das tun wir ja alle.«

»Ich hoffe, es steckt wirklich nicht mehr dahinter.«

Fin wechselte das Thema, um seinen Bruder davon abzulenken, sich innerlich aufzureiben. »Weißt du, welchen Ratschlag sie unserer Schwester mit auf den Weg gegeben hat?«

»Welchen meinst du?«

»Tara hat Myra geraten, sie solle ihre Jungfräulichkeit loswerden, wenn sich keine andere Lösung abzeichnet.«

»Das erstaunt mich nicht. Darauf hätte ich auch schon kommen können.«

»Deine Frau ist sehr offenherzig mit unserer Schwester.«

»Stört es dich?«

»Das ist es nicht, nur ... Verdammt, Duncan, stört es dich denn überhaupt nicht, dass Myra genau jetzt dabei sein könnte ...«

»Nein, überhaupt nicht«, unterbrach Duncan ihn. »Myra ist alles andere als auf den Kopf gefallen und kann auf sich aufpassen. Ich bin dankbar, dass Tara versucht hat, sie auf ihre Zeit vorzubereiten.«

»Ich hoffe, ihr Wissen hilft Myra.«

»Davon gehe ich aus. Und einer von uns würde Bescheid wissen, wenn sie in Schwierigkeiten stecken würde.«

»Was ist mit dem Risiko hier?«, fragte Fin. »Glaubst du, die Gefahr ist groß?«

»Wenn es reicht, dass Myra unsere Zeit verlässt, dann sollten wir damit rechnen.«

»Ich will sie zurückhaben«, rief Fin aus.

»Das tun wir alle.« Duncan blickte zur Burg und lächelte.

»Was ist?«

»Tara singt wieder.«

* * *

Fin begab sich zur Hintertür an der Küche. Duncan führte die Pferde zu den Ställen. Er versorgte sie, bevor er zur Burg weiterging.

Er war kaum zur Tür hinein, als Tara sich auch schon mit einem Freudenschrei in seine Arme stürzte, so ungestüm, dass sie ihn dabei beinah umwarf.

»Ich dachte schon, du würdest nie nach Hause kommen.« Sie bedeckte sein Gesicht mit Küssen, während er sie hochhob. Schnell schlang sie ihm die Beine um die Mitte und nutzte es aus, dass er beide Hände brauchte, um sie zu halten. »Du hast mir so gefehlt.«

Er lachte.

Die Mägde, die in die große Halle gekommen waren, als Tara geschrien hatte, verfolgten ihr Treiben schockiert.

Mit einem Nicken sandte er sie fort.

»Ich sehe, es geht dir besser«, bemerkte Duncan und umfasste ihren Po, während er die Reaktion seines Körpers auf die intime Pose zu ignorieren versuchte.

»Ich fühle mich großartig.« Sie verschloss ihm die Lippen mit einem innigen Kuss. Dann glitt sie an ihm herab, beinah so schnell, wie sie hochgesprungen war. »Und hungrig. Ich könnte ein Pferd essen.«

»Keine Übelkeit mehr?«

»Das kann man nur hoffen, aber ich fürchte, damit werde ich noch ein bisschen länger zu tun haben.« Sie lächelte und führte ihn in den Speisesaal.

»Länger? Du würdest es mir doch sagen, wenn du krank wärst, oder, Tara?«

»Ich bin nicht krank.« Sie drehte sich zu ihm um. »Genau genommen habe ich mich nie besser gefühlt.« Mit großer Geste nahm sie seine beiden Hände in ihre und blickte ihn aus tränenfeuchten Augen an. »Ich habe eine Überraschung für dich.«

»Was für eine Überraschung, Eheweib?«

Sie rückte näher zu ihm, und ihre Gedanken drangen in seinen Kopf. *Wir bekommen ein Baby!*

Duncan riss die Augen auf, und er ließ seinen Blick über ihre schmale Taille gleiten. Er starrte sie an und sagte nichts, beugte den Kopf vor, um sie eindringlich zu betrachten. »Bist du dir sicher?«

Sie nickte und begann ein bisschen zu zappeln.

Duncans Herz drohte vor Glück zu zerspringen. Er schloss sie fest in die Arme und stieß einen Jubelruf aus, während er sie im Kreis wirbelte.

Alle Bediensteten, Ritter und Familienmitglieder in Hörweite kamen in den Raum gestürzt. »Was ist passiert?«, fragten mehrere Stimmen.

Duncan küsste Tara voller Leidenschaft.

Sie stolperte rückwärts.

Er fasste sie am Ellbogen, und sein Herz weitete sich vor Glück.

»Meine Güte, Sohn. Tut das in eurer Kammer«, verkündete Ian laut. »Wir haben uns Sorgen gemacht.« Alle Gesichter in der Halle spiegelten die gleichen Gefühle wider.

Darf ich es ihm sagen?, fragte Tara ihn im Geiste.

Meinetwegen gern.

»Entschuldige bitte, Großvater, wir haben uns mitreißen lassen.« Tara senkte gespielt beschämt den Kopf. »Wir tun es gewiss nicht wieder.«

»Das solltet ihr auch besser. So eine schamlose Zurschaustellung ist ... Großvater?« Ian brach ab, und auf seinen Zügen zeigte sich helle Freude.

Tara blickte unter den Haarsträhnen zu ihm auf, die sich aus ihrer Frisur gelöst hatten, und es war klar, dass es ihr schwerfiel, eine ausdruckslose Miene beizubehalten. Sie scheiterte kläglich.

Duncan musste ihr aber zugutehalten, dass sie sich Mühe gab.

»Großvater?«, rief Ian mit einem lauten Lachen.

Tara begann wieder ein Freudentänzchen.

Ian hob sie hoch, so wie Duncan es eben auch getan hatte. Sein strahlendes Lächeln erreichte seine Augen.

Als Fin schließlich an die Reihe kam, war Tara ein bisschen grün im Gesicht.

Duncan, Ian und Fin entschuldigten sich gleichzeitig.

Während Lora Tara in die Küche führte, damit sie eine Kleinigkeit aß, nahm Duncan die Glückwünsche seiner Freunde entgegen.

Ein neues Leben feiern, dachte Duncan. *Das ist genau das, was wir gebraucht haben. Die Sorgen können bis morgen warten.*

* * *

Weil alle bis in die frühen Morgenstunden über den Familienzuwachs reden wollten, war es spät, als Tara und Duncan sich schließlich in ihre Kammer begaben. Duncan half ihr aus ihrem Kleid. Er löste die Verschnürung in ihrem Rücken, während sie ihr langes, volles Haar nach vorn hielt. Es war eine Ehemannspflicht, die zu erfüllen ihm großen Spaß bereitete.

»Bist du wirklich glücklich?«, fragte Tara.

Ihre Frage überraschte ihn. Wie konnte sie nicht wissen, wie erfreut er war? Er betrachtete im Spiegel ihr Gesicht, strich ihr mit der Hand über die Seite und legte sie ihr auf den flachen Bauch. »Ich könnte dich nicht mehr lieben, als ich das genau jetzt tue.«

Duncan erinnerte sich an die Vision, die er sie hatte sehen lassen, bevor er sie das erste Mal geliebt hatte. Wenn er sie jetzt anschaute, war es, als wäre diese Vision ein echter Blick in ihre Zukunft gewesen.

»Bist du sicher, es liegt nicht einfach an dem Schwur, den wir in Kalifornien gesprochen haben?«

Er zog die Augenbrauen zusammen und hielt den Atem an.

»Die Handfeste?« Tara drehte sich um, um ihm ins Gesicht zu blicken. »Du hast es nicht vergessen, oder?«

»Nein, aber ...« *Woher weiß sie ...*

Sie las seine Gedanken, beinah bevor sie entstanden. »Du glaubst nicht wirklich, dass ich nicht wüsste, was dort passiert ist, oder?«

»Äh ...« Er tastete tiefer, um herauszufinden, ob sie verletzt oder verärgert war. Das war das einzige Geheimnis, das er vor ihr gehabt hatte. Er hatte sich vor dem gefürchtet, was sie sagen würde. Er schluckte und wartete, doch sie verriet weder Angst noch Verärgerung.

»Selbst wenn Myra es mir nicht erklärt hätte, wäre ich irgendwann darauf gekommen. Schließlich haben wir in dem Moment, in dem wir beide das Gelübde gesprochen haben, begonnen ...« *Miteinander in Gedanken zu reden, so wie jetzt. Dir muss klar gewesen sein, dass ich es erfahren würde.*

Myra hat es dir erzählt?

»Ja, am Tag unserer Hochzeit. Ich habe ihr die Worte wiederholt, die wir in Kalifornien benutzt haben, und sie hat mir verraten, was sie waren.« Sie atmete tief ein. »Warum hast du mich nicht eingeweiht?«

»Damals konnte ich es dir nicht sagen, denn du hättest mir nicht geglaubt.«

»Und was war später? Als wir hier waren?«

»Anfangs gab es so viel, was auf dich eingestürmt ist. Ich hab nicht gedacht, dass es klug wäre, dir mehr Neues und schwer zu Begreifendes zuzumuten.«

»Und was war nach der Verlobung?«

Er ließ den Kopf nach hinten sinken. »Ich wollte dich nicht verlieren. Als du an jenem ersten Tag weggelaufen bist, hast du mir einen Heidenschreck eingejagt.«

»Ich könnte dich nie verlassen.« Sie schlang die Arme um ihn und legte ihren Kopf an seine Brust. »Wenn ich daran denke, dass Grainna meinen Tod oder unseren Tod geplant hatte, wird mir ganz übel. Du hättest dich nicht an mich binden müssen. Du hättest mich die Worte sprechen lassen und dann gehen können.«

»Das stand nie zur Debatte.« Er hielt sie fester und warf ihr einen Blick zu. »Du bist mir nicht mehr aus dem Kopf gegangen, seit ich mich auf dich draufgesetzt habe.«

Sie lachte bei der Erinnerung und drehte sich zu dem Spiegel, beobachtete, wie seine Hände über ihre Hüften glitten. »Ein Baby, Duncan. Wir werden ein Kind miteinander haben.«

Er bewunderte den Schwung ihrer Hüften. »Denkst du, unser Kind hätte etwas dagegen, dich heute Nacht mit mir zu teilen?« Seine Hände glitten nach vorn, und seine Zärtlichkeiten wurden leidenschaftlicher.

»Ich denke, unser Kind hat in diesem Moment wenig Mitspracherecht.«

Er hob sie hoch und trug sie zum Bett.

Kapitel 22

Gerüchte begannen in der Burg die Runde zu machen, drangen bis ins Dorf. Man erzählte sich, dass Myra irgendeine tödliche Krankheit hätte. Manche behaupteten auch, sie sei mit einem der Männer, die zur Hochzeit angereist waren, durchgebrannt.

Die Aufregung über die Nachricht von Taras Schwangerschaft lenkte etwas von Myra ab, sodass das Gerede über sie nachließ. Trotzdem hielten die MacCoinnichs es für besser, sich eine Erklärung für Myras Verschwinden einfallen zu lassen. Niemand wusste, wie lange sie fortbleiben würde, und weiter so zu tun, als wäre sie in ihrer Kammer, obwohl sie das ja gar nicht war, wurde für alle zu schwierig.

Eines Nachmittags stand Ian mit Fin auf dem Hof, um ihren jüngsten Plan in die Tat umzusetzen.

»Sie ist komplett unvernünftig. Jeden Bewerber lehnt sie ab!«, brüllte Ian.

»Beruhige dich, Vater. Myra ist stur, aber sie weiß, was sie will.«

»Ach was.« Ian warf die Hände in die Luft. »Sie weiß überhaupt nicht, was gut für sie ist. Ich hoffe nur, der Aufenthalt im Kloster wird ihr genügend Zeit und Muße dafür verschaffen, sich darüber klar zu werden, wen sie heiraten will.«

»Bist du sicher?« Fins Stimme drang bis zu den Männern auf den Burgmauern.

»Aye, morgen wird Duncan sie noch vor dem ersten Hahnenschrei wegbringen. Sie kann wiederkommen, wenn sie sich eines Besseren besonnen hat.« Ian machte auf dem Absatz kehrt und verschwand.

»Arme Myra«, antwortete Fin, sprach allerdings mehr für die Burgbewohner, die interessiert die Vorgänge verfolgten.

Von allen Seiten ertönte zustimmendes Gemurmel.

* * *

Tara hasste es, zu sehen, wie Duncan davonritt, auch wenn er nach nur wenigen Tagen zurückkehren würde. *Ich werde dich vermissen.* Sie klammerte sich an ihn.

»Ich bin in nicht einmal einer Woche zurück, Liebste. Bleib in der Nähe der Burg.«

»Versprochen.« Sie beugte sich vor und flüsterte ihm zu: »Ich werde mir lauter unzüchtige Sachen einfallen lassen, mit denen ich dir zeigen kann, wie sehr ich dich vermisst habe.« *Und deinen Körper.*

Seine Augen umwölkten sich mit Leidenschaft, und ein leises Stöhnen kam über seine Lippen. *Kleine Hexe. Jetzt kann ich ganz bestimmt nicht schlafen.*

»Gut.« Nach einem letzten Kuss schaute Tara Duncan nach, wie er mit Lora davonritt, die sich unter einem langen Umhang als ihre Tochter ausgab.

* * *

In den frühen Morgenstunden hielt Gregor Wache. Der Regen der Nacht hatte nachgelassen, was ihm und den anderen Männern auf Patrouille sehr zupasskam.

Er war Laird Ian und seiner Familie treu ergeben und kam gar nicht auf den Gedanken, sich zu fragen, warum alle seit Wochen in Alarmbereitschaft waren. Wann immer sein Laird Schwierigkeiten ahnte, stellten die sich auch tatsächlich ein. Daher ließ er seinen wachsamen Blick über die Hügel gleiten und ging jedem Geräusch nach.

So bemerkte er den Bauern, lange bevor der Bauer ihn sah. Der Mann rannte schnell für jemanden in seinem fortgeschrittenen Alter und wirkte dabei, als wäre ihm der Teufel persönlich auf den Fersen.

So gern Gregor ihm auf halber Strecke entgegengekommen wäre, wusste er doch genau, dass er seinen Posten unter keinen Umständen verlassen durfte, daher wartete er, bis der Mann bei ihm war.

Keuchend stand er vor ihm, öffnete den Mund, um ihm Bericht zu erstatten. Trotzdem brauchte er mehrere Minuten, um zu melden, was er gefunden hatte.

Bei seiner Geschichte stellten sich die feinen Härchen in Gregors Nacken auf. Er brachte den Mann eilig in die Burg, trug einer der Mägde auf, ihm Wasser zu geben, und befahl seinem Knappen, ein zweites Pferd fertig zu machen.

Die Unruhe auf dem Hof blieb Fin und Ian nicht verborgen, und sie eilten herbei. Gregor verneigte sich rasch vor Laird Ian, der ungeduldig abwinkte, woraufhin Gregor mit leiser Stimme zu reden begann. »Der Leichnam einer jungen Frau ist am Rand des Dorfes gefunden worden.« Er deutete auf den Bauern, der immer noch um Atem rang. »Er hat sie entdeckt und bittet darum, dass wir mit ihm kommen.«

Ian und Fin wechselten einen Blick. »Konnte er erkennen, was die Todesursache war?«

Gregor schluckte trocken. »Jemand hat ihr die Kehle durchgeschnitten.«

»Ein Mord«, sagte Fin.

»Da ist noch was. Ihr Blut wurde benutzt, um einen Kreis um ihren Körper zu ziehen. Die Dörfler werden glauben, dass Dämonen unter uns ihr Unwesen treiben, wenn sie sie sehen. Dieser Mann war besonnen genug, zuerst herzukommen.«

Ian blickte an den Mauern der Burganlage empor. Auf den Wehrgängen und an den Ausgucken waren mehrere Männer postiert, von denen niemand Alarm schlug. »Schnell, Fin, aber nur wir vier.« Er nickte Gregor zu, als Fin loslief, um die Pferde zu holen.

»Sind das die Schwierigkeiten, die Ihr erwartet habt?«

»Eigentlich hatte ich gehofft, alle Schwierigkeiten zu vermeiden.«

* * *

Tara schlief bis weit in den Vormittag. Zum wiederholten Male. Erfreut, dass sie nicht länger unter Morgenübelkeit litt, ließ sie sich mit ihrer Toilette Zeit.

Als sie schließlich die Treppe hinunter nach unten ging, war die Halle praktisch verlassen.

»Wo sind denn alle?«, fragte Tara eine der Küchenmägde.

»Laird Ian und Lord Fin sind in aller Eile aufgebrochen. Ich glaube, sie müssen sich um was Wichtiges kümmern. Jungfer Amber ist bei den Kätzchen. Lady Lora hält sich in ihrer Kammer auf. Sie ist betrübt wegen der Abreise ihrer Tochter zum Kloster. Wo Lord Cian ist, weiß ich nicht.«

Bei diesem Bericht regte sich Unruhe in Tara. Der Ausdruck in den Augen der Frau verursachte ihr eine Gänsehaut. Dieser Tage war es für Tara leichter, andere zu lesen, und die Küchenmagd wirkte verängstigt. »Weißt du, worum es geht?«

»Nein, Mylady. Mir sagt man solche Sachen nicht. Ich bin sicher, es gibt nichts, was Ihr tun könnt. Setzt Euch.« Sie führte sie zu einem Stuhl. »Lasst Euch von mir etwas zu essen bringen.«

Pflichtschuldig nahm Tara Platz.

Die Frau verschwand in der Küche und kam mit einem Teller voller Speisen zurück.

Obwohl sie hungrig war, fiel es Tara schwer, etwas runterzubringen.

Etwas stimmte nicht, das konnte sie ganz deutlich spüren.

* * *

Ihre Nasen nahmen es wahr, lange bevor sie die Stelle erreichten. In den Geruch der regennassen Bäume rings um die Lichtung mischten sich der von Blut und der Gestank des Todes.

»Wer würde so etwas tun?« Ian betrachtete die Verschwendung eines jungen Lebens, die sich ihren Blicken bot.

»Ich weiß es nicht, Mylord. Wer immer das getan hat, muss verrückt sein.« Gregor musste sich beherrschen, um nicht zu würgen.

Es sah so aus, als wäre sie ungefähr einen Tag lang tot. Länger nicht, sonst hätten die Tiere des Waldes sie bereits gefunden. Ihre Glieder waren steif und von einem fahlen Grau – so wie die Wolken über ihnen.

Allen Männern war der Tod nicht fremd, sei es auf dem Schlachtfeld oder zu Hause. Aber was sich ihren Blicken da bot, war grausamer als irgendein Gemetzel, das sie zuvor gesehen hatten.

Die junge Frau war an den Händen gefesselt. Ein dunkles Tuch verbarg ihr Gesicht und ihre Augen. Ihre entblößten Arme und Beine waren voller blauer Flecken. Ihre zerrissene und blutige Kleidung lag in Fetzen da. Wie der Bauer es berichtet hatte, war ihr die Kehle durchgeschnitten worden, doch das Blut hatte sich nicht dort gesammelt, wo sie lag.

Stattdessen war es benutzt worden.

Ein Kreis war in den Boden gezogen worden, und das Blut der jungen Frau füllte die Furche. Unter ihrem Leichnam konnte man die Spitzen eines Sterns erkennen. Der Gestank von Schwefel hing schwer in der Luft.

Es war der Schauplatz eines Rituals, ein Schrecken, den dieses Land seit Jahrzehnten nicht mehr erlebt hatte.

Fin bemerkte die zierliche Kette um den Hals der Frau und verspürte Übelkeit, als er sie wiedererkannte.

Der alte Bauer wandte den Blick ab. Als ein Eichhörnchen über ihnen durch das Geäst lief, sodass die Blätter raschelten, zuckte er zusammen. Er wirkte, als würde er bei der kleinsten Provokation die Flucht ergreifen.

Wind kam auf und fuhr in das welke Laub am Waldboden.

»Gregor, bring ihn ein Stück von hier weg.« Ian nickte zu dem Bauern hinüber. »Beruhige ihn, während ich mich mit meinem Sohn berate.«

»Aye, Mylord.«

Fin zog das dunkle Tuch vom Gesicht der Toten. Er schloss die Augen und schluckte schwer.

Alyssa.

»Vater«, erklärte er mit gedämpfter Stimme. »Ich kenne dieses Mädchen.«

»Aye, ich erkenne sie auch.« Ian schnalzte mit der Zunge. »Ihr Großvater war einer von uns.«

Und dann nannten sie gemeinsam den Namen, der ihnen beiden im selben Moment in den Sinn kam. »Grainna.«

»Sie muss es gewesen sein, aber wie?« Fin erhob sich und begann auf und ab zu laufen.

»Das weiß ich nicht. Es passt allerdings genau zu dem, was einem erzählt wird, wenn die Leute Grainna erwähnen. Wenn sie hier ist, dann ergeben die Vision deiner Mutter und die Notwendigkeit, Myra wegzuschicken, Sinn.«

Fin schaute zu seinem Vater. »Gott sei Dank ist Myra in Sicherheit.«

»Denkst du, Grainna hat den Fluch gebrochen?«, erkundigte sich Ian.

Fin erinnerte sich an das letzte Mal, als er mit Alyssa zusammen gewesen war, an ihr Lächeln. »Nein, wenn der Fluch gebrochen worden sein sollte, dann nicht mit diesem Mädchen.«

»Wie kannst du dir so sicher sein?« Ian blickte ihn an.

Trauer traf Fin wie ein Fausthieb in den Magen. »Sie war keine Jungfrau.« Er wandte sich von seinem Vater ab, ging zu seinem Pferd und holte eine Decke, breitete sie über sie. »Ich werde es ihren Eltern sagen.«

Ian legte ihm eine Hand auf die Schulter. »Ich kümmere mich darum, Fin.«

»Nein, das muss ich tun.«

Sein Vater stellte keine Fragen und bedrängte ihn auch nicht wegen weiterer Auskünfte.

»Wir sollten sie hier nicht so liegen lassen. Schließlich wollen wir nicht, dass die Leute durchdrehen.«

Ian begab sich zu Gregor und trug ihm auf, den Bauern nach Hause zu bringen und dann mit einem Knappen zurückzukehren, damit sie die Leiche bestatten konnten.

Nachdem die beiden fortgeritten waren, verbrannten Finlay und Ian das Gras an der Stelle und tilgten damit alle Spuren des Rituals.

Da er Alyssas Eltern den Anblick ihrer übel zugerichteten Tochter ersparen wollte, nahm Fin die Halskette an sich, um sie ihnen zu geben. Sobald Gregor zurück war, hoben sie gemeinsam ein Grab aus. Danach brach Fin auf, um die schlimme Nachricht zu überbringen.

* * *

Tara übernahm die Pflichten der Burgherrin und beriet sich mit der Köchin über die Mahlzeiten. Sie hatte den Großteil des Tages damit verbracht, die Dienstboten zu beaufsichtigen und ihnen Aufgaben zuzuweisen. Die Wandvorhänge mussten abgenommen und ins Freie gebracht werden, wo sie gereinigt wurden, bevor das Wetter mit dem nahenden Winter zu schlecht dafür wurde.

Alle waren beschäftigt, und Tara versuchte sich an Handarbeiten, um die Langeweile zu vertreiben. Sie war nur zu froh über den Vorwand, sie beiseitezulegen, als Jacob, Duncans Knappe, erschien und Besuch ankündigte.

»Mylady, verzeiht, dass ich Euch störe.« Hinter ihm stand Matthew of Lancaster.

»Ist schon gut, Jacob. Sir Matthew, was kann ich für Euch tun? Haben wir Euch erwartet?« Niemand hatte Tara unterrichtet, dass er kommen wollte. Unruhe regte sich in ihr.

»Nein, Mylady. Ich war gerade in der Nähe unterwegs, als ich Lord Ian und Lord Fin begegnet bin. Es gibt gewisse Schwierigkeiten.« Er schaute sich im Raum um, senkte seine Stimme. »Etwas, bei dem sie Euch brauchen.«

Ihr Unbehagen wurde stärker. »Was für Schwierigkeiten?«

»Sie haben mich gebeten, Euch zu ihnen zu geleiten. Sie wollten nicht, dass ich verrate, was ich gesehen habe. Sie sagten, es sei eine Familienangelegenheit.« Seine Augen richteten sich auf die Tür. »Und wir sollten uns beeilen.«

»Natürlich. Jacob, lass meine Stute satteln.« Sie wandte sich an Lancaster. »Ich hole nur rasch meinen Umhang.«

Draußen vor dem Wohnturm wartete Jacob auf sie, hielt ihre Stute am Zügel.

Sie zog sich in den Sattel.

Jacob, der nervös und unsicher wirkte, schaute sorgenvoll zu ihr auf. »Mylady, Lord Duncan hat Euch ausdrücklich gebeten, die Burg nicht zu verlassen.«

Tara lächelte ihn beruhigend an, obwohl sie selbst kein bisschen beruhigt war. »Ich bin ja jetzt auf dem Weg zu Laird Ian. Mach dir keine Sorgen. Bei Sir Lancaster bin ich sicher.«

»Vielleicht sollte noch ein weiterer Ritter Euch begleiten, Mylady?«

Tara erwog den Vorschlag des Jungen, erinnerte sich dann aber, dass Sir Matthew das Wort »Familienangelegenheit« benutzt hatte. Daher entschied sie, dass es keine gute Idee wäre, mehr Leute mitzubringen, die vielleicht etwas sehen würden, was sie nicht sehen sollten.

»Ich werde nicht lange fortbleiben, Jacob.« Sie ließ ihm keine Zeit für weitere Fragen oder Anmerkungen, sondern wendete ihr Pferd und folgte Lancaster aus der Burg. Sie empfand Sorge und Angst.

Duncan war so weit weg, dass sie ihn nicht spüren konnte, geschweige denn in Gedanken mit ihm reden. Sie verfluchte die Entscheidung, ihn fortzuschicken.

Sie ritten zum Dorf. Doch sobald sie den Wald erreicht hatten, schlug Lancaster eine andere Richtung ein. Sie hatte keine Ahnung, wohin sie unterwegs waren.

So viele Gedanken schossen ihr durch den Kopf. Im Geiste flehte sie Duncan an, schnell zurückzukommen. Sie konnte aber nicht sagen, ob sie ihn erreichte. »Was habt Ihr gesehen?«

Matthew blickte zu ihr und trieb sein Pferd an, machte ein Gespräch unmöglich. »Wir sollten uns beeilen«, meinte er bloß erneut.

Er führte sie immer tiefer in den Wald.

* * *

Duncan und Lora wechselten jeden Tag ihren Lagerplatz, um alle möglichen Verfolger von ihrer Spur abzubringen. Nicht, dass sie glaubten, irgendjemand würde auf sie achtgeben. Es war im Gegenteil alles auffällig ruhig gewesen.

Zu ruhig, befürchtete Lora.

Wegen der großen Entfernung konnten sie beide nicht in Gedanken mit ihren Ehepartnern kommunizieren. Und an diesem Tag gelangten sie so weit, dass sie auch keine Gefühle mehr wahrnahmen.

Sie beide spürten den Drang, umzukehren, doch dem gaben sie nicht nach. Stattdessen schlugen sie ihr Lager an einem Flüsschen auf, um noch einen weiteren Tag abzuwarten, bevor sie sich wieder auf den Heimweg machten.

Duncan angelte, während Lora sich mit geschlossenen Augen ausruhte. Ein Traum entführte sie, und plötzlich fand sie sich mitten in einer Vision wieder.

In ihrem Kopf sah sie Tara in den Wald reiten. Über ihr schwebten die Gesichter der Alten, und sie riefen ihr Warnungen zu.

Die Tara nicht hörte.

Eine Hütte im Wald tauchte vor ihr auf. Darin befand sich etwas, eine Präsenz, die Lora sofort als Grainna erkannte. Eine dunkle Masse warf ihren Schatten über sie und beendete Loras Vision jäh. Aber nicht, bevor sie Tara in den Fängen der Frau erblickt hatte.

Mit einem Schrei wachte Lora schweißgebadet und zitternd auf.

In Panik sprang sie auf und lief zu ihrem Sohn.

* * *

Duncan fuhr bei dem Rascheln im Unterholz alarmiert herum. Seine Mutter kam zu ihm gerannt, stolperte atemlos und fiel auf die Knie. »Wir müssen uns unverzüglich auf die Rückreise machen. Ich hatte eine Vision.«

Sorge ergriff ihn. Sofort wusste er, dass seine Mutter ihm gleich seinen schlimmsten Albtraum bestätigen würde. »Was ist es? Kehrt Myra zurück?«

Sie schüttelte den Kopf. »Nein, es ist Tara. Duncan …« Sie schluchzte. »Grainna hat Tara in ihrer Gewalt!«

Duncan packte seine Mutter an den Schultern, schaute ihr eindringlich in die Augen. »Bist du sicher?« Galle stieg ihm die Kehle hoch.

Lora nickte mit tränenüberströmtem Gesicht.

Er hätte sie niemals verlassen dürfen. Sie hatten gewusst, dass Gefahr drohte, sich aber trotzdem verhalten, als gäbe es keine. Wut und Furcht kochten in ihm hoch, hinterließen eine kalte Leere in seiner Seele. Er verfluchte seine Dummheit und betete gleichzeitig verzweifelt, dass Taras Leben verschont würde.

Ohne Zeit zu verschwenden, saßen sie auf, ließen in ihrer Hast einen Großteil ihres Proviants zurück.

Entschlossen trieb Duncan Durk zu einem schnellen Tempo an.

* * *

»Wie viel weiter noch?«, wollte Tara wissen, während sie sich bemühte, nicht aus dem Sattel zu rutschen, was nicht leicht war angesichts der Geschwindigkeit, mit der sie unterwegs waren. Tara war nicht davon überzeugt, dass das hier gut für ihr Baby war, weshalb sie dagegen aufbegehrte.

Sie ritten nun schon über zwei Stunden, und in ihr keimte allmählich der Verdacht, dass sie sich verirrt hatten. Matthew hatte die ganze Zeit kein Wort gesagt. Er ignorierte ihre Fragen, sodass die ganze Reise noch unangenehmer wurde.

»Matthew, wir müssen langsamer machen«, verlangte sie schließlich und zog an den Zügeln.

Er wendete sein Pferd und kam zu ihr zurück. »Nein, wir müssen uns beeilen.« Er trieb ihr Pferd an.

»Matthew, es reicht. Laird MacCoinnich weiß, dass ich guter Hoffnung bin. Er würde auf keinen Fall wollen, dass ich oder das Baby zu Schaden kommen.«

Matthew zog ungerührt weiter an den Zügeln ihres Pferdes.

»Ich bestehe darauf, dass wir langsamer reiten«, schrie sie ihn an, verzichtete aber darauf, ihn zu beschimpfen.

Zu ihrer Erleichterung gab er nach und ritt still neben ihr.

Sie beobachtete ihn aus dem Augenwinkel. Sein Rücken war durchgedrückt und kerzengerade, sein Blick leicht glasig. Sein Gesichtsausdruck hatte etwas Vertrautes, doch es fiel ihr schwer, ihm ein Gefühl zuzuordnen. War er verärgert? Stand er unter Schock? Was hatte er gesehen, dass er so beharrlich schwieg? »Wisst Ihr, warum sie mich kommen lassen?«

Er warf ihr einen verächtlichen Blick zu, richtete dann die Augen wieder nach vorn. »Ich glaube, es ist am besten, wenn sie es Euch selbst erklären.«

»So schlimm?«

Er schwieg.

Der Wald war so dicht, dass sie durch die Bäume kaum die Sonne sehen konnte. Der Geruch von Regen und leichtem Moder hing in der Luft. Tara meinte, in der Ferne einen Wasserfall zu hören. Was bedeutete, dass in der Nähe ein Bach oder ein Fluss sein musste. Sie fragte sich, ob es das gleiche Flüsschen war, das am Dorf vorbeiführte.

Sonst würde sie den Duft von Eichen, Moos und Kiefern genießen, aber das Wissen, dass sie in eine gefährliche Situation ritt, verhinderte das. Sie wünschte sich, Duncan wäre hier bei ihr. Trotz des Ritters an ihrer Seite fühlte sie sich beinah verzweifelt allein.

Tara brauchte Ablenkung von dem Schweigen. Sie blickte Matthew erneut an und entschied sich für ein Thema, von dem sie wusste, dass er stundenlang darüber reden konnte. »Welche Vogelarten findet man in diesen Wäldern, Sir Lancaster?«

Er starrte stoisch weiter geradeaus.

»Habt Ihr mich gehört, Sir Matthew?«

»Wir sind beinahe dort. Seht Ihr die Hütte?«

Gott sei Dank. Sie konnte es gar nicht erwarten, zu ihrem Schwiegervater und ihrem Schwager zu kommen.

Vor sich erspähte sie zwischen den Bäumen auf einer Lichtung ein halb verfallenes Häuschen. Die Wände waren schief, und das Dach erweckte den Anschein, als wäre es seit Jahren nicht mehr geflickt worden.

Warum um alles in der Welt sollten Ian und Fin hier sein? Und wichtiger noch, wie war es möglich, dass Lancaster ihnen hier zufällig begegnet war, wie er behauptet hatte? Es gab keinen erkennbaren Weg, der herführte, und ganz bestimmt keinen in Richtung irgendeines benachbarten Dorfes. Wenigstens von keinem, von dem sie wusste.

Je näher sie kamen, desto unbehaglicher begann sie sich zu fühlen. »Ian? Finlay?«, rief sie.

Keine Antwort. In ihrem Kopf begannen Alarmglocken zu schrillen.

»Sie müssen drinnen sein«, erklärte Matthew.

Tara blickte sich verzweifelt um, richtete sich in ihrem Sattel auf, um mehr sehen zu können. »Ian? Finlay?«, rief sie erneut und dieses Mal lauter, zuckte selbst zusammen, als sie die Panik in ihrer Stimme hörte.

Es waren keine Pferde da. Kein Anzeichen der Männer. Sie war dicht genug an dem Haus, dass, wer auch immer sich darin aufhielt, sie hören müsste.

Aber bei ihrem Ruf kam niemand heraus.

Hier stimmte etwas nicht. Eisige Kälte erfasste ihren gesamten Körper, bis auf ihre Hand, in der sich sengende Hitze ausbreitete. An ihrer Fingerspitze wurde die Stelle ganz heiß, wo sie sich die Schnitte zugefügt hatte, um ihr Blut mit dem von Amber und Myra zu mischen.

Hier stimmte was ganz und gar nicht. Etwas warnte sie, so schnell wie möglich von hier zu verschwinden. Tara wendete ihr Pferd und trieb es zum Galopp an.

Matthew verfolgte sie.

Ein Blick über ihre Schulter zeigte ihr, dass seine Miene nicht länger stoisch war, sondern mörderisch.

Sie kam nicht weit, bevor Lancaster sie einholte.

Er packte sie, zog sie von ihrer Stute und vor sich in den Sattel. Binnen Sekunden hatte er ihre Hände in einem eisenharten Griff umschlossen.

Sie trat um sich und schrie. Das Pferd stieg, und sie landeten beide auf dem Waldboden.

Außer Atem und verzweifelt drückte sie sich auf die Füße, raffte ihre Röcke bis zu den Knien und begann zu rennen. Doch sie kam nur ein paar Meter weit, ehe Matthew sie zu Boden warf.

Sie spuckte Erde und Moos aus, kämpfte darum, wieder auf die Füße zu gelangen. Aber er hatte ihr ein Knie in den Rücken gedrückt, hielt sie am Boden. Sie hatte keine Möglichkeit, ihn loszuwerden.

Es gelang ihr, den Kopf zur Seite zu drehen, gerade rechtzeitig, um zu sehen, wie er einen abgebrochenen Ast über ihr schwang.

Sein Schlag gegen ihren Schädel beendete ihre Gegenwehr. Ihr letzter Gedanke, bevor die Dunkelheit sie überwältigte, galt Duncan.

Kapitel 23

Tara wachte mit dem Gesicht auf dem schmutzigen Boden auf. Ihr Kopf schmerzte. Es fühlte sich an, als wäre getrocknetes Blut auf ihrem Nacken.

Ihre Füße und Hände waren mit einem rauen Seil gefesselt und ihre Augen mit Stoff verbunden. Ein schmaler Spalt am unteren Rand ermöglichte es ihr, einen Lichtschimmer vom Kamin zu erkennen.

Gelächter, boshaft und vertraut, ertönte. »Schau, schau, was haben wir denn da?«

O Gott! Übelkeit erfasste sie in einer Welle. Sie schluckte die Galle runter. Diese Stimme würde sie nie vergessen. »Grainna!«

»Ah, du kennst also meinen wahren Namen.«

»Was willst du?« Tara begann sich aufzurichten, doch ein schwerer Stiefel im Kreuz drückte sie zurück. »Ich habe jetzt keinen Wert mehr für dich.«

»Das bleibt abzuwarten.« Grainna trat zur Seite.

Der Fuß in ihrem Rücken rührte sich nicht. *Lancaster!*

Tara bemühte sich, Grainna zu sehen, aber das gelang ihr durch den Schlitz nur teilweise.

Grainna starrte auf sie herab, legte den Kopf schief, als würde sie nachdenken. »Du bist mir weggelaufen, nach allem, was ich für dich getan habe.«

»Du hast mich bloß gemästet, bevor es mir ans Leder gehen sollte. Nicht besser als bei einem Truthahn vor Thanksgiving.«

»Stimmt. Dennoch hat dein undankbares Verhalten hierzu geführt.«

»Du bist verrückt.«

Grainna lachte. »Und du bist dumm, wenn du glaubst, dass ich mir deine Beleidigungen lange gefallen lasse.«

Tara erkannte, wie verletzlich sie war. Niemand wusste, dass sie hier war. Duncan wurde erst in zwei Tagen zurückerwartet. Sie konnte ihre telepathischen Fähigkeiten nicht einsetzen, um ihn zu Hilfe zu rufen. »Was willst du von mir?«

»Es quält dich, das nicht zu wissen.«

Tara hörte sie herumschlurfen und sah durch den schmalen Schlitz den Saum eines schmutzigen Rockes. Sie hörte die Gelenke der anderen knacken, als sie sich vorbeugte. »Wo ist sie?«

»Wer?«, fragte Tara. Das trug ihr einen schmerzhaften Tritt in den Rücken ein.

»Die Jungfrau. Was habt ihr mit ihr getan?«, fragte Grainna, und bei jedem Wort flogen Speicheltropfen aus ihrem Mund.

»Ich weiß nicht, wen du meinst.« Tara verhüllte ihre Gedanken, wie Lora es ihr beigebracht hatte.

Grainna packte sie am Haar und zerrte sie daran hoch. »Die Schwester?«, zischte sie. »Wo ist die Schwester?«

Tara schrie auf. Die Augenbinde wurde ihr heruntergerissen. Grainna stand über ihr. Hass und Wut brannten in ihrem Blick, und ein Feuer loderte darin, so hell wie die Flammen im Kamin. Irgendwie sah sie anders aus – jünger.

»Duncan hat sie ins Kloster gebracht.«

Grainna hob die Hand und schlug zu. Tara schmeckte Blut, und ihre Wange schmerzte.

»Versuch es noch einmal.«

Tara starrte sie an und schwieg.

Grainna hob einen Finger, und Lancaster trat Tara in die Seite.

Sie schrie auf. *Mein Baby!* Tara versuchte, seinem Stiefel auszuweichen. Angst um ihr Kind schnürte ihr den Magen zu.

Grainnas Grinsen wurde breiter. »Ach so. Wie überaus interessant.« Sie streckte eine Hand aus und kniff Tara in den Bauch.

Tara wich zurück, weg von Grainna, bis die Wand sie aufhielt.

Die Alte folgte ihr, fasste sie um die Mitte und verstärkte ihren Griff.

Ein gequältes Schluchzen entschlüpfte Tara, und sie flehte: »Bitte nicht.«

»Ein neues Leben hat so viel Macht, sogar jetzt schon. Ja, ich spüre das Herz.« Grainna ließ sie los und richtete ihre blutunterlaufenen Augen auf sie. »Dein Liebhaber wird verzweifelt nach dir suchen.«

Ihr Atem stank so stark, dass Tara schlecht zu werden drohte und sie den Kopf abwandte.

»Wo ist sie, Tara?« Grainna legte ihr die Hand auf den Bauch und krümmte die Finger, sodass sich die Nägel in ihre Haut bohrten.

»Weg! Außerhalb deiner Reichweite, nicht länger in dieser Zeit!« *Bitte lass mich in Ruhe. Lass mein Baby in Ruhe. Ich sage die Wahrheit.*

Als sie diese Gedanken las, schrie Grainna wütend auf.

Tara krümmte sich und rollte sich zusammen, als Dinge um sie herum durch die Luft zu fliegen begannen.

Grainna machte ihrer Wut mit ihren Zauberkräften Luft.

* * *

Eine verzweifelte Megan erwartete Ian und Fin an der Tür. Es fiel ihr schwer, Worte zu finden, so aufgewühlt war sie. »Bitte, Lord Ian, ich weiß nicht, was ich tun soll. Amber will ihr Zimmer nicht verlassen, sie hat sich dort eingesperrt. Sie ruft die ganze Zeit nach Lady Tara.«

Ian blickte beunruhigt zu Fin. »Wieso ist Tara nicht bei ihr?«

Megans Augen wurden groß. »Sie ist doch bei Euch, oder nicht?«

»Warum glaubst du das?«, fragte Fin.

»Sir Lancaster ist gekommen, um sie in Eurem Namen zu holen. Sie hat mit ihm schon vor Stunden die Burg verlassen.«

Vater und Sohn stürmten gemeinsam die Stufen empor, immer zwei auf einmal nehmend. Ian machte kurzen Prozess mit der Tür zu Ambers Kammer und trat sie ein. Seine jüngste Tochter hockte in der Ecke ihres Zimmers und wiegte sich vor und zurück. Er lief zu ihr, schloss sie in seine Arme.

»Tara ... Tara ... Die böse Frau hat sie, Da.« Amber fasste sich mit der Hand an den Kopf. »Sie treten und schlagen sie. Tara hat solche Angst.«

»Wer hat sie, Amber?« Er wischte ihr die Tränen von den Wangen. »Wer ist die böse Frau?«

»Grainna.« Amber hielt eine Hand vor sich, als könnte sie aus der Ferne Taras Schmerz beenden. »Nein!«

Ian bedeutete Fin, die Männer zusammenzurufen. Ian benötigte eine halbe Stunde, aber es gelang ihm schließlich, Amber das zu entlocken, was sie wusste. Er beruhigte sie ausreichend, um sie in Megans und Cians Obhut lassen zu können, damit er seinem Trupp Anweisungen geben konnte.

»Warum tut Lancaster, was sie von ihm will? Er ist kein Druide«, wandte er sich an seinen Sohn.

»Grainna hat viele Männer, die ihr folgen. Sie hat Gewalt über ihren Verstand.« Fin nahm sein Schwert, steckte es in die

Scheide und machte sich bereit, sich in den Sattel zu schwingen. »Alyssas Eltern haben mir erzählt, ihre Tochter sei zuletzt mit ihm zusammen gewesen.«

»Wir können nicht wissen, ob es noch andere gibt, deren Gedanken und Handeln Grainna kontrolliert. Wenn Lancaster getan hat, was wir vorhin vorgefunden haben, dann gibt es nichts, was er nicht für sie tun würde.«

Die Suchmannschaft stand bereit, und bevor die Sonne untergegangen war, machten sie sich, angeführt von Fin, in die Richtung auf, in die Jacob Lady Tara hatte davonreiten sehen.

Ian blieb nur die unangenehme Aufgabe, zu warten. Cian schlief in dem Stuhl neben ihm. Und auch Amber war schließlich in ihrer Kammer eingeschlafen.

Mit jeder Stunde spürte Ian seine Frau näher kommen. Er spürte ihre Erschöpfung von dem langen, beschwerlichen Ritt und beschränkte ihre Gedankenunterhaltung auf das Wesentliche. Schließlich gab es auch nicht viel Gutes zu berichten.

Als sein Sohn und seine Ehefrau nicht mehr weit von der Burg entfernt waren, berief Ian die Wachen ab. Ohne sich darum zu kümmern, welche Fragen es aufwerfen könnte, wenn Duncan plötzlich gemeinsam mit seiner Mutter zurückkehrte, ließ er das Burgtor öffnen. Diese Probleme konnte er später lösen. Für den Moment dachte er einzig darüber nach, wie er Duncan erklären sollte, warum er dabei versagt hatte, Tara zu beschützen.

Etwas, das er nicht vorausgesehen hatte und das er, so wahr ihm Gott helfe, nicht noch einmal zulassen würde.

* * *

Grainnas Verärgerung simmerte wie die Flüssigkeit in dem Topf über dem Feuer. Sie sollte Tara jetzt sofort töten und ihr Blut wie das der anderen jungen Frau verwenden.

Grainna hatte das Mädchen aus dem Dorf aus Wut darüber umgebracht, dass sie nicht unschuldig gewesen war. Sie hätte sie ohnehin getötet, aber das war jetzt nicht wichtig. Die Macht, die aufgestiegen war, während das Mädchen langsam aus dem Leben schied, hatte dafür gereicht, eines der alten Rituale auszuprobieren, eines, das ihr in der Vergangenheit schon nützlich gewesen war.

Es hatte bis zu einem gewissen Grad geholfen. Ihr Gesicht hatte zehn Jahre verloren, und sie hatte ein wenig Kraft in ihren Körper zurückkehren gespürt. Von der Macht des Mädchens war nur ganz wenig auf sie übergegangen, doch sie hatte einen Teil ihrer Jugend erhalten.

Vielleicht wendete sich ihr Glück allmählich.

Lancasters schwacher Geist war leicht zu kontrollieren. Selbst jetzt starrte der Idiot mit leerem Blick in die Ferne. Er sah nichts als Vögel, dumme, hässliche Vögel. Mit einer einzigen Handbewegung oder einem Gedanken könnte Grainna ihn dazu bringen, Tara das Genick zu brechen.

Tara begann den Verstand zu verlieren, glaubte sie. Wenn sie in ihren Kopf eindrang, waren Kinderlieder alles, was sie hörte. Die Angst um ihr ungeborenes Kind ließ sie sie unablässig singen. Es gab kein Anzeichen dafür, dass sie sich Hilfe suchend an ihren Ehemann wandte, oder an seine Familie. Grainna hatte also jede Menge Zeit, bevor Duncan hier aufkreuzen würde. Trotzdem wusste sie ohne den geringsten Zweifel, dass er kommen würde.

Für den Moment erwog sie ihre Optionen sorgfältig. Die Jungfrau war nicht mehr hier. Aber im Schottland dieser Zeit gab es jede Menge Jungfrauen und auch genug mit Druidenblut. Wenn die Ermordung einer schwachen Druidin ihr zehn Jahre zurückgeben konnte, dann konnte der Tod von anderen das genauso. Langsam würde sie zurückerlangen, was sie verloren hatte. Die Alten hatten Grainna bei ihrer Verbannung ein Schlupfloch gelassen, und das würde sie ausnutzen.

Sie würde noch damit warten, die wimmernde Frau in der Ecke zu töten. Mindestens, bis ihr Mann da wäre und zuschauen müsste. Ein Leben und die Liebe zu zerstören war ihre süßeste Rache.

* * *

Tara ließ Grainna nie aus den Augen. Die vielen Stunden, die sie im Rahmen ihrer Ausbildung in der psychiatrischen Abteilung der Klinik gearbeitet hatte, erwiesen sich jetzt als nützlich. Sie wiegte sich vor und zurück, sang die ganze Zeit in Gedanken und immer mal wieder auch leise vor sich hin.

Wenn Grainna sich Zutritt zu ihrem Verstand verschaffte, ging sie dabei wenig behutsam vor. Sie brach rücksichtslos hinein, brachte Schmerz und hinterließ Qualen.

Warum sie seit Stunden nichts Neues versucht hatte, konnte sich Tara nicht erklären. Aber sie würde es auf keinen Fall hinterfragen.

So gern sie auch wissen wollte, was in Grainnas Kopf vorging, sie wagte es einfach nicht. Wenn sie das täte, würde sie sie im Gegenzug in ihren einladen, und das wollte Tara auf keinen Fall.

Also wiegte sie sich und sang. Und dabei bemühte sie sich ununterbrochen, ihre Hände frei zu bekommen, arbeitete heimlich an ihren Fesseln. Mit ihrer Körperkraft konnte sie nichts gegen sie ausrichten, daher setzte sie die kleinen Funken ein, die Duncan ihr beigebracht hatte und die man brauchte, um eine Kerze anzuzünden. Sie zuckte zusammen, als ein Flämmchen das Seil verfehlte und ihr die Haut verbrannte. Trotzdem machte sie weiter. Welche Wahl blieb ihr schon? Das Leben ihres ungeborenen Kindes hing davon ab, dass ihr die Flucht gelang.

Sie konnte Duncan nicht spüren, nicht hören. Einen kurzen Moment lang dachte Tara, er wäre da, doch dann merkte sie, dass es Amber war, die in ihren Gedanken war. Aus Angst davor, mit ihrer jüngeren Schwägerin im Geiste zu reden, sang Tara ihr die Hinweise als Kinderlied vor.

Still, kleine Amber, sag kein Wort. Tara ist versteckt im Wald, weit fort. Nah hör ich ein Bächlein rinnen und muss dies Kinderliedchen singen.

* * *

Kurz vor Sonnenaufgang am nächsten Morgen ritten Duncan und Lora auf den Burghof. Stumm glitt Lora von ihrem Pferd und ging geradewegs zu Amber.

Duncan baute sich vor seinem Vater auf. »Was ist passiert?«

Duncan hörte dem Bericht zu, der mit Alyssas Ermordung begann und mit Lancasters Entführung von Tara endete. Er zügelte seine Angst, auch wenn sie ihn zu überwältigen drohte. »Sie muss weit entfernt sein. Ich kann sie nur vage spüren.«

»Amber benimmt sich, als stünde sie in Verbindung mit ihr.«

»Wie das?«

»Sie hat was von einem geheimen Schwur gesagt, den sie und Tara geleistet haben. Weißt du, wovon sie redet?«

»Nein.« Aber seine Frau war klug, daher überraschte ihn nicht, was sein Vater da erzählte.

Sie gingen in Ambers Kammer. Lora lag im Bett neben ihrer jüngsten Tochter und streichelte ihr das lange Haar, beruhigte und tröstete sie, wie es bloß Mütter können.

Amber schlug die Augen auf. Sie sah ihren Bruder am Fußende des Bettes stehen, kroch über die Decken zu ihm und schlang die Arme um ihn. »Sie wartet auf dich, Duncan. Sie ist im Wald bei den Wasserfällen.«

»Kannst du sie hören?«

Sie nickte. »Sie singt die ganze Zeit, um die andere auszusperren. Sie will nicht, dass ich mit ihr rede, weil sie Angst hat, dass Grainna es mitbekommt. Sie hat große Angst.«

Das wusste er, doch bei diesem tränenerstickten Bericht seiner Schwester hätte er sich am liebsten sofort auf die Suche nach Tara gemacht.

»Die Wasserfälle? Weißt du, welche?«

Amber schloss die Augen und wiederholte, was Tara ihr vorsang.

»Der Wald ist tief und dicht bei mir, viel große, hohe Bäum' allhier. Der Hütte Dach besteht aus Stroh, der Schornstein qualmt und raucht nur so. Nah hör ich ein Bächlein rinnen und muss dies Kinderliedchen singen. Bewahr das Kind in mir vor Harm und rette uns mit starkem Arm.«

Amber ergriff die Hand ihres Bruders. »Das wiederholt sie wieder und wieder. Kann ich ihr sagen, dass du unterwegs bist?«

»Nein, besser nicht.« Er lächelte sie an. »Du hast alles getan, was in deiner Macht steht. Jetzt ruh dich aus. Ich hole sie heim, bevor das Abendmahl aufgetragen wird.«

Er nickte seiner Mutter zu und verließ die Kammer.

Draußen fing ihn sein Vater ab. »Nimm mehr Männer mit.«

»Ich muss allein hinreiten.«

Ian packte ihn am Arm. »Das war keine Bitte.«

Duncan, der an den Fingern einer Hand die Male abzählen konnte, bei denen er sich seinem Vater widersetzt hatte, tat jetzt genau das – und ohne Bedauern. »Ich will keine Zeugen bei dem, was getan werden muss. Ich werde jegliche Macht, die mir zur Verfügung steht, einsetzen, um meine Frau unversehrt und wohlbehalten heimzubringen. Und zwar allein.«

Ian fügte sich. »Dann Gott mit dir.«

Duncan sammelte seine Waffen und schwang sich auf den Rücken des Pferds seines Vaters, das bereit war und wartete.

Er drückte dem Tier die Fersen in die Flanken und galoppierte in die Richtung, in der er seine Frau vermutete.

Je weiter er sich von der Burg entfernte, desto stärker konnte er sie spüren. Er schlug die Richtung ein, in der die Wasserfälle lagen, entgegengesetzt von der, in die Fin aufgebrochen war.

* * *

Ihre Handgelenke schmerzten und wiesen Brandblasen auf, als es ihr schließlich gelang, die Fesseln weit genug zu lockern.

Lancaster stierte regungslos in die Ferne, wie in Trance. Grainna starrte konzentriert in eine Kristallkugel, murmelte dazu irgendwelche Sprüche.

Das ist so surreal. Tara musste unwillkürlich an Hänsel und Gretel denken. Sie fühlte sich wie das kleine Mädchen, das die böse, hässliche Hexe fressen wollte.

Sie schloss die Lider, versuchte, sich auszuruhen. Sie war so müde. Selbst der Schmerz von all den Tritten und Schlägen verblasste unter dem erdrückenden Verlangen nach Schlaf. Sie hatte Pläne geschmiedet, während sie die ganze Zeit Wiegenlieder gesungen hatte, aber irgendwann war es zu anstrengend geworden.

Sie sank in einen unruhigen Schlummer. Ihre Atmung verlangsamte sich, wurde gleichmäßig. Und da spürte sie ihn. Ihre Augen öffneten sich. Sie war überzeugt, dass Grainna ihn ebenfalls wahrnahm. Doch die Alte unterbrach ihren leisen Singsang nicht, wandte den Blick nicht von der Kristallkugel.

Leise Hoffnung keimte in Tara auf. Sie konnte das nicht verhindern, egal, wie sehr sie es versuchte. Sie ließ einen Gedanken hindurch. *Ich liebe dich.*

Sogleich kam eine Antwort. *Ich liebe dich auch.*

Ihr Herz begann zu singen. Sie schaute auf und erkannte ihren Fehler.

Grainnas gehässige Miene durchbohrte ihre Seele. »Lass ihn nur kommen.«

Zitternd vor Angst fragte Tara: »Warum? Du kannst ihn nicht überwältigen.« Sie deutete mit dem Kopf auf Matthew. »Nicht mal mit deinem Handlanger dort.«

»Du wärst nicht so überheblich, wenn du wüsstest, was ich alles vermag.« Grainna trat von ihrem Stuhl zu der Stelle, wo Tara auf dem Boden aus festgestampftem Lehm saß. »Ich frage mich, was sie dir über mich erzählt haben.«

Ohne die Fesseln an den Handgelenken traute sich Tara eher zu, von hier wegzukommen. »Man sagt, dass du eine rachsüchtige Hexe bist, die Freude am Schmerz anderer Menschen hat.«

»Stimmt. Weißt du, das Schlüsselwort ist ›Hexe‹. Die Alten haben mir meine Druidenkräfte genommen, aber der schwarzen Magie in mir konnten sie nichts anhaben.«

Sie ging zu Matthew, legte ihm die Hand flach aufs Gesicht und ritzte seine Haut mit dem Fingernagel auf, dass es blutete.

Lancaster zuckte nicht mal mit der Wimper.

»Ich bin eine sehr mächtige schwarze Hexe. Ich sollte dir eigentlich dafür danken, dass du mich hierher zurückgebracht hast. Mit dem Druidenblut habe ich mehr Kraft erlangt, als in der Zukunft möglich gewesen wäre. Bevor dieser Tag zu Ende geht, wird sie durch deine und Duncans weiter zunehmen.«

»Also betrachtest du dich als eine Art Vampir?« Tara versuchte, sie zum Reden zu bewegen. Sie wusste, Duncan kam immer näher.

»Ich bin schon Schlimmeres genannt worden.«

»Warum? Willst du die Weltherrschaft?«

»Das, und jeden einzelnen Druiden vom Angesicht der Erde tilgen. Euch alle.«

»Und weshalb?«

Grainna stellte sich dicht vor sie. »Weil ich es kann.«

Plötzlich waren Hufschläge zu hören, und Grainna fuhr herum. »Du!«, rief sie Matthew zu und holte ihn aus seiner Trance. »Schau nach.«

Lancaster zog sein Schwert und verließ die Hütte.

Tara rief ihrem Ehemann zu: *Pass auf!*

Grainna bewegte sich schnell und schlug alle Warnungen aus Taras Gedanken.

Taras Kopf ruckte nach hinten, und sie schmeckte Blut. Die Fesseln um ihre Fußknöchel behinderten sie, darum kauerte sie sich in die Ecke, wiegte sich vor und zurück, sang dabei leise vor sich hin – und verbarg ihre wahren Absichten. Sie ließ Tränen aus den Augen fließen, um möglichst verzweifelt zu wirken, was nicht wirklich schwierig war.

Grainna kehrte wieder zu der Kristallkugel zurück, starrte forschend hinein. Unter dem Glas ballte sich Rauch.

Und Tara konnte darin Duncan und Lancaster miteinander kämpfen sehen.

* * *

Duncan ging um die Hütte herum, lauschte dem Gesang seiner Frau. *Sie steht an der Tür.*

Lancaster kam aus dem kleinen Haus gestürmt.

Duncan wartete, den Rücken an die Hauswand gedrückt.

Sonnenstrahlen fielen auf Lancasters Schwert, ließen es gleißen. Der Stahl senkte sich.

Er verfehlte Duncan um einen Zoll. Mit einem geschickten Salto sprang er zur Seite, landete auf den Füßen und hob seine Waffe.

Matthew wirkte wie ein Krieger, der zum Kampf bereit war. Allerdings war er mit seinem schmächtigen Körperbau Duncan nicht gewachsen.

»Du willst das doch gar nicht tun, Matthew. Sie kontrolliert deinen Verstand und dein Handeln.«

Lancaster sagte nichts. Seine Augen suchten nach einer Schwachstelle, auf die er seinen Angriff richten konnte.

Lauernd standen sie sich gegenüber, warteten, dass der andere einen Zug machte.

»Matthew, es ist Zeit, dass du heimgehst. Alle suchen dich.« Duncan bemühte sich, den andern mit seinen beschwichtigenden Worten aus der Trance zu holen. Aber der stählerne Griff, in dem Grainna ihn hielt, erwies sich als zu mächtig. Als Nächstes unternahm Duncan den Versuch, selbst in die Gedanken des anderen zu gelangen, was die Hexe sogleich verhinderte.

Lancaster schaute zur Seite.

Duncan nutzte das aus und machte einen Ausfall.

Überraschenderweise hob Matthew sein Schwert und drang mit mehr Kraft auf ihn ein, als Duncan ihm zugetraut hatte. Dennoch keuchte er bereits nach kurzem Kampf.

Duncan wollte den Mann jedoch nicht töten, der schließlich nicht aus freiem Willen handelte. Er hob eine Hand und ließ einen heftigen Windstoß durch die Wipfel über ihnen fahren. Ein großer Ast knackte laut unter der Böe und fiel krachend auf Lancasters Rücken.

Der ging in die Knie.

Duncan sprang zu ihm und schlug ihm mit dem Schwertknauf gegen die Schläfe, woraufhin Lancaster zusammenbrach und bewusstlos liegen blieb.

* * *

Grainna brüllte wütend auf, als sie in der Kristallkugel sah, wie Lancaster zu Boden ging. Sie nahm ein Messer vom Tisch und näherte sich damit Tara.

Grainnas plötzliche Bewegung zwang Tara, sich an der Wand aufzurichten und hinzustellen. Sie riss ihre Arme nach vorn und hielt die Hände auf die Hexe gerichtet. Funken und Feuerzungen drangen aus ihren Fingerspitzen, landeten auf Grainnas Röcken.

Erschreckt wich Grainna ein Stück zurück, schlug die Flammen aus, die am Stoff züngelten.

Tara kämpfte mit den Stricken um ihre Fußknöchel, wollte sich verzweifelt befreien.

Grainna stand aufrecht da, kam nicht näher. Stattdessen begann sie einen Singsang in einer fremden Sprache.

Gerade als es Tara gelungen war, ihre Füße frei zu bekommen, spürte sie, wie alle Luft aus ihren Lungen wich, ohne dass sie neue einatmen konnte. Sie umklammerte ihre Kehle, rang um Atem. Aber es ging nicht. In Gedanken schrie sie, flehte Duncan an, sich zu beeilen.

Tara stand zwischen Grainna und der Tür. Mit einer geschickten Bewegung packte Grainna sie von hinten und hielt ihr das Messer an die Kehle.

Die Klinge machte Tara keine große Angst, der Mangel an Sauerstoff jedoch schon. Der Raum begann sich zu drehen und wurde dunkler.

Duncan hörte ihren Schrei und ließ Lancaster liegen.

Die Wände erbebten unter der Wucht, mit der er die Tür aufstieß. Er verhielt auf der Schwelle, bemerkte die Klinge, die Grainna Tara an die Kehle presste.

Mit einem boshaften Lächeln sagte Grainna zu Tara: »Ein Atemzug, meine Liebe.«

Tara spürte die Luft in ihre Lungen zurückkehren, und ihre Sicht klärte sich.

Duncan stand wie gelähmt auf der Türschwelle.

»Keinen Schritt näher, Druidenkrieger, oder du siehst sie sterben.«

Taras Augen wurden wieder glasig, und sie konnte an nichts anderes denken als an Luft. *Ich kann nicht atmen.*

»Lass sie gehen. Ich bin es, den du willst. Ich hab sie dir weggenommen. Das ist eine Sache zwischen uns.«

»Ich werde euch beide bekommen. Deine Familie hat mich so viel Zeit in diesem verdammten Körper gekostet. Mir einfach die Jungfrauen unter der Nase wegzustehlen …« Sie spuckte Duncan vor die Füße.

Tara würde gleich das Bewusstsein verlieren und begann zu Boden zu sinken.

»Noch nicht, meine Liebe«, flüsterte Grainna ihr ins Ohr. »Er hat noch nicht genug gelitten.«

Tara gelang wieder ein Atemzug.

Duncan machte einen Schritt nach vorn.

»O nein.« Grainna drückte die Klinge fest gegen Taras Haut. Duncan erstarrte. Seine Kiefer mahlten. Tara sah die Szene durch seine Augen, sein Herz und sein Körper litten Qualen.

Vor Tara begann sich alles zu drehen. Gesichter, die sie nicht erkannte, mischten sich mit den Farben des Raumes, begannen Kreise zu ziehen. Die Dunkelheit drohte sie zu verschlingen.

Ambers Stimme glitt durch den Nebel. *An diesem Tag und zu dieser Stunde ruf die heilige Macht in unsere Runde.*

Ich halluziniere. Ich werde sterben. Tara schloss die Lider und hoffte, dass es nicht wehtun würde.

Ambers Worte hallten leise in ihrem Kopf nach. *An diesem Tag und zu dieser Stunde ruf die heilige Macht in unsere Runde.* Wieder und wieder vernahm sie Ambers Stimme.

Plötzlich füllten sich Taras Lungen mit Leben spendendem Sauerstoff. Überrascht riss sie die Augen auf. Noch ein Atemzug kam. Und es war nicht Grainna, die in ihr gewährte.

Grainna fuhr fort, Duncan zu verhöhnen. »Ihr werdet beide tot und blutend vor mir liegen, bevor ich dieses Land verlasse. Einen nach dem andern werde ich jedes Mitglied deiner Familie auslöschen.«

Die Klinge, die sie in der Hand hielt, ritzte Taras Haut, und warm rann ihr Blut über den Hals.

Duncan machte mit zornerfülltem Gesicht einen Schritt nach vorn.

Die Klinge drang tiefer.

Er hielt inne.

Bleib zurück!, sagte Tara zu ihm.

Die Gesichter, die sie für eine Halluzination gehalten hatte, verlangten von ihr, zuzuhören.

Amber sang.

Luft füllte erneut Taras Lungen, und so dankbar sie dafür auch war, sie gab sich große Mühe, ihre Gefühle zu verbergen.

Als das Messer sich weit genug hob, dass sie eine Chance hatte, zu überleben, ließ Tara zu, dass ihre Knie einknickten.

Jetzt! Duncan, jetzt!

Von der plötzlichen Gewichtsverlagerung überrascht, hatte Grainna Mühe, Tara auf den Füßen zu halten.

Tara stieß sie mit jeder Unze Kraft, über die sie verfügte, von sich.

Duncan holte mit einer Hand aus und schlug zu. Das Messer flog Grainna aus den Fingern und schlitterte über den Boden.

Duncan trat vor, schob seinen Körper zwischen Tara und die Hexe. Dabei ließ er ihre Feindin nie aus den Augen. Er hob seine Hand erneut. Dieses Mal erschien ein Flammenball auf seiner Handfläche.

Grainna blieb herausfordernd stehen, doch Tara spürte, wie ihre Macht über sie schwächer wurde. Grainnas Lippen verzogen sich zu einer Fratze.

Tara blickte zwischen ihrem Ehemann und der alten Hexe hin und her. Die Flamme wurde kleiner, Duncans Hände zuckten zu seinem Hals, umklammerten seine Kehle.

Als er in die Knie ging und zu Boden fiel, wusste Tara, dass nun er nach Luft rang. »Nein!«

Grainnas boshaftes Gelächter füllte den Raum.

Tara sank neben Duncan auf die festgestampfte Erde. Seine wunderschönen Augen, in denen immer so viel Liebe für sie gestanden hatte, füllten sich mit Schrecken. Das Blut von der Wunde an ihrem Hals tropfte auf seine Brust.

Ambers Stimme wurde eindringlicher. *An diesem Tag und zu dieser Stunde ruf die heilige Macht in unsere Runde.*

Die Vision aus Gesichtern befand sich noch im Raum. »Beeil dich«, flüsterten sie. »Es ist an dir, sie zu verbannen. Wir können es nicht ein zweites Mal schaffen.«

Tara legte ihre Hände auf Duncans Gesicht. »An diesem Tag und zu dieser Stunde ruf ich die heilige Macht in unsere Runde.« Sie küsste ihn auf die Lippen. »Atme, Duncan!«, forderte sie. »Atme, verdammt noch mal.«

Sein Kopf rollte nach hinten.

Grainna lachte keckernd.

»An diesem Tag und zu dieser Stunde ruf ich die heilige Macht in unsere Runde. Mit meiner Kraft brech ich den Bann, sodass er wieder atmen kann.«

Auf den ersten gequälten Atemzug folgte rasch ein zweiter. Tara keuchte auf. »Danke!«

»Nein!«, kreischte Grainna. »Wie kannst du es wagen!« Sie fand ihr Messer und stürzte zu ihnen.

Tara drehte sich rechtzeitig um, sah sie und hob ihre blutige Hand. »Stopp!«

Es schockierte sie selbst, als Grainna tatsächlich erstarrte. Aber es war nur kurz, dann setzte sie sich wieder in Bewegung.

Die Hand immer noch oben, begann Tara von Neuem. »An diesem Tag und zu dieser Stunde bitt ich um mehr Macht, mit den Alten im Bunde.«

Grainna traf eine Kraftwelle, die verhinderte, dass sie weitergehen konnte. Verblüfft schlug sie mit den Händen gegen eine unsichtbare Wand.

Neben sich spürte Tara, dass Duncan sich regte, keuchend nach Luft rang. »Alles in Ordnung mit dir?«, fragte sie, ohne Grainna aus den Augen zu lassen.

»Aye«, krächzte er.

Tara stand auf und machte, obwohl sie zitterte, einen Schritt auf ihre Feindin zu. »Es war nie vorgesehen, dass du hierher zurückkehrst, Grainna.«

Duncan kam stolpernd auf die Füße.

»Niemand von uns will dich hier haben.«

Die Luft in der Hütte geriet in Bewegung, gewann an Geschwindigkeit. Gegenstände begannen umherzufliegen, landeten auf dem Boden.

Die Luft wurde dünner, die Welt verlagerte sich.

»Ich komme wieder, und dann wehe euch.«

»Das kannst du versuchen.« Tara umrundete Grainna, fasste sich mit einer Hand an den Hals, berührte das Blut aus ihrer Wunde. Sie spreizte die Finger, und es tropfte auf den Boden.

Bei jedem Schritt, den sie ausführte, nickte ihr einer der Alten zu und verschwand. Irgendwie wusste sie genau, was sie tun musste.

Grainna bemühte sich, einen Gegenzauber gegen die unsichtbare Wand zu wirken.

»Entzünde den Ring.« Tara legte eine Hand auf Duncans Arm.

Ein Zucken von Duncans Handgelenk, und Grainna war von Flammen umzingelt.

»Die Alten haben dich schon einmal verbannt«, erklärte Tara.

»Du hast gar nicht die Macht, das erneut zu tun.« Grainnas Hand glitt durch die magische Kraft, die sie an Ort und Stelle bannte. Ein triumphierendes Lächeln verzog ihre Lippen.

Hitze breitete sich von Taras Händen aus. Sie hob sie.

Grainna blieb stehen, verharrte reglos an ihrem Platz.

»Die Kräfte des Guten sind stärker als die des Bösen. Grainna, nimm meinen Rat an, und kehr um.« Tara erwiderte den Blick aus Grainnas blutunterlaufenen Augen. »Du bist aus dieser Zeit und von diesem Ort verbannt worden. Du bist von den Druiden verstoßen worden. Keine Drohung von dir für mich mehr. Ich sende dich jetzt weit übers Meer. Weil die Alten es so wollen, befehle ich es dir, hinfort mit Donnergrollen.«

Feuer loderte zur Decke, wirbelte und hob sich, hüllte Grainna ein.

Tara stand mit ausgestreckten Händen und geschlossenen Lidern da. Die Luftbewegungen waren so heftig, dass ihr Haar zurückgeweht wurde.

Duncan stand an ihrer Seite und verfolgte alles gebannt.

Ein wirbelnder Strudel öffnete sich über den Flammen. Die pechschwarze Strömung zog Grainna mit sich fort. Ihr Schrei wurde mit ihr hindurchgesogen, gefolgt von den Flammen. Der feurige Zyklon verschloss den Strudel so rasch, wie er sich geöffnet hatte, und es folgte eine ohrenbetäubende Stille.

Einen Moment lang rührte sich nichts.

Erschöpft stolperte Tara rückwärts. Duncan fing sie auf.

Als sie die Augen wieder öffnete, war er alles, was sie sah. Sie hielten einander umschlungen, versicherten sich, dass der andere unversehrt war.

»Es ist vorbei«, erklärte er.

Sie konnte ihm gar nicht nahe genug kommen, klammerte sich an ihn und weigerte sich, ihn loszulassen. »Ich dachte, ich würde dich verlieren.«

Er lehnte sich zurück und küsste sie zärtlich auf die wund gebissenen Lippen. »Niemals«, sagte er, während er sie zur Tür trug. Er küsste sie erneut, dieses Mal lang und tief. Als sie wegzuckte, ließ er sie los.

»Woher wusstest du, wie du sie verbannen kannst?«

Verwirrt schüttelte Tara den Kopf. »Die Alten haben es mir gesagt. Hast du es nicht gehört?«

»Hier? Sie waren hier?«

Sie nickte. »Hast du sie nicht gesehen?«

Duncan blickte sich in dem verwüsteten Raum um. »Nein, Liebste, ich hab sie ganz bestimmt nicht gesehen. Niemand hat das je außerhalb von Träumen.«

»Dann müssen sie wirklich gewollt haben, dass sie verschwindet, denn sie waren hier und haben mich angeleitet.«

»Dann ist es vorbei.«

»Für heute.« Ihre Hand legte sich an ihren Hals, wo weiter Blut aus der Wunde sickerte. *Für heute.* Sie seufzte tief, trat zurück und sah auf das Brandmal am Boden, dann zu ihrem Ehemann. »Bring uns nach Hause. Unser Baby ist hungrig.« Sie legte sich eine Hand auf den Bauch und lächelte.

Vor der Hütte holte Duncan die Pferde, warf den immer noch bewusstlosen Lancaster über den Rücken seines Hengstes und schaute dann nach seiner Frau, die dastand und das Gebäude anstarrte, in dem sie gefangen gehalten worden war.

Es waren bloß Holz und Steine, aber die Hütte enthielt die Essenz von Grainna.

Des immerwährenden Bösen.

Tara hob erneut die Hände. Zweige um das Gebäude bogen sich, Blätter wirbelten vom Boden auf und hüllten das Gemäuer ein. Ranken wuchsen rasend schnell, wickelten und wanden sich um die Steine, bis darunter kein Zeichen der Hütte mehr zu erkennen war. Binnen Minuten war alles dicht überwuchert. Jeder, der zufällig vorbeikam, würde nur Wald sehen und nicht auf die Idee kommen, anzuhalten.

Duncan half Tara in den Sattel und führte sie langsam aus dem Wald.

Den Rückweg zur Burg legten sie schweigend zurück. Er überließ sie der Einsamkeit ihrer Gedanken. Seine eigenen quälten ihn, während er alles Revue passieren ließ, was geschehen war.

Als sie zu lachen begann, hätte er nicht überraschter sein können.

»Was findest du so lustig?«

»Hast du ihr Gesicht gesehen? Himmel, das war gut. ›Ich komme wieder!‹«, äffte sie Grainna nach. »Ha! Und ich hab gedacht, *ich* hätte zu viel ferngesehen.«

»Sie könnte tatsächlich zurückkommen. Wir können nicht wissen, ob sie das tut.«

Bei Duncans Worten wurde Tara ernst. »Doch wir werden bereit sein, falls es ihr gelingt. Jetzt, da wir wissen, wozu sie imstande ist, wird sie nicht fähig sein, die gleichen Tricks ein weiteres Mal zu benutzen.« Sie schaute ihren Ehemann an. »Ich habe meine Gabe gefunden, Duncan.« Sie legte eine Hand über das neue Leben, das in ihrem Bauch wuchs. »Grainna sollte sich besser nicht mit Mutter Natur anlegen!«

Um das zu unterstreichen, hob Tara die Hände, und der dichte Wald, durch den sie ritten, teilte sich, sodass ein breiter Weg entstand, dem sie mühelos zu den Wiesen und Feldern folgen konnten.

EPILOG

Tara rang die Hände. Sie konnte einfach nicht damit aufhören. Wenn sie noch länger warten müsste, würden ihre Finger ganz wund gescheuert sein.

Duncan gab sich große Mühe, sie zu beruhigen, aber es war sinnlos.

Es war Heiligabend, und gerade, als alle in der Familie bereit gewesen waren, zu Bett zu gehen, hatten Amber und Lora Myras Gegenwart gehört und gespürt.

Sie war zurückgekehrt und saß genau jetzt auf dem Rücken eines Pferdes, begleitet von Finlay, Cian und Ian, die sie heimbrachten.

Lora stand mit Amber neben Tara und wartete.

Amber lächelte wehmütig, sah immer wieder zu Tara, als wüsste sie um ein großes Geheimnis, das gleich enthüllt werden würde.

Das unverwechselbare Geräusch von Pferdehufen auf dem Kopfsteinpflaster des Burghofes übertönte das Pochen von Taras Herz.

Ein Pferd kam vorwärts und trat in den Lichtkreis der Fackel an der Tür, an der sie standen.

Myra erschien in einem Rock, der zwar nicht lang genug für diese Zeit war, doch angemessen für das Jahrhundert, aus dem sie zurückgekehrt war, sprang von ihrem Pferd und stürzte sich in die ausgebreiteten Arme ihrer Mutter.

Tara kamen die Tränen, während sie das Wiedersehen beobachtete. In dem Moment, in dem Myra hoch- und Tara ins Gesicht schaute, erkannte sie, dass sich in ihre Freude noch etwas anderes mischte. Ein leiser Schmerz stand in Myras Augen.

Tara antwortete ihr mit einem besorgten Blick.

Myra lächelte leicht und schüttelte kaum merklich den Kopf, als wolle sie sagen: »Wir reden später.«

Die Hufschläge der anderen beiden Pferde näherten sich langsamer.

Tara musste die Lider zusammenkneifen, um zu erkennen, warum sie nur im Schneckentempo vorankamen.

Ihr Herz schlug ein bisschen schneller. Sie lief die paar Stufen der Treppe hinab. Duncan hielt ihre Hand, damit sie nicht auf dem frisch gefallenen Schnee ausrutschte.

Zwei weiteren Reitern wurde vom Pferd geholfen. Als Fin seinen Passagier aus dem Sattel hob, konnte er den Blick kaum von der unverkennbar weiblichen Gestalt losreißen, ließ seine Hände etwas zu lange auf ihren Hüften liegen.

Die Frau starrte ihn an, nickte rasch zum Dank und drehte sich dann zu Tara um.

Tara umklammerte Duncans Arm. Ihr Atem kam schnell und scharf. »Lizzy?«, flüsterte sie schockiert. »Lizzy!« Sie rief den Namen immer wieder, bei jedem Schritt, der sie zu ihrer Schwester brachte.

Alle verfolgten, wie die beiden Frauen sich umarmten, und nicht einer war nicht gerührt von der Liebe, die sie zwischen den beiden Schwestern sahen.

Simon wartete geduldig, bis er an der Reihe war, betrachtete die Gesichter der Fremden um ihn herum, dann musterte er die hohen Burgmauern.

Tara zog ihren Neffen in eine feste Umarmung und übersäte zur großen Verlegenheit des Elfjährigen sein Gesicht mit Küssen.

»Wie? Warum?«, wollte Tara wissen.

Lizzy verkniff sich einen Schluchzer. Tränen strömten ihr übers Gesicht. »Ich habe Myra das Versprechen abgerungen, uns mitzunehmen. Ich musste mich mit eigenen Augen davon überzeugen, dass du wohlbehalten und in Sicherheit bist.« Lizzy spähte über Taras Schulter zu Fin. »Es ist nur ein Besuch, Tara. Nur ein kurzer Besuch.«

Fin hob eine Braue, dann drehte er sich um und entfernte sich.

»Jetzt bist du jedenfalls hier. Das ist es, worauf es ankommt.«

Wieder umarmten sie sich. Tara konnte es immer noch kaum fassen, war aber trotzdem unbeschreiblich dankbar für die Anwesenheit ihrer Familie. Es war das beste Weihnachten ihres gesamten Lebens.

»Frohe Weihnachten, Lizzy.«

Zeitfracht Medien GmbH
Ferdinand-Jühlke-Straße 7
99095 Erfurt, Deutschland
produktsicherheit@kolibri360.de

Druck:
CPI Druckdienstleistungen GmbH
im Auftrag der
Zeitfracht Medien GmbH
Ein Unternehmen der Zeitfracht - Gruppe
Ferdinand-Jühlke-Str. 7
99095 Erfurt